LA CLINIQUE DE L'AÉROPORT

Heinz G. Konsalik

LA CLINIQUE DE L'AÉROPORT

FRANCE LOISIRS
123, boulevard de Grenelle, Paris

Titre original : *Airport-Klinik*
Traduit par Danièle Darneau

Édition du Club France Loisirs, Paris,
réalisée avec l'autorisation des Presses de la Cité

ISBN 2-7441-2809-0

Elle se trouvait sur la terrasse du restaurant de l'aéroport depuis un bon moment. En proie à une secrète excitation, elle serrait entre ses mains la rambarde de fer tout en regardant sans le voir le spectacle qui se déroulait sous ses yeux. C'était un ballet incessant de chariots à bagages, de voitures de piste, de bus chargés de grappes de voyageurs pressés de rejoindre les avions qui les attendaient sur l'aire de trafic. Les routes d'accès qui luisaient au soleil aboutissaient toutes à la large piste sur laquelle les avions en partance prenaient leur poste ou attendaient de nouvelles instructions de la tour de contrôle. Ce perpétuel va-et-vient ne manquait jamais de fasciner l'observateur qui, du haut de cette terrasse, contemplait les pistes d'où l'on pouvait prendre son envol vers de lointaines destinations.

Ce gros-porteur qui arborait l'emblème du Soleil Levant s'apprêtait à décoller pour le Japon. Juste derrière lui, un autre avion à l'empennage orné d'un kangourou en plein élan avançait lentement sur la piste. Il partait pour un voyage de vingt-six heures, vers l'Australie, le bout du monde. Ce bruit de tonnerre, c'était un énorme appareil arrivé de Singapour qui se dirigeait vers la porte d'embarquement B 15. Le monde entier était là, offert, réduit à quelques heures de vol. Car il n'est plus un endroit qui ne soit accessible, la conquête de la planète est désormais achevée. Et depuis cette terrasse, on pouvait voir le monde entier descendre des nuages pour venir se poser dans le creux de la main. L'Aéroport... la porte ouverte sur tous les pays de l'univers et sur tout le genre humain.

La journée était chaude mais la terrasse du restaurant, elle, était toujours aérée. Le vent y soufflait en permanence avec plus ou moins de force, comme s'il voulait montrer que ces oiseaux géants, rutilants, rugissants et puant le kérosène n'étaient pas les seuls à dominer les airs.

Il s'engouffrait dans les cheveux blonds de la jeune femme, les emmêlait, les rabattait sur son visage puis les rejetait en arrière, dans son cou. Elle le laissait faire sans réagir, sans même porter la main à sa tête, immobile près de la rambarde de fer, inanimée comme une poupée qu'une simple pichenette semblait pouvoir faire tomber à la renverse. C'était une femme en plastique, ce n'était pas une femme de chair et d'os !

Du moins était-ce là l'opinion du serveur Joseph Hellerfas, qui observait la jeune femme par la grande baie vitrée depuis un bon bout de temps. Il ne l'avait pas vue entrer dans le restaurant, ni sortir sur la terrasse. Tout à coup, elle avait été là, près de la rambarde, raide et sans vie, à regarder fixement les pistes en laissant le vent défaire sa coiffure.

— Il y a quelque chose de pas normal ! dit le garçon à Sybille, la serveuse chargée du buffet et des plats froids. Ça fait au moins une heure qu'elle est là.

— Oui, et alors ? (Sybille jeta un rapide regard sur la forme immobile.) Elle fait ce qu'elle veut, c'est son problème !

— Je te dis que ce n'est pas normal !

— Tout le monde ne peut pas être aussi normal que toi ! répliqua Sybille, mutine. Bon, si ça peut te tranquilliser, vas-y ! Va lui demander pourquoi elle ne bouge pas !

— Tu as raison, c'est ce que je vais faire.

— Tu vas te couvrir de ridicule... Je me demande ce qui te prend, Jo !

Joseph Hellerfas apporta un goulasch et une bière à la table 7, puis ouvrit la porte donnant sur la terrasse et sortit. Le vent le frappa de plein fouet, soulevant sa veste et faisant flotter les jambes de son pantalon. Il n'en fut que plus étonné de l'attitude de la jeune femme, qui subissait pareille tempête depuis près d'une heure sans bouger.

Arrivé presque à sa hauteur, il l'aborda :

— Madame, est-ce que...

Elle réagit comme si elle avait reçu un coup de poing dans le dos. Sursautant violemment, elle pivota sur elle-même et fixa le garçon avec des yeux où il lut un effroi sans bornes. Un regard qui le transperça comme la lame d'un couteau. Un regard très bref... puis elle se retourna brutalement, se hissa par-dessus la rambarde et se jeta dans le vide.

A la toute dernière seconde, Hellerfas réussit à la rattraper par sa robe alors qu'elle était déjà de l'autre côté de la barrière. Les yeux dilatés, elle tenta de lui faire lâcher prise en lui frappant les mains, tout en agitant frénétiquement ses jambes. Ses mouvements convulsifs l'éloignèrent de plus en plus de la balustrade.

— Au secours ! hurla Hellerfas. Au secours ! Je n'arrive plus à la retenir !

Il jeta un regard désespéré vers le restaurant. Les gens venus s'agglutiner aux vitres ne perdaient pas une miette du spectacle. Personne, cependant, n'avait l'air décidé à venir l'aider. Au buffet, Sybille, saisie d'hystérie, poussait des cris de sirène d'alarme. Enfin, après une longue hésitation, deux clients se décidèrent à bouger et finirent par venir à sa rescousse.

Hellerfas entendit un bruit de tissu déchiré. La robe de la jeune femme commençait à lâcher sous l'effet de ses furieuses gesticulations. Encore quelques secondes, et le tissu ne tiendrait plus.

— Au secours ! s'égosilla le serveur, qui s'attendait à être entraîné d'un instant à l'autre à la suite de la désespérée. Au secours !

Les deux clients arrivèrent à sa hauteur au moment où le dernier morceau de tissu se déchirait irrémédiablement sous ses mains. La jeune femme qui gigotait de plus belle, toujours sans proférer un son, glissa comme si elle sortait d'un fourreau. Une fraction de seconde trop tard, les mains des sauveteurs se tendirent vers les bras et les jambes de la jeune femme... Impuissants, le visage décomposé et les yeux agrandis par l'effroi, ils virent son corps tomber au milieu de l'enchevêtrement des gens, des chariots à bagages, des valises et des sacs.

La candidate au suicide dut son salut à un chariot à bagages, qui, pour une raison inexplicable — car il ne pleuvait pas —, était recouvert d'une bâche. Sa chute se termina sur la bâche, et les valises et les sacs qui se trouvaient dessous amortirent le choc.

Elle s'abattit avec un bruit mat. La peau de son crâne se déchira sous le choc, le sang inonda aussitôt son visage et, pendant que l'on accourait de tous côtés, elle perdit conscience.

— Bon Dieu, elle a eu une de ces chances... balbutia Hellerfas en essuyant la sueur qui ruisselait sur son visage. Une minute de plus, et elle se serait écrasée sur le béton. On n'en parlait plus ! Que c'est con de sauter comme ça ! Si elle avait envie de se suicider, elle aurait pu trouver un moyen moins désagréable !

Trois employés de l'aéroport soulevèrent la blessée avec précaution et la portèrent jusqu'à une voiture de piste. L'un d'eux retira sa chemise pour lui faire un bandage autour de la tête. Puis la voiture démarra en trombe dans un grand bruit d'avertisseur et disparut.

— Où l'emmènent-ils ? s'enquit l'un des clients qui étaient venus prêter main-forte à Hellerfas.

— A la Clinique de l'aéroport.

— La Clinique de l'aéroport ? Qu'est-ce que c'est que ça ?

— C'est notre clinique, monsieur.

— Quoi ? Il y a une clinique à l'aéroport ? Je n'en ai jamais entendu parler. C'est une vraie clinique ?

— Oui, heureusement !

— Elle a tout l'équipement qu'il faut ?

— Oui... il y a cinq médecins, vingt et un infirmiers et infirmières, un bloc opératoire, enfin le même équipement que dans les autres cliniques de la ville.

— Et personne n'est au courant ?

— Oh si, ceux qui y ont recours sont vite mis au courant ! Il y a des chances pour que cette candidate au suicide ne l'oublie jamais, la Clinique de l'aéroport !

Hellerfas jeta un dernier coup d'œil à l'endroit où était tombée la jeune femme, puis il rentra dans le restaurant. Entre-temps, quatre nouveaux clients s'étaient installés... une escalope nature, deux paupiettes, une saucisse-frites. La vie continuait. Cette vie précisément, qu'une femme avait voulu jeter par-dessus bord.

Le docteur Hansen, médecin-chef de la Clinique de l'aéroport, de garde depuis dix heures d'affilée, vit se profiler devant ses yeux un mirage : une chope de bière d'où débordait une collerette blanche et mousseuse. Une chope énorme qu'il descendrait d'un trait. Puis il évoqua avec nostalgie le confortable canapé qui l'attendait chez lui, ainsi que son peignoir de soie... Il mettrait un CD, du Mozart, une musique douce qui le détendrait... Et il était impatient de retrouver Evi. Evi Borges, hôtesse de l'air à la Lufthansa. D'après le plan de vol, elle devait atterrir dans une heure environ, en provenance de Karachi.

Elle sauterait dans le premier taxi pour venir le rejoindre, se jetterait dans ses bras et couvrirait son visage de baisers. Il la porterait dans la chambre et commenceraient alors une soirée et une nuit d'enfer. Il nagerait dans le luxe, la passion et la volupté... Ce serait le bonheur, quoi !

Et pendant cette nuit-là, il oublierait aussi qu'une autre femme se blottissait dans ses bras pendant qu'Evi parcourait les airs vers de lointains horizons. Une femme au tempérament de feu : Lucrezia Bonelli, infirmière à la Clinique de l'aéroport. Cette nuit-là, elle était de garde... on était donc à l'abri d'une mauvaise surprise.

Le docteur Hansen, surnommé « le beau Fred », chirurgien de son état, était en réalité le prototype parfait du gynécologue. Car, dans l'imagerie populaire, tout gynécologue qui se respecte se doit de bénéficier d'un physique propre à accélérer le pouls de ses patientes.

Il venait de quitter sa blouse blanche lorsque le téléphone sonna.

— J'aurais mieux fait de me dépêcher de partir... confia-t-il à son confrère, le docteur Rolf Gräfe, avant d'envoyer un baiser à Lucrezia Bonelli et de mettre sa veste.

Pendant ce temps, Fritz Wullemann, l'infirmier en chef, qui avait décroché, écoutait la voix surexcitée qui lui parlait à l'autre bout du fil.

— OK, dit-il enfin. Pas de panique ! C'est du pipi de chat !

Il raccrocha et se tourna vers les médecins.

— Alors ? rigola Hansen. C'est quoi, ce pipi de chat ? Des flatulences chroniques ?

— Un suicide !

Wullemann passa sa langue sur sa lèvre supérieure. C'était un grand gaillard large et musclé, doté de mains qui avaient de quoi faire pâlir d'envie un catcheur. Mais ces énormes pattes pouvaient être aussi d'une douceur extraordinaire et si adroites, si précises, que les médecins qu'il assistait ne cessaient de s'étonner de leur délicatesse. Fritz Wullemann était quasiment indispensable à la Clinique de l'aéroport. Quelles que fussent les circonstances — lorsque, par exemple, on traînait jusqu'à eux des chargements complets de passagers ivres morts en provenance des Emirats arabes, où la loi interdit la consommation d'alcool —, Wullemann restait imperturbable, solide comme un roc au milieu de la tempête. Rien ne l'ébranlait. « Eh oui, faut de tout pour faire un monde ! » Telle était sa philosophie. L'argument était irréfutable.

— C'est une femme qui a sauté de la terrasse du restaurant. Elle s'est crashée sur un chariot à bagages... On va pas tarder à la voir arriver.

— Son état est sérieux ? (Le docteur Gräfe fit un signe aux trois infirmières du bloc opératoire.) Préparez l'oxygène, les radios, la table...

A Hansen, qui s'apprêtait à mettre son manteau :

— Moi, je vais partir dans une heure. Les accidents, c'est ton rayon.

Hansen consulta sa montre. Il partait dans une heure ? Dans une heure, Evi serait arrivée chez lui. Bon, il avait encore un peu de temps devant lui... pour les premiers soins, c'était suffisant.

— Bien ! dit-il, faisant contre mauvaise fortune bon cœur.

Il quitta son manteau et sa veste. Lucrezia Bonelli lui tendit sa blouse.

— Allons jeter un coup d'œil sur la parachutiste !

Dans l'intervalle, deux brancardiers s'étaient précipités dehors pour réceptionner la blessée. La voiture de piste stoppa net devant eux, tous freins bloqués. Le conducteur jaillit de l'habitacle.

— Nous avons préféré vous l'amener nous-mêmes, s'écria-t-il. C'est peut-être une question de minutes. Merde, elle pisse le sang, elle va me bousiller mes sièges !

Avec des gestes rapides et sûrs, les brancardiers soulevèrent la blessée qui gisait inconsciente sur le siège arrière et la posèrent sur le brancard. La chemise qui entourait sa tête était trempée de sang, son visage, à peine reconnaissable, ne formait plus qu'une étrange tache rouge.

— Viens, suis-nous ! intima l'un des brancardiers au conducteur. Allez, grouille...

— Pour quoi faire ? (L'homme secoua la tête.) Qu'est-ce que j'ai à voir là-dedans ? Moi, il faut que je nettoie ce sang tout de suite.

— Il faut que tu fasses un rapport sur le déroulement des faits.

— Quel déroulement des faits ? Ce qu'elle a fait, c'est qu'elle s'est jetée du haut de la terrasse et qu'elle a atterri sur les bagages. C'est tout.

— Ça, tu le raconteras aux médecins et à la police. Alors, tu te magnes ?

Les brancardiers partirent au pas de course en poussant leur brancard, suivis du chauffeur qui pestait en pensant à ses sièges abîmés.

Hansen, Gräfe et Wullemann se penchèrent aussitôt sur la suicidée.

— Elle n'est pas morte !

Telle fut la première réflexion de Wullemann.

Le docteur Gräfe, qui prenait son pouls, acquiesça.

— Son pouls est très faible.

Le docteur Hansen, déroulant la chemise qui servait de bandage à la jeune femme, se pencha sur elle :

— Elle est blessée à la tête. Ce n'est pas grand-chose. Lucrezia, l'oxygène ! Britte, la cordaline, la strophantine !

Après avoir lavé le sang qui maculait le visage de la femme toujours inconsciente, deux infirmières entreprirent de la déshabiller avec précaution. Le docteur Hansen examina ses membres.

— Rien de cassé. Elle a eu de la chance. La radio est prête ?

— Oui, elle est prête.

— Emmenez-la. Mais allez-y doucement ! Elle peut avoir des blessures internes. Qu'en penses-tu, Rolf ?

— Je n'ai pas l'impression. Elle a peut-être vraiment eu une chance incroyable.

Vingt minutes plus tard, les médecins y virent plus clair. Les images radio, le pouls, la tension artérielle, la respiration étaient bons. La circulation sanguine avait été stabilisée. La patiente était encore sous masque à oxygène, sa blessure à la tête avait été soignée par le docteur Gräfe, qui avait rapproché les berges de la plaie et les avait fixées avec un pansement américain. En effet, il avait choisi de ne pas recoudre pour éviter les cicatrices. Ainsi, il ne resterait plus qu'une fine ligne claire qu'elle pourrait facilement cacher avec un fond de teint. Elle n'avait pas de blessures internes, à en juger par sa tension artérielle et son pouls.

— C'est son ange gardien qui s'est interposé ! commenta Hansen pendant qu'il se rendait au lavabo pour se laver les mains. Vous avez réussi à trouver son identité ?

— Non. Elle n'a pas de papiers sur elle. (Wullemann avait examiné ses vêtements, ou plutôt ce qui en restait après le traitement infligé à sa robe.) Mais elle nous le dira en se réveillant.

Ils entendirent des voix. Une infirmière entra dans le bloc opératoire et désigna quelqu'un d'un geste du pouce.

— La police, monsieur.

— Bien sûr. Il faut faire un procès-verbal. Rolf, appelle-moi quand elle se réveillera.

Hansen se rendit dans la salle d'attente, occupée en général par les parents ou les amis des patients qui attendaient de connaître l'établissement de la ville où seraient transportés les malades après les premiers soins. La salle était vide, à l'exception de deux hommes en uniforme. L'un appartenait à la police de l'aéroport, l'autre était un inspecteur des services de sûreté.

— Docteur, on nous a signalé... commença le policier. Hansen l'arrêta :

— Oui, c'est vrai. Une femme s'est jetée du haut de la terrasse du restaurant. Nous ne connaissons pas ses motifs. Elle n'est pas encore en état d'être interrogée.

— Va-t-elle survivre ?

— Je l'espère vivement. Par miracle, ses blessures ne sont pas graves. On pourrait la renvoyer chez elle à son réveil. Mais je n'y suis pas favorable. Je voudrais la faire transférer dans un service psychiatrique, car je crains qu'elle ne recommence. C'est une simple éventualité, mais si elle recommençait, elle risquerait de réussir son coup, cette fois-là. C'est ce qu'il nous faut éviter. Je vais prendre contact avec les services psychiatriques de l'Hôpital universitaire. Les suicidaires posent toujours un problème et leur prise en charge en fait partie. C'est tout ce que je peux vous dire pour l'instant.

— Quand pourrons-nous l'interroger, à votre avis ? Il nous faut son nom, son adresse, ceux de sa famille. La raison de sa tentative de suicide...

— Pourquoi ?

— Du point de vue pénal, son acte représente une menace pour le public. Elle aurait pu blesser quelqu'un dans sa chute.

— Mais ce n'est pas le cas.

— Peu importe que ce soit le cas ou non, ce qui compte, c'est qu'elle l'ait fait. Il se pourrait bien...

— Je pense qu'il est hautement improbable qu'un homme ou une femme qui s'apprête à se suicider s'avise d'abord de prendre connaissance des termes de la loi et s'arrange pour que son suicide ne dérange personne. Cette femme s'estimera suffisamment punie lorsqu'elle constatera qu'elle a survécu et qu'elle a été sauvée. D'ailleurs, elle nous le reprochera. Voilà pourquoi je pense qu'il est nécessaire qu'elle soit prise en charge. (Hansen fit un signe de tête aux deux hommes.) Excusez-moi, messieurs, je dois retourner auprès de la patiente.

— Prévenez-nous dès qu'elle sera en mesure d'être entendue.

— Bien sûr, mais cela peut prendre un certain temps.

Il tourna brusquement les talons et quitta la salle d'attente en refermant brutalement la porte sur lui.

Le policier regarda l'inspecteur, interloqué :

— Il n'a pas l'air de nous aimer beaucoup.

— Ces docteurs, dès qu'ils ont mis leur blouse blanche, ils ne se sentent plus ! Ils se prennent carrément pour des dieux ! Ils ont un de ces culots ! L'autre jour, ma femme est allée voir un professeur au service de gynéco de l'Hôpital universitaire, et vous ne savez pas ce qu'il lui a demandé ? « Vous avez des rapports tous les combien, avec votre mari ? » Non, mais qu'est-ce que ça peut bien lui foutre ! Ces toubibs, je ne peux vraiment pas les voir !

Dans l'intervalle, la jeune femme avait quitté le bloc opératoire. Elle avait été confiée aux soins de Britte Happel. L'infirmière la vit ouvrir les yeux, de grands yeux bleus mouillés. Bien qu'ayant repris conscience, elle fixait le vide sans sembler prêter attention au décor qui l'entourait.

— Son pouls est normal, tension 12/8.

— Bien ! (Hansen s'avança près du lit.) On dirait bien qu'elle est tirée d'affaire !

Il se pencha sur la patiente :

— Vous êtes vivante, c'est l'essentiel !

— Elle ne parle pas. (Britte haussa les épaules avec résignation.) J'ai beau lui parler, elle ne répond pas.

— Laissez-nous seuls, Britte, s'il vous plaît.

Hansen s'assit sur le bord du lit. Le visage de la jeune femme était tout près du sien. Un beau visage aux traits réguliers. Un nez fin. Des lèvres bien dessinées, pas trop charnues. Un petit menton rond. Et ces yeux ! Si bleus qu'ils avaient l'air d'avoir absorbé le ciel ! La seule chose qui détonnait, c'était le pansement collé sur son front.

Britte Happel quitta la pièce sans bruit.

— Nous sommes seuls, maintenant, dit doucement

Hansen en posant sa main sur celles de la malade. Qui êtes-vous ?

— ...

— Pourquoi avez-vous fait cela ?

— ...

— La vie est si belle et si courte qu'on ne peut pas se permettre de s'en débarrasser aussi simplement. La vie, ce sont les fleurs et leur parfum. C'est le vent qui agite les feuilles des arbres. C'est un petit lac où se reflète le soleil. Ce sont les rues et les magasins remplis de choses tentantes. Ce sont les rires des enfants, la musique à la radio, des chansons ou bien du Beethoven. Ce sont les boîtes de nuit, les théâtres, les cinémas... c'est le monde entier qui nous est offert... La mer. La montagne, les plages et les cocotiers. Ou le bruit des clarines sur les alpages. Et par-dessus tout ça, un ciel merveilleux et éternel, illuminé par le soleil et caressé par la lune. Oui, la vie est belle, même quand on n'a qu'un quignon de pain sec et de l'eau pour se nourrir — car ça aussi, c'est un miracle. Les blés qui poussent et l'eau des sources, des ruisseaux, des rivières et des fleuves... la vie est un miracle permanent, malgré tous les malheurs et toutes les souffrances. Et c'est tout ça que vous avez voulu foutre en l'air !

— ...

Mais dans les yeux bleus, il se passa quelque chose. Ils se mouillèrent, se remplirent de larmes qui bientôt inondèrent le visage de la femme.

— Voulez-vous que je parte ? demanda Hansen.

— ...

Elle fit un signe de tête à peine perceptible. Mais c'était une réponse suffisante. Hansen respira. La cuirasse qui entourait son cœur était entamée.

— Je ne veux pas vous demander pourquoi vous vouliez vous jeter par-dessus la rambarde. Vous n'êtes pas obligée de me dire quoi que ce soit. C'est une décision que vous avez prise et vous vous demandez sûrement pourquoi nous ne vous avons pas laissée mourir. Vous estimez que nous ne vous avons pas rendu service, que nous ne faisons que prolonger votre torture... Mais vous vous trompez. Il y a toujours une issue, même si le chemin est difficile et semé d'embûches. Mais ce sont des issues qui ramènent à la vie, au lieu de mener à la mort.

La femme bougea la tête, la tourna vers Hansen et déclara soudain, d'une voix faible, mais au timbre agréable :

— Qu'est-ce que vous connaissez de la cruauté de la vie ?

Hansen sentit son cœur battre plus vite. Elle parle, elle est vraiment revenue à la vie !

— Dans mon métier, on vit avec la souffrance, avec le chagrin et le désespoir. Mais il y a toujours une issue.

— Oui. La mort.

— Personne n'est éternel. Nous mourons tous. Bien sûr, c'est un lieu commun, mais c'est une vérité inexorable. Et personne ne devrait devancer son destin et gâcher le travail de Dieu.

— Dieu ? (Les yeux bleus remplis de larmes se durcirent.) Est-ce que Dieu existe ?

— Oui ! Mais chacun de nous le voit différemment et le nomme différemment. Quand je réussis à sauver quelqu'un ici, à la clinique, après un infarctus ou une hémorragie cérébrale, ou un accident grave, je découvre en moi assez de foi pour dire après coup : « Merci mon Dieu ! » Vous aussi, vous devriez dire : « Merci mon Dieu de m'avoir permis de continuer à vivre ! »

La jeune femme ferma les yeux.

— Vous auriez dû être prêtre !

— Oh, il y a un prêtre qui sommeille en chacun de nous !

Il se pencha sur elle et ôta une mèche de cheveux blonds sur son front barré par le pansement.

— Acceptez-vous maintenant de me dire votre nom ?

— Herta Frieske.

Sa voix était si faible qu'il eut du mal à la comprendre.

— Me permettez-vous de vous appeler Herta ?

Elle hocha la tête et posa sa main sur celle du docteur.

Il poursuivit :

— Qu'est-ce qui s'est passé de si terrible pour que vous ayez eu envie de mourir ?

Un nouveau silence. Elle garda les paupières baissées, mais de nouveau les larmes jaillirent sous ses cils.

— Mon cœur est mort, dit-elle au bout d'un long moment. Quelqu'un a déchiré mon cœur. Et on ne peut pas vivre sans cœur.

— Qu'est-ce que vous me racontez là ! (Hansen se redressa.) C'est à cause d'un homme ! Ce n'est quand même pas pour un homme que vous allez foutre votre vie en l'air ? Herta...

— Je l'aimais plus que ma vie. Vous ne pouvez pas comprendre. Un amour comme celui-là ne se rencontre pas deux fois.

— Ce sont des foutaises... pardonnez ce mot, mais tous ceux qui aiment croient que leur amour est unique, que jamais personne ne pourra aimer comme eux.

— Nous avons été mariés pendant douze ans, je me suis mariée à vingt-deux ans. Nous avons deux enfants, deux filles qui ont dix et sept ans. Je les ai confiées à ma mère. Elles sont chez elles, là-bas. Tout le monde est aux petits soins pour elles...

Elle retint un sanglot et s'arrêta de parler pendant que Hansen essuyait les larmes qui coulaient sur son visage.

— Horst, mon mari, est mort il y a deux ans. Dans un accident, sur l'autoroute Wurtzbourg-Nuremberg. Il pleuvait, une voiture a dérapé et est venue frapper la sienne de plein fouet. Le police m'a dit qu'il était mort sur le coup. Il avait la moitié du volant enfoncée dans la poitrine. J'ai cru que le monde s'écroulait. Je n'arrivais pas à le croire. Trois heures plus tôt, Horst m'avait quittée en m'embrassant et on me le ramenait complètement déchiqueté. Vous pouvez imaginer ce que c'est ?

Hansen hocha la tête.

— Oui, je suis chirurgien.

— Il m'a fallu toute une année pour redevenir un être humain à part entière, poursuivit-elle à voix basse. Puis j'ai fait la connaissance de Helmut. C'était un homme séduisant, un architecte, un homme aisé. Il avait une Jaguar et il habitait un appartement de grand standing au dernier étage d'un immeuble qu'il avait construit. Il était cultivé et plein d'esprit, drôle, charmant... il me fascinait.

Grâce à lui, j'ai recommencé à me sentir femme, et je suis tombée amoureuse de lui. Nous avons vécu un grand amour, un amour comme je n'avais même pas osé en imaginer en rêve. C'était le paradis, nous étions au septième ciel. Nous vivions sur une sorte d'île déserte, une île aux plages de sable blanc et aux palmiers qui bruissaient dans le vent, au bord de la mer, face à un soleil qui ne se couchait jamais. Nous nous y promenions comme dans le jardin d'Eden et nous nous aimions, blottis dans un univers hors du temps. Mon rêve était démesuré et bien réel à la fois... Quand j'étais avec lui, dans sa maison, il me semblait que nous étions ensemble sur notre île et que rien ni personne ne pouvait nous en chasser. Je nageais dans le bonheur. Pouvez-vous comprendre cela, docteur ?

Hansen se contenta d'acquiescer. Qu'eût-il pu dire de plus ?

— Et un beau jour j'ai compris que la mer bleue, l'île au sable blanc où me berçaient les palmiers n'étaient qu'une illusion, un rêve qui m'avait aveuglée, une fuite vers un univers inaccessible.

Elle retint un nouveau sanglot, mais sa voix se raffermit.

— De bons amis — il y a toujours de bons amis pour le faire —, de bons amis, donc, m'ont déclaré un jour : Mais tu es aveugle ! Tu es la seule à ne pas le savoir, Helmut a une autre maîtresse. Il lui a fait construire une maison à la campagne, dans le Taunus, une superbe villa. Et elle a deux enfants de lui. Quand il te dit qu'il va sur ses chantiers, en réalité, c'est elle qu'il va retrouver. Toi, tu n'es qu'un joli petit jouet qu'il s'offre en supplément. Une petite poupée qu'on peut habiller et déshabiller à son gré et qui se laisse faire docilement. Trois jours en Forêt-Noire, deux jours à Rome, une semaine à Chypre... Toi, tu vis dans ton monde d'illusions, tu ne vois pas la réalité. Plus rien ne compte quand il te prend dans ses bras et que tu sens son corps contre le tien. Tout cela, il le sait, il le sait parfaitement et il en profite sans vergogne. Et pendant que toi, tu t'étires au creux du lit, ivre du désir de lui et que tu l'attends, il appelle sa maîtresse depuis le salon : « Ma chérie, ce soir, il sera tard, peut-être, mais je serai auprès de toi... » Voilà ce que vous apprennent les bons amis.

— Et c'est là que vous avez perdu la tête ?

— Je suis allée dans le Taunus, je me suis postée devant la villa et j'ai vu les deux enfants. Je l'ai vue elle aussi, elle... une femme magnifique, une brune aux longs cheveux noirs, plus jeune que moi... j'ai trente-six ans, maintenant... et je suis rentrée chez moi. C'est là que je me suis dit : Voilà, c'était ta vie, ça y est, elle est finie. Ton île a sombré au fond de la mer, va la rejoindre. Plus la peine de supporter cette vie... Tu es morte intérieurement... une enveloppe vide n'a plus d'importance.

— Et c'est pour cette raison que vous êtes venue jusqu'à l'aéroport pour vous jeter du haut de la terrasse ? Pourquoi justement cette terrasse ? Il y a tellement d'autres endroits !

Elle hocha la tête et joignit les mains.

— C'est à cause de mon île. Un jour, nous sommes montés sur cette terrasse, Helmut et moi, à l'époque où rien ne comptait que notre amour. Nous avons passé un bon moment à observer les avions qui s'envolaient. Helmut a montré l'un d'eux et m'a dit : « Regarde, il part pour le Kenya. Et celui-là, il s'envole pour l'île Maurice. C'est une île merveilleuse, avec des plages paradisiaques. Et cet autre, il s'en va au Japon. Le Japon... les cerisiers en fleur. A cette époque, ce pays n'est plus qu'un océan de fleurs. Il faut que tu voies ce spectacle. Nous irons au Japon voir les cerisiers en fleur. » C'était merveilleux, je croyais tout ce qu'il me disait. J'étais sur un nuage... et à quelques kilomètres de là, sa maîtresse et ses enfants l'attendaient. Mais je ne le savais pas, à l'époque. Aujourd'hui, c'est cette terrasse que j'ai choisie pour en finir, cet endroit où je rêvais au grand amour. C'est là que j'ai voulu mourir. Est-ce que c'est si difficile à comprendre ?

— Non, je comprends mieux maintenant. Mais vous êtes vivante. Et vous continuerez à vivre. Vous avez deux enfants... une grand-mère ne pourra jamais remplacer une mère. Vous avez fait le grand saut, mais le destin a décidé que vous deviez rester. La mort ne veut pas de vous. Acceptez sa décision ! Laissez là votre passé malheureux, refermez ce chapitre de votre vie. La fuite n'est pas une solution... prenez la vie à bras-le-corps, vous y arriverez. Pensez à tout ce que vous êtes encore en droit d'attendre d'elle, à trente-six ans ! Exercez-vous une profession ?

— Oui. Avant mon mariage, j'étais journaliste au *Rundschau.* C'est là que j'ai fait la connaissance de Horst. Il était photographe de presse et donc toujours sur les routes. A la naissance de mon premier enfant, j'ai quitté le journal.

— Vous pourriez reprendre votre travail de journaliste, Herta.

— Je n'ai plus la pêche, docteur. Je suis vidée intérieurement.

— Il faut du temps à l'âme pour se remplir à nouveau. (Hansen se leva.) Je reviens tout de suite, Herta. Je vous laisse quelques minutes. Nous avons encore beaucoup de choses à voir ensemble.

Elle hocha la tête, et, pour la première fois, un faible sourire se dessina furtivement sur ses lèvres.

— Merci, docteur.

Puis elle referma les yeux, et Hansen sortit.

Les deux policiers n'avaient pas quitté la salle d'attente. Hansen les retrouva en train de feuilleter de vieux magazines fatigués. A son arrivée, ils se levèrent comme un seul homme.

— On peut y aller, maintenant ? demanda l'inspecteur.

— Non. La patiente est encore en état de choc.

Sarcastique, il ajouta :

— Ce n'est pas tous les jours qu'on se suicide. Vous ne pouvez pas l'interroger maintenant. D'ailleurs, elle est incapable de parler. Mais je peux vous donner son état civil. Elle s'appelle Herta Frieske.

Le policier nota son nom dans un carnet.

— Adresse ? demanda-t-il d'un ton sec.

— Aucune idée.

— Vous ne lui avez pas demandé ?

— Je viens de vous le dire : elle est en état de choc !

Son nom est la seule chose que j'aie réussi à en tirer. Revenez demain.

— Est-ce que Mme Frieske sera encore ici ?

D'habitude, les patients étaient transférés dans les hôpitaux des environs tout de suite après les premiers soins. Quatre ambulances et deux voitures étaient prévues à cet effet.

— Je ne sais pas. Je vous dirai demain où vous pourrez la trouver.

— Mais nous devons prévenir sa famille ! (Le policier referma son carnet à grand bruit, d'un geste provocateur.) Elle habite Francfort ?

— Aucune idée. (Hansen haussa les épaules.) A ma connaissance, c'est surtout en cas de décès que la famille est prévenue par la police. Mais Mme Frieske est vivante... Au revoir, messieurs !

— Non mais, pour qui il se prend ! grogna l'inspecteur après que Hansen eut disparu. Pas de doute, c'est vraiment Dieu en blouse blanche ! Pourtant, toubib, c'est un métier comme un autre !

Dans la salle de soins, Hansen tomba sur Lucrezia Bonelli. Celle-ci était occupée à découper des bandes de sparadrap.

Il s'approcha d'elle, mit un bras autour de ses épaules et l'embrassa dans le cou. Elle pencha la tête en arrière, ferma les yeux et soupira doucement. Malgré son nom italien et son physique de Méditerranéenne aux yeux de braise, elle n'était née ni à Naples, ni à Palerme, mais tout bonnement à Munich. Elle était entrée à la Clinique de l'aéroport de Francfort en répondant à une annonce.

Point n'était besoin d'être devin pour prédire que la rencontre entre le docteur Hansen et Lucrezia serait fructueuse. Ils se ressemblaient tellement par leur tempérament, leur vision de la vie et leur goût du plaisir qu'une relation amoureuse entre ces deux êtres était quasiment inévitable. Lucrezia ne se doutait pas de l'existence d'Evi Borges, l'hôtesse de l'air qui, avec sa chevelure rousse flamboyante, était exactement son contraire. Et c'était mieux ainsi car, en cas de soupçons de sa part, un drame sicilien n'eût pas manqué de venir troubler fâcheusement la quiétude de Hansen. Le médecin possédait un art consommé pour jongler avec ses horaires de façon à éviter toute interférence entre Evi et Lucrezia. Lorsque Evi était en vol vers l'Australie, Singapour, Hong Kong ou San Francisco, il se livrait aux sauvages appétits de Lucrezia. En revanche, lorsque Evi était au sol pendant deux ou trois jours, il était injoignable pour la belle infirmière. Il prenait alors prétexte de sa nombreuse parenté, prétendant en faire le tour par piété familiale. Comme tous les amoureux, Lucrezia le croyait sur parole. Car il ne s'absentait jamais plus de deux ou trois jours, à la suite desquels elle retombait sur sa proie comme une panthère.

Le plus remarquable dans tout cela était la santé du docteur Hansen. Mais quand on a à peine dépassé la trentaine...

— Je t'aime, murmura Lucrezia, en se serrant contre lui. Chaque journée, chaque nuit sans toi est un supplice.

— Tu exagères, mon trésor !

Hansen regarda sa montre. Evi atterrirait dans quelques minutes, si l'avion était à l'heure. Il était grand temps de rentrer, maintenant, s'il voulait avoir le temps de tout préparer pour l'accueillir. Une bouteille de champagne, du homard, des toasts, des asperges — il avait déjà tout acheté. Il ne restait plus qu'à les dresser sur la table le plus joliment possible.

— Bon, amuse-toi bien...

— C'est tout, mon chéri ?

— Tu as une garde de nuit fatigante en perspective.

— Il ne t'est jamais venu à l'idée que je pourrais te tromper ?

— Non. Jamais tu n'en retrouveras d'autre comme moi.

— Espèce de prétentieux !

Elle rit. Il l'embrassa une nouvelle fois et elle se courba sous son étreinte.

— Mais tu as raison... comme toujours. Dors bien !

— Merci, mon trésor.

Hansen retourna une dernière fois auprès de Herta Frieske.

Celle-ci était assise dans son lit. Elle lui sourit.

— Nous allons bien, maintenant, n'est-ce pas ? s'enquit-il.

— Ça bourdonne et ça tape dans ma tête.

— Une telle folie mérite bien une petite punition ! L'infirmière va vous donner quelque chose contre la douleur. Ensuite, on vous transportera en ambulance à la Clinique du Nord.

— Mais pourquoi donc, docteur ?

Ses grands yeux bleus étaient tout ronds.

— Où voulez-vous aller, sinon ?

— Chez moi.

— Dans cet état ?

— Quel état ?

— Vous avez voulu vous tuer, c'est quelque chose, non ? Qui peut me garantir que vous n'allez pas vous précipiter tout droit sous la première voiture venue en sortant d'ici ?

— Je vous le promets, docteur.

— Les promesses de suicidaire sont des promesses d'ivrogne.

— Vous pouvez très bien me faire transporter auprès de mes enfants, chez ma mère. N'est-ce pas une garantie suffisante ?

— J'ai... j'ai quelques doutes, Herta.

— Vous voulez m'enfermer chez les fous, n'est-ce pas ?

— Comme vous y allez ! Je veux vous mettre sous surveillance psychiatrique.

— C'est pareil. Quand je travaillais comme journaliste, j'ai visité une clinique psychiatrique... c'était l'enfer ! Je n'en ai pas dormi pendant des nuits, tant j'avais la gorge nouée.

— Quand on est en bonne santé, c'est l'effet produit, je vous l'accorde. Mais pour les malades, c'est un refuge.

— C'est là que vous voulez m'envoyer ? Docteur, je préfère vraiment me jeter sous une voiture.

— D'après le règlement, j'y suis obligé. Vous avez fait une tentative de suicide...

— Vous n'êtes pas obligé de le signaler.

— Que faites-vous du dossier ?

— Vous pouvez très bien inscrire que j'ai été blessée à

la tête à la suite d'une chute. D'ailleurs, c'est la vérité. Vous ne serez même pas obligé de mentir.

— Mais la police a déjà un dossier sur vous.

— Vous leur avez donné mon adresse ?

— Non. Je ne la connais pas. Je leur ai simplement donné votre nom.

— Ils ne pourront pas faire grand-chose avec mon nom. Docteur, laissez-moi rentrer. Je vous en prie...

— Vous me demandez d'enfreindre le règlement.

— Non... d'être humain, c'est tout.

— Je vois qu'il est inutile de discuter avec vous, Herta. Je vais en parler à mon confrère, le docteur Gräfe, et je suppose qu'il acceptera de vous faire reconduire chez vous.

— Merci, docteur ! (Elle lui tendit les bras.) Vous êtes merveilleux !

Il lui prit les mains, les baisa et se dépêcha de quitter la pièce.

Il n'y a que les fous comme moi, pensa-t-il, pour faire passer leurs sentiments avant leur raison, même si c'est rarement indiqué dans notre métier ! Une chance que nous soyons unis comme les doigts de la main, à la clinique... Je dois reconnaître que je ne me suis pas conduit tout à fait comme j'aurais dû.

Une demi-heure plus tard, une ambulance amenait Herta jusqu'à une petite maison de banlieue.

Lorsqu'elle appuya sur la sonnette, elle entendit à l'intérieur la voix de ses enfants.

Elle posa son front recouvert d'un pansement sur le cadre de la porte et se mit à pleurer. Mais ses larmes n'avaient pas du tout le même goût que celles qu'elle avait versées lors de son plongeon manqué vers la mort...

Britte Happel était nerveuse, le docteur Gräfe l'avait remarqué depuis un certain temps...

Celui-ci était occupé avec un passager qui, pris de coliques néphrétiques, ne cessait de gémir en répétant :

— Je ne pourrai plus attraper le vol de Milan, docteur ! Je dois être à Milan demain, sinon je perds une affaire importante. Je suis négociant en tissus et je risque de me retrouver tout nu si mes concurrents achètent toute la collection. Il faut que j'aille à Milan, docteur !

— L'avion a déjà décollé ! dit Gräfe.

Il avait injecté au malade un puissant analgésique qui ferait effet au bout de dix minutes. Mais on ne pouvait en rester là, il fallait le faire transférer dans un hôpital afin de poursuivre le traitement.

— Dans ce cas, je prendrai le suivant ! Je sais qu'il y a encore un vol ce soir.

— J'en doute.

— Comment cela ? Vous m'avez fait une piqûre, dans une heure je serai sur pied ! Vous ne comprenez donc pas qu'il faut que j'aille à Milan ? Si je ne suis pas à la présentation de demain matin, il ne me restera plus que les rogatons. Je cours à ma ruine !

— Les plus beaux tissus du monde ne vous serviraient plus à grand-chose si vous deviez repartir les pieds devant ! lui assena Gräfe sans ménagement.

Il jeta un nouveau regard vers Britte ; une fois de plus, celle-ci louchait vers sa montre, l'air anxieux, tout en découpant un grand morceau de gaze destiné à un jeune homme allongé sur une table de soins. C'était la police de l'aéroport qui le leur avait amené, fin saoul. Il s'était ouvert l'avant-bras et son œil gauche tuméfié prouvait qu'il avait été mêlé à une bagarre.

— Ce n'est pas ma première crise de colique néphrétique ! plaida le marchand de tissus.

— Justement ! insista le médecin. C'est pour cette raison qu'il n'y a pas de temps à perdre pour vous hospitaliser. J'appelle l'hôpital Sainte-Elisabeth. Ils ont encore des lits pour ce soir.

— Pas question !

Le patient se releva brutalement, s'apprêta à sauter, mais il n'y parvint pas. Cependant, sous l'effet de l'injection, la douleur s'atténuait.

— Il faudra me faire une anesthésie complète si vous voulez m'emmener à l'hôpital !

— Aucun problème, c'est tout à fait possible ! Mais si

vous voulez partir, il faut me signer une décharge. C'est à vos risques et périls.

— Je signerai tout ce que vous voudrez ! Tout ce qui m'importe, c'est d'arriver à Milan !

— Comme vous voudrez...

Gräfe se dirigea vers Britte Happel. Celle-ci, comme le suggérait son prénom, était de type nordique : grande, mince, les cheveux blond pâle, l'allure sportive. Une fille qui semblait sortir tout droit du grand large, à moins que ce ne fût d'un champ de blé doré et ondulant. L'amour qui l'unissait à Gräfe était leur secret. A la clinique, ils observaient un comportement d'une absolue discrétion.

— Qu'est-ce que tu as ? lui demanda Gräfe à voix basse.

— Rien.

— Tu as l'air si tendu, aujourd'hui !

— Je n'ai rien, Rolf, je t'assure.

— Mais je le vois bien ! Il y a quelque chose qui te travaille. Dis-le-moi ! Si je peux t'aider en quoi que ce soit... Tu t'es encore disputée avec ton beau-père ?

Elle secoua la tête, trop vigoureusement pour être crédible.

— C'est peut-être parce que... parce que je ne t'ai pas vu pendant trois jours... répondit-elle. C'est peut-être que tu me manques...

— Allons, allons ! Tu veux sortir, ce soir ? Et comme demain, nous sommes de repos tous les deux, que penserais-tu d'une petite escapade en Alsace ? Nous mangerons comme des rois et nous dormirons dans un lit à baldaquin ! D'accord ?

Elle hocha la tête et retourna auprès de l'ivrogne à l'avant-bras abîmé. Gräfe s'assit à son bureau et remplit la décharge destinée au marchand de tissus.

Il ne va pas tarder à atterrir, pensa Britte Happel, tout en pansant le blessé.

L'avion de la Quantas, en provenance de Sydney après une escale à Bombay, amorçait son approche. A son bord, Hubert Lawinsky, un chef de cabine de la compagnie australienne. C'était un homme au physique extrêmement attrayant. Paraissant incroyablement jeune en dépit de ses quarante ans, il était d'une suprême élégance lorsqu'il troquait son uniforme pour les vêtements civils. De plus, son art de vivre était exquis, ses manières raffinées, il aimait la belle vie et il ne cessait de lui réserver d'agréables surprises. Récemment, il lui avait rapporté une énorme écorce de bois décorée de peintures représentant des légendes que se racontaient les Aborigènes, les primitifs d'Australie. Hubert lui avait expliqué que ces indigènes vivaient toujours dans les vastes steppes et les déserts de l'Outbak et qu'ils considéraient la terre comme leur père et le ciel comme leur mère.

Lawinsky était totalement différent du docteur Gräfe. Ne faisant aucun plan à l'avance, n'éprouvant pas le besoin d'organiser son existence, il se contentait de vivre au jour le jour. Il prenait la vie comme elle venait, voilà tout, et en tirait le meilleur parti possible. Il semblait ignorer les soucis et les chagrins. Il était toujours gai. Un vrai rayon de soleil au rire communicatif. C'était le chef de cabine préféré des passagers de la Quantas. Il en était conscient et en jouait pleinement. Au fil des années, il s'était bâti un cercle de relations comprenant des chefs d'entreprise et des magnats du pétrole. Un grand nombre d'habitués de la ligne le saluait comme un vieil ami. Une star de Beverly Hills l'avait invité dans son beau château tout blanc. Il y avait séjourné pendant une semaine en profitant des charmes des beautés hollywoodiennes qui s'étaient succédé dans son lit. Avoir un pied-à-terre dans toutes les régions du monde, voilà qui faisait partie de ce qu'Hubert Lawinsky considérait comme « la belle vie. »

Il avait fait la connaissance de Britte à la Clinique de l'aéroport, où il avait amené un passager qui avait fait une chute dans un escalier mécanique.

D'un seul coup d'œil, Lawinsky avait remarqué qu'il avait éveillé l'intérêt de la blonde infirmière. Ce genre de choses n'échappe jamais à un spécialiste du contact subtil.

Il n'eut aucun mal à apprendre à quelle heure finissait sa garde. Lorsqu'elle sortit, dans le hall, elle le vit s'avancer à sa rencontre du pas résolu d'un homme habitué de longue date à venir l'attendre ainsi.

— Il fallait que je vous revoie, lui déclara-t-il avec une spontanéité juvénile. Excusez-moi...

Britte eut une légère réaction de défense, mais il en fallait plus pour décourager un expert en comportement féminin.

— Pourquoi vouliez-vous me revoir ? demanda-t-elle.

Elle s'était arrêtée, il avait donc déjà marqué un point.

Lawinsky poussa son avantage plus loin :

— Pourquoi ? Regardez-vous dans un miroir, vous comprendrez tout de suite !

Britte chercha une repartie, mais n'en trouva pas. Au lieu de quoi, elle dit :

— Le monsieur que vous nous avez amené va bien. Nous avons pu le renvoyer chez lui. Il n'a que quelques contusions et une petite écorchure au genou.

— J'ai essayé de trouver ce que je pourrais me faire comme blessure pour bénéficier de vos soins. Est-ce qu'une bosse suffira ?

— Non. (Elle rit, et quand on rit, on perd ses défenses.) Il faudra trouver quelque chose de plus important : une fracture, un infarctus, une grave blessure...

— Ça, c'est trop, je n'en ai pas les moyens.

— De temps en temps, nous avons des accouchements prématurés...

— Impossible, avec la meilleure volonté du monde. (Lawinsky arbora son sourire le plus irrésistible.) Mais je pourrais peut-être simuler un collapsus cardio-vasculaire.

— Je pense que vous auriez des difficultés à tromper nos médecins, il leur suffirait de prendre votre tension.

— Ma tension montera à 22 dès que je vous verrai.

— Dans ce cas-là, on vous fera une injection et vous resterez au repos dans une cabine où vous serez seul.

— Donc, je n'ai aucune chance ?

— Non.

— Et si je vous accompagnais jusqu'à votre voiture ?

— C'est le docteur Gräfe qui me raccompagne chez moi. Il m'attend porte 32.

— Est-ce que le docteur Gräfe vous raccompagne toujours chez vous ?

— Non, de temps en temps seulement.

— Demain, alors ?
— Vous n'êtes pas de service ?
— J'arrive d'Australie et j'ai deux jours de repos.
— D'Australie ? (Britte leva les sourcils.) Je rêve d'y aller. Et en Nouvelle-Zélande aussi... ce doit être très beau.
— Oh... c'est un pays de velours et de soie... Et quand on est assez sage pour ne pas renvoyer Hubert Lawinsky — c'est mon nom — à coups de pied dans les tibias, c'est le genre de rêve qui se réalise. Acceptez-vous de me revoir ? Vous avez bien un numéro de téléphone ?
— Peut-être...
« Peut-être », c'est déjà à moitié gagné. Lawinsky le savait. Son expérience fut confirmée, une fois de plus. Britte Happel lui griffonna son numéro sur le bloc des ordonnances.

Lentement, mais sûrement, une BMW noire se dirigeait vers le nord dans un ronronnement de moteur rassurant. Même si les autres véhicules affluaient vers le centre-ville au rythme des battements de l'énorme cœur que constituait l'aéroport de Francfort-sur-le-Main, plaque tournante de l'Europe, le conducteur de la BMW n'en avait cure.

Le docteur Fred Hansen rentrait chez lui. Sans se presser, comme d'habitude après sa garde. Pour lui, c'était presque un rituel. Après la bataille, il repassait dans sa tête les péripéties de la journée, une méthode efficace pour se défendre contre la cadence infernale, épuisante, à laquelle il était soumis jour après jour. Garder le contrôle des événements, ne pas se laisser dévorer, telle était sa ligne de conduite.

Ce jour-là, par exemple, il s'était installé dès huit heures à son bureau afin de liquider les paperasses administratives les plus urgentes, et pourtant, il n'en avait réglé que la moitié. Car la ronde n'avait pas tardé à commencer. Il lui avait fallu s'interrompre six fois pour se rendre au bloc opératoire afin de traiter les cas les plus urgents : une aspiration bronchique sur un vieux monsieur qui, paniqué à la perspective de son voyage, avait vomi et fait une fausse route ; puis le train-train habituel, les collapsus cardio-vasculaires, les blessures, les coliques néphrétiques et les coliques hépatiques. Et à la fin, pour couronner le tout, cette suicidaire à laquelle il avait fait un sermon sur le sens de la vie.

« Vous auriez dû être prêtre ! », lui avait-elle dit, par pure ironie. Et pourtant, plus tard, elle l'avait remercié. Certes, il n'avait pas fait dans la dentelle, son discours avait été plutôt grandiloquent, mais force était de constater qu'il avait tapé dans le mille et qu'il avait trouvé exactement le point douloureux. Et c'était sur cette note positive que cette journée désagréable s'était conclue. Bien ! Sans compter qu'une nouvelle récompense l'attendait : Evi, la jeune hôtesse aux cheveux roux.

Il jeta un coup d'œil à la montre du tableau de bord et, par réflexe, appuya sur l'accélérateur. Bon Dieu, si ça se trouve, elle est à la porte ? Elle n'a pas de clé, naturellement, lui donner un trousseau, ce serait un peu trop dangereux !

Le vol LH-637, Karachi-Téhéran-Ankara-Francfort, représentait plus de cinq mille kilomètres. Plus de sept heures passées à voler à dix mille mètres d'altitude, à survoler deux continents, des déserts, des montagnes, des villes, des pays. Emprunter une route qui devance le temps, puis, sur une autre, se battre pour le rattraper — vieillir, puis rajeunir... Les cartes des fuseaux horaires en témoignent, le système du temps universel est régi par des règles bien précises. Tout a été pensé, calculé avec précision, et pourtant, notre corps obéit à l'horloge et aux règles qui lui sont propres. La première année, on ne se rend compte de rien, juste une légère nausée de temps à autre et un besoin de sommeil qui fait fourmiller les doigts et battre les tempes. Mais au bout de deux ou trois ans, certains d'entre nous sont sujets à des problèmes qui les poussent à décrocher. Les autres prétendent s'y être habitués. Mais ce qui se passe dans l'organisme, qui peut le savoir ? Un jour, quelque part, leur corps leur indiquera la limite à ne pas dépasser.

Rompue, ivre de fatigue, Evi Borges attrapa sa valise sur le tapis et la posa sur le caddie.

Et pourtant, l'avion n'avait été qu'à moitié rempli et avait volé bien en dessous du seuil de rentabilité, une fois de plus. Bien sûr, les responsables de la compagnie le déploraient. Mais pour l'équipage, pour le chef de cabine et ses onze hôtesses, le vol avait été extrêmement agréable. Les hôtesses n'avaient eu que la moitié des ceintures à contrôler, la moitié des journaux, la moitié des comprimés contre le mal de tête et la moitié des repas à distribuer. Elles n'avaient pas échappé aux réclamations habituelles, aux questions stupides, aux compliments déplacés. A ce propos, la carte de visite d'un certain monsieur Alyan Singh, président de la Singh Constructions, n'avait pas manqué de piquant : « Vous très jolie dame avec très beaux cheveux. Moi sera seul à Francfort. Vous pouvez me aider ? »

Evi avait secoué la tête, et, les hôtesses étant tenues de se montrer aimables en toute circonstance, elle avait rendu sa carte au « Président » en lui répondant : « Sorry, non. » Mais maintenant, tout cela était terminé. Elle poussa son caddie en direction du comptoir des douanes. Et tandis qu'elle avançait ainsi, mince et élancée, sa chevelure mordorée relevée en une queue de cheval nouée par un ruban vert, fatiguée mais conservant toujours sur son beau visage cette expression d'inaccessibilité dont elle n'avait plus conscience depuis bien longtemps, elle attirait les regards avides des passagers masculins. Avec irritation, elle se dit qu'ils avaient pourtant eu suffisamment de temps pendant le vol pour la dévisager ! Mais... Non, ce n'est pas vrai ! Comme d'habitude, et cette fois-ci en toute bonne foi, Evi avait mis le cap sur la file des « Rien à déclarer ». Mais le douanier qui contrôlait les passagers ne l'entendait pas de cette oreille. Il lui fit signe d'approcher.

— Oh non, gémit Evi, vous êtes vraiment obligé ?

— Parfois, oui. Vous le savez bien, non ?

Pour des questions de prestige, mais aussi pour ne pas

les mettre en situation délicate après la fatigue des longues heures de vol, on fouillait les membres des équipages dans une salle attenante surnommée « la cave ». La majorité des heureux élus en conservait un souvenir cuisant. C'est là que, à la lumière froide des néons, Evi posa sa valise et son sac de voyage pour assister, impuissante et tremblante de rage, à la fouille en règle de ses affaires par cet horrible douanier aux lèvres minces comme des lames de rasoir qui farfouillait dans son linge.

— Mais je vous dis qu'il n'y a rien d'intéressant pour vous là-dedans, rien du tout !

— Ah non ? Et qu'est-ce que vous avez là, dans ce sac ?

— Un éléphant.

Il releva légèrement la tête ; il était jeune, ses yeux gris ressemblaient à des yeux de poisson et son front était piqueté de boutons.

— Vous aimez la plaisanterie, pas vrai ?

Elle brûlait de lui envoyer à la figure que le plus plaisantin des deux, c'était lui, mais elle préféra s'abstenir. Mieux valait éviter d'autres ennuis.

Les mains du douanier plongèrent à l'intérieur de son sac grand ouvert et son front se plissa lorsqu'il en sortit un éléphant noir, en ébène incrustée de nacre. Evi en avait fait l'acquisition huit heures auparavant au prix d'un âpre marchandage avec un marchand d'antiquités de Karachi.

— Et ça ? C'est pour le vendre ?

— Non ! hurla Evi. C'est un cadeau. Et si vous voulez le savoir, je le rapporte à un homme qui aime les éléphants, mais qui ne se comporte pas pour autant comme un éléphant !

Le douanier rougit mais accepta sa défaite sans mot dire. Il alla jusqu'à lui ouvrir galamment la porte.

— Parfait. Eh bien, à la prochaine...

Hansen aimait sa maison lorsque toutes les bougies étaient allumées. Aussi les allumait-il même lorsqu'il était seul chez lui. La plupart du temps, il était absent dans la journée, mais le soir, il se délectait à écouter *Les Quatre*

Saisons de Vivaldi dans la lumière douce que reflétaient les verres de cristal et les tableaux qui ornaient les murs de la pièce.

Ce soir-là, il avait fait un effort particulier pour accueillir Evi. La table était décorée avec art et deux roses piquées dans un vase donnaient la touche finale. L'atmosphère était intime à souhait, sans une seule fausse note dans le décor. On pouvait compter sur Fred Hansen pour créer des ambiances qui faisaient tomber les femmes comme des fruits mûrs. Ce n'était pas par hasard qu'on l'appelait « le beau Fred » depuis ses années d'études à Göttingen.

Comme pour souligner encore sa mâle beauté, il avait passé son peignoir de soie. Maintenant, tous les objets de la pièce semblaient comme lui attendre l'entrée d'Evi la Rousse. Et déjà, la sonnette retentissait.

Juste à l'heure, se dit Hansen, mais c'est normal pour une hôtesse.

Il alla ouvrir.

La première chose qu'il aperçut, ce fut un éléphant qu'on lui agitait sous le nez. Et quel éléphant !

— Oh Evi, souffla-t-il, il est extraordinaire !

— Un baiser !

Hansen l'embrassa — non, voulut l'embrasser.

— A l'éléphant, espèce de ballot ! A un cheveu près, je me le faisais piquer par un imbécile de douanier ! Bon, et maintenant, laisse-moi entrer !

Fred Hansen apporta l'éléphant dans le salon et le posa avec tendresse sur l'étagère de bois où était rassemblé tout un troupeau de ses congénères, souvenirs d'Ouganda, de Bornéo ou de Thaïlande. Il y avait même des éléphants chinois, petits chefs-d'œuvre d'ivoire blanc. Le nouveau venu était un objet de taille modeste, mais l'éclairage faisait miroiter ses incrustations comme de l'argent et ses décorations de laiton semblaient de l'or pur. Il était si beau qu'il reléguait tous les autres à l'arrière-plan.

Evi, son Evi...

Il se tourna vers elle. Il aperçut les ombres sous ses pommettes, et la pâleur de son visage, épuisé par les heures de vol. Il savait ce qui allait se passer. Elle n'allait pas tarder à grimper dans la baignoire, il lui masserait les épaules, et peut-être bien, comme souvent lorsqu'elle en ressortait, se laisserait-elle tomber dans le lit, lointaine et inaccessible.

— Que penserais-tu d'une coupe de champagne ? lui proposa-t-il. Ce qu'il te faudrait, maintenant, c'est un petit coup de fouet pour stimuler ta circulation.

Mais elle ne sembla pas l'entendre. Elle se contenta d'embrasser la pièce d'un regard circulaire et de poser ses mains sur le bras d'un fauteuil, comme s'il lui fallait sortir d'un rêve et se replonger dans une nouvelle réalité.

— Tu es fatiguée, ma pauvre, n'est-ce pas ?

— Fatiguée ? Morte !

— Tu as faim ? Regarde ce que j'ai préparé !

Elle sourit, mais secoua négativement la tête.

Bon : force était de constater que c'était elle qui fixait les règles du jeu. Qu'est-ce qu'elle a encore, ce soir ? Elle m'apporte un cadeau somptueux et elle me regarde comme si j'étais un morceau de bois, non, bien pire, une ombre !

Depuis qu'il la connaissait, il s'était posé beaucoup de questions à son sujet, sans pouvoir trouver de réponse. Huit mois auparavant, elle lui était apparue soudain, si belle que sa vue lui avait été presque insupportable. Grande et élancée, avec cette chevelure qui semblait crépiter comme le feu. Et tout le monde s'était mis à la dévorer des yeux. Lui y compris. Il en était resté saisi. L'espace d'un instant, une telle beauté déclenchait un étonnement incrédule plutôt que le désir. Une admiration qui vous rendait muet, réservée à la seule perfection.

— Excusez-moi d'arriver sans prévenir, docteur, avait-elle dit, mais pourriez-vous jeter un coup d'œil là-dessus ?

— Avec plaisir. Je suis là pour ça !

Ce qui était faux, car la première prise de contact entrait dans les attributions d'une infirmière ou de l'assistant — mais il n'allait pas la renvoyer !

La paume de sa main droite était enflée. Evi revenait d'Afrique, de Johannesburg, ou de Prétoria ? Quoi qu'il en soit, des amis l'avaient invitée à une sortie et le souvenir qu'elle en rapportait était une grosse épine de cactus plantée dans sa main, qui avait déclenché une infection, au point de l'empêcher de bouger le doigt. Il fallait éviter une dissémination des germes. A la palpation, les ganglions axillaires étaient clairement perceptibles. Lorsque Evi enleva son chemisier Lufthansa, le spectacle qui s'offrit à Hansen faillit lui faire oublier ses obligations de réserve professionnelle.

La jeune fille parut s'en apercevoir. Un bref regard scrutateur et sévère de ses yeux verts fit se lever en lui un léger sentiment de honte.

— Vous savez, docteur, j'ai très mal. Et j'ai peur de ne pas pouvoir conduire pour rentrer chez moi. J'en ai pour une heure de voiture.

— Où habitez-vous ?

Il était onze heures du soir.

L'endroit qu'elle lui indiqua était à quarante minutes environ de Francfort, en direction de Darmstadt.

— Vous avez raison. Vous ne pouvez pas conduire avec une main pareille. Je vais vous faire une piqûre, et ensuite nous allons inciser pour nettoyer le pus. Simplement, il faut le faire tout de suite.

— Et ensuite ?

— Ensuite, avait-il souri, ensuite nous verrons...

Il savait qu'il lui serait plus difficile encore de conduire avec une main bandée. Mais la Lufthansa disposait d'une réserve de chambres d'hôtel pour son personnel. Il fut donc d'autant plus surpris lorsque, après qu'il lui eut précisé qu'il habitait dans les environs et qu'il tenait toujours un lit à la disposition de ses amis, elle accepta avec un simple hochement de tête.

Ce soir-là, tout comme maintenant, il avait commencé par sortir la bouteille de champagne du réfrigérateur. Et ce soir-là, comme maintenant, elle avait refusé. Elle s'était contentée de lui demander un verre de lait.

Ensuite, il l'avait conduite dans la petite chambre d'amis. Elle avait dit « Merci », s'était couchée, avait fermé les yeux et s'était retournée dans son lit. Et le seul souvenir qu'elle lui avait laissé le lendemain, c'était une petite feuille posée sur la table. « Merci. J'ai merveilleusement bien dormi. Peut-être nous reverrons-nous. »

Ils s'étaient revus, effectivement. Deux semaines ne s'étaient pas écoulées qu'elle fit irruption à la clinique. Dans le paquet qu'elle portait sous le bras se trouvait un petit éléphant africain délicatement sculpté. Et depuis, le troupeau d'éléphants n'avait cessé de s'étoffer, au point que Fred Hansen envisageait de faire monter une seconde étagère. Mais ce soir, pas de lait ! Et ils avaient dépassé le stade de la chambre d'amis depuis longtemps. Au moins avait-il obtenu ce résultat, Dieu merci !...

La lumière blafarde des projecteurs éclairait violemment le sable du sol. Une fois de plus, quelques projecteurs avaient déclaré forfait, ce qui ajoutait à l'aspect menaçant des contours noirs des obstacles qu'il devinait plus qu'il ne les voyait.

Rolf Gräfe avait conduit sa moto tout-terrain jusque devant le numéro quatre : un tremplin terminé par un fossé. La rampe paraissait grimper à l'assaut de la nuit qui tombait du ciel. A droite, à une distance d'un mètre environ, il aperçut Benni Radek. Sanglé dans un blouson de cuir qui luisait à la lumière, l'homme lissait sa moustache noire. Gräfe examina le personnage et tout le décor avec détachement, comme on examine une radiographie. Soudain dégrisé, il sentit son excitation retomber d'un seul coup. Une fois de plus, il se demanda : Bon Dieu de bon Dieu, qu'est-ce que je fous là ? Comme si le reste ne me suffisait pas ! Après dix heures de bagne à la clinique, au lieu de profiter d'un repos bien mérité, de me foutre au pieu avec une minette, il faut que je vienne risquer ma peau dans cet endroit merdique pendant qu'un primate comme Benni Radek se fout de ma gueule. Mais qu'est-ce que j'ai dans la tête, bordel ? Qu'est-ce que je viens chercher sur cette foutue piste ?

Il appuya sur le kick. Sa Honda gronda et se mit à trembler.

— Allez, docteur, montre-nous ce que t'as dans le ventre ! gueula Radek.

Il passa la première, puis la deuxième, doucement,

maintenant. Fais gaffe, tu risques encore de patiner — non, ça y est, ça marche, allez, pleins gaz !

Il sentit la fraîcheur du vent du soir à travers sa combinaison de cuir. Il accéléra encore et vit l'obstacle grandir devant lui, ce n'était plus un tremplin, une rampe, mais un mur tout noir...

Le cœur de Gräfe cognait dans sa poitrine. Quand je pense qu'il y en a qui prétendent qu'on est d'un calme olympien dans ces moments-là ! Et l'adrénaline, qu'est-ce qu'ils en font ? Je t'en foutrai, du calme ! Mais la moto obéit, l'estomac de Gräfe se contracta, et déjà il survolait le fossé, debout, campé sur les pédales. Lorsqu'il sentit la roue arrière se poser, il goûta un instant de triomphe — mais un instant très bref, car cette foutue bécane de merde dérapa. Il tenta de contrebraquer, essaya de décoller la roue avant, mais rien n'y fit, foutu, c'était foutu.

Rolf Gräfe s'envola et atterrit sur l'épaule. Une douleur aiguë lui traversa le corps. Il ferma les yeux, se recroquevilla sur le sol, s'immobilisa tandis que la moto continuait à labourer le sol.

Il se souleva. Quelque chose crissait entre ses dents. Il cracha. De la terre et des grains de sable. Il tenta de se lever. Il y parvint au prix d'un violent effort — mais son épaule ! Le rembourrage de sa combinaison avait à peine atténué le choc.

Radek brailla :

— Merde, Rolfi, qu'est-ce que t'as encore foutu comme connerie ? Ça va ?

Gräfe hocha la tête. Mais ça n'allait pas, ça n'allait pas du tout. Et Radek avait entièrement raison : il avait encore fait une connerie...

Il se souvint de la sortie de Fred Hansen, la semaine précédente :

« Tu veux faire du moto-cross, du saut d'obstacles ? Franchement, je crois qu'il y a quelque chose qui ne tourne pas rond là-haut ! Si tu claquais ton fric au jeu ou si tu allais au bordel, ou si tu élevais des requins dans un aquarium... je ne sais pas, moi, je comprendrais ! Mais du moto-cross, toi, un chirurgien ? Je sais bien que nous sommes tous un peu fêlés, je suis bien placé pour le savoir, mais entre la folie et la débilité mentale, il y a une différence ! Est-ce que tu te rends compte de ce que tu fais, de tout ce que tu mets en jeu ? »

Il s'en rendait compte. L'indignation de Fred Hansen était justifiée : n'avait-il pas été hors d'état de faire son boulot au bloc, pour cause d'entorse au poignet ?

Et ce soir, qu'en était-il ? Avec une extrême prudence, Rolf Gräfe fit bouger ses doigts à l'intérieur de ses gants. C'étaient les doigts de la main gauche. Ouf. Dieu merci, rien de cassé. Une simple contusion à l'épaule. Un peu de pommade là-dessus, peut-être une petite piqûre de novocaïne, et ça ira...

Radek arrivait ventre à terre :

— Tu t'es posé comme un sac de patates ! T'as pas fait gaffe à l'équilibre. Voilà ce qui s'est passé...

— Merde, va te faire...

Gräfe descendit à la buvette. Il trouva le téléphone posé à côté d'un carton de bouteilles de whisky garni de quelques douzaines de bougies allumées. Sa main blessée l'élançait. Il composa le numéro de Britte. Il avait mal, merde ! Et si demain ce n'était pas passé ? Eh bien oui, c'était simple : encore une engueulade en perspective.

Britte Happel, infirmière de bloc opératoire à la Clinique de l'aéroport, habitait un petit appartement sous les combles, un vrai boudoir aux murs couleur rose bonbon. Mais elle n'était pas d'humeur à apprécier l'intimité de son décor. Elle reposa le combiné du téléphone avec un claquement sec.

— Qu'est-ce qui se passe encore ?

La voix provenait de la cuisine, où Elli, l'amie qui partageait son appartement, faisait cuire à la poêle une chose curieuse qu'elle appelait « tortilla ». Depuis quatre jours qu'Elli était rentrée d'Ibiza, bronzée et surexcitée, elle ne jurait plus que par le vin espagnol, le cognac espagnol, les plats espagnols, les mâles espagnols.

— Dis-moi, tu es sûre de ne pas vouloir y goûter ?

Elle fit irruption dans la pièce, les bras chargés d'un

plateau. Naturellement, le vin était espagnol ! Mais ce détail lui-même ne réussit pas à dérider Britte.

— Alors, qu'est-ce qui se passe ?

— Rolf m'a appelée. Il avait l'intention de m'emmener chez l'Italien. Mais il est coincé à son foutu club de moto, apparemment ça s'est mal passé, pour changer !

— Ah oui ?

— Qu'est-ce que ça veut dire, « ah oui ? »

— « Ah oui » est l'expression d'un certain étonnement, si tu veux le savoir. Pour être plus précise, je m'étonne de ta patience envers cette espèce de nain.

Un nain ? Britte plissa le front.

— Allez, viens manger !

Britte jeta un regard dégoûté à la masse informe brunâtre et desséchée que son amie appelait « tortilla ».

— Pourquoi dis-tu que c'est un nain ?

— Eh bien, on ne peut pas dire qu'il soit particulièrement grand ! Tu le dépasses d'une bonne demi-tête !

— Ce n'est pas une raison pour traiter Rolf de nain ! Est-ce que c'est sa faute si je fais un mètre soixante-dix-neuf ? C'est un type bien. Et un super médecin. Même s'il ne tourne pas tout à fait rond, je n'en connais pas beaucoup, des types qui tournent rond aujourd'hui. Tu en connais, toi ?

Elle avait raison, force était d'en convenir. Elli piqua sa fourchette dans sa tortilla, s'en coupa un morceau et l'enfourna dans sa bouche. Délicieux... mais que disait donc Britte ?

— Finalement, tu as peut-être raison, l'entendit-elle répondre, à sa grande surprise. Je ne vois pas pourquoi j'accepte tout ça de sa part. Vraiment pas.

La jeune infirmière prit une cigarette, l'alluma et se laissa tomber dans le fauteuil de toile niché dans un coin. Elle avait quitté la quiétude de Freudenstadt, en Forêt-Noire, pour se retrouver dans cette métropole peuplée de fous, Francfort. Bien sûr, elle pouvait être fière de sa formation et de ses connaissances acquises dans la ville universitaire de Tübingen. Elle n'était pas mécontente non plus de son physique : en dépit de sa grande taille, ses formes étaient parfaites et ses longs cheveux blonds et lisses ajoutaient encore à la séduction de son joli visage aux traits réguliers. Elle était même presque parvenue à se débarrasser de son accent souabe, mais, tout de même, ce n'était pas l'idée qu'elle s'était faite de Francfort, autrefois. D'ailleurs, elle n'avait pas encore trouvé le temps de faire vraiment connaissance avec la ville, happée comme elle l'avait été par la clinique.

« Ici, tu n'es pas dans une clinique, tu es dans une prison ! l'avait prévenue Rolf Gräfe, dès le début. Et quand la journée est finie, le manège continue à tourner. Impossible de s'arrêter. Impossible de décompresser comme les gens normaux. Il faut absolument trouver un dérivatif en faisant quelque chose. Et souvent, des choses pas ordinaires. »

Comme lui qui s'amuse à sauter des obstacles juché sur une machine infernale !

Elle aimait bien Rolf Gräfe. C'était un introverti, bien sûr, mais il pouvait être tendre et parfois même d'une drôlerie irrésistible. Mais ce soir, il dépassait les bornes ! Lui donner rendez-vous et lui poser un lapin ! Pour qui la prenait-il ?

— Je vais aller dîner avec ce type de la Quantas, annonça-t-elle.

Elli leva la tête :

— Avec qui ?

— Un chef de cabine de la Quantas.

— Rappelle-moi ce qu'est la Quantas.

— C'est la ligne australienne. Il m'a dit qu'il m'appellerait à neuf heures. Il est brun aux yeux verts, et il fait une tête de plus que Rolf.

— Chef de cabine ? Qu'est-ce que c'est ?

— Ce sont ceux qui dirigent les équipes de stewards et d'hôtesses.

— Ils sont tous pédés, ces gens-là ! Tu ferais mieux de laisser tomber.

— Pédé ? Lui ? ! Pas lui !

— Un Australien ? Et il réussit à comprendre ton anglais ?

— Mon anglais n'est pas si mauvais que ça. Et d'ailleurs, il parle parfaitement l'allemand. Il s'appelle Hubert, sa mère est allemande.

Elle consulta sa montre.

— Si le téléphone sonne et que c'est Rolf, tu lui dis que je suis sortie. Et si c'est l'autre...

Le téléphone sonna. Elli prit une gorgée de vin espagnol, soupira et alla décrocher.

— Oui ? Qui ? Ah bon... Un instant, je vous prie... Oui, elle est là.

Elle tendit l'appareil à Britte d'une main tout en faisant le signe de la croix de l'autre. Britte éclata de rire.

— Vous avez l'air de bonne humeur ! dit la voix à l'autre bout du fil. Cela me semble de bon augure. J'aimerais bien rire avec vous, mais mon ventre gargouille trop. Voulez-vous dîner avec moi ? Dans un endroit sympa où on mange pas trop mal ? Qu'est-ce que vous en pensez ?

— Du bien, répondit Britte. Beaucoup de bien même...

Ils le tenaient ! Il ne pouvait pas sortir du train.

Pas de problème, le mec était cuit. Il avait déjà un pied dans la tombe. Sauf qu'il ne savait pas encore à quel point il était mort ! Il s'imaginait peut-être avoir une chance de leur échapper, avec toute cette foule. Pauvre mec !

— On n'est pas pressés ! rigola Tacker.

Il rigolait, mais il n'était pas beau à voir, car le mec avait eu le culot de lui coller un œil au beurre noir. A lui, en plein milieu du parking ! Devant tout le monde ! Ce n'était pas le genre de choses qu'un Tacker encaissait sans moufter.

— On est des braves mecs comme tout le monde, ajouta-t-il. Faut pas oublier qu'on est dans le RER, c'est un moyen de transport public, nous on respecte les règles.

— C'est vrai ça, gueula son copain Mumba. Nous on est réglo !

— Et faudra bien qu'il sorte ! compléta Ronny, le troisième larron.

— Et après, dit Tacker en contemplant d'un air

expressif le coup-de-poing américain qu'il avait déjà passé autour de ses doigts, et après, nous, on sera très gentils avec lui...

Le mec lorgnait dans leur direction. Il avait la pétoche !

— On va gagner ! braillèrent-ils en chœur.

Les gens les regardaient.

Le résultat du match de foot était sans équivoque. Le club avait perdu. Mais maintenant qu'ils tenaient ce bourge en Alfa Romeo, ce yuppie, ils la tenaient, leur vengeance, peut-être bien qu'ils n'avaient pas fait pour rien le trajet de Dortmund à Francfort...

Des lumières jaunes défilèrent à toute vitesse. La rame fonçait à travers le tunnel. Thilo Reinartz sentit très nettement que le trio de supporters l'observait et parlait de lui. Il s'efforça de les ignorer. Quelles sales gueules, pensa-t-il. Des hooligans, des salauds, de la racaille, des tueurs.

Son regard effleura la poignée rouge du signal d'alarme. Peut-être était-ce une solution ? Personne ne viendrait à son secours. Là était le problème. Mais aussi, qu'est-ce qui l'avait pris de se garer au parking du stade ? Tout le monde sait ce qui se passe après les matchs ! On en parle assez à la télé, dans les journaux ! Ces primitifs n'ont qu'une idée en tête : cogner ! Ils avaient commencé par lui arracher son antenne, puis ils avaient essayé de rayer la carrosserie. Il avait eu un mauvais réflexe en foutant une beigne au plus agressif, à celui qui lui avait arraché l'antenne. Il avait commis une erreur.

Ils l'avaient poursuivi à travers tout le parking. Il avait cru sauver sa peau en sautant dans le train de banlieue, mais il s'était fait des illusions. Les gens se contentaient de les regarder sans lever le petit doigt.

Thilo Reinartz sentit la peur lui tordre les entrailles.

Il leva le bras. Son voisin le bouscula et tourna vers lui un visage charnu, épais, aux yeux cerclés de lunettes. Il l'apostropha, furibond :

— Qu'est-ce que vous faites ?

— Vous voyez bien. Je veux tirer sur ce truc.

— Sur ce truc ? C'est le signal d'alarme ! Ça peut être très dangereux ! On va tous tomber les uns sur les autres ! Vous êtes fou ou quoi ?

— Non, pas moi. Eux oui, ils sont fous !

Thilo Reinartz désigna du menton le trio hilare qui les observait à l'autre bout de la voiture.

— C'est eux. Ils sont complètement fous. Ils veulent me tabasser. Ils ont déjà essayé de m'attraper sur le parking du stade et ils me poursuivent jusqu'ici.

— Mais dites, pourquoi est-ce que vous fréquentez des gars comme ça ? Vous n'avez pas le même genre, pourtant.

— Justement... C'est parce que je ne suis pas comme eux qu'ils m'en veulent ! Ils ont commencé par arracher l'antenne de ma voiture et ils ont voulu continuer en rayant la peinture. Maintenant, c'est après moi qu'ils en ont.

— Quelle époque !

L'homme le fixa, les sourcils froncés, comme s'il le rendait responsable de l'époque.

— Ecoutez, nous arrivons à l'aéroport. Là-bas, il y a des policiers partout. Vous n'aurez qu'à foncer faire une déclaration. Ils n'oseront pas vous suivre.

Thilo respira profondément et pensa : Espérons...

« Prochain arrêt l'Aéroport », annonça le haut-parleur au-dessus de sa tête.

Le train s'arrêta, les portes s'ouvrirent. Aussitôt sorti, il chercha désespérément à distinguer un uniforme parmi la foule.

Rien. Pas l'ombre d'un flic. Quand on a besoin d'eux...

L'escalier roulant ! Il était monté à l'avant de la voiture, il avait donc un avantage sur eux. Il n'allait pas permettre à des salauds comme eux de lui faire sa fête !

Il sauta hors de la voiture en maîtrisant son allure pendant deux ou trois secondes — peut-être avaient-ils renoncé — mais non, il les entendit dans son dos avant même de se retourner.

Vite !

Thilo Reinartz avait vingt-huit ans. Deux fois par semaine, il faisait du squash. Son job à la Bourse exigeait qu'il soit en forme.

Il se mit à courir.

Et la scène du parking se répéta : des yeux qui le

fixaient avec étonnement, des gens qui se retournaient, une vieille femme qui mit sa main devant sa bouche, des hommes qui restaient sans réagir. Pas un pour voler à son secours.

Il vit une ombre se dresser à côté de lui.

L'escalier roulant. Déjà, l'un de ces salopards essayait de l'attraper par la jambe. Il aperçut fugitivement une tache rouge. C'était le chiffon de pirate qu'ils s'étaient enroulé autour du crâne. Thilo donna un coup de talon, atteignit son but, entendit un hurlement — vite, plus vite, monte !

Un gros homme lui barra la route. Il le poussa sur le côté.

— Laissez-moi passer !

— Vous êtes fou ?

Encore ? C'est moi qui suis fou !... Plus vite, plus vite ! Ils sont derrière moi. Des foulards rouges. Une horde de foulards rouges. Il entendait leur souffle. C'étaient des loups, ils le poursuivaient sans proférer un son, juste des halètements. Le bruit de leurs semelles... Et des femmes, des hommes qui se poussaient peureusement sur le côté.

Ils étaient dans le hall des arrivées. Il y a sûrement des flics, ici... Personne. Deux pilotes arrivaient en sens inverse, sanglés dans leur uniforme, en poussant leurs bagages. Mais ce n'étaient sûrement que des stewards, des petits cons ! Ils arrêtèrent leur chariot pour mieux profiter du spectacle. Rien. L'idée de venir à son secours ne les effleura même pas.

Thilo connaissait l'aéroport. C'était là-bas, au bar, qu'il avait fait ses adieux à Uschi, peu auparavant. Les galeries marchandes : appareils électriques, appareils ménagers, supermarché... et les lumières, la pub... Et toujours ce galop derrière lui !

Son cœur battait à tout rompre. L'air se mit à lui manquer. Les autres bousculaient les gens pour se frayer un passage, les renversaient purement et simplement et le rattrapaient par les côtés. Une parfumerie Guerlain et Lanvin, et encore Balmain... Tout en rose et en bleu tendre. Une femme, la gérante, sans doute, qui lui barra le passage, les bras écartés et les yeux horrifiés.

Juste à côté, il y avait une autre porte.

Thilo la poussa : du carrelage, des lavabos et des glaces. Aucune issue. Plus de fuite, plus de retour possibles. Il était pris dans la nasse. Haletant, les jambes tremblantes, il s'appuya contre le mur carrelé.

Les voilà...

A côté de lui, un homme à la peau brune s'essuya hâtivement les mains.

— Fous le camp, métèque ! entendit-il éructer.

L'homme se faufila devant eux et disparut. Thilo se retourna. Jamais encore il ne s'était senti aussi abandonné.

Le premier à se diriger vers lui fut le sagouin qui avait arraché l'antenne de sa voiture. Tel qu'il était, avec son œil enflé et couronné de bleu, il était encore plus répugnant qu'au stade.

— Ecoutez, haleta Thilo, on peut régler ça autrement. Je veux dire, je peux payer, si vous voulez...

— Toi ? Toi, tu vas rien payer. C'est à mon tour de payer...

Thilo vit arriver son poing en même temps qu'un objet brillant. Il rentra la tête et se dit en un éclair : Un poing américain... il a un poing américain !

Il sentit une douleur à l'épaule. Tenta, avec son gauche, de parer le coup. Cette fois-ci, il fut atteint au menton, par un coup appliqué avec tant de force qu'il crut avoir été frappé avec un marteau. Toutes ses sensations, même la douleur, s'évanouirent. Thilo Reinartz s'affaissa.

Déjà, ils étaient sur lui...

Britte Happel et Hubert Lawinsky avaient trouvé refuge dans un petit restaurant portant le nom charmant du *Petit Fourneau*. Ils avaient fini de dîner. Britte sentait son visage brûler sous l'effet du vin, mais cette sensation était plutôt agréable. Non, elle était bien, elle se noyait dans ses yeux, verts comme un lac de montagne, oui, absolument, un lac de montagne. Ces yeux qui lui souriaient étaient aussi de la même couleur, du même vert que les pierres qu'il était en train de lui montrer : c'étaient cinq turquoises.

Elles ornaient le lourd bracelet d'argent qu'il venait de sortir sans mot dire de la poche de son élégante veste de lin, et de poser sur la table.

— Il te plaît ?

Elle hocha la tête.

— Alors, fais voir s'il te va. Allez, essaie-le !

Il lui prit la main et elle sentit la pression de ses doigts sur sa paume. Et son sourire, et le froid contact de l'argent à son poignet...

— Ma parole, on dirait qu'il est fait pour toi. Tu sais, à La Paz, on trouve toute une quincaillerie destinée aux touristes. La plupart du temps, elle n'est même pas en argent, c'est du plomb trempé dans un bain. Mais ce que tu as au poignet, c'est un vrai travail d'artiste, il a été fabriqué par un vieux maître indien que je connais depuis longtemps. Il fait des choses extraordinaires.

— Et pour qui est-il ?

— Pour toi.

Oui. Ses yeux étaient des turquoises ! Et ce sourire qui brillait au fond de ses turquoises... Tout cela était très dangereux. Et pourtant, c'était bon, elle sentait monter en elle une tension inconnue. La sensation excitante du danger...

— La femme à qui il était destiné était blonde, elle aussi, sourit-il. Blonde et mariée. Ah, elle m'a raconté un tas d'histoires, mais je ne peux pas lui en vouloir. La plupart des femmes racontent des histoires. Mais tout de même, elle aurait pu conserver une toute petite part de vérité...

Une voix intérieure tira la sonnette d'alarme : Enlève ce bracelet. Rends-le-lui. Remets-le dans la poche de sa belle veste. Et dis-lui d'aller au diable, à La Paz, à Honolulu, à New Delhi, à Lima ou ailleurs. Et avant tout, qu'il arrête de t'en mettre plein la vue avec ses histoires !

Au lieu de quoi elle sourit, admirant le bracelet qui brillait de tous ses feux. Hubert Lawinsky lui versa un nouveau verre de vin.

Ce fut la dernière chose dont elle eut pleinement conscience. Ce qui se passa ensuite resta pour elle aussi nébuleux qu'un rêve. Elle savait simplement qu'elle avait dépassé une limite et qu'elle ne voulait plus retourner en arrière. La serveuse apporta l'addition et empocha sans sourciller un pourboire royal. Ensuite, le trajet en taxi. Où l'emmenait-il ? Quelle importance, plus rien n'avait d'importance...

Britte garda les yeux fermés et laissa les longs doigts bronzés et expérimentés qu'elle admirait depuis longtemps caresser sa nuque au fond du taxi. Puis un hall d'hôtel. Et quel hall ! Des meubles rutilants, des gens élégants, un portier aux joues roses qui ne lui accorda même pas un regard lorsqu'il poussa la clé sur le comptoir avec un obséquieux « Voici, monsieur Lawinsky ». La montée silencieuse en ascenseur, les sourires échangés, l'accélération du pouls, la magie de l'attente — puis, finalement, la chambre.

C'était une grande chambre. Le lit était placé dans un angle, à droite, et le sol était recouvert d'un épais tapis de couleur mauve.

Une nouvelle fois, Britte sentit s'allumer en elle un signal d'alarme, une petite lampe à la lueur tremblante et diffuse. Que faisait-elle là ? A quoi jouait-elle ? Mais il était déjà trop tard. Ils n'eurent pas le temps d'atteindre le lit. Elle entendit crisser la fermeture à glissière de son ensemble du soir noir et argent. Elle détacha en hâte sa ceinture. Et puis — oui, il la renversa en arrière, plein d'une force irrésistible, il la coucha sur le tapis. Elle ne protesta pas, ne fit pas mine de se défendre pour la forme. Il voulait l'aimer là, et il le ferait, là, sur cette mer mauve et mouvante qui les engloutit.

Et lorsqu'il entra en elle, on entendit au-dessus de la ville le vrombissement lointain d'un avion qui, à la toute dernière seconde, éveilla en elle le souvenir de la clinique, et, au milieu du brouillard, la silhouette de Rolf...

Mais cela lui était égal. Tout lui était égal.

Les bougies se consumaient doucement. La musique de Vivaldi flottait à travers la pièce et sur la table, tous les mets délicats que Fred Hansen avait choisis et présentés avec soin semblaient attendre Evi avec lui. Toute la maison attendait.

Mais Evi était encore occupée à la salle de bains.

Nerveusement, Fred décapsula la bouteille de champagne et envoya sauter le bouchon — blop ! — au plafond.

Puis il remplit les verres.

Il n'attendit pas plus longtemps. Il prit le sien : A la tienne, mon vieux ! Une fois de plus, cette rouquine te joue un tour à sa façon. Et pourtant, ta conception de l'amour est éprouvée depuis longtemps : quoi de plus simple et de plus beau que l'amour libre entre deux adultes qui recherchent la même chose ! Une Lucrezia, par exemple, entrerait, verrait les bougies, le champagne, en prendrait une gorgée et ouvrirait son corsage ! Et ce serait dans la poche ! L'amour au naturel, quoi !

Tandis qu'Evi !

Ah, ce n'est pas la même chose... C'est vrai, parfois, elle est douce, tendre, caressante, aimante. Mais le plus souvent, il faut se la faire, comme ce soir !

Elle vient d'une autre planète. Quelque chose la sépare de toi, quelque chose d'indéfinissable. Toujours plus ou moins lointaine, même quand tu la tiens dans tes bras, elle reste sur la défensive, ne s'abandonne jamais.

Fred Hansen vida son verre de champagne.

Aucun goût, ce champagne.

La table, le repas, le caviar, les toasts, le champagne : une mise en scène. Sa maison tout entière n'était-elle qu'un décor de théâtre ?

Peut-être le moment était-il arrivé de réviser sa formule éprouvée et d'affronter la vérité. Les uns choisissent d'évacuer leur stress en faisant les pitres sur une Honda comme Rolf Gräfe, les autres se mettent au whisky. Mais moi, il me faut la tendresse, la chaleur d'une femme...

Il entendit le verrou de la porte de la salle de bains. Parce qu'en plus, elle s'enferme ? Bon Dieu, mais qu'est-ce qu'elle a donc ?

Elle vint le rejoindre, pieds nus, flottant dans son peignoir de bain bien trop grand pour elle, les cheveux enveloppés dans une serviette. Ses yeux étaient las, très las.

Il lui tendit l'autre verre de champagne :

— Viens, à toi ! A la plus belle serveuse volante de l'univers ! A nous !

— Bois à toi, Fred.

— C'est déjà fait.

— Alors, reprends un autre verre... Mais moi je ne peux pas. Vraiment.

Elle but tout de même une petite gorgée, le regardant par-dessus le bord de son verre, et posa des yeux résignés sur la table :

— Tu as pensé à tout, tu es un amour. Mais demain est un autre jour. Simplement, ce soir, je suis au bout du rouleau.

Il la suivit des yeux pendant qu'elle traversait la pièce pour disparaître dans la chambre.

C'est vrai, elle a six mille kilomètres derrière elle, pensa-t-il, six mille kilomètres non-stop avec des décalages horaires et des changements de zones climatiques. Les uns supportent sans broncher, les autres sont sujets à ce que l'on appelle des « troubles du système végétatif ». La liberté au-dessus des nuages ? Quelle plaisanterie !

Dix minutes plus tard, il ouvrit délicatement la porte de la chambre. Lorsque ses yeux se furent habitués à l'obscurité, il vit briller la peau nue de ses épaules. La couverture avait glissé. Il la ramassa et recouvrit la jeune femme d'un geste plein d'attention, en lissant bien la couverture du plat de la main.

La soirée ne faisait que commencer. La nuit hésitait encore à envelopper la ville de son manteau sombre. Le grondement assourdi de l'autoroute s'introduisait par vagues dans la pièce, recouvert par le lointain sifflement des avions qui atterrissaient ou s'envolaient.

Une bouffée de tendresse le submergea au spectacle de la jeune femme endormie. Il guetta le bruit de sa respiration, sentit sa chaleur ; tendit le bras pour toucher ses cheveux, son visage ; et quelque chose monta en lui, un sentiment qu'il n'avait plus ressenti depuis longtemps : une paix bien plus profonde qu'un fugace sentiment de bonheur. Qui signifiait bien davantage.

Mais pour combien de temps ?

Il referma la porte le plus doucement possible.

Puis, assis dans son fauteuil, face à son verre vide, dans ce silence qui lui parut soudain si étrange, il sentit qu'il lui fallait changer quelque chose dans sa vie. Que quelque chose avait déjà changé. Sinon, il ne se retrouverait pas à réfléchir au moyen de maintenir Lucrezia à distance et de la dissuader de venir lui rendre visite pendant quelque temps. Quelle tactique, quels mots seraient les bons ? Quels mensonges employer ?

Mentir ? Pourquoi ? Il avait toujours été très fier de la franchise et de la sincérité qui caractérisaient ses relations avec les femmes. A présent, il découvrait que tout cela n'était qu'un leurre. Il trichait, il se mentait à lui-même, aux autres, par pur égoïsme... A moins que ce ne soit parce qu'il consacrait sa vie à son travail, quitte à se laisser dévorer par lui ? Et qu'au milieu de ce tourbillon, il n'avait d'autre recette contre la solitude que ce que l'on appelle « l'amour » ?

Il ferma les yeux et l'image d'une femme s'imposa à lui, vint lui rendre visite comme dans les rêves. Ce visage était beau, lui aussi, mais affreusement défiguré par des croûtes de sang séché. Il entendit une voix, une voix sourde et brisée : « Je suis allée sur la terrasse, retrouver l'endroit où je rêvais au grand amour. C'est là que j'ai voulu mourir... Est-ce si difficile à comprendre ? »

Faire cela au nom de l'amour ? L'amour ? Mais quelle signification donner à ce mot mis à toutes les sauces ? Chacun y met ce qu'il veut. Et que d'actes fous on commet en son nom !

Hansen se leva et souffla les bougies.

Incroyable, le nombre de fauteuils roulants réclamés aujourd'hui. Des passagers à conduire aux avions, aux arrêts de bus, aux portes d'embarquement. Toute la journée, jusqu'au soir, les auxiliaires et les étudiants employés par la clinique avaient véhiculé sans trêve les personnes âgées ou handicapées à travers les interminables couloirs, traversant les zones de transit, les poussant des portes aux entrées, des entrées aux portes, de la douane à la réception des bagages, jusqu'aux sorties.

C'était le docteur Walter Hechter qui était de garde ce soir-là. Tranquillement installé dans la salle de garde, il se cala bien dans son fauteuil et croisa les mains sur son ventre pour mieux se détendre. Il était tranquille comme Baptiste, ce soir ! Hormis trois cas de troubles circulatoires et une intoxication alimentaire qui avait nécessité une sonde gastrique, c'était le calme plat depuis quelques heures. Ah, il avait bien fait d'accepter de remplacer Rolf Gräfe !

Walter Hechter était célèbre à la clinique pour son goût immodéré de l'organisation, dont aucune circonstance extérieure ne réussissait à le détourner. A ce trait de caractère s'ajoutait une exactitude d'employé des chemins de fer, ce qui lui avait valu au sein du personnel le sobriquet de « Chef de gare ». Chaque fois que Rolf Gräfe s'adonnait à son vice et faisait le mariolle sur sa moto, il le remplaçait pendant quelques heures. Les petits ruisseaux font les grandes rivières. Un sou plus un sou, ça finit par faire une bonne somme. En tout cas, cette année, il avait bien l'intention de prendre de vraies vacances avec Annie et les jumeaux, pendant que ce pauvre Gräfe en serait réduit à tirer la langue.

Il coupa la chique au bavard qui pérorait sur l'écran du téléviseur installé dans la salle de garde et se concentra sur le prospectus posé sur son bureau : *Des mobil-homes dans toutes les gammes de taille, de couleur et de prix.*

— Pas mal, ce genre de truc, hein ?

Fritz Wullemann était entré dans la pièce, mais Walter Hechter ne l'avait pas entendu, tant il était fasciné par les photographies qu'il avait sous les yeux.

— Mais c'est cher.

Hechter tourna vers lui son visage maigre aux yeux cerclés de lunettes.

— Faux, monsieur Wullemann. Pour une famille de quatre personnes comme la mienne, s'il faut payer l'hôtel chaque année...

— Nous, on est six, dit Wullemann. Mais comptez pas sur moi pour me farcir les bouchons pendant les vacances. Je m'en paie assez pendant l'année ! J'aime autant rester dans mon jardin.

— Tout de même, monsieur Wullemann...

Une voix impérieuse coupa net toute argumentation : « Docteur Hechter ! Une urgence ! »

— Qu'est-ce qui se passe ?

— Il y a aussi deux policiers, docteur.

Tu parles d'une réponse ! Une soirée qui avait si bien commencé ! Bon, il fallait y aller, et Dieu seul savait ce qu'ils lui avaient encore amené.

Ce qu'ils lui avaient amené se révéla être un jeune homme grand et mince âgé d'une trentaine d'années, couché sur un brancard. Plus exactement, sur le brancard, il trouva ce qui restait d'un jeune homme grand et mince âgé d'une trentaine d'années. Ses cheveux bruns étaient collés par le sang, et les traits de son visage boursouflé et couvert d'hématomes, atrocement déformés.

Armée de ciseaux, Tina Zander était déjà en train de découper sa chemise, une coûteuse chemise de soie brodée à ses initiales. Lorsque les lambeaux de tissu furent tombés sur le sol, l'étendue du désastre apparut dans toute son ampleur : son torse n'était plus qu'une succession d'hématomes et de traumatismes divers. L'épaule droite était déformée par ce qui semblait être de toute évidence une fracture de la clavicule. Le bras droit, lui aussi, semblait fracturé... les poignets, les mains, le cou avaient été piétinés, à en juger par des marques ovales caractéristiques. Les côtes... fracturées !

— Qu'est-ce qui s'est passé ? Qui... qui a bien pu le mettre dans cet état ?

— Il n'y en avait pas qu'un, docteur, dit le plus grand des deux policiers qui encadraient la porte, le visage impassible. Ils étaient toute une bande. Ils se sont offert un bon moment. Ils étaient bourrés.

— Ici, à l'aéroport ?

— Ici, à l'aéroport. Ils le poursuivaient depuis la gare. Ils l'ont pourchassé jusqu'à l'aire des arrivées et là, ils l'ont coincé dans les toilettes.

Walter Hechter prit son stéthoscope. Les poumons avaient l'air de fonctionner. C'était toujours ça... L'homme était encore en état de choc. Il était donc indispensable de l'intuber pour assurer l'oxygénation.

— Vous lui avez déjà donné quelque chose, Tina ?

— Oui. De l'adrénaline et du Dipidolor.

C'était une association de médicaments destinés à soutenir le système circulatoire et à calmer la douleur.

— Amenez-le au bloc 2. Il faut l'intuber.

— Mais on ne peut pas faire de trachéotomie, objecta Tina, la plus âgée et la plus expérimentée des infirmières du bloc opératoire. J'ai l'impression que sa mâchoire est fracturée, elle aussi.

— C'est proprement incroyable.

Walter Hechter regarda les deux policiers :

— Qu'est-ce que c'est que ces monstres ? Une bande d'assassins ?

— Non, des amis du foot. Des supporters de l'équipe de Dortmund, tout simplement.

Ils travaillèrent pendant une heure et demie.

L'apport en oxygène fut assuré par une intubation nasale, un tube de caoutchouc introduit dans les fosses nasales et conduisant l'air à l'intérieur des bronches.

Le plus important était de soigner les blessures qui pouvaient mettre les organes vitaux en danger. La tension artérielle et le système circulatoire devaient être surveillés en permanence. Du fait de ses innombrables blessures, les risques de thrombose, de formation d'un caillot de sang susceptible de bloquer une artère, étaient énormes.

Par bonheur, les radios avaient rassuré Hechter : il n'y avait pas de fracture du crâne. En revanche, ce qui l'inquiétait, c'était l'intumescence des flancs et de la région des reins. Mais l'urine recueillie par la sonde urinaire ne révéla pas la présence de globules rouges. Les reins paraissaient intacts.

Le patient, un certain Thilo Reinartz d'après ses papiers, un employé de banque travaillant comme agent de change à la Bourse de Francfort, avait eu le bon réflexe en tentant de protéger son ventre et son bas-ventre avec ses mains et ses bras. Dans une certaine mesure, il y était parvenu.

La guérison des hématomes et des contusions lui coûterait bien des jours et bien des souffrances. Les écrans de contrôle indiquaient toutefois une stabilisation du rythme cardiaque. Hechter réussit à réduire les fractures, y compris celle de la clavicule, de manière à permettre aux os de se ressouder. Pendant qu'il était en train d'immobiliser son bras cassé dans un pansement compressif, le patient ouvrit les yeux, des yeux bleus trahissant l'égarement :

— Qu'est-ce qui se passe ?

— Oh, c'est rien, Thilo, sourit Fritz, rien de grave. Tu peux te rendormir.

Thilo se rendormit.

Les côtes, le bras, la clavicule — ils avaient fait ce qui devait être fait. Il faudrait également réparer et soigner sa main dans un établissement spécialisé. Mais le plus gros était passé !

— Bon, on va y aller...

Wullemann prit le corps de Thilo Reinartz dans ses bras d'une puissance impressionnante et le déposa sur le brancard pour l'emmener dans une chambre.

Poussant son brancard, il sortit dans le couloir. Là, il s'arrêta.

— Le docteur Gräfe ! C'est pas vrai ! Qu'est-ce qui vous est arrivé ? Vous vous êtes encore rétamé ?

Gräfe sourit, de sa bouche tuméfiée et rouge de sang. Puis il regarda le brancard muni de la potence à perfusion :

— Et ça, qu'est-ce que c'est ?

— Notre surprise du soir. Une vilaine histoire.

— Très bien, je suis passé au travers !

— Ça oui, on peut le dire, renchérit le docteur Hechter d'un ton aigre, pendant que Wullemann reprenait sa course en direction des chambres.

Gräfe leva sa main enflée et couturée de sparadrap :

— Je pense que je ne vous aurais pas été d'un grand secours, de toutes les façons.

Le visage de Hechter s'assombrit. Tous ses espoirs de voir s'arrondir sa cagnotte sans se fatiguer semblaient définitivement perdus.

— Jamais vous ne pourrez assurer la garde de nuit...

— C'est bien ce que je dis, répondit Gräfe sans louvoyer. Je le regrette. Mais je reste avec vous, ne serait-ce que par solidarité. Sans compter que je n'ai absolument pas envie de retrouver mes pénates maintenant. Qu'est-ce qui est arrivé au gars que je viens de voir passer ?

Hechter eut un regard vers l'entrée de la salle d'attente. Des policiers en uniforme entouraient quelques individus en blousons de cuir.

— Nous n'allons pas tarder à savoir de quoi il retourne.

Un civil se dirigea vers eux :

— Bonsoir, messieurs. Je suis l'inspecteur Hermann de la vingt-sixième brigade criminelle. Nous avons besoin de quelques prises de sang pour ces amateurs de foot. Vous comprenez pourquoi ?

— Très bien ! dit Hechter, sarcastique.

Concert de braillements.

— On va ga... hurla une jeune voix.

— Vos gueules ! cria un policier.

Après quelques échanges de cris et d'injures, le silence s'établit.

— Bien, inspecteur. Amenez-les dans la salle d'attente, je ne veux pas voir ces individus dans ma salle d'examen.

— OK.

L'inspecteur hocha la tête.

A ce moment, Fritz Wullemann réapparut.

— Monsieur Wullemann, voulez-vous m'assister pendant les prises de sang ?

— Mais bien sûr. On va se faire un plaisir de s'occuper de ça.

Ah, ils n'en menaient pas large ! Les chiffons rouges avaient disparu de leurs têtes. Ce qui subsistait sous les crânes rasés, c'étaient les visages pâles, déformés par la bêtise et la haine, de jeunes gens de dix-huit ou dix-neuf ans. Les menottes cliquetèrent, les avant-bras furent libérés, et à chaque intervention de Wullemann qui accomplissait méthodiquement sa tâche en enfonçant bien profondément son trocart, les cris de douleur et les sons divers fusèrent. Peut-être l'explication résidait-elle dans le fait que personne, à la clinique, n'avait jamais vu Fritz

Wullemann manier la seringue avec autant d'hésitation et si peu d'habileté.

Il y eut néanmoins un petit incident lorsque ce fut au tour de Tacker, qui passa en dernier. Celui-ci commença par se frotter longuement les poignets d'un air significatif en fixant les policiers du regard, comme s'il portait des chaînes depuis de nombreuses années. Puis il finit par se tourner vers Wullemann. Son visage osseux au nez écrasé paraissait singulièrement aplati. Son œil au beurre noir, souvenir d'une récente bagarre, à n'en point douter, n'était pas fait pour ajouter à son charme.

— OK, pépé ! Fais ta piquouse... Mais j'te l'dis tout de suite : tu vas pas jouer au con avec moi !

— De quoi tu parles ?

— De ta façon d'piquer. Fais gaffe, c'est un conseil.

— Sinon ?

— Sinon, pépé, j'te fous un coup de latte dans les couilles.

— Ah bon ? Ah ben alors...

Wullemann posa sa seringue et se gratta pensivement la nuque. Ce qui se passa ensuite se déroula si vite qu'aucun des témoins présents n'eut le temps d'en capter tous les détails. Wullemann se ramassa sur lui-même, lança son bras en avant, attira le beau Tacker à lui, pivota brusquement — un mouvement de la hanche... et déjà l'autre partait en vol plané à travers la pièce, ses bras fouettant l'air, pour atterrir aux pieds de ses acolytes, où il resta sans bouger.

Tous en restèrent pétrifiés. Pas un ne pipa mot.

Seul Wullemann déclara sèchement :

— Il aurait pu se faire mal en tombant.

Ensuite, lorsque tout fut terminé et qu'ils se retrouvèrent seuls, Fritz Wullemann livra une de ses réflexions à Rolf Gräfe :

— Y a certains clients qu'on se passerait bien de recevoir ici, pas vrai, docteur ? Mais faut de tout pour faire un monde. Enfin, c'est ce que je me dis tout le temps. Je me demande ce qui pousse les hommes à faire toutes ces saloperies. Peut-être que c'est parce qu'on est resté des animaux ? Non, faut pas offenser les animaux. C'est nous, ça vient de nous, c'est nous qui sommes comme ça...

Rolf Gräfe, saisi et ému, hocha la tête.

Le lendemain matin, en s'éveillant, Britte Happel se demanda où elle se trouvait. Quel était cet homme qui dormait à côté d'elle ? Un bras bronzé et musclé pendait hors du lit. Elle aperçut des cheveux noirs ébouriffés et là-bas, disséminés sur le sol, son ensemble, ses sous-vêtements, ses sandales... Mon Dieu, l'Australien, se dit-elle, puis : oh mon Dieu, dans une demi-heure, je prends ma garde ! Je ne peux pas aller à la clinique avec ces fringues ! Que dirait Rolf ? Ou les autres, Hansen, « le beau Fred »... ?

Rentrer se changer ? Elle n'en avait plus le temps !

Non loin de l'hôtel, elle découvrit une boutique de vêtements. En toute hâte, elle attrapa un jean sur un rayon, acheta un sweater et laissa à la caisse son ensemble du soir, ceinture dorée comprise, ainsi qu'une bonne dose de mauvaise conscience. Elle grimpa ensuite dans un taxi et supplia le chauffeur de l'amener à l'aéroport pour neuf heures ou, mieux, pour neuf heures moins cinq.

— Vous êtes si pressée que ça ? Vous partez où ?

— Au chômage, car si vous ne vous dépêchez pas, je risque de perdre mon boulot.

L'homme s'abstint de tout commentaire, mais il fit de son mieux et fonça à 150 sur l'autoroute. Mais il fut coupé dans son élan par un embouteillage, et Britte arriva en retard.

Bärbel Rupert, qui, visiblement, avait été chargée de la remplacer, était déjà en train de se brosser les mains. Elle tourna la tête vers Britte. Son jeune visage était défiguré par l'anxiété.

— Oh, Britte ! J'ai eu une de ces trouilles ! Qu'est-ce que tu fabriquais ? Hansen est déjà complètement fou. Heureusement que tu es là !

— Qu'est-ce qui se passe ?

Britte jeta un coup d'œil à travers la vitre qui donnait sur la salle d'opération et se figea. La pièce entière semblait baigner dans le sang. La lumière crue des lampes accentuait encore l'intensité dramatique de l'horrible spectacle. Sur la table, un corps inerte sur lequel se penchaient trois formes revêtues de blouses et de masques.

Que s'était-il passé ? Personne ne le savait. Bien plus, au début, personne ne savait qui était la victime.

Le patient portait un jean délavé et reprisé, aux pieds des chaussures de jogging avachies et, sur sa chemise à carreaux, il avait passé une veste de chasse, suivant la mode en vigueur chez certains jeunes.

Il était assez mince, blond et jeune. Il avait fixé son laissez-passer à la poche de sa veste. « Werner Roser, Francfort Bockenheim, Falk-Strasse 24, Electricien. » Conformément aux règles, sa carte comportait toutes les indications requises telles que le nom de son employeur et son groupe sanguin, et elle était revêtue du cachet des services de l'aéroport.

La malchance avait voulu que Werner Roser pose sa veste sur une table à outils du hangar n° 5. Dans le désordre ambiant, elle avait glissé et personne ne s'en était aperçu.

Il était huit heures quarante lorsque Werner Roser se rendit à son rendez-vous avec le destin.

Dans le hangar n° 5 régnait l'activité normale à cette heure de la journée.

Le hangar n° 5 du port d'attache de la Lufthansa était le cœur du complexe de maintenance des avions. Il était mondialement connu, non seulement pour son équipement technologique et la qualité des travaux effectués, mais aussi pour ses incroyables dimensions. C'était une construction bizarre, une véritable cathédrale de la technique, longue de 320 mètres et large de 100. Les portes, au mécanisme actionné par simple pression sur un bouton, étaient hautes de vingt mètres, de telle sorte qu'un oiseau géant comme un Boeing 747 dont l'empennage atteignait les dix-neuf mètres — la hauteur d'un immeuble de six étages — pouvait entrer sans difficulté aucune.

Dans ce bâtiment éclairé en permanence, on aurait pu

disputer simultanément quatre matchs de football, pour le plus grand confort des spectateurs et des joueurs, qui n'auraient eu à se préoccuper ni du vent, ni de la pluie, ni du froid, ni de la chaleur. Les bruits semblaient se fondre dans le lointain. Les hommes — et souvent, il s'agissait de plus de mille mécaniciens, ingénieurs et techniciens — paraissaient aussi petits que des insectes.

C'était là que l'on assurait la maintenance des Boeing 747, des 727 et des Airbus. Un atelier spécial était destiné aux gros-porteurs, tandis que le hangar n° 6 servait à l'entretien des DC 10 et des Boeing 737. Il existait encore un dernier atelier pour l'entretien des avions plus petits.

Ce matin-là, dans la partie sud du hangar n° 5, le secteur F-12, un groupe de mécaniciens était occupé à remonter un moteur sur un gros-porteur. L'avion appartenait à la compagnie grecque Olympic Airways. Il s'agissait donc d'un travail de commande — et d'une partie extrêmement serrée, car le transport par grue de l'énorme turbine exigeait la plus grande concentration de la part des hommes juchés tout en haut, sur la plate-forme.

Dans ces conditions, personne, évidemment, ne prêtait attention au jeune électricien qui se trouvait en bas, sur le sol, occupé à remplacer un module de commutation défectueux sur le mur — et c'était bien compréhensible.

Le conducteur du chariot élévateur jaune qui effectuait une lente marche arrière le long de la voie n'avait pas vu le danger.

Il arrivait de la porte 2 et amenait un chargement de fer à béton de 18 millimètres. Trouvant sa route barrée par un gros compresseur, il recula pour emprunter un autre itinéraire.

Peut-être la charpente de la plate-forme ou le chargement lui bouchaient-ils la vue, peut-être avait-il eu une seconde d'absence. Toujours est-il que la catastrophe se produisit sans qu'il en eût seulement conscience.

Il n'avait pas remarqué que, pendant sa marche arrière, il avait heurté un obstacle. Il n'entendit pas un son, pas le moindre cri d'avertissement. Tout en repassant la marche avant, il amorça un virage à droite.

Mais il s'aperçut tout à coup que les extrémités des fers à béton qu'il transportait étaient teintées de rouge. Des gouttes sombres tombèrent sur le sol, laissant des traces de sang derrière son chariot.

A peine dix secondes plus tard, le chef de l'équipe de maintenance, un jeune ingénieur nommé Rieder, jeta un coup d'œil distrait sur le sol. Et se figea.

A côté des outils gisait un homme. Un homme qui semblait avoir été jeté là comme un paquet de linge sale. Tout autour de lui, du sang. Des litres de sang ! Une flaque sombre qui ne cessait de s'agrandir.

— Oh merde ! s'écria l'ingénieur.

A côté de lui, le mécanicien écarquilla les yeux, jeta l'outil qu'il tenait à la main et se précipita vers l'échelle.

— Non, Haller ! Ne pars pas avec la radio !

Le mécanicien arracha de sa ceinture le radio-téléphone du groupe et le tendit à l'ingénieur, qui jeta un bref regard à l'autocollant portant les numéros d'urgence et composa fébrilement le numéro de la clinique.

Moins de 80 secondes s'étaient écoulées depuis l'accident lorsque l'alerte fut donnée à la clinique. Hansen, qui se trouvait fortuitement au standard, décrocha lui-même.

— Qu'est-ce que vous dites ? s'exclama-t-il, incrédule. Du fer à béton ? Le mec a eu la poitrine transpercée par du fer à béton ? Qu'est-ce que vous entendez par transpercée ?

— Transpercée, c'est transpercée. Il a le torse troué. C'est un chariot élévateur qui a fait ça, j'ai eu tout juste le temps de le voir, il faisait marche arrière... maintenant, maintenant il est parti, mais on peut le suivre à la trace, il y a du sang partout. Toujours est-il que les barres de fer ont transpercé le torse de ce pauvre mec. Il est étendu par terre, il saigne comme un cochon. J'ai déjà des gars de mon équipe qui sont près de lui. Mais ils ne pourront pas faire grand-chose, avec tout ce sang. Comment ? Oui, il est vivant. Je vois bouger sa main. Il est toujours vivant, mais je ne sais pas pour combien de temps...

— Couchez-le sur le côté qui a été atteint, dit Fred Hansen. Dites-le à l'infirmier du hangar. On arrive !

Pendant qu'il déclenchait l'alarme, il tenta rapidement

de se faire un tableau de la situation. La clinique disposait de deux voitures d'intervention d'urgence. La distance qui les séparait du hangar 5 pouvait être couverte en trois ou quatre minutes.

Mais que trouveraient-ils sur place ? Cette poitrine perforée ? Les blessures à la poitrine appartenaient à la catégorie des accidents les plus redoutés de la profession, les organes vitaux étant pour la plupart concentrés dans le thorax et les risques de décès extrêmement sérieux. Si l'homme avait effectivement une perforation du thorax, cela signifiait que l'air y avait pénétré et qu'un poumon pouvait lâcher, si ce n'étaient les deux... Eh bien, c'était parfait !

Il se demanda s'il devait envoyer Rolf Gräfe avec l'équipe de secours, mais il y renonça. Rolf et lui-même devaient se préparer à l'opérer.

Donc, il fallait envoyer la voiture n° 2 avec le jeune Fred Wicke comme médecin.

« La voiture 2 ! » hurla-t-il dans le micro.

Il continua de donner ses instructions par radio à la voiture qui, déjà, avait pris le départ sur les chapeaux de roue, gyrophare bleu allumé et sirène hurlante.

Puis il courut vers le bloc opératoire. Si seulement Fritz Wullemann avait été là ! Mais comme par un fait exprès, il était de congé. Ah, nous voilà bien...

Et où est donc fourrée Happel ? Elle est bien de garde au bloc, aujourd'hui ! Bärbel Rupert, cette petite élève-infirmière inexpérimentée qui s'affolait pour un rien, courut à sa rencontre. Pour une situation merdique, c'est une situation merdique...

Deux policiers pour assurer la protection, un cercle d'ouvriers silencieux, et, sur le sol...

Les hommes se poussèrent sans mot dire. Wicke, arrivé à l'instant, examina le blessé. L'infirmier du service avait bien essayé de contenir le flux de sang à l'aide de compresses, et il avait bien fait, mais la peau de l'homme était déjà grise, le pouls à peine perceptible. Le système cardio-vasculaire pouvait s'arrêter à tout instant. Wicke retourna légèrement le blessé qui était inconscient, trouva une veine et lui fit une injection destinée à freiner les effets de l'hémorragie. Bon Dieu, quelles blessures ! Et tout ce sang !

En se penchant encore un peu plus sur le patient, il entendit également le bruit de succion caractéristique que produit l'air inspiré par le mouvement du diaphragme : le poumon gauche ne fonctionnait plus et la plèvre était remplie de sang.

— Allez, on y va !

Fred Wicke accompagna le brancard au pas de course, tenant en l'air le flacon de plasma salvateur qui venait irriguer le corps inanimé du blessé.

« Il faut l'intuber, tout de suite ! lui avait crié le patron par radio. J'espère que tu y arriveras ! »

Bien sûr, qu'il y arriverait ! Fred Wicke venait de terminer ses études de médecine. Ce qui se passait là était une sacrée formation pratique ! En quelques minutes, il en apprendrait plus long qu'en un mois de cours théoriques... Il regarda le visage creusé du blessé. Lui aussi, il était tout jeune. Ses paupières tremblaient, mais le plasma semblait le soulager un peu. Son teint grisâtre s'éclaircissait légèrement.

Wicke ouvrit la bouche du blessé avec son pouce, libéra l'entrée du larynx à l'aide d'une spatule, introduisit délicatement le tube et fit donner l'oxygène.

La cage thoracique s'arrondit légèrement. Et voilà ! Les plaies se mirent à saigner plus abondamment, il appliqua de nouvelles compresses. Dans quelques minutes, le blessé serait sur la table.

— On va y arriver ! dit Wicke entre ses dents. Tu vas voir, on va y arriver.

Le docteur Fred Hansen suivit des yeux l'arrivée du brancard que l'on introduisait au pas de charge dans le bloc opératoire.

— Allez, dépêchez-vous !

Tout était prêt, Berta Maier-Blobel était à son poste de médecin anesthésiste. Il ne manquait plus que Britte

Happel. Qu'est-ce qu'elle foutait, nom de Dieu ? Gräfe, lui aussi, guettait anxieusement la porte.

— Allez, on y va ! grogna Hansen derrière son masque. Préparation, masque, désinfection.

A l'oxygène vint s'ajouter l'anesthésique. L'anesthésiste murmura les valeurs de la tension artérielle, elles étaient catastrophiques. Pendant ce temps, le laboratoire recherchait le groupe sanguin. Inutile de perdre du temps à prendre des radios, chaque seconde était précieuse. Il fallait agir, et tout de suite. C'était un cas d'urgence, et aucune des grandes cliniques à l'équipement sophistiqué n'était susceptible de faire mieux. D'ailleurs, le blessé ne supporterait pas le transport.

Le poumon semblait se remplir. Bien, on va voir... La porte s'ouvrit. C'était Happel, enfin. Et elle n'était pas seule. Parfois, des miracles peuvent se produire et peut-être ce malheureux garçon étendu sur la table avait-il conclu un contrat particulier avec le Ciel. Car derrière la haute silhouette de Britte Happel transformée en momie verte se pressait une deuxième infirmière, mignonne, mince, presque minuscule à côté d'elle : Tina Zander, une vraie perle, l'infirmière de bloc préférée de Fred Hansen. Il avait réussi à attirer Tina à la Clinique de l'aéroport en lui promettant monts et merveilles, et le bleu du ciel en prime.

Ouf, il se sentait mieux à présent !

— Tina, quelle bonne surprise !

— J'étais venue pour régler un problème administratif et comme...

— Je ne veux pas savoir pourquoi tu es venue. L'essentiel est que tu sois là. Bon, tu vois ce qui se passe, je pense que c'est un vaisseau du poumon, mais pour le fermer, il faut d'abord que je puisse voir ce que je fais.

Fred Hansen marqua l'incision, ouvrit, de nouvelles gouttes de sang perlèrent. Mais en voyant la façon dont s'y prenait Rolf Gräfe, qui l'assistait à l'autre bout de la table pour poser la première pince, la belle assurance de Hansen s'évanouit : mais qu'avait donc son assistant ? Comment tenait-il son bras ? Et la pince... ? Rolf n'était pas seulement un assistant, c'était un chirurgien de premier ordre, c'est pour cette raison qu'il l'avait fait venir. Qu'est-ce qui se passait, bon Dieu ? Il s'y prenait comme un manche pour poser quelques pinces ! Il en mettait un temps !

Hansen remâchait silencieusement sa colère. Il avait assez à faire pour le moment. Partout où l'œil se posait, ce n'étaient que tissus déchirés, vaisseaux éclatés. Le sternum, en revanche, semblait épargné. Cette côte était cassée. Mais bon Dieu, que faisait donc Rolf? Qu'est-ce qu'il avait à la main ? Il était incapable de faire une ligature ! Bien, le drainage fonctionnait, c'était déjà ça. Il s'occuperait de Rolf plus tard, il ne perdait rien pour attendre, celui-là ! Dès qu'ils auraient terminé, même si tout se passait bien. Et cela semblait être le cas, car les valeurs que lui annonçait Blobel s'amélioraient. Donc, quand il se serait occupé de ce maudit vaisseau caché quelque part dans ce foutoir plein de sang, il prendrait Rolf entre quat'z'yeux et pas seulement Rolf, sa copine aussi...

— La capacité respiratoire s'améliore ! Et le pouls est relativement stable.

Hansen leva la tête et dirigea son regard vers le moniteur principal, comme s'il voulait vérifier l'authenticité de la nouvelle. Puis il respira, profondément soulagé.

— Bien, grommela-t-il.

Lentement, presque tendrement, il vérifia la position du tube de drainage qui évacuait les derniers restes de sang de la cage thoracique.

Puis, lorsque le brancard transportant le blessé eut franchi les portes du bloc opératoire, il descendit son masque et regarda Rolf Gräfe :

— Eh bien...

Tout le monde remarqua l'intonation qu'il avait eue pour prononcer ce « Eh bien... » et personne ne s'y trompa.

— Rolf, j'aimerais bien te voir tout de suite. Dans mon bureau. Et vous aussi, mademoiselle Happel !

Peu après, Britte suivit silencieusement Rolf Gräfe dans le corridor. Lui non plus ne disait rien.

Elle remarqua qu'il traînait légèrement la jambe. Il boitait. Et tout à l'heure, pendant l'opération, ses gestes lents, péniblement exécutés, sa maladresse... Il avait du mal à se servir de sa main. Mais pourquoi avait-il opéré, dans ce cas ? Elle préféra renoncer à lui poser la question, craignant sa réaction. Rolf était imprévisible, dès lors qu'on abordait le sujet de son passe-temps favori. Et d'ailleurs, quelle importance ? Plus rien n'avait d'importance. Ce qui comptait, tout au plus, c'était qu'elle réussisse à passer la journée sans que personne ne remarque son état ; sa fatigue, son abattement.

Pendant qu'elle se tuait au boulot, Hubert Lawinsky, lui, était sûrement toujours blotti bien au chaud au creux de son lit. Qu'est-ce que ça t'a apporté ? réfléchit Britte. Le doute et l'insécurité. Et peut-être aussi quelque chose comme un triomphe secret.

Depuis toujours, elle rêvait d'une « aventure ». Eh bien voilà, elle s'était offert une aventure.

Mais il y avait encore autre chose. Tout à l'heure, pendant l'opération, à la vue de ce corps déchiqueté, du sang, elle s'était trouvée mal pour la première fois depuis longtemps. Elle avait craint de perdre connaissance. Elle avait vite compris ce que cela signifiait. C'était une chose que l'on ne pouvait pas balayer d'un revers de manche en utilisant un mot stupide comme celui d'« aventure ». Il s'était passé quelque chose qui changeait les données du problème, qui changeait peut-être tout.

— Viens voir par ici !

Rolf Gräfe avait ouvert la porte de la salle de pansement et lui faisait signe. Ses yeux sombres scrutaient son visage. Mais ces yeux lui parurent étrangers. Rétrécis de colère.

— Dis-moi, qu'est-ce qui se passe ? D'abord, tu t'amènes en retard, un jour où il nous arrive une urgence pareille. Et ensuite, ensuite...

— Ensuite quoi ? Et toi ?

— Ecoute, Britte ! Je sais que je n'ai pas été au mieux de ma forme aujourd'hui. Je suis tombé en tout-terrain. Mais toi, tu tremblais comme une débutante.

— Moi ? Mais qu'est-ce que tu veux dire... ?

— Quoi, qu'est-ce que je veux dire ? Tu t'es trompée

de tube de drainage. De pinces. Et quand Fred a demandé la pince Duval tu n'as pas compris.

Sa bouche était sèche. Sa faiblesse l'empêcha de lui dire ce qu'elle pensait de sa remarque. De lui dire qu'il n'était pas très correct de rejeter la faute sur elle dans la situation présente. Que c'était lui, et non pas elle, qui n'avait pas été à la hauteur. Pour quelle raison ? Qu'est-ce qui lui prenait de lui faire des reproches ? Particulièrement...

Le visage de Rolf s'était détendu.

— Tu as vraiment une sale tête, Britte. Tu es pâle comme un linge.

— Je n'ai pas encore déjeuné.

— Tu ne t'es pas réveillée ?

Elle hocha la tête et pensa : Si on veut...

— Bon, eh bien, sourit son ami en lui posant une main bienveillante sur le bras. Dans un navire en détresse, il ne faut pas que l'équipage se crêpe le chignon. C'est trop dangereux... Allez, viens, petite, on va voir le grand Fred. Tu es prête pour le savon ?

Fred Hansen s'était drapé dans sa peau de médecin-chef. Il entra immédiatement dans le vif du sujet :

— Je peux vous dire que j'ai eu ce matin l'occasion de vérifier l'expression « avoir des sueurs froides ». Mais ce n'est pas ce malheureux garçon qui a failli nous claquer entre les mains qui me les a procurées, ces sueurs froides, c'est vous, vous deux.

Il s'était assis sur le bord du bureau, dans une attitude de feinte nonchalance. Mais les deux personnes ainsi mises en cause savaient parfaitement à quoi s'en tenir. Elles ne le connaissaient que trop ! Elles n'ignoraient pas la signification des deux taches rouges qui marquaient son front. D'avance, elles courbaient l'échine devant l'explosion qui allait succéder à son ton doucereux : ainsi parlait le grand manitou, il ne leur restait plus qu'à l'écouter. Et effectivement, le calme de Hansen l'abandonna brusquement.

Il se leva d'un bond, se redressant de toute sa hauteur.

— C'est moi qui vous ai fait entrer ici, tous les deux, c'est moi qui vous ai imposés contre le règlement de la clinique. D'abord toi, mon cher confrère, et ensuite vous, comme infirmière. Mais si mon cher confrère et son infirmière se mettent à travailler tous les deux comme des sagouins, faisons d'une pierre deux coups, prenons-les ensemble pour leur remonter les bretelles ! C'est d'autant plus indiqué qu'ils ont une liaison, n'est-ce pas ?

— Ecoute, Fred, je ne vois vraiment pas...

— Ce que ça vient faire là ? Je te le dirai tout à l'heure. Mais commençons par Britte : alors comme ça, vous trouvez superflu d'arriver à l'heure à votre travail, mademoiselle Happel ? Corrigez-moi si je me trompe !

— Je suis toujours arrivée à l'heure à mon travail, vous le savez, docteur. Depuis que je travaille ici, c'est la première fois que cela se produit !

— C'est vrai. Mais vous avez mal choisi votre jour pour inaugurer vos nouvelles habitudes. Ce matin, c'était le désert ici. Fritz Wullemann est de congé, Tina est de congé... Par bonheur, c'est Tina qui a sauvé la situation en nous faisant la bonne surprise de se joindre à nous, car l'infirmière de service, Britte Happel, s'est montrée d'une inefficacité remarquable. Quant au chirurgien qui était censé m'assister, il a été incapable de bouger les doigts. Monsieur s'est encore cassé la gueule !

— J'ai...

— Une seconde, Rolf, j'en suis toujours à Britte. Mais ce que j'ai à lui dire est valable pour toi aussi. C'est la première fois, a-t-elle dit. C'est la première fois qu'elle arrive en retard. Je vous prie instamment tous deux de considérer le fait que nous travaillons dans une profession où une première fois peut facilement se muer en une dernière fois. Par exemple, si un blessé comme ce jeune homme, ce... — comment s'appelle-t-il ? Roser, je crois — donc si un Roser devait avoir la malchance supplémentaire de tomber entre nos mains et d'y rester !

— Mais heureusement que tu as su éviter ça !

La voix de Gräfe était chargée de hargne.

Hansen le regarda :

— C'est vrai. Moi, j'ai su l'éviter. Car toi, tu ne m'as pas été d'un grand secours, aujourd'hui. Tu m'aurais plutôt gêné. Et maintenant fais voir...

Sans laisser à son assistant le temps de faire un mouvement pour l'en empêcher, Hansen lui attrapa la main. Il la souleva, fit tourner le poignet, la palpa, puis recourba les doigts d'un geste bref et énergique.

Gräfe poussa un gémissement de douleur mêlée d'impuissance. Ses yeux étincelèrent de colère.

Hansen lâcha sa main.

— Tu vois, je m'en doutais. Et si je touche à ton bras, tu vas te remettre à crier, parce que tu t'es défoncé l'articulation de l'épaule. Tu es un chirurgien doué, Rolf, je ne comprends pas ce qui te prend d'aller tenter le diable comme tu le fais. Tu t'es encore cassé la gueule, hier, allez, avoue-le !

Gräfe ne répondit pas.

— Exactement comme la dernière fois, commenta Hansen, amer.

— Non, la dernière fois, c'était le bras droit.

Gräfe sourit, mais sa remarque tombait mal. Britte, voyant les veines des tempes du patron gonfler, souhaita disparaître dans un trou de souris. Que signifiait tout ceci ? Pourquoi Hansen faisait-il d'elle le témoin de cette explication ? Pourquoi semblait-il tenir à lui montrer la façon dont il exécutait son meilleur ami et confrère ?

— Rolf, ce n'est pas le moment de faire de l'humour. Bon Dieu, tu ferais beaucoup mieux de prendre ce que je te dis au sérieux. Tout de même, est-ce que c'est moi qui dois t'expliquer tous les risques que tu prends, non seulement pour toi-même, mais aussi pour nous tous ?

— Fred, écoute-moi...

— Va te faire foutre ! S'il y en a un ici qui n'a plus qu'à fermer sa gueule et à écouter, c'est toi. Est-ce que tu as compris où tu te trouvais ? Est-ce que tu as pris la peine d'y réfléchir une seule fois ?

Hansen eut un geste de colère. Une lumière verte éclairait la pièce. Les lattes du store de l'unique fenêtre étaient baissées et l'épais vitrage atténuait tous les sons ; et pourtant, il laissait filtrer le bruit de ruche de l'aéroport qui enflait légèrement par moments, lorsque les moteurs donnaient leur maximum pour décoller. Un entrelacement de bruits, discrets et omniprésents à la fois, un filet dans lequel ils se débattaient tous.

— L'aéroport de Francfort-sur-le-Main ! La plaque tournante de l'Europe, c'est bien comme cela qu'on l'appelle ? Mais sans employer le vocabulaire de nos géniaux publicitaires, la réalité, tu la connais aussi bien que moi. Peut-être l'as-tu oubliée ou escamotée, car la routine émousse les sensations, c'est vrai. Mais si je t'en parle maintenant, ce n'est pas parce que je veux faire l'important. J'exige de toi que tu réfléchisses à notre mission. N'oublie jamais que pendant les jours fastes, nous avons une population de plus de cent vingt mille personnes qui passent par ici en une seule journée. C'est la population d'une ville de moyenne importance. Mais ces gens-là, ils ne sont pas confortablement installés dans un bureau ou devant leur télé à se tourner les pouces. Non, ces gens-là sont tous stressés, dans un état d'excitation inhabituel. Bonjour les infarctus et les crises en tout genre. Ce n'est quand même pas à toi que je vais l'apprendre !...

Il fit le tour de son bureau, ouvrit un tiroir et en sortit un paquet de cigarettes. Vide.

— Tu vois, j'en suis de nouveau là. Je soigne mon cancer... Donc, qu'est-ce que je disais ? Cent vingt mille. Et nous sommes encore loin du compte. A cela, il faut ajouter les employés de l'aéroport, candidats au stress par excellence, et pour beaucoup d'entre eux, exposés à de graves accidents du travail. Nous en avons eu une nouvelle preuve aujourd'hui. OK. Et tous ces gens, toute cette population, c'est nous qui en avons la responsabilité médicale. Nous, Rolf, c'est nous qui sommes l'hôpital militaire de campagne. Et tu crois...

Il parlait d'une voix basse, avec une passion croissante. Mais il s'arrêta, laissa sa phrase en suspens et la termina d'un geste résigné de la main.

Britte sentit une chaleur monter dans son dos. Ses oreilles cuisaient. Toute sa fatigue avait disparu. Elle entendit Rolf Gräfe prononcer :

— Qu'est-ce que tu veux que je te réponde ? Tu veux que je claque des talons et que je te dise : « A vos ordres, monsieur le Médecin-Chef ! Parole d'honneur, monsieur le Médecin-Chef ! Plus jamais je ne grimperai sur une moto ! Je vais mettre ma Honda à la casse ! » C'est ça que tu veux ?

Hansen se laissa tomber dans son fauteuil, examina ses ongles, puis leva la tête et dévisagea Rolf Gräfe comme s'il le voyait pour la première fois :

— Tu ne veux pas comprendre, n'est-ce pas ?

— Non, ce n'est pas ça. Je suis furax.

— D'accord. Manquait plus que ça. Mais tout de même, Rolf, tu vas répondre à trois questions. Premièrement : c'est maintenant que tu fais ta crise de puberté ? Qu'est-ce qui te pousse à risquer ton boulot, voire ta peau, d'une façon aussi stupide ? Deuxièmement : trouves-tu correct de venir au bloc opératoire avec une main blessée, en jouant avec la vie des patients, et en mettant en jeu la réputation de la clinique ? Sans compter que tu mets le chirurgien dans une situation extrêmement confortable !... Et en dernier : que ferais-tu si tu étais à ma place, comment réagirais-tu ? Je te le demande en toute sincérité, Rolf...

— Je ne suis pas à ta place.

— Ce n'est pas une réponse.

Gräfe fit un pas en avant. Britte le vit serrer les poings. Elle frémit. Il ne va quand même pas se mettre à cogner ? Jamais elle ne l'avait vu ainsi, le visage assombri de fureur.

— Ma réponse est que je ne suis qu'un homme. Et un homme commet des erreurs. Il en a même le droit.

— Nous n'en avons pas le droit.

— Ah non ? Et toi, avec tes histoires de cul ? De te voir te poser comme ça en donneur de leçons, ça me dégoûte. Et je vais te dire encore une chose...

Hansen se recula dans son fauteuil et ferma les yeux.

— Ne la dis pas, Rolf. Fous le camp. Sors de mon bureau, et tout de suite.

La porte claqua. Il était sorti si vite que Britte n'avait pas eu le temps de prendre une décision. Paralysée sur place, elle regardait le visage figé aux yeux clos qui lui faisait face.

— Excusez-moi, docteur, dit-elle à voix basse. Je suis absolument désolée... Et je n'arriverai plus jamais en retard, vraiment, je vous le jure...

— C’est bon, murmura Hansen.

Britte sortit. Il entendit la porte se refermer doucement. Il se leva. Il se sentait lourd. Et la journée n’avait pas encore commencé.

Il trouva une cigarette dans son porte-crayons. Il l’alluma et aspira longuement, tout en contemplant le cadre suspendu au mur à travers le léger brouillard qui dansait devant lui. C’était lui-même qui l’avait choisi. C’était une reproduction du peintre russe Marc Chagall. Un jeune homme au visage clair y volait à la rencontre de la lune argentée, les bras écartés et une rose à la main, à travers les champs et les arbres d’un paysage à la sereine beauté.

Ce ne fut pas tant le jeune homme volant qui accentua encore la mélancolie de Fred Hansen, c’étaient les arbres, le vert des collines... Foutre le camp, se dit-il, n’importe où, respirer, toucher la nature. Sortir de cet univers de béton. Voir la lumière du soleil, et non plus celle des néons. Même s’il pleut, s’il vente ou s’il neige, partir, s’échapper...

Au cœur de la lointaine Amérique latine, à Villaverde en Colombie, Ramon Garcia cracha sa cigarette et l’écrasa dans le gravier du chemin. Il avait un drôle de goût dans la bouche, mais il savait parfaitement d’où venait ce goût : c’était la peur. La peur brute qui vous prend au ventre ! Quand donc avait-il ressenti la même chose pour la dernière fois ? C’était six mois auparavant, quand l’un des jumeaux avait soudain dérapé dans l’herbe glissante de la pente et que, dans sa course éperdue pour le rattraper, il avait glissé à son tour et qu’ils s’étaient dirigés tout droit vers le précipice. Au tout dernier moment, il avait pu saisir Antonio et se rattraper à un buisson.

Mais, à l’époque, il avait craint pour la vie d’Antonio.

Aujourd’hui, c’était pour sa propre vie qu’il craignait.

— Il faut que tu partes à l’étranger, Ramon, lui avait dit José au téléphone, José Cesar Rigiera Porras, le cousin de sa femme.

— Où donc ?

— En Allemagne.

En Allemagne ? C'était à l'autre bout du monde ! Et impossible de refuser. Non, c'était impossible, car c'était José qui lui avait présenté sa cousine, Maria. Elle avait dix-sept ans, à l'époque, et lui, Ramon, tout juste vingt-trois. José avait également payé la noce et lui avait procuré son job de géomètre à Villaverde. José avait des accointances partout, il connaissait tout le monde, était au courant de tout. A présent, il évoquait ce voyage vers l'Allemagne comme s'il s'agissait d'un pique-nique en famille à Antioquia ou sur les bords de la rivière.

Ramon jeta un dernier regard sur son jardin où prospéraient les tomates, les bananes, les pêches et les piments qui mûrissaient déjà, eux aussi. Puis il rentra à l'intérieur de la maison, pour aller voir si sa femme Maria avait terminé ses bagages.

Sa valise était posée sur le lit, fermée. Maria, quant à elle, était abîmée en prières, à genoux devant l'image de la Sainte Vierge. Il lui posa la main sur l'épaule et lui dit les mêmes mots que ceux qu'avait prononcés José, deux heures auparavant, au téléphone :

— Ne te mets pas dans cet état, ça n'en vaut pas la peine. Ce n'est qu'un petit voyage en Europe, rien de plus. Et ce n'est pas nous qui payons ! Tout le monde n'a pas cette chance !

Et ce n'est pas nous qui payons ? Qu'ils aillent au diable, ceux qui paient !

Une demi-heure plus tard, Ramon et José dévalaient la pente à bord d'une voiture tout-terrain flambant neuve. Ce ne fut que lorsqu'ils eurent quitté la vallée que José se décida à parler pour lui donner des informations précises sur le rôle qu'il aurait à jouer.

José lui expliqua qu'ils avaient une « petite question de transport » à régler.

— Pas mal de choses en dépendent, Ramon. C'est pour cette raison que le bébé m'a été confié à moi. Alors j'ai pensé à mon ami de Villaverde, là-haut. Cet ami ne peut pas me refuser un petit service, pas vrai ?

Ramon hocha la tête. Il n'avait pas le choix. Et ce qu'il s'agissait de transporter, pas besoin d'être devin pour en avoir une idée. La Nissan dans laquelle ils se trouvaient, la BMW garée dans le garage de la somptueuse villa de José à Medellin, et la piscine, et les vêtements de sa femme, et le cours privé de sa fille Mercedes, sans parler des dollars, des francs suisses ou des Deutsche Mark dont José faisait usage pour toutes ses dépenses... Ramon connaissait leur provenance. Il savait aussi que José faisait partie de ceux qui étaient chargés d'assurer la « circulation » des fonds. Les sommes se comptaient en millions, en milliards... Il avait lu récemment un article dans le journal, où l'on écrivait :

« L'industrie de la cocaïne colombienne occupe la septième place sur la liste des grandes entreprises industrielles mondiales. C'est un véritable empire. »

C'était depuis ces vallées des Andes que l'empire de « la déesse blanche », la déesse de la cocaïne, étendait son empire sur le vaste monde. Cette place au « septième rang mondial » qui coûtait à la Colombie des milliers de morts par an avait plongé le pays entier dans un bain de sang pendant les années de « violencia ». La guerre qui opposait les barons de la drogue à l'Etat était une guerre sans merci.

— Pourquoi moi ? chuchota Ramon. Dios mío, qu'est-ce qui t'a fait penser à moi ?

— Tu ne t'y attendais pas, hein ? rigola José. Bon, c'est vrai que j'y ai réfléchi à deux fois avant de te mettre dans le circuit. Je connais Maria. Elle perd facilement la tête. Mais il n'y avait pas d'autre solution. Je n'ai trouvé personne d'autre. L'affaire est trop importante.

— Et c'est pour ça que vous me prenez, moi ?

— Bien sûr ! Tu es le meilleur !

José avait un visage rond et empâté, mais à présent, sa bouche s'était rétrécie et ses yeux étaient devenus durs.

— Tu n'auras aucun problème. L'affaire a été pensée et repensée une centaine de fois. Elle a été réglée jusqu'au moindre détail. Ce n'est pas d'une tonne qu'il s'agit, mais de quelques grammes.

Quelques grammes ? Même quelques grammes pouvaient le mettre en danger. Ramon cria :

— Ne roule pas si vite !

Mais José n'en eut cure. Il continua à appuyer sur l'accélérateur. L'indicateur de vitesse semblait fixé sur cent cinquante. A la radio, on commentait une corrida qui se déroulait à la Macarena de Medellin. La voix du reporter n'était pas forte, mais elle vrillait les nerfs comme la fraise du dentiste. José lui coupa le sifflet.

— Inutile d'en savoir trop, ça vaut mieux pour toi. Juste ceci : le contrat est important parce que le patron a trouvé un gros client qui ne va pas seulement approvisionner l'Allemagne, mais aussi la Hollande, l'Autriche et l'Italie. Nous avons trouvé une solution pour le transport, ce sera le bateau. Mais l'homme en question veut connaître la marchandise avant de signer. C'est son droit, d'ailleurs. Le problème, c'est que nous nous sommes déjà cassé la gueule deux fois avec ces histoires d'échantillons.

Il fit une pause. Sans doute veut-il que je réponde quelque chose, se dit Ramon.

Il se contenta de prononcer :

— Je t'écoute.

— Tu m'écoutes ? (José parut amusé.) Bon, alors écoute ! Nous nous sommes cassé la gueule, tu veux savoir comment ? Ils ont attrapé les passeurs. Les mecs étaient déjà fichés sur ordinateur. Visages connus, terre brûlée. Donc, que nous restait-il comme solution ? Allez, devine, tu peux essayer de participer à la conversation !

— Le mari de ta cousine, ce bouseux de Villaverde que personne ne connaît, ferait un passeur idéal... C'est ça ?

José rit de nouveau.

— Ce n'est pas la peine de te rabaisser comme ça, Ramon. Tu n'es pas un bouseux, tu es un géomètre et tu n'es pas bête. Et cela te permettra même de faire un tour à une rencontre internationale de géomètres, en Allemagne, si ça te chante. C'est à... bon Dieu, je n'arrive pas à me souvenir du nom, ces mots allemands à la con, faut être allemand pour pouvoir prononcer ça. Vas-y, Ramon, ça peut t'être utile, tu pourras te faire des relations intéressantes. Tu parles l'allemand, d'ailleurs, tu l'as appris au séminaire ?

— Moi ? Pour ce que je m'en souviens...

— Peu importe. L'anglais, alors.

Donc, c'est pour ça, pensa Ramon en appuyant sa tête au dossier.

— Et je n'ai pas le choix, hein ?

— T'es pas bête, Ramon. Exact. Tu n'as pas le choix.

— Et combien je touche là-dessus ?

— Tu parles sérieusement ? Rien, bien sûr. Sauf les frais. Voilà. Je peux te donner l'argent tout de suite.

José plongea la main dans sa poche de poitrine et en sortit une enveloppe.

— Il y a deux mille marks là-dedans, et trois cents dollars. Avec ça, tu pourras te payer le meilleur hôtel de la ville, et le meilleur bordel aussi. Ça suffira ?

La route s'était élargie, elle s'était transformée en autoroute, trois voies à gauche, trois voies à droite, et c'est dans un flot de véhicules qu'ils s'approchèrent de la grande ville dont les gratte-ciel rutilants se dressaient vers le ciel, noyés dans un nuage de pollution : Medellin, deux millions d'habitants, deuxième métropole du pays. Medellin, entourée de toutes parts de montagnes escarpées, une ville où l'on s'enrichit vite et où l'on meurt vite — le cœur de l'empire de la cocaïne. Tels les seigneurs des villes-Etats du Moyen Age, les barons de la drogue régnaient sur la ville du haut de leurs villas-forteresses. Pendant l'époque de la « violencia », ils avaient réduit en cendres des rangées entières d'immeubles, des casernes de police et des bâtiments administratifs. Ils avaient massacré en masse les journalistes qui dénonçaient leurs crimes, les politiciens, les juges et leurs rivaux.

Mais tout cela appartenait au passé. A présent, ils étaient pris eux-mêmes dans la nasse.

Le panneau indicateur annonça : « Aeropuerto Olaya Herrera 8 km ».

— Tu passes d'abord par Bogota. Là-bas, tu prendras la Lufthansa.

Ramon se ratatina encore un peu plus sur son siège. Il avait déjà pris l'avion deux fois. La première fois, il avait fait un aller-retour Medellin-Bogota, et la seconde, c'était pour se rendre à San Andres, à l'enterrement de sa sœur. Mais cette fois-ci, ce n'était pas pareil ! « Et si je lui foutais un coup sur la tête, à ce gros lard ? Ensuite, je lui arracherais la clef de contact, je lui prendrais son pistolet et je le jetterais dans le fossé. »

Mais il n'en fit rien. Au lieu d'agir, il ferma les yeux. Il sentit que la voiture quittait l'autoroute. Il ne releva les paupières qu'en entendant les gravillons crépiter sur les pare-chocs.

Ils traversèrent une allée bordée d'eucalyptus qui dispensaient leur ombre bienfaitrice. Au bout de l'allée, une maison basse au toit recouvert d'ardoise noire. Non, ce n'était pas une maison, c'était plutôt un luxueux bungalow. José arrêta la voiture devant le garage, sortit un boîtier plat du vide-poches et appuya sur un bouton. La porte du garage pivota sans bruit. L'espace était assez grand pour contenir plusieurs voitures, mais il était vide. La porte se referma derrière eux. Il faisait sombre et l'air empestait l'essence et la poussière.

— Viens !

Ils franchirent une porte de fer et se retrouvèrent dans un couloir qui les conduisit dans une cuisine. Les murs étaient en béton brut, l'équipement était réduit au minimum. A côté du buffet, un tableau représentant le Sacré-Cœur de Jésus et un coucou de la Forêt-Noire. Sans doute se trouvaient-ils dans la cuisine du couple de gardiens.

— Assieds-toi !

Une nouvelle fois, José actionna un bouton placé sur la partie inférieure de la plaque de la cuisinière, cette fois-ci. Un étroit panneau de béton glissa lentement le long du mur pour s'ouvrir sur une sorte de cellier. José s'engouffra à l'intérieur. Il en ressortit, tenant quelques vêtements sur le bras gauche, et, dans la main droite, une boîte de plastique ronde haute de quinze centimètres environ.

— Tiens, mets ça.

— Pour quoi faire ?

— Arrête de demander le pourquoi et le comment. Fais ce que je te dis.

C'était un costume léger de couleur bleu marine comme en portaient les hommes d'affaires qui se rencontraient le soir au « El Rodeo » ou au « Union-Club » de Medellin.

— Tiens, voilà des chaussures. Tu chausses bien du quarante-deux ? Enfin, c'est ce que m'a dit Maria. J'espère qu'elles te vont. J'ai choisi la cravate moi-même. Est-ce que je ne suis pas un père pour toi ? C'est une cravate italienne, en soie. Qu'est-ce que tu en dis ?

C'était une cravate gris foncé à motifs roses représentant des oiseaux. José l'agitait sous son nez.

— Allez, grouille-toi, on n'a pas beaucoup de temps.

Les aiguilles du coucou de la Forêt-Noire avançaient inexorablement.

Ramon se changea, sous le regard critique de José qui l'examinait, une cigarette fichée au coin de la bouche.

— Bon, comme ça, tu commences à ressembler à un être humain. C'est comme ça que je vois Joaquin Caldas, c'est ton nom à partir de maintenant. Caldas est géomètre en chef dans la province d'Antioquia. Voilà ton passeport, il porte ce nom. Je t'ai même procuré des documents techniques, tu pourras en mettre plein la vue à tes collègues allemands.

Ramon essayait désespérément de nouer la cravate, mais il n'y parvint pas. José vint à son secours.

— Merde, tu as les doigts qui tremblent. Surtout, garde ton calme ! Je te l'ai dit, c'est une promenade de santé ! Dans quatre jours, tu seras de retour.

Dans quatre jours...

José s'empara de la boîte de plastique posée sur la table et dévissa le couvercle. Puis il se dirigea vers le réfrigérateur, en sortit une bouteille de lait et remplit un verre.

— Tiens, bois.

— Qu'est-ce que c'est ? Du lait ?

— Bois, c'est bon pour la santé. Après, tu en reprendras une gorgée avec ce comprimé.

— C'est quoi, ce comprimé ?

— C'est juste pour éviter de vomir.

Ramon regarda José, puis le verre. Il ne bougea pas.

— Allez, bois, je te dis !

Ramon vit que la boîte de plastique contenait des petites billes de couleur brunâtre. Une grande quantité de billes. Chacune d'elles faisait environ un centimètre de diamètre. Il regarda de nouveau José. A présent, il avait une vague idée de sa prochaine exigence.

— Est-ce que c'est... ?

— C'est de la Peruvian Flake. Elle arrive tout droit du Pérou. La « Reine blanche ». Le fin du fin. Enveloppée dans de jolies petites vésicules de latex, tu as vu, on dirait des billes.

— Et où faut-il que je...

— C'est très simple. (José montra l'estomac de Ramon.) Là-dedans.

Il en avait entendu parler. Il s'était même imaginé ce que pouvait ressentir un « camello ». Des « chameaux », c'était ainsi qu'ils surnommaient les passeurs de drogue, et on pouvait dire qu'ils avaient trouvé le bon terme. C'étaient des courriers clandestins qu'on forçait à avaler la came. Les femmes la transportaient souvent dans le vagin, les hommes dans l'estomac, le plus souvent enveloppée dans des préservatifs. Mais lui demander ça à lui !

La colère le submergea.

— Jamais ! hurla-t-il.

— Qu'est-ce que ça signifie ?

— Ça signifie que tu ne peux pas exiger une chose pareille !

— Ah non ?

José était pourvu de grosses lèvres qui souriaient toujours, des lèvres bleuâtres de métis. Ces grosses lèvres continuaient à sourire. Mais les yeux de José étaient durs. Rapide comme l'éclair, il fit jaillir un pistolet de l'intérieur de sa veste. Il maintint son arme à la hauteur de sa cuisse, où elle s'agitait comme la queue d'un cobra.

— Je n'exige rien, mon garçon. C'est là que tu m'as mal compris. Je te dis simplement ce que tu as à faire. Tu as épousé ma cousine, c'est bien. C'est très bien. Elle t'a donné des enfants auxquels tu tiens ? C'est encore mieux. Mais moi, j'ai mon boulot. Si je commets la moindre erreur, personne ne se souciera de ma famille. Et c'est pareil pour toi. Je suis désolé, mais il vaut mieux que tu voies les choses telles qu'elles sont... Bon, et maintenant, décide-toi ! Et prends une gorgée de lait entre deux.

Ramon prit la boîte en plastique, saisit la première bille et la mit dans sa bouche.

L'immense oiseau brillant se dirigeait vers le nord.

Il volait à des hauteurs où les hommes ne trouvaient plus d'oxygène et où le froid glacial interdisait toute vie : douze mille mètres au-dessus de la Terre, dans la zone frontière entre l'atmosphère et la stratosphère. Il avait survolé des massifs montagneux et des sommets comptant parmi les plus beaux du monde. Et les Andes, ces énormes forteresses de rochers recouvertes de neiges éternelles, paraissaient irréelles, minuscules, aux passagers qui les admiraient depuis les hublots du Boeing B-747.

L'appareil, dont l'empennage portait la grue caractéristique de la Lufthansa, volait depuis six heures.

Il avait décollé peu avant midi de La Paz, en Bolivie, ferait une escale à Bogota, en Colombie, puis rejoindrait Caracas, au Venezuela, où l'équipage serait relevé. Puis, après avoir brûlé cent mille litres de kérosène supplémentaires, il franchirait la dernière étape de huit mille kilomètres qui le ferait se poser à sa base de Francfort-sur-le-Main.

Un Boeing coûtait trop cher pour pouvoir passer beaucoup de temps au sol. Si aucun incident technique n'était signalé, il reprendrait son vol dès le lendemain matin en mettant le cap sur Johannesburg, en Afrique du Sud.

A présent, l'appareil, le *Hesse*, se trouvait dans la zone de contrôle de Bogota. Il n'était encore qu'un signal lumineux sur l'écran du radar de la tour de contrôle de l'aéroport El Dorado. Un minuscule point vert qui se rapprochait lentement du centre.

Vingt minutes plus tard, le capitaine Wehrmann posait son coucou sur la piste. Une demi-heure de retard ? Il se répéta les informations météo qu'il avait reçues : un vent de sud-est de 23 nœuds soufflait dehors. S'il n'avait pas trop de chargement à Bogota, si l'escale n'était pas trop longue, il aurait une chance de rattraper une partie de son retard sur le vol vers Caracas.

L'escale fut encore moins longue que Wehrmann ne

l'espérait. Seuls neuf passagers montèrent à bord. Le dernier à monter fut un homme vigoureux en complet bleu. Son nom figurait sur le fichier de l'agence Lufthansa de Bogota ainsi que sur son billet : Joaquin Pedro Caldas. On lui attribua le siège 15-H dans la partie fumeurs de la classe Affaires.

Puis le *Hesse* fut tracté, les réacteurs se mirent à vibrer, le capitaine Wehrmann mit les gaz, l'appareil décolla dans un bruit de tonnerre, survola la ville posée sur le haut-plateau des Andes et mit le cap sur le nord-ouest.

Peu après minuit, le *Hesse* se posa sur l'aéroport de Caracas, Maiquetia. Dans la lueur des projecteurs, on vit se presser une armée de nains, celle des voitures-citernes et des véhicules de maintenance qui s'activèrent bientôt autour du gigantesque Boeing. Un essaim de femmes de ménage entreprit un nettoyage-éclair. Et le capitaine Wehrmann, relativement content de lui-même — il avait rattrapé vingt minutes —, confia l'appareil au capitaine Robert Andersen et à son équipage.

Une demi-heure plus tard, le *Hesse* reprenait son envol pour la dernière partie du voyage, la traversée de l'Atlantique.

Sourire. Sourire, encore et toujours. Evi Borges avait repris son service. Debout près de la passerelle, elle contrôlait les cartes d'embarquement, attribuait les sièges. Oui, elle était de service, mais son sourire ne lui appartenait pas. Il lui semblait que c'était une autre qui répondait aux questions des gens, ouvrait les clapets, entassait des manteaux. Une autre qui réussissait à sourire.

Evi Borges était arrivée le matin même à Caracas, après de brèves vacances sur la côte Ouest des Etats-Unis. C'était là qu'elle devait rejoindre l'équipage du capitaine Andersen sur le vol Lufthansa 547 à destination de Francfort.

Les hôtesses des grandes compagnies choisissent avec le plus grand naturel les destinations les plus exotiques pour y passer leurs congés, les prix des vols étant dérisoires pour elles. Non seulement pour elles, mais également pour leurs conjoints ou compagnons. « Le globe terrestre est notre patrie », tel pourrait être leur slogan. C'est pour cette raison que, depuis deux ans, Evi Borges passait le plus de temps possible à Connors-Hill, une petite station balnéaire sans histoire située entre Los Angeles et San Diego.

Cette fois-ci pourtant avait été la dernière. Plus jamais elle ne contemplerait la mer depuis la terrasse de la maison de Chris, plus jamais elle ne courrait sur la plage. Plus jamais... C'était fini.

— C'est très bien ainsi, avait dit Chris.

Il disait vrai. Simplement, elle ne savait pas si elle devait en éprouver du soulagement ou du chagrin. Elle était séparée d'une partie d'elle-même. Sourire ! Que pouvait-elle faire d'autre ? C'est avec un sourire figé qu'elle apporta une revue au passager nommé Joaquin Caldas, au siège 15-H, près du hublot.

Cet homme n'attirait en rien l'attention. Peut-être semblait-il quelque peu fermé et introverti. Mais son visage bronzé était sympathique, et il la remercia d'un aimable « Gracias ». A partir de Caracas, il eut pour voisine une dame âgée répondant au nom de Mathilde Werner, comme l'indiquait son billet. La vieille dame paraissait attentionnée, aimable, détendue, comme toutes les vieilles dames pour qui prendre l'avion est une habitude de longue date.

— Oh non, ne vous donnez pas tout ce mal, ma chère petite, dit-elle à l'hôtesse. Je vais m'attacher moi-même. Vous savez, je fais le trajet deux fois par an. Mes enfants et petits-enfants habitent à Caracas. Et vous savez depuis combien de temps je fais le voyage ? Vous ne le croirez jamais ! Depuis 1961. Ah, les temps ont bien changé !... A l'époque, sur les avions, la vaisselle était en porcelaine. On volait en Constellation, on avait le temps de visiter Lisbonne et les Açores. Il faut dire que le vol durait quarante-huit heures. C'était très agréable. Mais vous n'étiez même pas née...

Evi Borges hocha la tête. Elle aurait hoché la tête à n'importe quoi. Avec le sourire.

L'homme assis près du hublot souriait lui aussi. Puis il

ferma les yeux et se cala dans son siège. Il n'avait vraiment rien de particulier, cet homme.

L'écran du cinéma de bord s'éteignit. Il n'y avait plus d'amateurs de films, à cette heure de la nuit. L'équipage avait servi un dernier repas léger. Quelques points de lumière isolés provenant des lampes de lecture trouaient la semi-obscurité de la cabine. A l'avant de l'appareil, en classe Affaires, quelques irréductibles s'adonnaient à leur vice, les cartes. Certains passagers avaient commandé du vin rouge, afin de glisser plus facilement vers l'état intermédiaire que l'on désigne sous le nom de « sommeil » sur les vols long-courriers. Puis le silence finit par régner.

Evi Borges était installée à la place qui lui avait été assignée. Elle cherchait vainement le sommeil, incapable de chasser de son esprit un nom qui revenait de façon obsédante : Chris. Pauvre Chris ! Pourquoi, pourquoi ? Puis elle se répéta pour la énième fois : C'est bien. C'est très bien ainsi.

Elle se dit aussi : Enfin, je pourrai parler de Chris à Fred Hansen, à Francfort. Tout du moins, j'essaierai. S'il y en a un qui est capable de comprendre, c'est bien lui.

« Chris a eu une belle mort, lui avait-on annoncé à Los Angeles. Il n'a jamais cessé de sourire. Et il n'a pas cessé de parler de toi. »

Le *Hesse* poursuivait sa course entre la mer et les étoiles. Le nord-est, l'Atlantique, l'Europe...

Peu après quatre heures, Mathilde Werner fut réveillée par un rêve confus : elle se trouvait dans une église. Elle était encore jeune fille. Et quelqu'un parlait. Etait-ce le prêtre ? Un léger murmure... puis une certaine agitation...

Elle sursauta.

Elle avait senti un léger contact contre son épaule. C'était son voisin. Il parlait l'espagnol, il était sud-américain.

« Bogota », avait-elle lu sur son bagage à main. C'était donc un Colombien ?

Mais qu'avait-il donc ? Et ce qu'il marmonnait, ce n'était pas de l'espagnol ? C'était du latin qu'il récitait par intermittence, penché en avant. « Ave Maria », entendit Mathilde Werner. Puis : « La bendición del nuestro señor Jesus... » Il priait.

— Ecoutez, excusez-moi. Escucha...

Au bout de trente années passées à voyager entre l'Allemagne et l'Amérique latine, on possède quelques rudiments d'espagnol...

— Vous m'entendez, señor ? Vous ne vous sentez pas bien ?

Elle n'obtint aucune réponse.

— Je ne veux pas paraître insistante, mais peut-être volez-vous pour la première fois ? Je connais ça. Voulez-vous que j'appelle l'hôtesse ?

— Gracias, entendit-elle. Merci.

C'était tout ce qu'il trouvait à répondre ? Il tremblait comme une feuille, la main posée sur son estomac, le pauvre !

— Vous savez, ils ont tout ce qu'il faut à bord. Ils ont des médicaments, des calmants, des somnifères, des remèdes contre la douleur. Contre les coliques par exemple. Vous avez peut-être une colique ?

Toujours pas de réponse. Il se recula dans le fond de son siège. Elle vit son profil. Il n'était pas mal du tout. La quarantaine, peut-être. Se sentait-il vraiment mal ? Impossible à distinguer, dans cette obscurité.

— C'est à vous de voir.

— Gracias, chuchota-t-il.

Bon, pensa Mathilde Werner en s'installant à son tour au fond de son siège et en fermant les yeux. On ne peut pas faire le bonheur des gens malgré eux.

J'ai tout de suite compris !

Dans la pénombre de la cabine, Evi Borges pouvait donner libre cours à ses pensées. Je l'ai su avec une certitude absolue dès que je suis arrivée sur la plage, dès que j'ai vu la maison de Chris.

Et pourtant, tout était comme d'habitude. Le vent faisait bouger les herbes qui poussaient sur la pente. Au loin, on apercevait les bateaux. Là-bas, sur le récif, les vagues venaient s'abattre contre les rochers. Mais devant la maison, le Pacifique était paisible, déposant inlassablement ses frises d'écume murmurante sur le sable.

La maison était en bois, comme la plupart des maisons des bords de plage du nord de San Diego. Le vent et le sel l'avaient teintée de gris. Quatre ans auparavant, lorsque Chris avait signé son premier grand contrat avec une maison de disques, il l'avait achetée à un grand entrepreneur. Cet industriel était un homme de goût : la maison était magnifique, reposant sur des fondations en pierres naturelles, richement pourvue de bois et de verre et agrémentée d'une immense terrasse couverte.

A l'époque, Chris n'était pas encore abattu par la maladie qui l'avait cloué au lit. C'était là qu'il attendait Evi à chacun de ses passages. A présent, cette terrasse semblait lointaine et affreusement désolée.

Des mouettes survolaient le toit. Un cormoran prit son envol, traçant un sillon d'écume derrière lui avant de s'élever maladroitement. Mais nulle trace de Chris. Les jambes d'Evi se chargèrent de plomb. Ça y est, pensa-t-elle. Il m'a quittée pour toujours.

La maladie avait pris son temps. Au début, elle lui avait permis de conserver son visage fin et sensible. Puis elle avait parsemé son corps de taches noires, pour enfin détruire ses poumons et ses entrailles. « Tout de même, ils auraient pu trouver un nom plus poétique que sida ou syndrome de Kaposi ! La Colère de l'Ange, par exemple ! Qu'en penses-tu ? »

Et il souriait en prononçant ces paroles.

Le silence... le cri des mouettes...

Elle avançait à pas lents sur le sable. Lorsqu'elle gravit l'escalier, la troisième marche craqua comme d'habitude.

« Sois sympa, Evi, lui avait-il dit la dernière fois. Viens me voir, quand le moment sera venu. Ou au moins, essaie. »

Elle était venue, mais trop tard.

A toutes les fenêtres, les rideaux étaient tirés. Mais près de l'entrée, un interstice permettait de regarder à l'intérieur. Le large canapé était retourné et la cendre de la cheminée avait été nettoyée. Ils avaient tout emporté, y compris le superbe tapis indien noir et rouge. Tout était vide. Comme son cœur.

D'un geste machinal, elle mit la main dans l'anfractuosité du mur où Chris avait coutume de déposer la clé lorsqu'il sortait.

Il n'y avait pas de clé.

Elle se retourna. Le vent rafraîchit son visage, s'engouffra dans ses cheveux, les emmêla. Et les vagues semblaient lui parler avec la voix de Chris : « Ce n'est rien, regarde, je suis là. Ne me sens-tu pas ? »

Elle reprit le chemin en sens inverse et gravit la pente jusque chez Miss Lane, qui tenait une station-service et le drugstore qui approvisionnait les quelques maisons de Connors-Hill. Lorsque les amis de Chris ne pouvaient s'en charger, il lui était arrivé de prendre soin de lui.

Mary Lane était en train de rendre sa monnaie à un automobiliste. En apercevant Evi, elle planta là son client. C'était une grande femme osseuse dotée d'un visage dur, presque masculin. Mais tous les sentiments maternels dont elle était capable étaient réunis dans l'expression de ses yeux sombres.

— Oh, Evi...

Elles s'étreignirent silencieusement. Evi sentit ses fortes mains la tenir fermement. Mais ses larmes ne purent jaillir.

— Quand ? se contenta-t-elle de demander. Quand, Mary ?

— Il y a quatre jours. Mardi. Ils l'ont transporté à la Community-Clinic. Il souriait, quand ils l'ont mis dans la voiture. Il souriait vraiment, alors qu'il était déjà inconscient.

La Community-Clinic. C'était l'établissement hospitalier de l'association dont Chris lui avait souvent parlé.

— Je suis arrivée trop tard, Mary.

— Qu'est-ce que ça aurait changé, darling ? Je veux dire, qu'est-ce que tu aurais pu faire ?

— J'aurais pu être avec lui. Je le lui avais promis.

— Et après ? demanda Mary sans s'embarrasser de formules. Allez, entre. J'ai quelque chose à terminer, et après, nous boirons une tasse de café.

Le drugstore était vide. Mary Lane mit la machine à café en route, farfouilla dans un tiroir et tendit une petite boîte tout en longueur à Evi :

— C'est pour toi. Il me l'a donnée la semaine dernière. Il a dû sentir venir la fin.

Evi ouvrit la boîte sans mot dire. Elle y trouva un morceau d'os poli garni d'une bride d'argent et portant une gravure représentant la moitié d'une tête de cerf. C'était un fétiche indien. Chris était originaire de l'Arizona et la culture indienne le passionnait. Ce fétiche était son talisman. Il le posait sur son piano lorsqu'il jouait.

— Merci, Mary.

Mary Lane avait conduit Evi jusqu'à la Community-Clinic à Los Angeles, où elle avait rencontré un jeune médecin, un ami de Chris dont elle avait fait la connaissance à Connors-Hill. Chris était mort sans souffrir, dans une sorte de paix joyeuse, et il avait parlé d'elle.

Evi passa les deux jours suivants dans la chambre de son hôtel. Puis elle prit un avion de la Varig pour prendre son service à Caracas.

Soleil. Un grand soleil au-dessus des nuages. Peu après dix heures du matin, les 270 passagers du *Hesse* préparèrent leurs tablettes : l'équipage avait commencé à distribuer le petit déjeuner.

A l'intérieur du poste de pilotage aussi, on recommençait à s'activer. Empruntant l'une des trois routes aériennes qui reliaient Caracas à l'Europe, le *Hesse* se rapprochait du Vieux Continent. Il avait déjà survolé l'île de Ponta Delgada, aux Açores, ainsi que le 20e degré de latitude, et se trouvait à présent dans le secteur couvert par le radiophare de La Corogne, à l'extrême ouest de l'Espagne.

Le capitaine Andersen repassa dans sa tête les informations météo qu'on venait de lui transmettre. Tout cela s'annonçait très bien. Tommi Willstett, son copilote, pianotait sur l'ordinateur pour vérifier les changements de cap. Berghan, le mécanicien de bord, contrôlait pour la énième fois les indicateurs du moteur 3. En effet, le matin même, ils avaient signalé une légère baisse de régime, mais tout semblait être rentré dans l'ordre. Si tout marchait comme prévu, s'ils n'avaient pas de problème dans l'espace européen — car on était en période de vacances, et avec la rage de voyage des gens, on ne pouvait jamais savoir ! — et si la situation était à peu près normale à Francfort, ils pourraient amorcer l'atterrissage à quinze heures dix. Le retard serait donc comblé.

Evi était occupée à remplir les bouteilles Thermos de café. Non loin d'elle, à deux rangées, une vieille dame était en train de beurrer un petit pain. Ah, ces petits déjeuners après une nuit d'avion ! Et ces petits pains, si frais qu'on se demandait comment c'était possible ! Mathilde Werner adorait ce moment : le petit déjeuner pris à bord, servi par des hôtesses tellement charmantes ! Et tout était si joliment emballé : la saucisse, la confiture, le beurre, le fromage. Et manier cette minuscule vaisselle, que c'était amusant !

Bien sûr, prendre son petit déjeuner chez soi, c'était agréable aussi, mais en avion, c'était tout autre chose ! Aujourd'hui, elle aurait pu savourer cet instant, si...

Son pauvre voisin revenait des toilettes. Une fois de plus ! Et il avait encore la main sur l'estomac. Mais il fallait être tolérant pour les gens qui supportaient mal l'avion.

Péniblement, Mathilde Werner se leva afin de le laisser se glisser jusqu'à son siège. L'homme réussit à ne pas heurter la tablette en se frayant un passage. Il n'avait pas touché à son repas. Pas même au café. Il ne buvait que de l'eau minérale, il en était à sa quatrième bouteille. Et son visage était verdâtre. Déjà, la veille au soir, il s'était contenté de picorer dans son plateau. Et maintenant, il était affalé sur son siège et gardait les yeux fermés.

La vieille dame décida qu'il était de son devoir de faire une nouvelle tentative.

— Vous n'allez toujours pas mieux ? Cela ne me regarde pas, je vous l'ai déjà dit, señor, mais je trouve vraiment que vous devriez faire quelque chose.

Il ne prit même pas la peine de répondre, le malappris. Mais d'un autre côté, c'était compréhensible, compte tenu de sa faiblesse...

— Vous savez, je vais en parler à l'hôtesse.

— Señora (sa voix était à peine audible, c'était plutôt un chuchotement plaintif), señora, laissez-moi tranquille.

Mathilde Werner en eut l'appétit coupé. Elle n'éprouva plus aucun plaisir à prendre son petit déjeuner à côté d'un individu de cette espèce. Avec résignation, elle remit son plateau à la jolie jeune femme aux cheveux blond vénitien qui descendait l'allée avec son chariot. Et dire que, dehors, le ciel bleu était illuminé de soleil, et qu'en bas, c'était la mer ! Mathilde Werner décida de refaire un petit somme.

Elle ignorait combien de temps elle avait dormi. Tout ce qu'elle savait, c'est qu'il s'était sûrement passé une chose grave, très grave. Elle fut réveillée en sursaut par un bruit, non, par un gémissement sourd et douloureux qui lui étreignit le cœur.

Elle se redressa. C'était lui — qui d'autre, je vous le demande ? Il était plié en deux, penché en avant, la tête appuyée contre le dossier du siège placé devant lui et il tremblait, oui, il tremblait de tous ses membres.

— Señor ? Ecoutez-moi, señor...

Elle lui saisit le bras et s'apprêta à se redresser, ou plutôt à se lever pour appeler l'hôtesse — et c'est alors que l'événement eut lieu. Et il se produisit bien trop vite pour que Mathilde eût le temps de réaliser ce qui se passait et d'où provenait cette terrible douleur qui menaçait de lui faire éclater le crâne.

Une ombre, oui, elle avait vu passer une ombre. Et ensuite, ce bruit et le choc qui l'avait jetée sur son siège... Puis le goût de sang dans sa bouche. Et les étincelles qui dansaient devant ses yeux. Et son sang, son propre sang qu'elle avalait.

L'air lui manquait. Elle ouvrit les yeux. Elle voulut crier, mais elle n'y parvint pas.

Devant elle, un visage. Le visage de l'homme à qui elle avait voulu venir en aide depuis le début du voyage. Mais ce n'était pas un visage, c'était une horrible face grimaçante où les muscles s'agitaient, comme actionnés par des ficelles. Les pupilles étaient minuscules et noires comme des boutons d'épingle. Et les dents — ces dents ! C'était la figure d'un démon, ce n'était pas une figure humaine.

Tout s'était déroulé si vite que les autres passagers n'avaient pas eu conscience des faits. Les uns venaient de déplier une revue, les autres d'allumer une cigarette ou leur pipe pour se détendre au fond de leur fauteuil, lorsqu'un cri strident les saisit. Etait-ce la vieille dame, là-bas ? Mon Dieu, elle a du sang sur le visage, et sa tête pend sur le côté ! Et qu'est-ce que c'est que ce fou qui la tient par les épaules et qui la secoue comme une poupée ?

L'hôtesse aux cheveux blond vénitien accourut. Elle fut accueillie par un coup qui la jeta à terre.

Le premier à réagir fut Luis Schober, un ingénieur munichois à la large carrure qui revenait d'une mission au Venezuela. Schober se rua dans l'allée et souleva l'homme par les épaules.

— Salaud ! Tu vas voir !

Mais ce fut Schober qui eut la surprise de sa vie. Il réussit certes à jeter l'homme à terre, mais celui-ci lui envoya ses deux pieds dans le ventre avec une telle force qu'il fut projeté par-dessus les sièges. Et le fou continuait à crier. Non, ce n'étaient pas des cris, c'étaient des sons de gorge assourdis de bête acculée dans ses retranchements.

Deux passagers accoururent à la rescousse, tentant de maintenir le fou furieux. La chef de cabine courut au téléphone. Mais l'homme développait une force si prodigieuse qu'il parvint à se libérer de l'étreinte des bras qui l'encerclaient... pour s'écrouler ensuite, la bouche grande ouverte.

Le capitaine Andersen apparut sur l'escalier, la chef de cabine se précipita à sa rencontre.

— Qu'est-ce qui se passe ?

— J'aimerais bien le savoir, Robert. Il y en a un qui a pété les plombs.

Ils traînèrent l'homme inconscient à l'avant de l'appareil et s'occupèrent tout d'abord de sa victime, la vieille dame qu'il avait visiblement frappée sur le nez. Mais elle allait beaucoup mieux, elle ne saignait plus. Evi Borges lui avait appliqué une compresse humide sur le visage et donné un analgésique.

En revanche, l'état de l'homme était inquiétant. Il va nous claquer entre les pattes, se dit le capitaine Andersen en se penchant sur le corps inerte qui gisait à terre.

Le visage du passager était bleu, la respiration haletante. Evi Borges s'agenouilla devant lui et tâta son pouls. Ingrid Bohm, la chef de cabine, se tenait auprès d'elle, mince, gracieuse et calme, comme toujours.

Andersen connaissait Ingrid depuis de nombreuses années, ils avaient volé ensemble sur pratiquement toutes les lignes.

— Eh bien, Robert, en voilà une affaire !

— Comment ça se présente ?

Evi leva la tête :

— Mal. Le pouls est à peine perceptible. Mais il est incroyablement rapide. Regardez son visage, il est déjà tout bleu. C'est le manque d'oxygène... Mon Dieu, vite, un masque !

— Tout de suite, Evi !

Andersen ferma le rideau de séparation pour éviter d'infliger ce spectacle déprimant aux passagers.

Enfin ! Ingrid arrivait avec le masque. Evi le plaça sur le visage ratatiné de l'homme. Longuement, elle tâta la carotide.

— L'oxygène semble faire effet.

— Bien. Et espérons qu'il fera effet longtemps ! (Andersen consulta sa montre.) Dans une heure, nous nous posons à Francfort et nous serons débarrassés de ce fou !

Il prit Ingrid Bohm à part.

— Dis-moi, Ingrid, Borges s'en sort bien. Mais tu es plus expérimentée qu'elle pour ce genre de choses, n'est-ce pas ?

Pour la première fois depuis qu'il la connaissait, Andersen découvrit une espèce d'appréhension au fond de ses yeux. Elle secoua la tête :

— C'est elle la plus compétente. Evi s'est toujours intéressée aux malades. A Los Angeles...

Elle s'interrompit. Elle n'avait pas à colporter les rumeurs qui circulaient.

— Bon, dans ce cas, je vais parler au peuple...

La voix du commandant de bord, aimable, compétente, virile, résonna bientôt dans la cabine :

— Mesdames et messieurs, certains parmi vous ont assisté à un regrettable incident. Je remercie à cette occasion les personnes qui sont intervenues. Grâce à elles, nous avons pu maîtriser rapidement la situation. L'un de nos passagers est sujet à une crise qui semble sérieuse, n'ayons pas peur des mots. Compte tenu de son état, je m'adresse à vous pour vous demander s'il y a un médecin parmi vous. Si oui, je le prie de bien vouloir se faire connaître.

Il n'y eut aucune réponse. Pas une main ne se leva.

Andersen soupira et reposa le micro.

— J'appelle Francfort. Ils vont nous donner les instructions.

A Francfort, à la Clinique de l'aéroport, il était quatorze heures. Pour Fred Hansen, le médecin-chef, c'était l'heure de s'occuper de la paperasse. Bien, qu'avons-nous de beau ? Deux lettres des services de santé municipaux. Ça, ça peut attendre... Une facture de transport de la Croix-Rouge. Il la tendit à la secrétaire : « Tiens, petite, occupe-toi de ça. » Une lettre : « *... et nous vous invitons cordialement à la conférence du professeur Hubmann ayant pour thème les soins intensifs aux grands brûlés* ». J'irais bien, mais il faut avoir le temps !...

Pour finir, le rapport de travail de la journée d'hier.

Cent quatorze interventions. Parmi elles, vingt-trois cas provoqués par l'abus d'alcool. L'un de ces ivrognes a attaqué les policiers des services de sécurité de l'aéroport, il a fallu le maîtriser. Quant à l'origine de ces messieurs... il y avait douze Scandinaves, ça, on a l'habitude. Mais aussi deux Ukrainiens et un Russe. Bienvenue à l'Ouest, venez rejoindre la grande confrérie des alcoolos ! Ensuite, trois crises d'angine de poitrine, assez sérieuses. Une colique hépatique. Le quota habituel de déboussolés. Un épileptique. Une épaule déboîtée à la suite d'une chute dans l'escalier roulant. Une fracture de la cheville qui a dû être plâtrée. Un corps étranger dans l'œil, une hémorragie de l'estomac — une garde calme, très calme, assurée par Walter Hechter et le jeune Olaf Honolka.

Fred Hansen laissa tomber son stylo. Il ouvrit un tiroir de son bureau. Il y avait bien des cigarettes quelque part, un paquet à demi entamé ? Il referma le tiroir avec mauvaise conscience et se leva. Il salua la secrétaire de la main et quitta la pièce. Et qui rencontra-t-il dehors, entre le labo et la radio ? Qui était là, en train de pousser un fauteuil roulant ? Lucrezia ! Son joli visage racé aux lèvres rouges et aux yeux de braise s'illumina à sa vue et resplendit de joie. En revanche, de l'autre côté, à la radio, l'attendait le tableau inverse : Rolf Gräfe, le bras en écharpe, les commissures des lèvres dirigées vers le sol, le regard fixe, comme le jour où ils avaient eu leur fameuse altercation à cause de ses exploits en moto.

Hansen arbora sa mine de patron sympa :

— Les enfants, pour l'instant, nous n'avons rien de prévu. Je vais aller me dégourdir les jambes. Au cas où il se passerait quelque chose, vous savez ce qu'il faut faire...

Il tapota son radio-téléphone et s'apprêta à tourner les talons lorsque sa secrétaire surgit en trombe dans le couloir :

— Docteur, on vous demande à la tour de contrôle. Un cas d'urgence sur un avion à l'atterrissage. C'est un certain monsieur Marein qui a appelé, il vous attend là-bas.

— Qu'est-ce qui se passe encore, bon Dieu ? Il a dit quelque chose ?

— Non.

— Bon, d'accord. Dites à Wullemann qu'il fasse préparer la voiture. Rolf, je te ferai savoir si nous avons besoin du bloc.

Gräfe hocha la tête.

En arrivant à la tour de contrôle, Hansen se remémora sa première visite. C'était toujours la même impression, le même tableau : des parois arrondies garnies de radars, des hommes assis devant, des voix étouffées. Et, à l'autre bout, un poste de contrôle dont l'équipement paraissait plus complet. C'est là qu'il trouva Edwald Marein, le patron des contrôleurs du ciel. A ses côtés, l'un des directeurs techniques de la Lufthansa.

— Venez, docteur, lui dit Marein. Voici de quoi il s'agit : sur le vol LH-547 en provenance de Caracas, un passager aurait perdu la tête et blessé une passagère. L'homme en question paraît gravement atteint. D'après les observations des autres passagers, ses troubles l'ont pris dès le début du vol.

Hansen hocha la tête. Caracas ? Le vol 547, n'était-ce pas le vol d'Evi ?

— C'est un Colombien, poursuivit Marein, il est monté à Bogota. D'après son passeport, il s'agit d'un certain Joaquin Caldas, géomètre, trente-huit ans, résidant à Antioquia, Colombie.

Dans des circonstances normales, le lieu de résidence d'un patient avait peu d'importance, si on pouvait encore parler de circonstances normales en cette époque chamboulée. Mais un mot avait fait mouche : Colombie ! A présent, Hansen comprenait mieux la signification du bref regard éloquent que lui avait lancé le patron du service.

Marein tendit un émetteur radio à Hansen :

— Vous êtes relié au commandant de bord, le capitaine Andersen.

— Hansen, médecin de garde à la Clinique de l'aéroport.

— Enfin, vous voilà, docteur ! On vous a certainement dit de quoi il s'agit ? Nous avons mis le bonhomme sous oxygène ; nous avons pensé lui donner des médicaments pour activer le système circulatoire, mais nous avons préféré attendre vos instructions.

— Comment va-t-il en ce moment ?

— Il ne bouge plus du tout. Il est tout bleu, presque gris. Il a le pouls ultrarapide, il transpire, il a les mains glacées. Le grand jeu, quoi. Docteur, je n'ai jamais atterri avec un macchabée à mon bord. Je compte sur vous pour m'éviter ça !

— Il a agressé une passagère ?

— Exact ! Une vieille dame qui était assise à côté de

lui. Il l'a frappée sur le nez. Comme s'il avait été pris d'une crise de folie.

— Est-ce que cette crise s'est produite de façon soudaine ? Est-ce qu'il a dit quelque chose ?

— Dit quelque chose ? Il a hurlé comme une bête, plutôt. Ecoutez, docteur, tout ça, ce sont les autres qui me l'ont rapporté. Moi, j'ai un avion à piloter, je suis donc devant, dans le poste de pilotage, et même à l'étage au-dessus, puisque c'est un gros-porteur. Je vous passe l'hôtesse qui s'en occupe. Elle m'a dit qu'elle vous connaissait.

Donc, c'était bien ça ! Evi... Il y avait onze hôtesses à bord, il avait eu une chance sur onze... Les battements de son cœur s'accélérèrent.

Mais Evi observa un ton extrêmement professionnel pour décrire le comportement du passager, ses mouvements brefs et saccadés avant sa perte de conscience, son agitation convulsive.

— Mais ce qui était le plus frappant, c'était son visage.

— Il était rouge ?

— Oui, il était rouge, aussi. Mais ce sont ses yeux, ses pupilles étaient minuscules ! Il était effrayant. Et il avait une force incroyable... Maintenant, ses pupilles sont très dilatées.

La voix d'Evi avait perdu d'un seul coup sa neutralité professionnelle. Elle ne parvenait plus à masquer la tension ni l'excitation consécutive aux événements.

— Quelques passagers ont essayé de le maintenir, poursuivit-elle. C'étaient des hommes costauds, et il n'est pas très grand.

— Combien pèse-t-il environ ?

— A peu près soixante-dix kilos, quatre-vingts tout au plus. Mais il était plus fort qu'eux tous.

Tout en écoutant attentivement la jeune hôtesse, Hansen tentait d'analyser ses paroles et toutes les conséquences possibles. Il fallait retracer d'urgence l'historique de cette crise, trouver les causes qui avaient déclenché les troubles organiques et peut-être psychiques. A l'équipage, ensuite, de prendre immédiatement les mesures thérapeutiques qui s'imposaient. Mais lesquelles ?

Qu'est-ce qui avait pu se passer, bon Dieu de bon Dieu ? Tous les symptômes décrits par Evi correspondaient à un grave dysfonctionnement du système digestif, dont les conséquences pouvaient être fatales. Mais à quoi était-il dû ? A une péritonite aiguë, à la rupture d'un ulcère d'estomac, à un empoisonnement ?

C'était certainement cela ! Il ne pouvait négliger aucune piste, mais le soupçon qui s'était levé en lui à la seule évocation du nom de Colombie prit le pas sur les autres hypothèses : le rétrécissement puis la dilatation des pupilles, l'activité motrice, l'état d'excitation. La cocaïne. Ce ne pouvait pas être autre chose.

Un empoisonnement à la cocaïne qui avait provoqué des hallucinations et lui avait donné cette incroyable force dont Evi avait parlé. En cas de problèmes internes graves, le malade aurait été incapable de bouger sous l'effet de la douleur. Mais la drogue avait envahi le système nerveux et provoqué ce dernier accès de paranoïa avant de l'abattre.

— Comment est sa respiration maintenant ?

— Très rapide. Son pouls aussi s'accélère de plus en plus, il est de plus en plus faible.

— Son teint ?

— Je ne sais pas, gris...

— Regarde bien, Evi. Gris ou bleuté ?

— Plutôt bleuté.

— Et la pupille, comment est-elle maintenant ? Vérifie aussi ses muscles.

— Ses pupilles sont très élargies. Ses jambes sont dures.

Un spasme, des crampes. Déclenchés par le manque d'oxygène.

C'était le manque d'oxygène qui représentait le plus grand danger. La drogue avait envahi le système nerveux central qui pouvait être paralysé d'un instant à l'autre. Huit cents à mille deux cents milligrammes de cocaïne, c'était le maximum toléré par l'organisme — c'étaient là les chiffres qu'il avait lui-même donnés récemment au cours d'un stage de formation interne destiné aux douaniers et aux policiers de l'aéroport. En cas de dépassement de la dose, c'était la mort assurée.

Cette substance diabolique n'était plus cachée dans les soutes à bagages des avions ou les cales des bateaux. De plus en plus souvent, les passeurs étaient des combattants isolés. Ils cachaient la cocaïne dans les cosmétiques, les poupées, les caméras ou les fonds des valises, la cousaient dans des costumes ou dans des perruques. Les plus à plaindre parmi eux étaient ceux que la crainte d'être découverts poussait à transporter la drogue dans leur propre corps : dans l'anus, dans le vagin et même dans l'estomac. Ils n'avaient pas conscience du danger mortel qu'ils couraient.

Un préservatif déchiré, bouffé par les sucs gastriques : si c'était de cela qu'il s'agissait, c'était un miracle si ce type, là-haut, était encore vivant.

Il n'avait plus beaucoup de chances, de toute façon. Le capitaine Andersen atterrirait probablement avec un macchabée... Et Evi, conserverait-elle son calme ?

— Evi, écoute-moi. C'est le système respiratoire. Il menace de s'arrêter, et il faut essayer avant tout de le ranimer. Il faut agir sur le système cardio-vasculaire.

Il parlait lentement et distinctement.

— Nous allons essayer par pression mécanique, et avec des médicaments.

— Par pression mécanique ? Tu veux parler d'un massage cardiaque ?

— Oui. Tu sais faire ça ?

— Oh oui ! J'ai appris à le faire. Et j'ai eu suffisamment l'occasion de m'entraîner ces derniers temps.

Elle s'était entraînée ces derniers temps ? Où donc, par tous les diables ? A voix haute, il répondit :

— Tant mieux. Tu as une liste de médicaments ?

— Oui, voilà. J'ai déjà préparé l'injection d'atropine.

— Très bien, l'atropine, c'est ce qu'il faut. Et de la dopamine. Vous en avez à bord ?

— Attends... oui, c'est écrit là.

— Bien : quatre-vingts milligrammes en intraveineuse.

Il ne lui demanda pas si elle maîtrisait la technique des

injections en intraveineuse. Cela semblait aller de soi, Evi savait tout faire.

La réponse ne tarda pas à arriver :

— Très bien, dit-elle.

— Alors écoute-moi. Prends la dopamine. Dans un quart d'heure, tu feras une deuxième piqûre, dans une demi-heure, une troisième. Et entre-temps, tu feras le massage cardiaque. Tu sais comment trouver le meilleur point de massage ?

— Oui, ne t'inquiète pas... Il faut que je me dépêche.

— Oui, dépêche-toi, petite. Tu sais que je suis là.

Un claquement. Des crépitements dans le haut-parleur. Bientôt, très distinctement, un bruit de respiration régulier. Ce n'était pas le patient que l'on entendait respirer. C'était certainement Evi qui avait commencé ses massages cardiaques...

Marein regarda Hansen.

— Elle est incroyable, cette petite ! déclara-t-il.

Oui, pensa Hansen. Elle est incroyable, cette petite !

Cela ne dura que l'espace d'une seconde, mais ce fut une seconde qui dura une éternité. Une onde de métal liquéfié et brillant comme de l'or vint brûler ses veines et les parcourut en irriguant chaque parcelle de son corps, conférant à Ramon un pouvoir surnaturel : celui de chasser les silhouettes démoniaques qui s'agitaient au-dessus de lui, de les détruire, de les anéantir. Pourtant, le cercle de feu qui tournait dans sa tête se mouvait de plus en plus vite jusqu'à se transformer en un tourbillon qui l'entraîna dans l'abîme.

Evi Borges retira la seringue.

C'était la troisième injection de dopamine.

Elle prit la lampe électrique qui faisait partie de l'équipement de secours aux accidentés et balaya le visage de Ramon. Les yeux fixes du Colombien étaient grands ouverts. Mais auparavant la pupille ne s'était-elle pas modifiée ? Evi en était sûre.

Sa main chercha la carotide. Difficile de dire si le pouls était meilleur.

Elle saisit l'émetteur radio qui la reliait à la tour de contrôle de l'aéroport de Francfort.

— Il y a du nouveau ? s'enquit Hansen.

— La cage thoracique bouge, répondit Evi. La respiration semble être un peu meilleure. Et j'ai eu l'impression aussi que la pupille s'était modifiée. Je viens de lui faire sa troisième injection.

— Tu tiendras jusqu'au bout ? C'est épuisant, les massages cardiaques !

— Je pense que oui.

— Encore vingt minutes, Evi. Peut-être même un quart d'heure seulement. Tu n'as personne pour te relayer ? Tu dois être au bout du rouleau !

Evi se remit à la tâche, appuyant ses mains sur le milieu de la poitrine de l'homme, comme elle avait appris à le faire, de tout son poids, accordant sa respiration à ses efforts. Elle avait mis le talisman de Chris dans la poche de son corsage. Elle en sentait les contours sur sa peau lorsqu'elle bougeait, c'était comme s'il lui insufflait de la force. Oui, elle tiendrait jusqu'au bout.

Le commandant de bord avait suivi une partie de la conversation échangée entre Hansen et l'hôtesse. Mais à présent, il avait autre chose à faire.

L'oiseau géant s'apprêta à descendre de ses hauteurs pour plonger au milieu des nuages qui surplombaient la terre.

En bas, sur la piste B43 où se poserait le *Hesse*, un véhicule spécial dépêché par la Clinique de l'Aéroport avait pris position. Un système de levage hydraulique permettait de soulever l'habitacle complet du véhicule, y compris le personnel et l'équipement médical, pour l'amener à la hauteur de la porte d'accès de l'appareil.

— Attention, fragile ! dit Fritz Wullemann. S'agit pas qu'y ait de la casse ! Ça va comme ça ? On ferait peut-être mieux d'avancer encore un peu, ça nous évitera de nous balancer trop, là-haut. Docteur, on y va ?...

Hansen hocha la tête et Wullemann donna ses directives au chauffeur. Au loin, c'était la ronde habituelle des véhicules qui s'activaient en tous sens.

— A mon avis, c'est eux. C'était quoi, déjà, le numéro du zinc ?

— D-ABY2, répondit Hansen, sentant croître sa tension intérieure.

Et en effet, un Boeing 747 troua bientôt le plafond de nuages pour venir se poser sur la piste et s'arrêter à la hauteur du terminal.

— Allez, fonce, Alphonse ! cria Wullemann au chauffeur.

Tandis que l'on amenait les passerelles vers les portes arrière, ils s'approchèrent de la porte d'accès au poste de pilotage, qui s'ouvrit bientôt.

Wullemann avait lui aussi ouvert la porte coulissante de sa voiture.

— Allez grouille, Edi, fais-nous monter !

Fred Hansen avait déjà aperçu Evi. Son visage exténué par l'effort lui parut étranger. Il vit aussi l'homme étendu à terre, le masque à oxygène et le type en uniforme d'aviateur qui le dévisageait, sourcils froncés.

— Nous voilà, Evi. Merci, tu es une sacrée bonne femme.

Déjà, ses doigts palpaient la carotide de l'homme inconscient. Rien. Aucun signe de tension.

— Mais il était vivant, Fred ! (Evi parlait d'une voix étouffée.) Et ses pupilles se sont modifiées. Et sa poitrine a bougé. Il était vivant, crois-moi...

— Je te crois, Evi. Et il va continuer à vivre, j'espère. Allez, viens, Fritz.

Wullemann adressa un grand sourire à Evi :

— Oui, je m'appelle Fritz, mademoiselle. On est toute une tripotée à s'appeler comme ça... Allez, on y va !

Ils poussèrent le brancard dans la voiture. La porte se referma.

« Il était vivant, crois-moi ! » Bien sûr qu'il était toujours vivant... Mais ce n'était pas le moment de claquer ! Sa température ? Sa peau était moite et froide, effectivement, mais ce n'était pas la température d'un mort. Pourtant, le pouls n'était plus perceptible, qu'est-ce qui se passait, bon Dieu ? Il était vivant... mais là, c'était une course contre la mort. On allait bien voir qui allait gagner, à la fin.

Oh, le résultat n'était pas acquis d'avance, non, pas du tout !

— Le tube, Fritz !

— L'adrénaline, docteur ? s'enquit Wullemann.

Hansen hocha la tête. C'était un as, ce vieux Berlinois. Il mériterait qu'on lui donne le titre de « Professeur en médecine d'urgence ». Simplement, il faudrait qu'il se rase un peu mieux. Bien, le tube est mis. Oxygène. Et maintenant, l'adrénaline.

Il ne se passait toujours rien. Il fallait absolument qu'il soit ventilé, ne serait-ce que par intervalles. Qu'est-ce qui se passait maintenant ? Un collapsus cardio-vasculaire. A moins que ce ne soit un arrêt du cœur ?

L'habitacle reposait à nouveau sur le châssis, le véhicule d'urgence démarra en trombe. Mais il faudrait encore deux bonnes minutes pour atteindre la clinique, et deux autres minutes pour amener le malade jusqu'au bloc. Au minimum... c'était trop long, beaucoup trop long. Wullemann avait branché l'électrocardiogramme et les informations données par l'appareil étaient très mauvaises : la ligne plate d'une asystolie. Le signe de la mort !

L'expression de Wullemann traduisait exactement ses propres sentiments. La durée limite d'une absence d'oxygénation n'était pas extensible. Ils disposaient de trois minutes incompressibles avant la mort cérébrale. Même si le délai de grâce accordé au reste de son corps atteignait les dix minutes, à quoi cela servirait-il ?

Hansen leva le poing. C'était une tentative désespérée, mais dans ce macabre jeu de la vie et de la mort, elle réussissait parfois : un coup de poing appliqué au milieu du sternum, à partir d'une hauteur de vingt centimètres.

Aucune réaction.

Il sentit la sueur perler à son front.

— Le défibrillateur, docteur ?

— Oui, dépêche-toi !

La voiture eut une secousse.

— Merde, il peut pas faire attention, ce con-là ?

Enfin, elle stoppa. Quelqu'un ouvrit précipitamment la porte.

Des voix, des blouses blanches, mais Hansen secoua la tête :

— Laissez-nous tranquilles !

Ses poings entouraient les poignées des deux électrodes rondes du défibrillateur dont le courant électrique pouvait réactiver le cœur. Wullemann avait réglé la tension sur deux cents joules.

— Vas-y ! ordonna Hansen.

L'affreux trait vert persista.

— Encore, docteur ?

— Mets sur trois cents.

— Trois cents, répéta Wullemann en appuyant sur la commande.

Le tracé de la ligne verte s'était légèrement modifié, il paraissait plus large, moins régulier.

— Trois cent soixante ! Vas-y !

Mais leurs efforts restèrent vains, et le désespoir qui avait pris possession de Hansen grandit au rythme du temps qui filait inexorablement.

— Adrénaline, un milligramme. Et du bicarbonate de soude pour que l'adrénaline fasse effet.

Wullemann avait préparé l'ampoule depuis longtemps. Il la fixa rapidement sur le cathéter.

— Remets trois cent soixante, ordonna Hansen, qui se surprit à invoquer l'assistance du bon Dieu : Faites que ça marche !...

Mais le Ciel resta sourd à sa prière.

Impitoyables, les secondes continuèrent à se succéder sur le cadran de l'appareil, à s'additionner, à se rapprocher du chiffre fatidique. Leurs chances d'éviter la catastrophe étaient minimes, désormais. Si la prochaine tentative échouait, les trois minutes seraient écoulées.

— Allez, trois cent soixante, Wullemann...

L'infirmier s'exécuta. Et — enfin, oui, enfin — la morne ligne désespérément plate que s'obstinait à leur envoyer l'image du moniteur se modifia.

— T'as vu, docteur ? T'as vu ? s'exclama Wullemann.

Pourtant, il n'y avait pas encore de quoi pavoiser, ce

n'était pour l'instant qu'un simple tremblement arythmique.

— C'est toujours pas le Pérou, gronda Hansen.

— Soyez pas comme ça, docteur. Vous voyez bien qu'y a quelque chose qui bouge.

Il avait raison. Le cœur, entraînant à sa suite le corps inanimé du malade, continuait sa lutte pour la survie. Il n'était pas encore en mesure d'irriguer le cerveau ni les autres organes, mais ses chances de survie étaient déjà meilleures.

— Lidocaïne, dit Hansen. Vite ! Un milligramme. Et trois cent soixante joules de plus.

Hansen envoya une nouvelle prière-éclair au Ciel, en le priant d'y répondre favorablement, cette fois-ci.

Sa prière fut entendue. Une première pointe culmina sur le tracé du moniteur, suivie d'autres dents plus petites, puis une deuxième, puis une autre... Hansen et Wullemann reprirent leur souffle à l'unisson.

Compte tenu de toutes les épreuves subies par l'organisme du malade, le cœur battait avec une vigueur étonnante. De temps à autre, il eut quelques arrêts momentanés, mais son rythme se régularisa peu à peu. Maintenant, on voyait distinctement la poitrine se soulever et s'abaisser.

— Et maintenant, vite, au bloc !

Les brancardiers sortirent le brancard de la voiture et se précipitèrent vers le bloc opératoire au pas de charge. Wullemann les imita, ventre à terre, suivi de Hansen.

— Eh bien, docteur, haleta l'infirmier, on a balisé, mais ça fait du bien, hein ? Faut bien sortir de la routine, pas vrai ? Il voulait ressortir les pieds devant, l'autre, mais il sait pas à qui il a affaire, vous êtes pas de mon avis ?

Mais le travail ne faisait que commencer.

L'effet du poison se ferait sentir pendant de nombreuses heures. Les substances ingérées et transmises au système nerveux central seraient éliminées par l'organisme, mais cela prendrait du temps. Quant à la drogue présente dans l'estomac et les intestins, elle devait en être extraite immédiatement. Il était indispensable aussi d'administrer un antidote ayant pour effet de diminuer l'action du stupéfiant. Et avant tout, il fallait poursuivre l'assistance respiratoire.

L'anesthésiste était à son poste près du respirateur.

Hansen réfléchit. La cyanose avait disparu du visage du patient, mais l'activité cardiaque était toujours précaire. Wullemann s'effaça pour laisser passer Lucrezia Bonelli qui arrivait avec la sonde par laquelle serait injecté le liquide destiné à nettoyer l'estomac.

— Bien, déclara Hansen, et quand nous aurons terminé cela, le sorbitol.

Wullemann hocha la tête avec une grimace. Le sorbitol assurerait le nettoyage des intestins.

— Alors vas-y, Luzi, baisse-lui son pantalon. (Jamais Wullemann n'avait pu s'habituer au prénom de Lucrezia, qu'il avait choisi d'abréger en « Luzi ».) Ce ne sera qu'un jeu d'enfant, t'as l'habitude, pas vrai ?

Lucrezia Bonelli lui décocha un regard meurtrier. Hansen lui-même estima que Wullemann outrepassait les bornes. Ses doigts palpèrent la cage thoracique trempée du patient. La lumière crue des lampes mettait en évidence le moindre détail du corps qu'il avait sous les yeux : c'était le corps bien entretenu d'un homme musclé, âgé d'une petite quarantaine. La peau, légèrement colorée de brun clair, comportait une cicatrice d'appendicite, ainsi qu'une deuxième cicatrice à l'épaule, souvenir d'un coup de couteau, peut-être. Les cheveux noirs trempés de sueur étaient déjà grisonnants aux tempes. Enfin, son visage était de type un peu indien : larges pommettes, joues creuses, yeux enfoncés dans les orbites.

Hansen ressentit une chose qu'il ne ressentait jamais en semblable situation, et d'ailleurs interdite par la déontologie : la haine. Une colère profonde teintée de répulsion. Car un souvenir avait ressurgi en lui, amenant devant ses yeux l'image d'un autre corps inerte sur la table d'opération, un corps frêle et doux. Celui d'un jeune garçon qui n'avait pas encore dix-huit ans. Ils en avaient fait, des points de suture, à l'époque ! Vingt-sept entailles à recoudre. Le sang dégoulinait sur la table, Gräfe et lui avaient travaillé point par point, fermé les nœuds les uns après les autres. Ils avaient cru ne jamais en voir le bout.

Et la petite voix faiblarde du gosse qui tentait de lutter contre l'anesthésie... « Il y avait des arbres partout. Ils sortaient du sol, des tables, ils poussaient entre les gens, à côté du flipper... Et il y avait plein de mains sur les branches. J'avais peur ! Elles voulaient toutes m'attraper, alors j'ai couru, et je n'ai pas vu la vitre. Moi, je ne pensais qu'à une chose, c'était leur échapper. J'étais dans un film d'horreur, c'était un vrai voyage vers l'enfer. »

Il s'en était fallu d'un cheveu. Un morceau de verre avait sectionné l'artère axillaire.

L'homme qui gisait sur la table avait fait, lui aussi, un voyage vers l'enfer, à la cocaïne. Le gosse, c'était à l'héroïne. Il avait tout fait pour pouvoir se procurer sa drogue. Il avait cambriolé, volé, s'était prostitué. On en voyait, à l'aéroport, de ces pauvres gosses perdus comme lui, errant lamentablement et en perpétuel danger.

Mais c'étaient des types comme ce Colombien, comme ce Joaquin Caldas, qui franchissaient des milliers de kilomètres pour apporter la drogue produite en Amérique latine. Lui, pour une fois, avait joué de malchance. Certes, il s'en sortirait, ils le sauveraient. Mais dans quel but ? Pour qu'il recommence à la prochaine occasion ? Car c'était toujours ainsi que cela se passait...

Fritz Wullemann préparait le lavement, pendant que Lucrezia préparait le patient.

— Il a un slip rouge, dit Wullemann, t'as vu ?

Le haut-parleur grésilla. C'était la réception.

— Docteur Hansen, avez-vous un instant pour recevoir deux messieurs de la police ?

Hansen jeta un coup d'œil sur les témoins lumineux. Les valeurs s'amélioraient de façon constante.

— Je reviens tout de suite, déclara-t-il en quittant la pièce.

Arrivé presque au bout du corridor, il ralentit le pas.

A la porte de la réception, il apercevait un uniforme, un visage pâle, des cheveux flamboyants.

Evi...

Elle vint à sa rencontre et parcourut en courant les derniers pas qui les séparaient. Il ouvrit les bras, l'attira contre lui, caressa son dos, l'étreignit. Elle avait besoin de lui, il le sentait.

— Tu as été très courageuse.

— Comment va-t-il ?

— Qui, lui ? Il va s'en sortir. Ce genre-là s'en sort toujours.

— Merci, entendit-il. (Puis sa voix ne fut plus qu'un souffle :) Dieu merci.

Tout en continuant à caresser son dos, Hansen s'étonna de cette ferveur. Que représentait cet homme pour elle ? Mais la réponse n'était pas difficile à trouver : n'avait-elle pas passé quarante minutes à genoux sur le sol d'un avion à lutter pour la survie de cet inconnu, en appuyant ses poings contre sa poitrine et en utilisant ses forces jusqu'à la limite de l'épuisement ?

Il caressa tendrement ses cheveux :

— Tout ira bien, crois-moi.

Elle hocha la tête.

— Et tu sais ce que tu vas faire, Evi ? (Il jeta un regard à travers la porte entrebâillée de la réception. Ils étaient là, les « messieurs de la police ».) Tu vas prendre la voiture. Voilà la clé.

— Quelle clé ?

— Quelle clé ? Celle de mon appartement.

Elle leva la tête vers lui. Ses beaux yeux las eurent un éclair. Elle paraissait à bout de forces, mais elle prit sa clé avec un naturel qui le déçut quelque peu : c'était pourtant la clé de sa précieuse maison ! L'assurance contre les mauvaises surprises et autres dangers ! Le symbole de sa liberté et de son indépendance ! S'il la lui remettait, c'est qu'il avait pris une décision. Peut-être même une décision très importante. Mais elle ? Quelle signification ce geste avait-il pour elle ?

— Tu vas y aller de ce pas, tu vas prendre ton bain et tu feras comme chez toi. Mets des disques, mange, il y a ce qu'il faut. Et après, tu fermeras les yeux et tu oublieras tout ce qui s'est passé. Tu me le promets ? Tu vas voir, ça ira. Et si tu veux, tu m'appelles ici. Mieux, dès que j'ai cinq minutes, c'est moi qui t'appelle. D'accord ?

— D'accord.

— Bon, alors, file à la maison.
— A la maison ?
Un sourire interrogateur éclaira son visage.
Il la regarda au fond des yeux, longuement, fermement.
— Oui, Evi, à la maison.

Le premier s'appelait Brunner, le second se présenta sous le nom de : « Inspecteur Niebuhr ».

Tous deux se levèrent à l'arrivée de Hansen. Celui-ci leur fit signe de le suivre au secrétariat et referma la porte sur eux.

Brunner était un homme grand et massif aux cheveux gris coupés ras, au visage ouvert et sympathique. Il fit les présentations :

— J'appartiens aux services de police de l'aéroport, et l'inspecteur Niebuhr, à la brigade des stupéfiants.

— Oh ? (Hansen tenta de réprimer un sourire ironique. Certes, il n'avait rien contre les policiers de l'aéroport, car leur présence était réellement utile, mais, la plupart du temps, ils lui obstruaient le passage lors des interventions d'urgence et l'accablaient ensuite de questions dénuées de sens.) Et que me vaut l'honneur ?

— Vous vous en doutez bien, docteur, répliqua Niebuhr.

Jeune et sec, vêtu d'un pantalon et d'un blouson en jean, il arborait un flegme un rien ostentatoire, le bras droit pendant par-dessus le dossier de sa chaise. Son sourire était celui d'un professeur de gym raillant la prestation d'un élève. Ça commence bien, pensa Hansen.

— Voilà, docteur, intervint Brunner. M. Marein nous a informés de la présence d'un éventuel passeur de drogue à bord du vol Lufthansa en provenance de Caracas. C'est vous-même qui auriez attiré l'attention de M. Marein sur cette éventualité.

Fred Hansen hocha la tête.

— C'est vrai. Et alors ? Je vous félicite d'ailleurs de votre rapidité, on peut dire que vous démarrez au quart de tour !

— Ben oui, reconnut Niebuhr, c'est notre boulot, non ?

— Et qu'est-ce que vous attendez de moi, maintenant ?

— Mais c'est très simple, docteur. Cet homme est sous votre surveillance...

— Il n'est pas sous ma surveillance, il est sur la table d'opération. Et il va très mal, je vous le garantis.

— Je vous crois, mais quand même...

— Quand même quoi ?

— Eh bien, il faut que nous l'empêchions de s'éclipser dès qu'il ira mieux. Nous commencerons par assurer une surveillance ; ensuite, il faudra le faire transférer en préventive et poursuivre son traitement là-bas. Cela, bien sûr, au cas où il s'agirait vraiment d'un passeur de drogue...

— Justement. J'en suis effectivement convaincu moi-même, mais je trouve que nous devrions d'abord tirer tout cela au clair. Ensuite, il serait peut-être bon que vous vous présentiez avec un petit document officiel tout simple, comme un mandat d'arrêt, par exemple. Vous ne croyez pas ?

— Ne vous inquiétez pas pour ça, docteur. On le recevra très vite.

— Dans ce cas, rétorqua Hansen, je vais retourner à mon poste de travail en attendant. (Il se leva.) Vous pouvez me suivre. Peut-être serons-nous déjà fixés sur la cause de son état. Cela nous permettra de savoir s'il a passé de la drogue ou non.

Arrivé à la porte du bloc opératoire, Hansen eut un geste de la main pour signifier aux deux policiers d'attendre là.

Il referma la porte et traversa la pièce où flottait une légère odeur de désinfectant et de sécrétions mêlés. Wullemann était près du patient dont le corps était recouvert d'un drap. Il eut un geste éloquent en direction d'une bassine en émail :

— Les voilà. On les a toutes récoltées, docteur !

Hansen ne comprit pas tout de suite. Il se dirigea vers le spiromètre où Berta Maier-Blobel, l'anesthésiste, contrôlait les fonctions pulmonaires.

— Sa respiration est meilleure, ça marche très bien, dit-elle. Mais le reste — c'est complètement fou, non ? Regardez ce que Wullemann a dans la main !

— Fais voir !

Fritz Wullemann eut un sourire satisfait. Lucrezia Bonelli, elle aussi, parut ravie.

Hansen vit que la bassine était remplie d'une grande quantité de petites billes brûnatres.

— Qu'est-ce que c'est que ça ?

— Bon, ben, docteur... (Wullemann était sérieux comme un pape.) Vous savez qu'un bloc opératoire, c'est pas prévu pour l'élevage des chèvres, OK ? Alors, ces petites crottes de bique que vous voyez là, c'est... à vous de deviner, vous avez droit à trois réponses.

C'était clair. Lucrezia lui mit une nouvelle paire de gants. Il tâta l'une des vésicules. La paroi externe était élastique. Le diamètre était d'un centimètre environ.

— Regardez ! (Wullemann indiqua une petite coupe de verre.) Voilà, on tient le corps du délit, comme qui dirait.

La vésicule était déchirée. Les deux parties s'étaient séparées, déversant leur contenu dans l'estomac et amenant l'homme aux portes de la mort.

— Deux cent seize vésicules, vous vous rendez compte !

Hansen estima que chacune d'elles contenait un gramme de cocaïne, voire davantage. Ils étaient peut-être bien informés, les expéditeurs ; ou alors, au cas où ce Colombien voyageait à ses risques et périls, il avait eu de bons conseillers, des gens qui avaient réfléchi au problème : le seuil de tolérance se situait entre 800 et 1 200 milligrammes. Au-delà, c'était la mort assurée.

Il semblait cependant plus probable que les commanditaires fussent si sûrs de leur fait qu'ils ne s'étaient pas donné la peine d'effectuer tous ces calculs.

En tout état de cause, ce Colombien, ce Joaquin Caldas, semblait vigoureux et résistant. S'il n'avait échappé que d'un cheveu à une fin cruelle, cela signifiait qu'il avait absorbé entre un gramme et un gramme et demi de cocaïne pure.

— Bien, donne-moi ça.

Hansen prit le récipient contenant les vésicules et posa la petite coupe de verre par-dessus.

— Je vais montrer votre découverte à nos amis de la police.

— C'est un revêtement de latex, lui expliqua l'inspecteur Niebuhr deux minutes plus tard. C'est pas mal pensé. Ce genre de vésicules est plus sûr que les préservatifs. S'il y a un préservatif qui pète, le mec pète avec lui. On a plusieurs cas semblables dans nos fichiers.

— Vraiment, je vous félicite, docteur, ajouta l'homme massif aux cheveux gris répondant au nom de Brunner.

— Pourquoi donc ?

— Eh bien parce que vous avez réussi à le garder vivant, le bonhomme, et que comme ça il nous crachera quelques petites informations.

— Dans ce cas, vous feriez mieux de féliciter quelqu'un d'autre. C'est une hôtesse qui l'a sauvé. Et que va-t-il se passer maintenant ?

— Nous sommes bien obligés d'attendre qu'il soit transportable. Et en attendant on va vous envoyer un de nos hommes pour le surveiller. (Brunner leva une main apaisante en croisant le regard de Hansen.) Ne vous inquiétez pas, docteur, ce sera un civil !

— Voyez tout cela avec le docteur Gräfe, répondit Hansen. C'est lui qui est de garde cette nuit.

Il était heureux d'être débarrassé de ces gens-là et de repasser l'affaire à Rolf. A partir de maintenant, les choses « suivraient leur cours », selon l'expression consacrée.

Il était impatient d'appeler Evi au téléphone, mais il lui faudrait attendre d'avoir quelques instants de répit.

Mais la journée n'était pas encore terminée pour lui. Il le sut dès l'instant où, un peu plus tard, il franchit le seuil de son bureau et aperçut une visiteuse qui ne s'était pas annoncée : Lucrezia !

Cette dernière s'était installée dans son fauteuil. A son entrée, elle se leva d'un bond. Et l'expression farouche de son visage sombre était de mauvais augure.

Il prit les devants pour tenter de repousser la première agression :

— Je ne suis pas opposé à ce que tu m'attendes ici, mais tu malmènes peut-être un peu le règlement de la clinique, tu ne trouves pas ?

— Le règlement de la clinique ? Ah bon ? Et toi, tu l'observes ? Est-ce que ton précieux règlement t'autorise à peloter n'importe qui dans les couloirs, et devant tout le monde, par-dessus le marché ?

Il fut trop surpris pour trouver une réponse appropriée. Une onde de chaleur lui traversa la tête.

Il alla se réfugier derrière son bureau, comme pour ériger une barrière protectrice contre la jalousie dévorante qui déformait le visage de la jeune femme. Jamais Lucrezia n'avait réussi à cacher ses sentiments. A tout instant, on pouvait lire dans ses yeux et sur son visage ce qui se passait en elle. Autrefois, il en avait été fasciné, il l'avait aimée pour cela, mais à présent, elle l'effrayait.

— Tu as besoin de ton bureau, n'est-ce pas ? vitupéra-t-elle. Vas-y, si tu te sens mieux en te cachant derrière tes meubles... Mais je veux une réponse, monsieur le Médecin-Chef ! J'attends.

— Crois ce que tu veux. Mais l'endroit est mal choisi pour discuter d'affaires personnelles.

— Bien sûr, le couloir est un meilleur endroit ! ? Surtout juste en face de la réception !

— Tu te trompes complètement. Cette fille, c'est Evi Borges. C'est l'hôtesse qui a suivi les instructions que je lui donnais depuis la tour de contrôle, dans les pires conditions et à dix mille mètres de hauteur, pour que le Sud-Américain...

— Un salaud qui bouffe des billes...

— ... pour qu'il s'en sorte. Je considère cela comme un exploit. Et quand j'ai rencontré Evi tout à l'heure, elle était exténuée, physiquement et moralement. N'importe quel être doué d'un peu de raison pourrait le comprendre.

— C'est à moi que tu fais allusion ?

— Je voulais simplement mettre les choses au point.

— Tu veux mettre les choses au point ? Dans ce cas, moi aussi je mets les choses au point. Peut-être bien que les hôtesses de l'air baisent comme des professionnelles...

— Stop !

Ce mot prononcé à voix basse claqua comme un coup de feu.

— Oui, stop ! (Elle rejeta la tête en arrière, si violemment que ses cheveux volèrent. Et ses yeux ! Etroits comme des meurtrières, brûlant de toutes les flammes de son tempérament de feu.) Tu as trouvé le mot, stop ! C'est fini, terminé !

Elle se dirigea vers la porte, puis se retourna une dernière fois avant de crier :

— C'est terminé, monsieur le Médecin-Chef ! Et tu vas voir ce que ça signifie !

La porte claqua derrière elle.

Il contempla la surface blanche et secoua lentement la tête. Cette sortie, cette journée, tout semblait irréel. C'était du théâtre, de l'opérette, de la commedia dell'arte ! Et pourtant non, elle était sérieuse ! Il regrettait à présent de l'avoir laissée partir. Il aurait mieux fait de lui dire la vérité. Toute la vérité.

Mais qu'il le lui dise d'une façon ou d'une autre, l'histoire était terminée.

Des chiffres inscrits en blanc sur un fond noir. Toujours en mouvement, dansant une perpétuelle ronde, ils laissaient la place à d'autres chiffres, comblaient les espaces vides puis enfin disparaissaient. Parfois, à droite du tableau, s'allumaient deux lueurs vertes : un avion venait de se poser dehors, sur la piste.

On les voyait partout, ces chiffres qui dansaient. Dans la zone des arrivées et des départs. Aux comptoirs. Dans les accès aux salles d'attente. Aux étages, dans la zone de transit.

« MOSCOU — ARRIVEE PREVUE 17 h 30, pouvait-on lire sur le tableau des arrivées. Puis « RETARDE —

0 h 15. DALLAS — LONDRES — 23 h 30 — RETARDE. THESSALONIQUE, BOMBAY, ANKARA, ROME... »

Puis les chiffres disparaissaient peu à peu. On en voyait de moins en moins. De grands espaces sombres envahissaient les tableaux. Il était minuit à l'aéroport de Francfort...

Les rares personnes qui parcouraient l'immense labyrinthe de béton à cette heure indue se rendaient pour la plupart dans la même direction : celle du parc de stationnement.

Elles étaient pressées de rentrer. Mais le docteur Rolf Gräfe, lui, aimait cette heure tardive. Après sa garde, il flânait dans les galeries désertées, longeait les interminables couloirs illuminés par les éclairages des panneaux publicitaires. C'était à ses yeux la méthode idéale pour se débarrasser de la tension qui l'habitait après ses heures de travail.

L'escalier roulant l'amena jusqu'à la zone B, la zone des arrivées, le grand bassin collecteur des passagers en provenance de l'étranger. Tous ces visages souriants, ces gens heureux de vivre, lui semblaient irréels. Mais pourquoi ne pas être heureux comme eux ? Ce qui lui manquait, c'était la chaleur et le contact. Eh bien, les femmes n'étaient-elles pas faites pour cela ?

Pendant plusieurs années, il avait eu Olga, divorcée et mère d'un garçon de seize ans. Mais Olga était retournée avec son mari, et Britte lui avait succédé.

Britte...

Pourquoi n'arrivait-il pas à se débarrasser de son nom ? Pourquoi n'arrivait-il pas à la chasser de ses pensées ? Avec Britte, c'était terminé. C'était de l'histoire ancienne. Un prénom, et rien d'autre.

Rolf Gräfe finit par arriver au parc de stationnement réservé au personnel. Il mit sa moto en route. La BMW sortit lentement de son abri protégé des intempéries. Avant même d'avoir atteint l'extérieur, Rolf entendit le ruissellement de la pluie.

Putain de pluie !... Et puis non, après tout ! Peut-être la pluie serait-elle le meilleur antidote à ses pensées moroses. Peut-être la pluie ferait-elle fuir ses tourments, laverait-elle toute cette crasse...

Lorsqu'il fut dehors, les traînées d'eau grisâtre, les ombres obscures des bâtiments, la lueur blafarde des lampadaires qui l'accueillirent ne furent pas pour améliorer son humeur. Quelques taxis vinrent apporter leur contribution en l'aspergeant généreusement d'une eau sale dont il se serait bien passé.

Furieux, Gräfe accéléra et la moto fila à travers les flaques d'eau, dépassant taxis et camions. Allez, on y va !

La pluie cinglait son visage, s'infiltrait dans le col de son blouson, dégoulinait dans son dos. Les lumières défilaient. Traînant derrière elle un nuage d'écume grise, déclenchant sur son passage des appels de phares furibonds, la moto fonçait dans la nuit.

Rolf Gräfe était libre.

Pendant un long moment, le temps et l'espace n'existèrent plus. Puis il finit par réduire sa vitesse et prendre conscience du paysage qui l'entourait. Il aperçut des maisons aux murs noirs, et là-bas, sur la gauche, une affiche lumineuse rougeâtre qui tentait de percer l'humidité ambiante.

Gräfe s'arrêta. Il avait soif. Il consulta sa montre : presque une heure. Bon, tant mieux, ce troquet avait l'air d'être encore ouvert.

Il se secoua comme un chien mouillé et se lissa les cheveux avant de pousser un épais rideau de feutre.

Au-dessus de sa tête, un saxo pleurait : du blues, un beau blues bien chaud. L'éclairage était tamisé. Les abat-jours posés sur les petites tables plongeaient la salle dans une lumière couleur miel.

Bizarre comme endroit. Mais au moins, il y avait un bar. Et sûrement une petite bière pour vous revigorer !

Gräfe se hissa sur un tabouret. Un homme était affalé sur le comptoir, les bras écartés. Il tourna son visage vers Gräfe, un visage au nez large, aux sourcils noirs et broussailleux. Son crâne était presque chauve. Sûrement un chauffeur routier. Il n'était pas antipathique.

— Une bière pression !

La blonde qui servait au bar lui opposa une énorme poitrine qui menaçait de s'échapper de son corsage.

— Non, faut prendre autre chose avec, déclara-t-elle.

— Comment ?

— Je l'savais pas non plus, rigola le routier. Mais c'est comme ça qu'ça fonctionne ici. Ils te donneront pas de bière si tu prends pas de champagne.

— Ah bon ? s'étonna Gräfe.

La blonde lui décocha un regard offusqué et alla chercher des verres.

— Ils auraient tort de s'gêner !

Le routier désigna les tables d'un geste du menton. Il restait quelques clients. Des hommes, exclusivement. Et presque tous d'un âge certain.

— Avant, c'était un endroit vachement sympa ici, ça j'te l'dis ! Y avait toujours des gars qu'étaient prêts à faire une p'tite partie avec toi quand tu t'pointais. Et la bière, j't'en parle pas, y en avait d'la bonne, y avait tout c'que tu voulais. Et en plus, on bouffait bien, et pour pas cher. Et y avait...

Gräfe ne comprit pas bien ce qu'« y avait » d'autre, car une musique tonitruante lui emplit les oreilles. Un projecteur s'alluma, éclairant violemment de rose une petite scène placée au fond de la salle.

— A la gare, poursuivit son voisin, imperturbable, y démolissent tous les bordels pour y foutre leurs saloperies de tours et leurs saloperies de banques à la con. C'qui fait qu'les filles, faut qu'elles se barrent du centre-ville et elles se r'trouvent dans les coins les plus minables. Eh oui, mon vieux, c'est comme ça qu'ça s'passe !

Gräfe hocha la tête. Cela lui était bien égal. D'ailleurs, pour l'instant, tout lui était égal.

Il leva son verre :

— Santé !

— A la tienne, mon pote. Attends un peu d'avoir la note ! C'qu'ils ont de bien ici, c'est qu'ils ont des filles extra, tu vas voir, des vraies salopes.

Le saxophone joua moins fort, la musique devint plus insistante, plus lente, plus sensuelle, et... Gräfe leva la tête.

Une voix de femme frémissante. Un gémissement. Une succession de gémissements, ces gémissements uniques, reconnaissables entre tous...

— Oui, oui... s'il te plaît... Mon amour... Oh, encore... s'il te plaît.

Gräfe se décida à regarder la scène.

Ce n'était pas une femme, c'étaient deux femmes. Toutes deux portaient des sandales dorées pourvues de talons d'une hauteur vertigineuse.

L'une des deux femmes qui se tenaient étroitement enlacées était blonde, l'autre brune. Les poils de leur pubis avaient été rasés, de telle sorte que leurs corps lisses caressés par la lumière ondulante du projecteur rose faisaient l'effet de deux statues.

La blonde était grande, très grande, et mince. Superbe. Elle avait de petits seins pointés vers le haut et de longs cheveux lisses. Sa bouche était ouverte, offerte. Et ses hanches se mouvaient.

— Encore... Chérie... oh... c'est bon...

Pendant que, la tête rejetée en arrière, sa chevelure couleur de blé mûr oscillant dans un mouvement de balancier, elle simulait l'extase, la bouche de l'autre se promenait sur la pointe de ses seins, sur sa peau, sur ses hanches...

Gräfe eut l'impression qu'un nœud lui fermait la gorge. Ce n'est pas possible ! Non, je rêve... C'est Britte !

Non, ce n'était pas Britte, mais son double exact, sa jumelle, sa réplique.

Son coude renversa le verre de bière qui fut projeté pardessus le comptoir et tomba sur le sol. Déjà la barmaid se précipitait, le torchon à la main.

— Oh non, non, s'il te plaît... gémissait l'autre sur la scène. Si, si, vas-y...

Des gouttes de bière tombèrent sur le coude de Gräfe.

— T'es nerveux, mon pote ? Qu'est-ce que t'as ?

— L'addition ! réclama Gräfe en jetant un billet de cinquante marks de la poche de son blouson sans attendre ni réponse ni monnaie.

— Encore un barjo ! entendit-il dans son dos.

Il était déjà dehors. Il s'appuya contre le mur, regarda

fixement la pluie et se sentit désespérément seul et impuissant.

Britte ! Ce cou rejeté en arrière, ce désordre dans son visage. C'était elle, exactement, quand ils faisaient l'amour.

Maintenant, il n'existait plus pour elle. Maintenant, pour elle, il n'existait plus que Lawinsky. Hubert Lawinsky, un chef de cabine, un connard, un bellâtre à moitié pédé. Toi, elle t'a liquidé proprement, au scalpel. Avec une assurance dont seules les femmes sont capables : « Désolé, Rolf, mais toi, tu as ta moto. »

C'était vrai. Il avait sa moto. Il sauta sur la selle, démarra et ramena son engin sur la route, c'était là qu'était sa place, et il fonça droit devant lui, toujours plus vite, toujours plus haut, cent quarante, cent cinquante, plus vite, cent soixante-dix, cent quatre-vingts... Oui, oui ! Il avait envie de hurler : nous voilà !

Mais, du néant informe et gris vers lequel il filait, surgit un obstacle inattendu. Il ne distingua les signaux lumineux que lorsqu'il fut trop tard. « Attention — Travaux ». Des planches blanches et rouges, une toile de tente noire de pluie, un véhicule de chantier.

Rolf Gräfe se sentit soulevé de terre comme si un poing géant l'avait projeté dans l'obscurité de la nuit. Un vol plané interminable, accompagné d'un étrange sentiment de plaisir, puis il retomba.

Son corps tourbillonna une demi-douzaine de fois, glissa sur l'asphalte, rasa quelques voitures, alla taper contre quelques rebords de pierre dans une course qui semblait ne plus vouloir s'arrêter. Puis, lorsque, enfin, il s'immobilisa, Rolf Gräfe était toujours conscient. Et voilà ! Ça devait arriver. Putain de bled ! Putain de monde ! Putain de vous tous ! Vous m'avez tous trahi. Fred, Britte...

C'est alors qu'arriva la douleur. Elle traversa sa jambe droite et monta jusqu'au cerveau. Il se mit à hurler. Il hurla à pleins poumons, interminablement. Il entendit sa voix, mais c'était un cri qui ne lui ressemblait pas, ce n'était pas lui qui le poussait...

Le pavillon de chasse était caché sous d'immenses érables aux tons flamboyants.

Lorsque Hubert Lawinsky arriva sur la terrasse, il prit une grande inspiration d'air pur et frais. Ce lac avec son île de roseaux... quelle beauté ! Et au loin, la chaîne des monts Appalaches.

Hubert n'accordait d'ordinaire que peu d'attention à la beauté d'un paysage ou de la nature en général. Il lui arrivait bien souvent de ne plus avoir la notion exacte de l'endroit où il se trouvait. Car c'était toujours la même chose : après chaque atterrissage, il était kidnappé par quelque ami qui l'entraînait Dieu sait où. Des beaux coins, il y en avait partout.

Mais il ne pouvait se défendre d'être impressionné par cette résidence, construite par Mortimer Barry au sud-est de la Floride pour procurer un peu de fraîcheur aux milliardaires de Miami fatigués et tourmentés par la chaleur.

D'ailleurs, Mortimer en personne arrivait déjà, un gigantesque verre de Martini à la main.

— Tu en veux un, Hubert ?

— Doucement, mon vieux, c'est trop tôt ! Hier soir, on a picolé jusqu'à trois heures du matin !

— Justement, c'est ce qu'il faut pour combattre la gueule de bois.

Lawinsky rit.

— Combats-la tout seul, pour une fois. Moi, je ne peux pas me le permettre, mon zinc s'envole pour Washington cet après-midi. Et après, on traverse le Pacifique jusqu'à Tokyo.

Hubert Lawinsky avait fait la connaissance de l'entrepreneur en bâtiment Mortimer Barry dans l'un des hôtels-casinos de Donald Trump à Miami. Ils avaient fait immédiatement ami-ami, d'autant plus que Hubert avait réussi dès le premier soir à l'acoquiner avec la plus jolie fille de la flotte de la Quantas, Florence Winters. Florence, quant à elle, se livrait à ses jeux préférés avec la science d'une professionnelle. Hubert le savait, puisqu'il avait eu à cœur de participer à son entraînement.

En général, Florence avait une préférence marquée pour les hommes riches, ce qui était tout à l'honneur de son sens pratique. En l'occurrence, l'entremise d'Hubert avait fort bien servi l'amitié entre les deux hommes qui trouvait son accomplissement dans les parties de golf, les parties de poker, les parties fines et autres sorties en commun.

Ce jour-là, les deux amis avaient à parler de choses sérieuses, d'une bonne affaire pour Lawinsky : en effet, un partenaire commercial de Barry, son ami Ricco Martin, voulait faire passer de l'argent en Europe. Et ce genre de choses vaut toujours le coup.

— Où est donc Ricco ? s'inquiéta Lawinsky.

Mortimer pointa son verre en direction du bois :

— Le voilà. A l'heure, comme toujours.

Une grosse Continental avança silencieusement entre les buissons qui bordaient le chemin. Un homme en sortit. Cheveux noirs coiffés en arrière, lunettes de soleil, visage bronzé et mince, nez proéminent.

— C'est lui ?

Mortimer hocha la tête.

— Mais il a l'air d'un mafioso !

— Tu ne crois pas que nous appartenons tous un peu à la Mafia ? rigola Barry.

Ricco Martin était pressé. L'entretien entre les trois hommes n'excéda pas dix minutes. Il s'agissait de transporter la somme de 135 000 dollars à Francfort afin de la verser sur un compte bancaire. Mais Hubert n'avait même pas à procéder lui-même à ce versement. Il lui suffirait de remettre l'argent à un homme qu'il rencontrerait là-bas. De l'argent sale, naturellement, à « blanchir »... Et 5 000 dollars étaient prévus pour lui. Deux cent cinquante sacs pour un petit boulot de facteur.

Pas mal du tout. Fantastique, même !

— Vous avez vraiment confiance en moi, fit remarquer Hubert Lawinsky, impressionné.

— Non, je n'ai absolument aucune confiance. Je ne fais confiance à personne. Je mise toujours sur la sécurité. (La bouche de Martin s'amincit encore.) Je ne travaille jamais sans garantie.

— Ah bon ?

— La garantie, c'est moi, vieux frère, précisa Mortimer Barry avec un large sourire. Et en contrepartie, tu me procureras une deuxième Florence, la prochaine fois. C'est comme ça qu'elle fonctionne, notre affaire.

Ils éclatèrent de rire. Tous, même Ricco.

Plus tard, dans l'avion qui amenait Lawinsky d'Atlanta à Washington, il sortit de sa poche le papier que lui avait donné Martin.

Il lut : « Hotel Merlin, Francfort-sur-le-Main. »

Et un nom : Stefan Radonic.

Hubert Lawinsky leva les yeux sur Britte. Son visage était défiguré par la sensualité. Lui en dessous, elle au-dessus. Il était le mustang, et elle la cavalière qui accélérait l'allure, plus vite, toujours plus vite, exactement comme il l'aimait : son halètement, ses cheveux qui se déployaient comme des ailes dorées au rythme de ses mouvements échevelés... Oh oui, il aimait ça, il aimerait toujours ça... Non, il ne faut pas que je vienne déjà, il faut que je pense à autre chose, à quelque chose de désagréable !

Lawinsky se contraignit à revivre en pensée la scène de la semaine passée. Le pavillon de chasse en Floride. Le visage d'oiseau de proie de Ricco. Ses lunettes de soleil. Ses lèvres fines comme des lames de rasoir. Ses paroles : « Je ne fais confiance à personne. Je ne travaille jamais sans garantie. »

Mais ce fut peine perdue. L'image inquiétante de Ricco elle-même fut impuissante à arrêter le cours des événements. Hubert gémit, explosa, ce fut comme un feu d'artifice, comme un millier d'étoiles multicolores qui s'éteignirent ensuite petit à petit...

Britte recouvrit son visage, son cou, ses épaules de mille petits baisers hâtifs.

— Hubert, mon amour, tu me rends folle... jamais... jamais je n'aurais pensé que ça existe...

Il sourit et s'étira. Il était flatté de ses paroles, bien qu'il les connût par cœur, elles disaient toutes ça. Combien de fois les avait-il entendues, ici, là-bas, bien réparties tout autour du globe terrestre, prononcées par toutes ses filles, dans toutes ses résidences secondaires... Au diable Ricco Martin !

Mais le voyage au septième ciel est immanquablement suivi du retour sur terre.

Doucement, Hubert se délivra de l'étreinte de son petit mouton blond qui souriait aux anges, sortit un paquet de cigarettes de la table de chevet, en alluma deux, en ficha une entre les lèvres gonflées de Britte, aspira voluptueusement et ferma les yeux.

Au diable Ricco Martin ?

Ne te fais aucune illusion, ce type est dangereux. Il faut agir, aujourd'hui même.

— Qu'est-ce qui se passe, mon chou ?

Les ongles de Britte jouaient avec les poils de sa poitrine. Elles aimaient ça. Elle faisaient toutes la même chose, les filles...

Une semaine s'était écoulée depuis l'entrevue dans le pavillon de chasse. Et une semaine, c'était tout simplement trop long pour Hubert Lawinsky, car une semaine, cela équivalait à trop d'occasions manquées — pour gagner de l'argent, par exemple. Ou pour en perdre, comme pendant cette saloperie de partie de poker, mercredi passé, au Hilton de Tokyo... Il était sûr de gagner, puisqu'il avait le « royal flush ». Mais Freddy Heller l'avait eu, et en beauté. Onze mille dollars, c'était le prix que lui avait coûté cette petite plaisanterie. Bon, avait-il pensé, il te suffit simplement de puiser dans l'enveloppe — et de gagner ensuite.

Mais il avait encore perdu. Perdu l'argent qui ne lui appartenait pas.

Et Hubert Lawinsky avait donc un problème à régler, ici, à Francfort. Un gros problème, même.

Il se redressa et se mit à jouer avec les cheveux de Britte.

— Ecoute, ma jolie, j'ai quelques petites difficultés...

— Ah bon ?

— Et tu pourrais m'aider. Tu veux bien ?

— Bien sûr. Si je peux.

Elle le dévorait des yeux avec cet air soumis de mouton docile, plein d'abandon. Elles avaient toutes le même regard, après l'amour. Tant mieux, ça l'arrangeait...

— C'est une broutille, mais il faut la régler vite, dit-il en lui caressant la cuisse. Il faudrait simplement aller au centre-ville, attends... (Il prit le papier.) A l'hôtel Merlin, Fürstenberger-Strasse. Il faut demander un type, un Yougoslave apparemment, un certain monsieur Radonic — oui, il s'appelle Stefan Radonic, et lui remettre une enveloppe.

— Bien sûr, sourit-elle. Si ce n'est rien de plus ! Et quand ?

Lawinsky consulta la date de sa montre.

« La remise doit être effectuée entre le vingt et un et le vingt-trois, avait précisé Ricco. Radonic sera présent à l'hôtel ces jours-là entre sept et dix heures. Il vous attendra. C'est clair ? »

On était le vingt-deux. Et il était sept heures.

Que dirait-il en voyant s'amener une fille avec onze mille billets verts de moins dans l'enveloppe ?

Bon, il pourrait réfléchir plus tard à l'explication. Il y avait sûrement un moyen de dégotter la somme. Une chose était sûre, il fallait agir. Aujourd'hui même ! Autrement, il ne pourrait plus jamais se montrer à Atlanta, ni même peut-être sur tout le territoire des Etats-Unis. « Nous appartenons tous un peu à la Mafia », avait dit Mortimer. OK, mais est-ce que c'est une raison pour que je me pende au premier arbre venu, ou dans l'armoire de Britte ? Ce serait trop dommage.

Britte s'était redressée. Dans ses yeux, une confiance enfantine. Dans un seul œil, car l'autre était recouvert par ses cheveux. Elle était vraiment mignonne...

Lawinksy lui tapota affectueusement la pointe du nez.

— Le mieux serait de nous en débarrasser tout de suite, qu'est-ce que tu en penses, petite ? Et ce soir, quand tu seras rentrée, on fera la fête. On ira à... comment s'appelle cet endroit où il se passe toujours quelque chose ?

— Sachsenhausen, répondit-elle. C'est tout à côté.

— Oui, on ira à Sachsenhausen. Ou alors, on ira en boîte, ou dans un bon restaurant. C'est toi qui choisis. Et demain tu auras une petite récompense. Qu'est-ce que tu dirais d'une bague ?

— Je ne dirais pas non ! répondit-elle, les yeux brillants, tout en s'étonnant un peu du grand cas qu'il faisait de ce petit service qu'elle lui rendait.

Elle se leva et alla prendre une douche. Elle noua un foulard dans ses cheveux mouillés, se glissa dans sa combinaison — c'était sa tenue préférée, facile à mettre et pratique. En cinq minutes, elle fut prête.

— Alors, qu'en penses-tu ? Je bats tous les records, hein ? Et comment me trouves-tu ?

Elle tourna sur elle-même avec coquetterie, puis fit la grimace.

— De toute façon, peu importe. Ça ira pour un Stefan Radonic.

— Pour un Stefan Radonic, tu es beaucoup trop jolie ! décida-t-il. Et maintenant, file ! Mais donne-moi un baiser d'abord.

Elle l'embrassa. Il la retint :

— Et écoute bien, petite, si ce Radonic me demande, tu ne me connais pas, dis-lui que tu as simplement eu affaire à moi dans le cadre de ton travail à l'aéroport, que je suis un chef de cabine que tu as soigné et qui t'a demandé de lui rendre service parce qu'il ne connaît pas la ville de Francfort. C'est clair ?

— C'est clair, confirma-t-elle.

Elle quitta ses bras à regret et sortit.

En s'installant dans sa vieille Golf cabossée, elle jeta un dernier regard au troisième étage, comme si elle s'attendait à le trouver à la fenêtre pour lui faire signe. Elle n'y vit personne. De toute façon, cette maison appartiendrait bientôt au passé pour elle. Elle pensa à Hubert tout en essayant en même temps de se libérer de l'état amoureux, si intense qu'il confinait quasiment à la folie, dans lequel elle tombait en présence de cet homme. Dès qu'il disparaissait, ce qui arrivait bien trop souvent, tout en elle le réclamait. Et lorsqu'il venait à sa rencontre dans son uniforme si seyant, avec ce sourire hardi au fond des yeux, elle défaillait de bonheur. Existait-il un moyen de conserver ce bonheur pour toujours ? Etait-ce réalisable ?

Elli, l'amie avec laquelle elle partageait son appartement, était assez raisonnable pour s'installer chez son ami Ewald pendant les séjours d'Hubert à Francfort. Mais à la longue, ce ne serait plus possible.

Elle avait besoin d'un appartement à elle. L'idéal serait pourtant d'aller s'installer auprès d'Hubert en Australie, le pays des grands espaces et des plages solitaires dont il ne cessait de lui parler. Par exemple, dans la petite résidence secondaire que possédaient ses parents près de Brisbane...

Elle rêvait... Mais ses rêves étaient-ils inaccessibles ? Plus de pansements à changer, plus de Lucrezia Bonelli à supporter, encore moins de Hansen... L'Australie !... Toute à ses rêves, elle ne s'était pas aperçue qu'elle était déjà dans la Fürstenberger-Strasse où se trouvait ce fameux hôtel Merlin.

Elle aperçut l'enseigne : MERLIN.

Britte gara sa voiture et entra dans le hall qui paraissait bien miteux, avec ses deux caoutchoucs poussiéreux et ses canapés de cuir synthétique défoncés. Dans un angle, un homme sec portant des lunettes regardait la télévision. Sur l'écran, un vieux film de kung-fu dans lequel un shérif noir était justement en train de coller un coup de crosse de revolver au héros. Ce dernier, imperturbable, reçut le coup sans se départir de son sourire.

L'homme assis devant le téléviseur s'avisa de la présence de la jeune femme. Se levant à regret, il s'avança vers elle en lui présentant une dentition abîmée et s'enquit :

— Madame, vous désirez ?

— Je cherche un certain monsieur Radonic, Stefan Radonic. Il est descendu ici, n'est-ce pas ?

— Oui.

— Pourrais-je le voir ? J'ai quelque chose à lui remettre.

D'un geste inconscient, Britte mit la main dans la poche de sa combinaison. Bizarrement, elle fut heureuse de sentir les contours de l'enveloppe. La lettre était assez épaisse.

— Chambre 24. C'est-à-dire, j'appelle M. Radonic avant.

— Je vous en prie.

L'homme décrocha le téléphone.

— Monsieur Radonic, il y a quelqu'un pour vous qui a apporté quelque chose... Bien, je lui dis. (Il raccrocha et annonça :) Il vient tout de suite.

A peine deux minutes plus tard, la porte de l'ascenseur s'ouvrit. Britte eut le souffle coupé en apercevant l'homme qui en descendit. Quel que fût le personnage qu'elle avait imaginé sous le nom de Stefan Radonic, elle ne s'attendait pas à une surprise de cet ordre. Elle retint un mouvement de frayeur à la vue de son embonpoint presque monstrueux. Et il était grand, aussi. Son énorme face était encadrée de boucles en tire-bouchon. Recouvrant ses oreilles, elles retombaient sur les épaules d'un costume gris-bleu dont la coupe irréprochable lui conférait un semblant de dignité. De même, sa succession de doubles mentons émergeait d'un col de chemise immaculé et impeccablement amidonné. La main qu'il leva mollement pour la saluer était chargée de bagues rutilantes.

Son visage taillé dans la graisse ne laissa paraître aucune émotion. Figée, de la graisse figée.

— Oui ?

— C'est M. Hubert Lawinsky qui m'a envoyée, déclara Britte, furieuse en son for intérieur du son de sa voix mal assurée. Il a eu un empêchement. Vous savez bien qu'il est chef de cabine. Mais il m'a chargée de vous remettre quelque chose.

— Aha ? Oui... Oui, c'est M. Lawinsky que j'attendais. (Il ouvrit la porte du vieil ascenseur et eut un geste de la main à l'élégance désuète.) Si vous voulez vous donner la peine...

Ils montèrent les étages. Sa respiration était un peu poussive, mais il ne prononça pas un mot.

Il ouvrit une nouvelle porte, celle de la chambre 24.

— Je vous en prie.

Elle entra et entendit un bruit de clé qui tournait dans une serrure. Son anxiété grandit.

— Asseyez-vous, je vous en prie. Vous voulez boire quelque chose ?

— Merci.

Elle sortit l'enveloppe de sa poche et la lui tendit :

— Voilà. C'est ce que j'ai apporté. C'est pour vous.

Il se contenta d'un bref hochement de tête, ouvrit l'enveloppe et entreprit de compter les billets sans même s'asseoir. Il comptait avec l'habileté d'un prestidigitateur.

Jamais Britte n'avait vu quelqu'un manier de l'argent aussi vite.

Puis il remit les billets dans l'enveloppe et jeta celle-ci sur le petit secrétaire.

Son visage était toujours aussi figé. Mais son sourcil droit était enfoncé dans son front et, dans ses yeux sombres, Britte vit briller une dangereuse lueur.

— Il manque onze mille dollars.

Sa voix était d'un calme olympien.

— Pardon ?

— Je vous dis qu'il manque onze mille dollars.

— Je suis désolée.

— Ah bon ? Vous êtes désolée ? Aha ! Moi aussi... Où est Lawinsky ?

— Je viens de vous dire...

— Ce que vous venez de me dire ne m'intéresse pas. Je vous demande où il est. Maintenant. Je veux lui parler. Tout de suite.

— Je comprends, mais je ne peux rien faire. (Sa voix tremblait, elle en avait conscience.) Je veux dire, je ne peux pas, parce que je le connais à peine, et il m'a demandé de lui rendre ce service. Je ne savais pas non plus ce qu'il y avait dans l'enveloppe... Je ne sais vraiment pas où il est en ce moment. Peut-être qu'il est déjà re...

Elle ne put terminer sa phrase. En deux pas, avec une rapidité dont elle n'aurait jamais cru capable un être aussi gros, il fut sur elle. Il lui empoigna le bras et la fit pivoter :

— Bien, parfait, tu ne sais pas où il est, hein ? Tu ne sais rien, hein ?

Une douleur fulgurante parcourut son bras. Il la traîna

vers le lit, où il la jeta d'un seul mouvement, avec une violence incroyable.

— Donc, tu ne sais rien ? Ce mec te confie plus de cent mille dollars, petite pute. Mais toi tu ne sais rien de lui, naturellement. Tu le connais à peine, c'est ça ?... Pour qui tu me prends ?

Elle voulut se relever, crier, appeler à l'aide, mais déjà il appuyait sa grosse patte sur son visage et lui coupait la respiration. Tout se déroula très vite. Prise de panique, elle le vit avec horreur sortir un rouleau de sparadrap de la table de nuit, le déchirer et lui coller une large bande adhésive sur les lèvres.

Dans un geste de défense irréfléchi, elle voulut le frapper avec ses pieds, mais déjà il arrivait, muni d'une corde en plastique, et l'instant suivant, elle était ficelée. Livrée pieds et poings liés, muette, à ce monstre baignant dans sa graisse.

Entièrement livrée. L'homme pencha sur elle son visage aux bajoues pendantes. Toute rigidité s'en était effacée d'un seul coup. Ses yeux pétillaient, sa bouche s'ouvrit en un large sourire mi-mielleux, mi-joyeux.

— Voilà... C'est bien, comme ça ! Est-ce que le lit est assez confortable ? Sûrement que oui... Tu peux pas parler, mais c'est pas la peine. Contente-toi de faire oui de la tête, ça sera suffisant, t'es pas d'accord ?

Les yeux de Britte s'étaient agrandis d'effroi. Le monstre semblait en tirer un grand plaisir, car son sourire s'élargit encore. Il se leva et se mit à marcher de long en large à travers la pièce d'une démarche chaloupée, presque dansante.

— Il croyait qu'il allait s'en tirer comme ça ? l'entendit-elle persifler. Un mec sympa, ton copain. Vraiment très gentil. Le genre à piquer onze mille dollars dans la caisse et à envoyer sa copine au casse-pipe à sa place. Bien sûr, sa copine le connaît pas du tout, elle l'a juste vu comme ça en passant. C'est que ce brave garçon n'est qu'un petit chef de cabine inoffensif... Ah, je rêve !

Radonic rit. Malgré son gabarit, sa voix était haut perchée et frêle, c'était presque une voix de femme.

— Il a de l'imagination. Beaucoup d'imagination. J'aime l'imagination, j'en ai beaucoup moi aussi.

En trois pas, il fut de nouveau sur elle. Il la fixa des yeux :

— Tu veux que je te le prouve ? T'as pas idée de ce qu'on peut faire avec un peu d'imagination !

Vif comme l'éclair, il sortit une paire de ciseaux d'un tiroir. Il ouvrit les branches de l'instrument, les referma, les tint à la lumière de façon à faire miroiter l'acier bleuté.

Britte ne pouvait détacher son regard des ciseaux. Son cœur battait à tout rompre. Ce type est un sadique, un vrai sadique ! Il ne va quand même pas...

Il resta assis un moment à la contempler, avec toujours le même petit sourire joyeux au coin des lèvres.

— Tu as de beaux yeux. De très beaux yeux... Ce bleu, c'est pas ce qu'on appelle le bleu pervenche ?

Jusque-là, il avait parlé presque sans accent. Mais cette fois-ci, il avait prononcé le « r » d'une façon qui trahissait ses origines. Serbes... slaves dans tous les cas.

— Bleu pervenche. Bleus comme une fleur. J'ai connu une fille...

Il s'interrompit et contempla rêveusement la pointe des ciseaux. Puis il tourna à nouveau sa tête vers elle et ses boucles retombèrent en avant lorsqu'il s'assit sur le bord du lit.

— Quel œil tu préfères, le droit, le gauche ?

Elle tenta de respirer plus profondément, gonfla sa cage thoracique — mais à quoi bon, cela ne changerait rien. Sa voix était toujours là !

— Allez, on recommence ! J'ai de la patience. Lequel on crève en premier ? Allez, réponds ! Le droit ? T'as qu'à faire un signe. Le gauche ? Tu préfères ? Comme tu veux... Mais tu vas perdre une pervenche. Peut-être que ça fait mal, d'ailleurs, c'est fait pour. Tu vas pas en mourir. C'est rien, juste une petite piqûre. Alors ?

Elle se souleva, mais sa main puissante plaqua son épaule sur le lit.

— Allez, ouvre les yeux. Tu les as encore.

Irrésistiblement, ses yeux s'ouvrirent sur la pointe scintillante des ciseaux qui s'agitaient devant son visage, à moins de quelques centimètres.

Elle recula vivement la tête. Il éclata de rire.

— Ah, tu préfères que je m'occupe de ton cou ? Bon, on va faire un essai.

Elle sentit une légère douleur. Du sang jaillit, il avait entaillé sa gorge.

Mais la douleur s'évanouit.

— C'est beau, un corps de femme, chanta la voix du sadique. Une vraie tentation pour des ciseaux. T'es pas d'accord ?

Il piqueta son cou, puis ouvrit sa fermeture Eclair. Elle sentit à nouveau la pointe d'acier sous son sein gauche. Sur son estomac, maintenant. Il piquait de plus en plus fort.

— Pas mal, ce petit jeu, hein ? rit-il. Bon, on va y aller. J'ai un de ces pots, aujourd'hui ! Jamais je me suis autant régalé ! Je suis pas vraiment un sadique, mais avec toi, je sais pas, je sens que je pourrais le devenir.

Il secoua la tête, faisant voler ses boucles, et son regard était presque plus effrayant que les ciseaux qui creusaient sa chair de plus en plus.

— Maintenant, on arrête de jouer. Où est Lawinsky ? Où est-ce qu'il se planque ? Allez, vas-y... Il me faut ce pognon. Il me le faut même tout de suite. Onze mille dollars... qu'est-ce que vous vous imaginez ? Vous croyez qu'ils vont tout bonnement passer l'éponge ? Il a déjà palpé deux cent cinquante sacs. Ça fait donc huit cents au total. Je vais te donner un bloc de papier, tu vas m'écrire son adresse et son numéro de téléphone. Et après on ira le trouver ensemble. OK ?

Incapable de la moindre pensée, elle ne pouvait détacher son regard de lui. Une seule pensée lui vint malgré tout : Il va me tuer !

— Voilà un bloc et un crayon. Allez, écris-moi l'adresse où je peux le trouver.

Le crayon tremblait dans sa main. « Je ne sais pas », écrivit-elle.

— Tu joues au plus con ? Ça te plaît, alors, ce petit jeu ! Bon, d'accord.

Quelque chose s'enfonça dans son bas-ventre. Puis vint une douleur. Il avait entaillé sa peau, profondément. Et maintenant, maintenant il va...

Mais il ne le fit pas.

Il leva ses ciseaux et les examina.

— T'es une vraie tête de mule, hein ? soupira-t-il en laissant soudain tomber ses ciseaux comme on se débarrasse d'un insecte importun.

— Tu sais rien ? Tu continueras à rien savoir ?... Où t'habites ?

— Schongauer Strasse.

Elle tenta de l'écrire sur le bloc, mais les lettres lui échappaient.

Il examina la feuille. Son visage avait recouvré sa rigidité, il était redevenu fixe, imperturbable, calme.

— Il est chez toi ?

Elle secoua la tête.

Il ne faut pas que je le trahisse. Je ne le ferai pas, Hubert. Même si je meurs. Je ne le ferai pas...

— Où est mon fric ? Tu crois que je peux accepter ça sans moufter ? Et tu crois que je vais le faire ?

Il la saisit par le poignet et la souleva d'une secousse. Sa combinaison glissa, elle essaya de la retenir. Il la remonta lui-même et tira sur la fermeture.

— Je réussirai à le savoir. J'ai déjà réussi à trouver des choses bien plus difficiles. Estime-toi heureuse d'avoir eu affaire à moi. On rattrapera Lawinsky où qu'il soit. Je te le garantis. C'est aussi sûr que deux et deux font quatre. Si c'est pas ici, ça sera ailleurs... Même s'il s'imagine être à l'abri en faisant le beau dans les avions, nous, on le ratera pas ! Personne ne nous échappe. Bon, ça c'est une chose. Et maintenant, la suite.

D'un geste sec, il lui arracha le sparadrap de la bouche. Elle fondit en larmes sous l'effet de la douleur. Enfin ! Les larmes jaillirent de ses yeux, roulèrent sur son visage, sur sa bouche collante.

Il la gifla, elle hurla. Elle renonçait à résister. Terrorisée.

Il la détacha.

— Là-bas, t'as un lavabo. Enlève-toi ce truc de la

figure, et nettoie tes larmes en même temps. T'arrêtes de chialer, t'as compris ?

Elle hocha silencieusement la tête.

— On va sortir de l'hôtel et aller chez toi. Toi, tu la boucles. Si tu t'avises de faire un seul faux pas, ce sera ta fête. C'est toi qui trinqueras, et je rigole pas. J'ai rien contre toi mais j'ai un contrat, et je respecte toujours mes contrats. T'as compris ?

Lorsqu'ils traversèrent le hall, elle eut l'impression de n'être qu'une marionnette qu'il menait à son gré. Il fit un signe de tête au portier qui lui ouvrait la porte, il dit « Merci ». Elle marchait en silence à côté de lui.

Ils grimpèrent dans une grosse Citroën. Il mit le moteur en route et conduisit avec une grande assurance à travers les rues du centre-ville qu'il semblait fort bien connaître.

Lorsqu'ils furent arrivés devant l'immeuble où elle habitait, il lui décocha l'un de ses longs regards fixes qu'elle connaissait à présent. Elle n'y lut aucune menace, mais une froideur purement professionnelle.

— C'est où ?

— Au quatrième étage, dit-elle.

Elle n'avait plus la force de continuer à protéger Hubert.

— Bien. On va monter. C'est toi qui vas ouvrir. Tu diras rien, tu seras bien sage, tu comprends bien que t'es pas en position de faire l'idiote, OK ? Je suis pas le genre à m'amuser qu'avec des ciseaux, j'ai d'autres moyens plus efficaces. Par exemple, ça...

Il tapota sa vaste veste à rayures. Puis il descendit et elle l'imita. Obéissante, elle se dirigea vers l'immeuble sans mot dire. Tout cela lui semblait irréel, c'était un affreux cauchemar. Puis lorsque, arrivée chez elle, elle trouva l'appartement vide, elle s'écroula dans un fauteuil, tremblant de tous ses membres, et pleura. Elle pleura de soulagement.

Radonic inspecta les pièces, alla fourrer son nez dans la salle de bains, remua des objets dans la cuisine, revint, puis regarda Britte :

— Il a foutu le camp. C'est ça, hein ?

Effondrée dans le fauteuil près du téléviseur, elle se contenta de hausser les épaules.

— Tu as un pot d'enfer, Œil de pervenche. Tu sais quoi ? Peut-être qu'aujourd'hui je suis d'humeur sentimentale... Je vais m'en aller. Après, tu pourras pleurnicher encore un peu et courir au téléphone pour appeler les flics. C'est toi qui vois, c'est pas les trois chemises que j'ai à l'hôtel qui vont me manquer. Mais peut-être que je vais pas disparaître tout à fait de ta vie. Peut-être qu'on se retrouvera un jour. Et ça, ça pourrait arriver si tu continues à faire la pute pour ce salopard de Lawinsky. Parce que lui, on va pas le louper, tu peux me croire. Tu ferais bien de l'envoyer chier. C'est un bon conseil que je te donne...

Des pas lourds. La porte claqua. Et il se passa exactement ce que le monstre avait prédit : elle fut incapable de lutter contre le tremblement convulsif qui l'avait saisie, contre le nœud qui enserrait sa gorge. Elle éclata en sanglots.

Mais elle ne téléphona pas. Il fallait qu'elle réfléchisse avant.

Britte ne sut pas combien de temps elle était restée ainsi. Des coups frappés à la porte la sortirent de sa torpeur. Elle sursauta. La peur la saisit à la gorge. Etait-ce le gros, le monstre, qui revenait ?

On frappa encore. Son cœur cognait dans sa poitrine. Enfin, elle entendit une voix sourde, étouffée : « Britte, Britte, ouvre-moi... »

Hubert ! C'était sa voix !

Elle alla ouvrir, les genoux tremblants. Elle repoussa le verrou et le vit là, devant elle. Il lui adressa un bon sourire, la repoussa à l'intérieur, ferma à clé, poussa le verrou et abaissa sur elle son regard vert où luisait une lueur de triomphe.

— Je l'avais senti. J'ai tout de suite pensé qu'il y avait quelque chose qui coinçait.

— Ah bon ? prononça-t-elle tout en retournant s'affaler dans son fauteuil.

— Bien sûr. Tu as mis tant de temps à rentrer ! Alors je me suis dit : « Prudence, mon vieux !... » Naturellement, je ne pensais pas que tu courais le moindre risque. Mais tout de même...

Tout de même, se dit-elle. Tout de même, il savait parfaitement qu'il me mettait en danger en m'envoyant chez ce Radonic.

— J'ai fait un petit tour du propriétaire, poursuivit-il. Sous les toits, il y a un grenier où on fait sécher le linge. La porte était ouverte, j'ai vu qu'il y avait une lucarne d'où on pouvait voir la rue. Je me suis installé là et je vous ai vus arriver.

— Pas bête !

— N'est-ce pas ? (Il ne releva pas l'ironie contenue dans sa voix.) Ce gros, là, qu'est-ce qu'il voulait ? Pourquoi t'a-t-il accompagnée ?

Britte lui fit un récit circonstancié des événements qui s'étaient déroulés à l'hôtel. Hubert arpentait la pièce de long en large dans une démonstration de rage simulée. Sa pose était impressionnante, tête en avant comme un tigre pris au piège.

— Il t'a menacée avec des ciseaux ?

Elle ne répondit pas. Elle ferma les yeux, priant pour que se termine ce cauchemar. Car, à présent, Hubert en faisait également partie.

— Ma pauvre Britte ! Ah là là ! Je t'ai mise dans une drôle de situation... Sorry ! Je suis vraiment désolé. Tu sais quoi ? La prochaine fois, en plus de la bague, je te rapporterai aussi...

— Tu peux te la garder ! Arrête !

Surpris, il s'arrêta. Puis il eut un hochement de tête distrait. Ses yeux étaient ailleurs.

— Quelle bande de salauds ! Une bande de gangsters ! Je ne me suis pas assez méfié !

— Je trouve aussi, renchérit-elle.

— Bon, en tout cas, je ferais mieux de déguerpir. Dieu sait ce qui va encore leur traverser l'esprit. Peut-être que ce gros porc est en train d'espionner la maison... Est-ce qu'il y a une deuxième sortie ?

— En bas, dans la buanderie. Elle donne sur la rue de derrière.

— Très bien, impeccable ! Ça vaut mieux comme ça.

Il vaut mieux éviter de se voir pendant deux jours, je vais aller m'installer chez un copain qui a une femme quelque part par ici. Mais je te ferai signe. Bientôt.

Elle sentit son baiser sur ses cheveux et sa main sur la sienne, une caresse furtive. Elle ferma à nouveau les yeux et entendit la porte claquer.

Puis ce fut le silence. Elle se leva. L'appartement lui parut étranger, presque irréel. Dans la cuisine, elle ouvrit le réfrigérateur et en sortit une bouteille d'eau minérale. Elle entreprit de remplir un verre, mais, bien qu'elle se fût assise, ses gestes étaient si mal assurés que le verre se renversa et que l'eau vint mouiller ses genoux. Elle ne bougea pas.

De l'autre côté, le téléphone se mit à sonner. Elle le laissa sonner.

C'était Hubert, l'homme avec qui tu voulais aller t'installer en Australie ? Les rêves ne se réalisent jamais, il n'y a aucune fuite possible, aucun miracle.

Ton superman n'est rien d'autre qu'un petit salaud miteux, égoïste, dégueulasse... Eh oui ! Un mètre quatre-vingts et les yeux verts ! Oublie-le ! Ah oui, de belles promesses, des bagues et ceci, et cela, le grand jeu, il veut te voir heureuse... et pour finir il t'envoie dans un guet-apens. Et il ne trouve pas même un mot d'excuse. Non, ce n'est pas un égoïste, c'est bien plus que ça. Ce mec est une ordure qui ne pense qu'à sa petite personne et qui n'hésite pas à envoyer les autres au casse-pipe à sa place.

Encore ce foutu téléphone. Britte se leva lentement et alla décrocher.

C'était Bärbel Rupert, l'infirmière-stagiaire de la Clinique de l'aéroport.

— Britte, c'est toi ?

— Oui.

— Britte, il s'est passé quelque chose de grave. C'est Rolf Gräfe...

— Ah oui ?

Elle s'agrippa au combiné.

— Je voulais te prévenir, il a eu un accident. Cette nuit. L'hôpital universitaire vient de nous appeler, ils ont passé la journée à le réparer. C'est pour cela que nous ne sommes prévenus que maintenant...

— Et... (Elle eut du mal à formuler sa question.) Qu'est-ce qu'il a ?

— Il a eu un accident de moto. Il est blessé au genou, à la jambe et je ne sais où encore. On n'a pas encore fait tout l'inventaire.

— Merci.

Britte reposa l'appareil et regarda ses mains. Elles tremblaient.

Il passa devant des Pakistanaises en sari qui gisaient, épuisées, au fond de leurs fauteuils. Devant des hommes à la peau sombre qui arrivaient de Dubai ou du Ghana. Devant les vitrines des magasins de souvenirs, de vêtements, devant les parfumeries et les boutiques de fleuristes. Au *Léonard de Vinci*, quelques filles installées au bar tournèrent la tête vers lui par-dessus leurs verres : l'heure de l'apéritif était la meilleure heure pour la pêche au client. Un homme politique tenait une conférence de presse improvisée à la *Rôtisserie*. Au *Brücken-Bistrot*, quelques hommes d'affaires étaient plongés dans une conversation animée. Cette petite marche à travers les galeries lui faisait du bien. Dans cinq minutes, il lui faudrait être de retour à la clinique.

Fred Hansen eut soudain le sentiment d'avoir été suivi depuis le début de ses pérégrinations.

Ce type, là-bas, ne l'avait-il pas déjà vu au tabac ? Et ensuite, près de la boutique de fleurs ? Qu'est-ce qu'il me veut ? Qu'est-ce qu'il a à me suivre comme ça ?

C'était un homme plutôt insignifiant vêtu d'un pantalon de velours marron et d'un blouson à carreaux usé, un peu démodé. Il marchait les mains dans les poches. Son visage encadré de cheveux blonds grisonnants était pâle, tendu.

Bah, il y a tant de gens bizarres qui circulent ici...

Hansen poursuivit son chemin et oublia l'ombre qui le suivait.

Dans la galerie marchande, il s'arrêta devant chez

Burresi et s'adonna à la contemplation intense d'une paire de chaussures de soirée noires, non pas parce qu'il affectionnait particulièrement les chaussures de soirée ou qu'il était à la recherche de ce genre d'article, mais tout bonnement parce que ce symbole de la mondanité lui rappelait cruellement qu'il n'était pas allé à l'Opéra ni au concert depuis des lustres. Comme si cela ne suffisait pas, son œil fut accroché par une vision paradisiaque : sur le fond de la vitrine s'étalait un poster représentant une plage de sable fin, où reposaient des barques de pêche sur un arrière-plan de village grec aux maisons d'une blancheur éclatante.

Des vacances, il me faut des vacances ! N'importe où, mais il faut que je parte ! Mais comment faire ? J'ai beau rêver d'autres espaces, la dure réalité, c'est que je n'ai pas de temps à consacrer à la vraie vie, à la vie qui vaut d'être vécue : se retrouver soi-même, être libre, prendre Evi par la main, courir avec elle sur la plage, se jeter dans l'eau, l'aimer sur le sable...

Une ombre se refléta dans la vitrine. Puis une voix :

— Monsieur Hansen ? Vous êtes bien le docteur Hansen ?

C'était une voix haut perchée, forte et désagréable.

C'était lui, son suiveur.

Il pouvait avoir entre quarante et cinquante ans. Ses lèvres étaient serrées l'une contre l'autre. Il avait un menton fort, des sourcils plats et menaçants. Et son regard posé sur Hansen était fixe, précis et brûlant : c'étaient les yeux d'un homme en état d'excitation. Des yeux de fanatique.

Fred Hansen hocha la tête :

— Oui. Vous vouliez me parler ?

Les lèvres de l'homme frémissaient. Sa réponse fusa :

— Oui, je voulais vous dire d'aller vous faire pendre, docteur ! Ce serait la meilleure solution, allez vous faire pendre ! Comme ça, ça vous éviterait des tas d'ennuis, et pas qu'à vous, à toute cette saloperie d'aéroport aussi !

— Pardon ? Je ne comprends rien à ce que vous dites.

— Vous avez déjà entendu le nom de Roser ?

L'homme était d'une insistance désagréable. Pis, il

paraissait avoir l'esprit dérangé. Hansen prit le parti de le planter là. Pourtant, ce nom... Roser ? Il l'avait déjà entendu prononcer. Il fit travailler sa mémoire et passa en revue des noms, des noms de patients. A voix haute, il prononça :

— Je ne comprends pas ce que vous racontez et ce qui vous donne le droit de vous conduire de cette façon...

— Ah, vous ne comprenez pas ? (La bouche de l'autre se rétrécit encore.) Alors, allez donc faire un tour à l'hôpital de la Croix-Rouge, Königswarter-Strasse, chambre 324. Là-bas, vous verrez quelqu'un qui vous dira la même chose que moi. S'il est capable de parler. Oui, c'est là-bas qu'il est, Werner, mon garçon. Werner Roser. Vous le remettez, maintenant ? Vous savez, le garçon que vous avez sur la conscience, que vous avez tous sur la conscience, à la Clinique de l'aéroport ! Il est entre la vie et la mort depuis des jours et des jours.

Roser ? Werner ? C'était... oui, c'était le traumatisme du thorax. L'accident du hangar 5. Le pneumothorax, le fer à béton dans la poitrine... l'opération. Il avait passé une nuit en soins intensifs avant d'être transporté à l'hôpital de la Croix-Rouge de la Königswarter-Strasse. La situation s'était aggravée, s'il fallait en croire cet homme... Etait-ce son père ?

— Ecoutez, monsieur Roser. Je me souviens, maintenant. Je comprends votre émotion. Mais il serait bien plus indiqué et bien plus utile de me donner...

— Indiqué ? (Dans la bouche de l'homme, ce n'était plus un mot, c'était un sifflement. De petites bulles apparurent aux commissures de ses lèvres. Son regard était véritablement un regard de fou.) Vous dites : « Indiqué » ? Je me suis déjà posé la question, j'ai réfléchi à ce qui était le plus indiqué. Je le sais par cœur, oui, je le sais jusque dans les moindres détails, ce qui est indiqué. Toute cette baraque, je vais la faire sauter, c'est ça qui est le plus indiqué ! Vous, votre putain de clinique, tout ça, là ! Tout !...

Qu'est-ce qui se passait ? Il perdait la tête ! Ce regard...

L'homme eut un geste ample de la main :

— Je vais tout faire péter !

Hansen n'eut pas le temps de comprendre ce que signifiait ce « tout ». Le geste de l'homme se termina par un coup de poing qui arriva par surprise et atteignit son visage entre le menton et l'os malaire. Et ce coup fut donné avec tant de force, l'atteignit si violemment qu'il fut projeté contre la vitrine. La joue en feu, il retrouva son équilibre à grand-peine et baissa le bras qu'il avait levé pour protéger son visage. Il regarda autour de lui : Roser avait disparu...

La seule personne présente était une vieille dame qui tenait son sac à main fermement serré contre sa poitrine.

— Ecoutez, monsieur, déclara-t-elle. Je suis témoin. Si vous voulez, je vous accompagne à la police. Vous frapper comme ça ? Je ne sais pas de quoi vous discutiez tous les deux, mais ça — ah ça non, à votre place, je ne me laisserais pas faire !

Hansen frotta sa figure douloureuse. Sa lèvre devait être un peu enflée, à en juger par la sensation qu'il en avait. Il s'essaya malgré tout à sourire.

— Vous avez tout à fait raison. Je ne vais pas me laisser faire. Merci beaucoup !

Puis il se détourna et jeta en passant un dernier regard à l'affiche : le ciel bleu, la mer bleue, si grecque, les barques de pêche...

Lorsqu'il fut de retour à la clinique, il traversa le hall d'un air farouche, referma la porte de son bureau d'un geste brutal et se laissa tomber dans son fauteuil.

Quelle merde ! Qu'est-ce que ça veut dire, vous l'avez sur la conscience ? Bordel de merde !

Bon, c'est vrai, ce jour-là, ça n'a pas marché comme sur des roulettes, c'était le jour où Rolf Gräfe n'était pas en forme. Mais à la fin, il avait fini par y arriver ! Ils avaient stoppé l'hémorragie. Et la nuit même, non, le lendemain matin, ils avaient pu faire sortir le jeune Roser du service des soins intensifs et le transférer à l'hôpital de la Croix-Rouge. Peut-être que là-bas ?...

Fred Hansen prit une cigarette. Et ce n'est pas tout, pensa-t-il en allumant son briquet. Que signifiait cette menace : Vous y passerez tous. *Je vais faire péter la clinique et toute cette baraque.*

Un fou ? Une crise de dépression ? Un accès de fureur désespérée ? Dans ces cas-là, on dit tant de choses... Et pourtant, la vieille dame au sac à main n'avait-elle pas raison en proposant d'alerter la police ?

Qui appeler en premier ? Brunner, le flic — ou l'hôpital de la Croix-Rouge ?

Bah ! Assez gambergé !

Il décrocha son téléphone :

— Passez-moi l'hôpital de la Croix-Rouge, Königswarter-Strasse.

— Hôpital de la Croix-Rouge, annonça une voix masculine.

— Hansen, Clinique de l'aéroport. Nous avons fait transférer chez vous un certain Werner Roser... D'après mes informations, il est dans la chambre 324. Pourriez-vous me passer le médecin de garde ?

— C'est le docteur Schuhmann. Un instant.

— Schuhmann. (La voix qu'il eut au bout du fil était jeune. Probablement celle d'un interne.)

— Hansen, Clinique de l'aéroport. Ecoutez, monsieur Schuhmann, nous vous avons envoyé il y a environ une dizaine de jours un traumatisme du thorax assez sérieux. Il s'agit d'un jeune homme qui a reçu un chargement de fers à béton dans la poitrine. Nous lui avons donné les premiers soins, nous avons stoppé l'hémorragie et nous vous l'avons envoyé. Il s'appelle...

— Roser. Werner Roser.

— Exact. Vous êtes au courant de son cas ?

— Plutôt, oui ! Ce Roser nous donne plus de fil à retordre que tous les autres malades réunis. A ma connaissance, nous vous avons même envoyé un rapport, monsieur Hansen.

— Un rapport ? (Hansen tira sur sa cigarette. Il n'avait pas vu de rapport, ou alors, il n'y avait pas prêté attention. Pas étonnant, c'était l'affolement perpétuel, ici, normal que certains courriers passent à l'as.) Je ne m'en souviens pas. Vous savez, chez nous, il se passe tellement de choses !

— Oh, c'était de la pure routine. (La voix du jeune interne s'était faite compréhensive.) Mais je vais vous mettre brièvement au courant : il y a eu des complications, des complications assez ennuyeuses. C'est vrai que de se prendre des fers à béton dans la cage thoracique, ce n'est pas l'idéal.

— Une infection ?

— Oui. Vous savez que ça peut aller très vite avec un thorax ouvert. Nous avons fait des lavages, nous avons utilisé la grosse cavalerie...

— Quel agent avez-vous trouvé ?

— Un streptocoque. Assez résistant, comme vous le savez.

— Et toxique pour les reins, ajouta Hansen.

— Justement. C'est là que le bât blesse. Une déficience rénale est venue se greffer là-dessus et depuis il est en dialyse. Dans ces cas-là, c'est toujours la même histoire : qu'est-ce qui est le plus important, le traitement contre l'infection ou le rein ? Pas facile.

— Mais ce gosse, il est assez robuste, j'ai l'impression ?

— C'est vrai. Et il s'en sortira. Simplement, ça prend du temps.

— Merci, répondit Hansen. Merci beaucoup. Ah, encore une chose : son père est-il venu le voir ?

— Il vient tous les jours. Et tous les jours, il recommence le même cirque, ce n'est plus possible. Et c'est vous... c'est vous qu'il rend responsable, alors que...

— Alors qu'il peut avoir attrapé le germe n'importe où, même chez vous, compléta Hansen.

— Exactement. C'est entre nous, bien sûr...

— Encore merci.

Hansen raccrocha. Eh bien, nous voilà propres... Ce Schuhmann, malgré son jeune âge, il semblait assez compétent. Et optimiste.

Mais un père qui perdait la boule dans une situation pareille, c'était compréhensible, finalement. Le mieux était donc de l'oublier ! De le rayer des cadres !

Il se leva pour aller examiner sa figure. Un petit hématome. Voilà tout ce qui subsisterait de cet épisode.

Le gosse s'en sortira... On verra. Ah, ce serait bien !...

Hansen mit la clé dans la serrure, mais la porte s'ouvrit de l'intérieur. Sur Evi.

— Oh, quelle chance que tu sois là ! s'écria-t-elle. Je m'apprêtais à te téléphoner.

— Encore une urgence ? (Il sourit.) Oh, laisse-moi tranquille.

— Jamais de la vie ! Je ne te laisserai pas tranquille ! Et l'urgence, elle est à la cuisine. Mon repas...

Ses yeux brillaient de fébrilité. Les yeux d'une Evi qui se baladait pieds nus, les jambes à l'air, vêtue d'une de ses vieilles chemises en jean reprisée, et qui courut à la cuisine dont s'échappait un fumet exotique.

— Nom de Dieu ! Et mon baiser ? Est-ce que c'est une façon d'accueillir son mec ?

— Plus tard ! cria-t-elle. Aïe ! (Apparemment, elle s'était brûlé les doigts.) Mon Dieu, pourvu que ça n'ait pas brûlé !

— Tant mieux si ça a brûlé !

Hansen sourit de toutes ses dents. Il était content. Non, bien plus, même si le mot paraissait grandiloquent, il était heureux, parfaitement heureux. Et ceci, malgré la présence féminine qui mettait sa sacro-sainte cuisine de célibataire sens dessus dessous et qui se permettait de surcroît de lui balancer des ordres à la tête.

Ah, Evi... Avec elle, tout était simple, il s'habituait aux choses les plus difficiles comme par enchantement.

Il voulut la prendre dans ses bras.

— Le riz ! haleta-t-elle. Vite, mets-le dans la passoire !

Hansen le mit dans la passoire.

— Le plateau !

Hansen lui tendit le plateau. Il fallait bien s'entraîner ! Car désormais, c'était ainsi qu'il marcherait. A la baguette. Et même pire !

— Qu'est-ce que tu nous as préparé là ?

— C'est une recette thaïlandaise, c'est du poisson à la mangue et au curry.

— Je te préviens, ne compte pas sur moi pour manger avec des baguettes.

— Ne t'inquiète pas, tu pourras prendre une cuiller !

Elle le regarda, radieuse, et soudain l'enlaça pour l'embrasser.

Elle s'arrêta. Rejetant la tête en arrière, elle l'examina avec des yeux rétrécis et scrutateurs :

— Qu'est-ce qui se passe ? Qu'est-ce que tu as ? Tu es tout rouge et tu as une lèvre complètement enflée ! Tu t'es cogné ou est-ce que quelqu'un...

— Oui, quelqu'un... rigola-t-il.

— Non ! Toi ?

— Oui ! Moi !

— Qui ça ?

— Un fou. Le monde en est plein. Ils sont tous en liberté. On en trouve à la pelle !

— Mon pauvre chéri... (Elle toucha prudemment le côté droit de son visage.) C'est à peine imaginable. Frapper un si beau monsieur, si comme il faut, si séduisant ! Et un médecin en plus, un homme qui se consacre à l'humanité souffrante ! Vraiment ! Allez, raconte.

— Certainement pas. Tu crois que j'ai envie de me couper l'appétit ! Je suis trop impatient de goûter à ton invention thaïlandaise.

— Ce n'est pas une invention, c'est d'origine.

C'était vrai, et c'était très bon. Même si c'était tellement fort qu'il fallait boire abondamment pour calmer la brûlure du gosier.

Ah, qu'ils étaient bien ! Hansen se cala confortablement dans son siège, repu et satisfait. Elle débarrasse même les assiettes... Un rêve, cette Evi, un rêve porté par les plus belles jambes du monde ! Et ces jambes, nous allons bientôt les emmener se promener ailleurs. Sur une plage grecque ou en Thaïlande... Comment s'appelle cet endroit, déjà ? Il est connu ! Tu rêves d'y aller depuis toujours... Phuket, naturellement. Et en tant que compagnon d'une hôtesse de l'air, tu ne paieras que dix ou quinze pour cent du prix. Même sans être marié. Bien qu'à tout prendre, se marier, ce ne serait pas une mauvaise idée...

— Alors, que s'est-il passé ? (Elle rejeta sa chevelure en arrière et arbora une mine très déterminée.) Maintenant, je veux savoir.

Il lui fit le récit des événements. Lorsqu'il évoqua la dame au sac à main qui lui avait offert de témoigner à la police en sa faveur, toute cette histoire lui parut plus comique que tragique.

— Alors qu'en réalité, tu lui as sauvé la vie, à ce gamin, n'est-ce pas ?

— Oui, c'est vrai.

— Tout ceci ne me plaît pas, je n'aime pas ça du tout. D'accord, cet homme était en état d'excitation, il était en train de craquer, mais ces menaces ? Menacer de faire tout sauter, toi, la clinique et le reste, qu'est-ce que cela peut bien vouloir dire ?

— Aucune idée. Je me suis posé la question moi aussi. Mais je ne vais pas me casser la tête pour autant.

Elle s'assit sur le canapé, les jambes repliées sous elle, posa ses mains sur ses genoux et le scruta attentivement :

— Cette femme avait raison. Tu devrais aller le signaler à la police. A propos, je suis allée trouver la police aujourd'hui.

— Toi ? La police ?

— Oui, à propos d'un cas concernant la clinique. Notre cas.

— Le Colombien ? Ce Caldas ?

— Il ne s'appelle pas Caldas, il avait un faux passeport. En réalité, il s'appelle Ramon Garcia.

— Et pourquoi es-tu allée à la police ?

Elle lui lança un nouveau regard insistant, presque un regard de reproche.

— Tu me le demandes ? Parce que je veux lui venir en aide. C'est un pauvre type. Il a deux enfants, il est géomètre, il vit à la campagne. Il aime sa femme et ses enfants. Il a été embringué dans cette histoire contre son gré.

— Ah bon, contre son gré ?

Ce Ramon Garcia ne l'intéressait que médiocrement. Un passeur de drogue... Mais l'autre, le petit Roser... une infection au streptocoque qui détruisait les reins. Est-ce ma faute, grand Dieu ? Avec ce qu'il a pris dans la cage thoracique ? Mais ils le sortiraient de là, à la Croix-Rouge...

— Il faut que je l'aide, disait Evi. Je lui ai procuré un avocat. Tu me comprends, n'est-ce pas ?

— J'essaie.

— Tu me comprends.

Il hocha la tête pour chasser les ombres noires du malheur. Puis le récit que lui avait fait Evi, la veille, lui revint en mémoire. Elle aussi ressentait une sorte de culpabilité sans être coupable le moins du monde. Pour elle, c'était un mort qui pesait sur sa conscience, un homme qu'elle avait aimé sans avoir jamais été sa maîtresse. Un ami très proche, le seul être qui la comprît véritablement. Et ce Chris dont elle lui avait caché l'existence était mort seul, sans sa présence, sans son aide.

— Et lorsque je me suis retrouvée à genoux auprès de ce Colombien qui m'était totalement étranger pour essayer de remettre son cœur en marche, j'ai eu l'impression que c'était Chris qui était étendu sous moi. Ils formaient le même homme. Et en même temps, Chris était à mes côtés, c'est lui qui m'a soutenue et qui m'a permis de tenir. Tu comprends ?

Il comprenait. Il avait l'expérience. Porter le poids d'une faute que l'on n'a pas commise.

Il se leva :

— Tiens, Evi, je nous sers un whisky. Cela nous aidera à penser à autre chose.

Mais elle se contenta de secouer la tête :

— Je ne crois pas. Ça ne marche pas toujours. Et en ce qui concerne cet homme qui t'a frappé, prends-le au sérieux ! Ce n'est pas le même genre que Ramon Garcia. Non, j'ai le sentiment confus qu'il est dangereux.

Non, elle n'avait pas vraiment mal. C'était plutôt comme si une force inconnue voulait se saisir de son ventre. Comme si deux mains écrasaient son dos pour prendre possession de ses organes internes.

Maria Schuster serra les poings. Elle n'allait pas gémir. Cela ne se faisait pas. Encore moins à l'aéroport de Francfort où tout était tellement chic et tellement cher. Les gens, les vêtements qu'ils portaient ! Tous des riches.

Chez elle, en Ukraine, quand ils prenaient l'avion pour Moscou, les gens ne se mettaient pas en frais. Elle l'avait bien vu lorsqu'elle s'était rendue à Moscou pour obtenir le visa de sortie auquel elle avait droit étant donné ses origines allemandes. Mais ici, ils avaient tous l'air de millionnaires. Et cet aéroport ! Ces magnifiques fauteuils noirs si douillets ! Elle ne pouvait tout de même pas... Mon Dieu !

Une douleur, une immense vague déferlante. Surtout, ne crie pas, tais-toi !

Mais elle gémit.

L'homme assis en face d'elle laissa tomber son journal et remonta ses lunettes. A ses côtés, son épouse se redressa brutalement et leurs deux enfants ouvrirent la bouche.

Elle n'y pouvait rien. Il n'y avait rien à faire. Maria garda les deux mains appuyées sur sa robe de grossesse, ferma les yeux et se mordit les lèvres jusqu'au sang.

— Ça ne va pas ? s'enquit le jeune homme assis à côté d'elle. Elle voulut secouer la tête, lui expliquer, mais elle n'en fit rien. La douleur était trop forte, c'était une vague qui l'emportait et la paralysait. Et voilà que... Non, non ! Un liquide chaud s'écoula entre ses cuisses, dégoulina par-dessus le bord du fauteuil et forma une flaque sur le sol.

La poche des eaux était rompue ! Dieu du Ciel !

— Maria ?

Elle entendit crier son nom. Dieu soit loué, c'était Heinrich, son mari, qui accourait. Dire qu'elle lui infligeait une chose pareille, que cela arrivait au moment où ils semblaient tirés d'affaire ! Après tous les obstacles qu'ils avaient franchis ! Ils avaient accompli un long chemin, depuis Kalanov, leur village, d'où ils étaient partis d'abord pour Zaporojie, puis de là pour Kiev, puis de Kiev pour Moscou. De Moscou, ils avaient pris l'avion pour Leipzig et étaient enfin arrivés dans cet étrange pays que seuls les vieux du village appelaient encore « l'ancienne patrie ». Leur périple s'était poursuivi de Leipzig à Francfort. C'était ici, dans les environs, qu'on devait leur attribuer un logement et aussi du travail.

Mais voilà que... voilà que l'enfant s'annonçait.

— S'il te plaît, Heinrich, aide-moi !

Il se contenta de hocher la tête. Il vit l'humidité à ses pieds, la dévisagea d'un air perdu, regarda autour de lui, se pencha sur elle et chuchota comme s'il craignait que les autres, ces étrangers, l'entendissent :

— Peux-tu marcher ? Il y a des toilettes là-bas.

— Je crois que oui, chuchota-t-elle.

— Alors essaie. Appuie-toi sur moi.

Elle serra les dents lorsqu'il la fit lever. Mais elle pouvait marcher.

C'était affreux, elle avait l'impression de passer devant une haie de regards. Et tous ces regards la frappaient comme autant de gifles. Pourquoi personne ne lui venait-il en aide ? Où était la gentille dame du Secours catholique ? C'était elle qui leur avait dit d'attendre là, qui leur avait assuré qu'un repas leur serait offert au restaurant avant le départ en bus.

— Attendez, je vais appeler le médecin de garde, dit une voix. Où allez-vous ?

C'était le jeune homme.

— Là-bas ! (Heinrich leva la main et indiqua une plaque sur fond vert où un dessin symbolisait une femme.) Aux toilettes. Où voulez-vous qu'on aille ?

A la Clinique de l'aéroport, le téléphone sonna. Ce fut Fritz Wullemann qui décrocha et qui reçut l'appel d'une jeune employée de l'Information. Son ton était froid, professionnel :

— Nous avons un problème un peu particulier. Il s'agit d'une femme qui va avoir un enfant.

— Qu'est-ce que ça a de particulier ?

— Je n'ai pas très envie de plaisanter.

— Elle est où ?

Wullemann l'entendit chuchoter à voix basse, puis répondre :

— J'ai en face de moi un jeune homme, c'est lui qui nous a prévenus. Il me dit que cette dame s'est retirée dans les toilettes de la livraison des bagages des lignes intérieures.

S'est retirée, pensa Wullemann, elle appelle ça se retirer, cette conne !

Il balança le combiné sur son support et se retourna :

— Allez, faut qu'on se magne !

Oui, mais qui... ? Au même moment, le bon Dieu vint à son secours : le jeune docteur Olaf Honolka passa la tête par la porte. Ouf, merci mon Dieu !

— Où est le patron ? Y a une femme qu'est en train d'accoucher.

Honolka ouvrit des yeux ronds :

— Quoi ?

— Pose pas de questions, docteur. C'est comme ça.

— Oui, mais je...

— T'inquiète pas, on te demande rien, mon petit docteur... Tu peux pas montrer ton joli petit museau dans les toilettes des dames, elles s'enfuiraient toutes en courant. Même celles qui sont en train d'accoucher. Alors, il est où, le patron ?

— Il est en train de poser un plâtre.

— Bon, ben va le chercher ! Allez, cours !

Le spectacle qui s'offrit à la vue de Wullemann et de Hansen lors de leur arrivée sur les lieux était plus comique que dramatique : l'entrée des toilettes était barrée par une dame à cheveux gris arborant le badge du Secours catholique au revers de sa veste de tailleur. Repoussant de ses bras écartés les candidates à la visite des lieux, elle les haranguait de son mieux :

— Un peu de compréhension, je vous en prie. Il y a suffisamment d'autres toilettes à l'aéroport !

— Une femme qui accouche, vous dites ?

— Oui, une femme qui accouche, dis-je.

— Oh mon Dieu, la pauvre !

Hansen et Wullemann se frayèrent un passage et pénétrèrent dans la pièce froide au sol jonché de flaques d'eau. Ils entendirent des gémissements. Là-bas, sur le sol... un homme se penchait sur une femme couchée sur le dos. Elle avait relevé ses genoux et crispait les mains sur son ventre, le visage déformé par la douleur, dans la position caractéristique des accouchées.

L'homme lui maintenait la tête, qu'elle ne cessait de tourner d'un côté et de l'autre. A côté du couple, par terre, du linge ensanglanté. Et un liquide sanguinolent coulait sur le carrelage du sol.

— Espérons qu'on n'est pas trop à la bourre ! grommela Wullemann.

Ils n'étaient pas trop à la bourre. Manifestement, l'expulsion avait commencé. Le pouls était rapide, très bon. La femme avait sûrement déjà atteint les quarante ans, si ce n'était plus, dans la mesure où on pouvait lui donner un âge dans son état.

— Quel âge a-t-elle ?

— Quarante et un ans, dit l'homme d'une voix qui tremblait.

— Vous n'avez pas besoin de rester ici, vous pouvez sortir si vous voulez.

— Mais si, je reste. Je peux pas laisser ma Maria toute seule.

Il parlait un drôle d'allemand, teinté d'accent souabe, mais il n'était pas souabe. Cela se voyait. Mais là n'était pas l'important, pour le moment.

Deux minutes plus tard, une nouvelle contraction se déclencha. Pour le moment, la parturiente était intransportable. Elle poussa. Déjà, la tête de l'enfant apparaissait, noire et humide.

— Respirez à fond ! (Hansen se pencha sur elle. Il sourit.) Ça ira très bien, vous allez voir. Je m'appelle Hansen, je reste avec vous. Votre mari est là aussi, Maria... Bien, et maintenant, penchez le menton sur la poitrine, retenez votre respiration et poussez de toutes vos forces — voilà, c'est bien, poussez encore... à fond.

La femme le regarda. Elle avait les yeux gris.

Il lui adressa un sourire et posa une main légère sur son ventre.

— Respirez, Maria... comme moi... voilà... oui, faites comme moi... Inspirez par le nez, expirez par la bouche...

Elle sourit. Vraiment ! Malgré la douleur !

— Magnifique, Maria. Respirez encore à fond. Avec le

ventre, si c'est possible... Votre enfant a besoin d'air, et si vous respirez à fond, il en aura aussi, il aura de l'oxygène, vous comprenez ?

— Oh, docteur... ça va durer encore longtemps ?

— Non.

La tête de l'enfant s'était retournée, déjà apparaissait l'épaule, que les mains de Hansen saisirent prudemment, très prudemment.

— Encore une fois... Maria, votre enfant est là. Poussez !

Un cri.

C'était fait. Et cela s'était merveilleusement bien passé. Le périnée n'était même pas déchiré.

— On s'est débrouillés comme des chefs, pas vrai ? exulta Wullemann.

Le mari de l'accouchée essuya son front ruisselant de sueur et hocha la tête avec reconnaissance.

— Va voir si le brancard est là !

Wullemann se précipita vers la porte. Il était préférable de couper le cordon et d'administrer les soins à la clinique pour éviter tout incident.

Hansen avait déjà préparé l'injection destinée à accélérer l'expulsion du placenta et à éviter une éventuelle hémorragie. Maria Schuster ne sentit même pas la piqûre. Puis arriva le brancard.

— Voilà, Maria, dans quelques instants vous serez dans un lit. Chez moi.

— Merci, docteur, merci beaucoup !

— Mais non, c'est vous qui avez tout fait ! Et vous vous êtes bien débrouillée, on peut le dire !

Les paupières de Maria se fermèrent.

Ils la soulevèrent, posèrent l'enfant enveloppé de linges stériles sur son ventre, jetèrent une couverture sur eux et sortirent le brancard.

— Eh bien, il s'en passe des choses ici ! Il y en a même qui accouchent !

La femme qui attendait qu'on veuille bien la laisser entrer ouvrit des yeux incrédules.

— C'est ça la nature, madame, marmonna Fritz Wullemann.

Dès le palier, Karl Roser entendit le son du téléviseur et sut ce qui l'attendait : Pia, sa femme, serait allongée sur le canapé, avec sa bière à portée de main, et aurait les yeux rivés sur l'écran. Rentrer à la maison ? Rien de moins simple, à présent. D'ailleurs, plus rien n'était simple. Mais bientôt, il en aurait fini avec tout ça.

Il tourna la clé dans la serrure.

Non, il ne s'était pas trompé : elle était allongée sur le canapé, une bouteille de bière à moitié vide devant elle, et Peter Alexander souriait de toutes ses dents sur l'écran. Pis : elle était encore en robe de chambre !

Lorsqu'il entra, elle se redressa à demi :

— J'ai eu un mal de chien, aujourd'hui, Karl. C'est à peine si j'ai pu bouger. Un de ces jours, tu vas voir, mon dos va me lâcher... Tu as rapporté quelque chose à manger ?

Il secoua la tête. Elle coupa le son, car, à présent, Peter Alexander chantait.

— Je suis allé voir Werner à l'hôpital.

— Oh, mon Dieu ! Mon pauvre petit... (Sa voix se brisa, bientôt elle se mettrait à geindre, et sûrement à pleurer.) Alors ? Comment ça va aujourd'hui ?

— Comme d'habitude.

— Qu'est-ce qu'on a fait pour mériter cette punition, Karl ? Tu peux me le dire ? D'abord ils lui ont défoncé la poitrine. (Elle eut un sanglot.) Et maintenant, c'est les reins... Il ne manquait plus que ça. Le pauvre petit...

Le « pauvre petit », oui... Karl Roser regarda sur l'écran le visage de l'homme qui chantait, la bouche grande ouverte et les yeux brillants, et pensa au visage blanc et amaigri de son fils, aux tubes qui injectaient à ses reins un liquide destiné à les sauver... Puis il regarda le visage de sa femme, vieilli, déformé, usé. Et, surplombant la scène, leur photo de mariage suspendue au mur : lui en uniforme de sous-officier de l'armée de l'air, elle en robe blanche. Mon Dieu, que Pia était jolie ! Blonde et mince, un peu paresseuse déjà, mais ils s'amusaient tant, ils riaient tellement...

Sa bouche était sèche. Qu'est-ce qui me reste encore à vivre ? s'interrogea-t-il. Je suis sur la pente déclinante, maintenant, une pente qui descend de plus en plus vite. Même si je ne mets pas mon projet à exécution, de toute façon, tout est foutu.

— Le courrier est là-bas, Karl. Je ne l'ai pas encore ouvert.

Il hocha la tête et eut un sourire en coin.

— Ce n'est pas la peine. Ce ne sont que des factures et des relances.

— Il reste encore un peu de saucisse. Tu en veux ?

Il secoua la tête.

— Il n'y a plus de bière au frigo. C'est pas la peine d'aller voir.

— Je me fais un thé et je descends à l'atelier.

L'atelier se trouvait à l'étage du dessous, dans l'annexe. L'annexe donnait sur la cour de derrière, dans laquelle poussait un cerisier souffreteux.

Karl Roser avait mis son thé dans une bouteille Thermos. Tout en ouvrant la porte, il jeta un bref regard sur la plaque qu'il y avait posée des années auparavant, après avoir quitté l'armée :

KARL ROSER — SYSTEMES ELECTRIQUES ET APPAREILS DE MESURE.

La plaque était en laiton et comme il la polissait régulièrement, elle brillait de l'éclat du neuf. Mais plus personne ne la lisait. A l'époque, dix ans auparavant, lorsqu'il avait accepté les commandes de l'aéroport, il avait dû abandonner tous les autres clients. Et après, ils l'avaient remercié, à l'aéroport. Maintenant, il ne venait plus âme qui vive dans son atelier.

Enfin... Bientôt, il n'aurait plus besoin de clients.

Il appuya sur le commutateur. Le néon se mit à clignoter dans la grande pièce, puis jeta sa lumière crue sur les appareils, les établis, les postes de travail. Tout était vide. Là-bas, dans le coin, c'était la place de son fils Werner. Il avait fixé un poster sur sa table, une blonde en jean entrouvert qui exposait ses seins nus. Ils s'étaient copieusement engueulés, ce jour-là, parce qu'il avait exigé :

— Tu enlèves ce truc !

— J'en ai marre, tu me donnes des ordres comme à un gamin, avait protesté Werner. Si tu veux m'obliger à l'enlever, je me tire. Je te préviens, je me barre !

Il s'était barré de toute façon. Et pour toujours, vu la tournure des événements.

Karl Roser posa la bouteille Thermos sur son bureau, se servit une tasse de thé, puis sortit des plans de montage électrique de son armoire blindée. « Confidentiel ». Cela allait de soi, naturellement. Lorsque la direction des travaux avait fait appel à lui, à l'époque, les gens de l'aéroport avaient été enchantés de trouver un technicien formé par l'armée qui s'y connaissait en systèmes électriques. On lui avait remis les plans et le badge de sécurité sans la moindre difficulté. Ils n'avaient même pas remarqué qu'il avait conservé un jeu de plans.

Roser alluma sa pipe et se pencha sur le labyrinthe des lignes et des données techniques.

Il avait marqué d'une petite croix rouge les endroits où il déposerait les détonateurs et les explosifs. Il ne voulait pas d'un grand « Bang ». Non, il fallait que la terreur se répande par paliers. Lentement, étape par étape. Pendant des jours et des semaines, s'il le fallait. D'abord la lettre. Puis il débrancherait le système d'information. Phase deux : les véhicules de la clinique. Phase trois : le centre de fret. Quatre : le hall des départs. Coup par coup. Un travail efficace, ordonné, propre.

Il lui faudrait détruire les plans. C'était clair. Mais il avait encore le temps...

En soupirant, il s'assit devant l'ordinateur, le mit en route et entreprit de taper la lettre.

« Ce qui s'est passé aujourd'hui n'est qu'un avertissement destiné à vous prouver que je suis sérieux », tapa Karl Roser.

— Qu'est-ce que tu as, Oscar ? Tu ne te sens pas bien ?

— Oh, ce n'est rien. Où sont les valises ?

— Tu vois bien, là-bas, sur le tableau : Le Caire. LTU. C'est nous.

— Ah bon ?

La bande transporteuse se mit en marche. La modernité avait du bon, tout cela était vraiment bien étudié ! Déjà, le premier bagage apparaissait, un petit panier qui vacillait sur le tapis.

— Tu crois que Jürgen sera content de son assiette ?

C'était une superbe assiette en argent portant des inscriptions énigmatiques. En arabe. Le vendeur du bazar leur avait affirmé qu'il s'agissait de quelques vers du Coran, et il avait juré ses grands dieux que l'assiette était en argent véritable. Bien qu'il fût permis d'émettre quelques doutes sur la pureté du métal, compte tenu de la modicité du prix qu'ils avaient payé.

— Oscar, tu sais, nous aurions dû acheter la selle de chameau pour le petit !

Mais non, elle était vraiment trop lourde. D'ailleurs, ce voyage avait été si fatigant, ils avaient fait trop de choses, le dépaysement avait été trop grand, mais leurs enfants avaient été si gentils avec eux ! Leur offrir un voyage sur le Nil pour leurs noces d'or ! Oui, sur le Nil : les palmiers, les pyramides, Assouan, les tombeaux des pharaons, la promenade en dromadaire... Et tous ces gens à la peau foncée... bien sûr, les mendiants étaient un peu trop insistants, mais ils étaient bien gentils tout de même.

Et ensuite le vol de retour au-dessus de la mer et des montagnes. Et d'un seul coup, on ne voit plus que du vert et une voix agréable vous annonce : « Nous venons de survoler Stuttgart. Nous allons bientôt atterrir à Francfort, veuillez attacher vos ceintures. »

— Les enfants vont venir nous chercher, j'en suis sûre, déclara Wilma Koch.

— Tu crois ? s'inquiéta son mari.

Wilma était un peu préoccupée, car Oscar paraissait un peu blanc sous son hâle. Et pourquoi ses yeux étaient-ils si creux ? C'était peut-être normal, en y songeant, car sauter d'un continent à l'autre en quelques heures, ce n'était pas une petite affaire quand on était âgé de soixante-seize ans.

— Voilà notre valise !

Bon, tout allait bien, c'était Oscar qui l'avait vue en premier.

— C'est la mienne, dit-elle. Et voilà la tienne, elle est juste derrière, c'est la verte.

— Oui, c'est vrai !

Les gens se penchaient au-dessus du tapis, les mains se tendaient. Les visages bronzés paraissaient figés et tendus. Wilma connaissait la plupart de ces gens, ils avaient partagé le même bus, s'étaient appuyés sur le bastingage du même vapeur, sur le Nil, et avaient contemplé la même rive. Les norias, les pyramides, les fortifications et les petits villages avaient défilé sous leurs yeux. Et sur les rives des villages, ils avaient vu jouer les enfants. On s'était mutuellement signalé tel ou tel détail, on avait pris des photos, on avait été heureux ensemble... Et maintenant, c'étaient des étrangers qui les entouraient, pressés d'attraper leurs bagages. Et partout, le béton, la lumière, l'ordre et l'organisation : bienvenue au bercail ! Elle se surprit elle aussi à se demander si Mme Scheuer avait arrosé les géraniums et si elle avait bien pensé à fermer la porte à double tour...

— Ah, Wilma... (Sa main avait saisi la sienne.) C'était beau, c'était magnifique, n'est-ce pas ? Et nous y retournerons, en Egypte...

Elle se retourna vivement, inquiète au plus haut point :

— Oscar ? Qu'est-ce qui se passe ?

Oui, que se passait-il ? Le sol était mou. Et ses jambes... mes jambes... je ne les sens plus... je ne sens plus qu'une chaleur, une grande onde de chaleur qui m'envahit, qui grimpe... Une onde brûlante qui coule dans mes veines, qui monte jusqu'à mon cœur, jusqu'à ma gorge...

— Oscar, qu'est-ce que tu as ?

Ses yeux étaient écarquillés.

— Non ! cria-t-elle. Non !...

Elle essaya de le retenir. Il était si grand, si lourd et si osseux, comment pourrait-elle parvenir à l'empêcher... à présent, il tombait, il tomba par-dessus le tapis, entre les valises, les gens se mirent à crier, quelqu'un la retint, ils étendirent Oscar sur le sol.

— Oh, Oscar ! Mon pauvre Oscar !

— Papa, je peux avoir une glace ?

— Tu n'auras pas de glace ! On n'a pas le temps. Et fais attention au bouquet, nom d'une pipe !

— Mais enfin, intervint Traudl Koch, irritée. Qu'est-ce que tu as ? L'avion du Caire vient à peine de se poser. Et avant que les parents aient franchi la douane et récupéré leurs bagages... Je ne comprends pas pourquoi tu es si nerveux. Qu'est-ce qui t'arrive ?

Mais Jürgen se contenta de lui jeter l'un de ses fameux regards furibards. Qu'est-ce qui le prenait ? C'était d'autant plus incompréhensible qu'il connaissait l'aéroport comme sa poche. C'était un grand voyageur, toujours entre deux avions, à faire le tour du monde pour le compte de sa société. Et voilà qu'au moment d'accueillir ses parents, il se comportait comme une fiancée surexcitée par la perspective du mariage. Toute cette histoire, d'ailleurs, était parfaitement grotesque. Tout cet argent dépensé ! Comme si un joli cadeau n'avait pas pu faire l'affaire. Non, il fallait que ce soit un voyage sur le Nil, rien de moins ! Et il était allé jusqu'à prendre un jour de congé pour venir les chercher !

— Attends-moi, ne cours pas comme ça !

— Allez, viens, dépêche-toi !

Traudl Koch s'efforça de suivre son mari et son fils. Elle commençait vraiment à en avoir assez...

— Vous ne pourriez pas vous dépêcher un peu ?

Il était installé sur le tabouret de la salle de soins et son séant exigeait une place confortable. Rien n'était mince chez lui, hormis sa bouche et la monture d'or de ses lunettes. Il portait une cravate italienne à grands carreaux, mais il était en caleçon. En effet, il avait dû libérer ses jambes et mettre sa jambe droite à la disposition du jeune docteur Olaf Honolka pour lui permettre de plâtrer sa cheville.

— Mais est-ce que vous en aurez pour la journée ? poursuivit-il avec aigreur.

Ses deux mains puissantes agrippaient sa serviette de la même façon qu'elles auraient tenu une hache.

— Qu'est-ce que vous entendez par la journée ? s'enquit Honolka.

— J'ai mon avion dans quarante minutes !

Le médecin jeta un bref regard sur sa fiche :

— Monsieur Piess !

— Priess, pas Piess !

— Ah bon ? Bien, peut-être que cette fois-ci, il y a une chance pour que nous nous soyons compris.

Wullemann, qui remuait le plâtre un peu plus loin, lui adressa un sourire complice.

— Compris ? Nous ne nous comprenons absolument pas, à mon avis. Je vous ai demandé combien de temps cela durerait encore.

— Votre plâtre sera terminé dans dix minutes. Mais votre avion, il vaudrait mieux ne plus y penser.

— Comment ? Que voulez-vous dire ?

— Eh bien, que vous ne pouvez pas partir avec une fracture aussi récente.

— Vous êtes fou ? Vous ne savez pas ce que je risque !

— Cela ne m'intéresse que modérément.

— Je m'en doute. Il s'agit de millions, mon vieux !

— Je m'appelle Honolka, le reprit le médecin. Docteur Olaf Honolka.

— Très bien. Je vais noter votre nom. On ne sait jamais, je pourrai peut-être vous faire porter la responsabilité de ce... de ce retard.

— Levez-vous.

— Pardon ?

— Je vous dis de vous lever. Et posez votre pied par terre, marchez bien dessus, pour avoir bien mal. Je ne vais pas vous retenir plus longtemps. La porte, c'est par là !

— Vous êtes complètement fou. J'exige que...

— Vous n'avez rien à exiger ici, tenez-vous-le pour dit. On vous a transporté jusqu'ici. On vous a radiographié ici. (Honolka leva un cliché.) Regardez vous-même : une double fracture. Et vous voulez...

L'homme se ratatina. Puis il hocha la tête :

— Excusez-moi, ce sont les nerfs... Vous savez, le stress...

— Et les millions, hein ? s'interposa Wullemann. Où est-ce que vous voulez aller ?

— A Dresde.

— Je m'en doutais. Où est-ce qu'on fait le max de blé, aujourd'hui ? Chez nos frères de l'Est.

— Vous parlez de choses que vous ne connaissez pas. Est-ce que vous connaissez les risques que je prends ? Je me suis engagé à fond ! Et ce million qui est en jeu, c'est uniquement pour...

— Pour la reconstruction, je me trompe ?

— Je ne veux pas me disputer avec vous. Tout ce que je veux, c'est savoir comment je peux arriver jusqu'à mon avion. Vous avez sûrement un fauteuil roulant par ici ?

— Pour ça oui. Mais vous croyez peut-être que je vais vous pousser ?

— Je ne crois rien du tout. Je n'exige rien du tout. Je paierai.

— C'est ça, mon vieux, payez-moi, donnez-moi un bakchich...

Ils furent interrompus par le haut-parleur : « Une urgence aux arrivées. Livraison des bagages, tapis 14. »

Honolka fit un signe de tête à Wullemann. Les mains dégoulinantes de plâtre, il terminait son travail.

— Demande ce que c'est, Fritz. C'est pour notre pomme, le patron est en train d'opérer.

Fritz Wullemann s'était déjà emparé du téléphone.

— C'est grave ? s'enquit-il.

— Un monsieur âgé. Une attaque, apparemment.

— Il peut bouger ?

— Non, il est complètement paralysé.

Le médecin et l'infirmier se regardèrent. Honolka soupira :

— Bon, ben allons-y dare-dare !

— On prend la voiture. La livraison des bagages, c'est au diable. Comme ça, on arrivera au niveau de la porte, c'est pas loin, décida Wullemann.

— Attendez, s'interposa le gros homme, qu'est-ce que ça signifie ?

— Ce que ça signifie ? (Honolka le dévisagea puis le toisa de la pointe de ses orteils plâtrés à celle des quatre cheveux maigres qui surmontaient son crâne.) Cela signifie que vous n'êtes pas seul sur terre. Vous n'êtes pas unique au monde, même si vous avez du mal à le croire !... Viens, Fritz !

— Docteur ! cria l'homme dans leur dos. Vous ne pouvez pas me laisser tomber comme ça ! Docteur, écoutez-moi ! Soyez raisonnable... je peux vous payer des honoraires supplémentaires, ou faire un don à la clinique...

Mais Honolka et Wullemann étaient déjà dehors. Munis de leur équipement d'urgence, ils se précipitèrent dans la cour où les attendait la voiture.

— Allez, on y va !

Wullemann se jeta sur le siège, Honolka s'installa à côté de lui.

— Bon Dieu, docteur, pourquoi tu lui as pas enfourné son plâtre dans la gueule ? Non, mais quel culot ! Si on se retenait pas... Ah je les plains, à Dresde, de se farcir des mecs pareils, t'es pas d'accord ?

Olaf Honolka n'écoutait pas. Il pensait à ce qui les attendait. Une personne âgée... entièrement paralysée... Cela signifiait que le cerveau n'était plus irrigué. C'était soit l'artère coronaire, soit l'artère cérébrale qui était bouchée. Des anticoagulants ? Espérons qu'ils seront efficaces. Bon Dieu, c'était un cas pour Hansen, mais il était occupé avec sa rupture de l'œsophage.

Sa nervosité s'accrut. Puis tout se déroula comme d'habitude : il lui fallut agir, et vivement. Repousser des gens qui, riant et criant, n'étaient préoccupés que d'eux-mêmes : des touristes, des hommes d'affaires, des voyageurs de toute sorte. Les uns bronzés et joyeux, les autres énervés ou concentrés. La vue des brancardiers avançant au pas de course et traînant le médecin dans leur sillage ne les atteignait que pendant quelques secondes.

L'homme était couché sur le dos, les bras tendus, les jambes repliées, comme un crucifié. A genoux près de lui, une exquise vieille dame aux cheveux blancs lui soutenait la tête. « Mon Oscar », répétait-elle ; ce n'était qu'un chuchotement, mais Honolka le distingua distinctement au milieu du brouhaha des voix et du ronronnement des tapis, dans ce hall résonnant de multiples bruits. « Mon chéri... Je t'en prie, reste avec moi. Reste avec moi... »

Elle leva la tête. Ses yeux sombres étaient remplis de larmes.

— Vous permettez ?

Honolka la repoussa avec douceur. Il posa la pointe de ses doigts sur l'artère coronaire du patient.

— Il vit, n'est-ce pas, docteur ?

Honolka hocha la tête. Le pouls était perceptible — mais pour combien de temps encore ? Il était très faible. Et un seul coup d'œil sur les muscles atones du visage lui suffit pour comprendre que les deux côtés étaient déjà atteints. Tous les symptômes d'une embolie cérébrale étaient réunis. Mais si c'était une hémorragie ? Dans ce cas-là, les anticoagulants ne feraient que l'aggraver... Mais comment prendre une décision séance tenante ?

Il fallait l'examiner à la clinique. Si seulement Hansen...

— Fritz ! Le glucose !

Avec précaution, aussi doucement que la situation le permettait, il introduisit la canule par laquelle la solution de glucose pouvait s'écouler.

Puis il fit signe aux brancardiers d'approcher.

— Est-ce que je peux venir avec vous ? s'inquiéta la petite dame. Je vous en prie, docteur.

— Mais bien sûr, venez !

Il posa la main sur son épaule, puis rejoignit Wullemann près du brancard. Les curieux qui s'étaient massés s'écartèrent pour les laisser passer. Une haie de visages les accompagna jusqu'à la voiture.

Il aida la dame à monter.

— Venez, vous pouvez vous asseoir ici.

La voiture démarra. L'infirmier avait déjà placé les électrodes. Ensemble, ils surveillèrent sur le moniteur le combat mené par le cœur qui continuait à battre, mais faiblement, de plus en plus faiblement...

La voiture tangua. Sans mot dire, Wullemann saisit la trousse à injection. Il jeta un regard interrogateur à Honolka et lut la réponse dans ses yeux. Les dents de scie du tracé se firent de plus en plus minuscules et de plus en plus irrégulières. Faire repartir le cœur avec de l'adrénaline — à quoi bon ? Cela ne servirait qu'à amener d'autres complications. A repousser la décision du destin, à laquelle il était inutile de vouloir opposer un veto.

On y était déjà. La mort cérébrale était probablement déjà intervenue : un léger sifflement, puis la ligne droite tant redoutée... l'arrêt cardiaque.

La vieille dame s'était reprise. A présent, son visage était digne et calme. Son regard alla de Wullemann à Honolka, puis s'arrêta sur le moniteur.

— C'est... c'est fini, n'est-ce pas ?

Honolka hocha la tête.

La voiture s'arrêta. La dame se leva, soutenue par Fritz Wullemann. Elle se dirigea vers le brancard, écarta les bras et appuya son visage contre le visage de son mari. Elle resta ainsi un long moment.

Olaf Honolka descendit de voiture. Wullemann se racla la gorge. Lorsque la vieille dame se fut redressée, il la prit par les épaules avec une infinie précaution et l'aida à sortir.

— Ça ira ?

Elle hocha la tête :

— Il le faut... Il faut bien que je continue, n'est-ce pas ?

— Vous êtes très courageuse, lui dit Wullemann en la tenant fermement.

Plus tard, lorsqu'il établit le certificat de décès, Honolka revit la vieille dame. Elle était accompagnée de sa famille. Elle se tenait bien droite sur sa chaise en gardant les yeux fixés au loin. Sur ses genoux s'étalait un grand bouquet de roses. Un petit garçon était à côté d'elle, flanqué d'une jeune femme vêtue d'une veste de soie extrêmement élégante. Elle avait les cheveux roux et son maquillage était un peu trop voyant, mais peut-être n'était-ce qu'une impression, peut-être était-ce parce que ce rouge à lèvres semblait déplacé dans cette situation où la mort et la douleur avaient frappé. L'homme corpulent et livide qui tremblait à ses côtés ne parvenait à répondre aux questions qu'à grand-peine.

La vieille dame semblait absente, comme retirée en elle-même.

— C'était notre voyage de noces, docteur, dit-elle. Nos noces d'or. C'est Jürgen qui nous l'avait offert.

Le visage d'Honolka arbora l'expression de compassion que les médecins tiennent à leur disposition en pareilles circonstances. Grand Dieu, on ne pouvait pas endurer chaque douleur, pleurer chaque mort... Lui, tout ce qu'il lui fallait, c'étaient les renseignements nécessaires pour établir son certificat. Et après, il avait du travail. Mais cette vieille dame lui faisait sincèrement de la peine et il ne pouvait se défendre d'une certaine admiration à son endroit.

— Nous sommes allés en Egypte. D'ailleurs, j'y suis toujours en pensée. Nous aurions dû y rester, n'est-ce pas, Jürgen ?

Son fils ne répondit pas. Il essuya le nouveau flot de larmes qui jaillit de ses yeux rougis. Il aimait vraiment son père, pensa Honolka.

— Ils ont de beaux tombeaux, là-bas, poursuivit la vieille dame. De très beaux tombeaux, vraiment, gigantesques. Mais nous étions vivants et nous étions gais. Peut-être est-il resté là-bas, Jürgen, qu'en penses-tu ? Peut-être devrais-je y retourner...

— Oui, maman.

— Je crois, oui. Vous savez quelles ont été ses dernières paroles ? Il a dit : « C'était beau, c'était magnifique... » Et en disant cela, il souriait.

Ah, ces gens de l'Hôpital universitaire étaient au poil ! Il n'y avait vraiment rien à redire. Ils s'étaient donné un mal de chien pour lui : ils l'avaient vissé, cloué et Dieu sait quoi encore, ils avaient bossé suivant toutes les règles de l'art. Et non seulement le grand patron, mais aussi un professeur et un orthopédiste s'étaient relayés auprès de lui. C'est sûrement Fred Hansen qui m'a chaudement recommandé auprès d'eux, en déduisit Rolf Gräfe, couché au fond de son lit. Car nous avons beau être confrères, ce n'est sûrement pas pour mon humble personne qu'ils ont déployé la grosse artillerie.

Jusque-là, tout allait bien. Il était bien placé pour savoir que tout était plus ou moins raccommodable. Mais il restait encore à traiter quelques menus détails apparemment dénués d'importance, qui avaient pour nom : cœur, âme, joie de vivre, sens de la vie, etc., etc. Rolf Gräfe fixa le plafond de sa chambre.

— Qu'est-ce qui se passe encore, docteur ? Vous faites votre bobine des grands jours, une vraie tête d'enterrement !

La jeune Bavaroise aux joues rebondies qui refaisait son lit le regarda d'un air de reproche. Gräfe l'aimait bien, au fond, mais elle lui tapait drôlement sur les nerfs, par moments, à force de vouloir lui remonter le moral à tout prix, avec sa bonne humeur congénitale.

Et que je te vérifie le dispositif de traction, et que je te remue tout dans la pièce !

— Et ces fleurs, là, qu'est-ce qu'elles font devant la porte ? Des belles roses comme ça, vous les laissez dans le noir !

— Je n'en ai pas besoin.

Non, le jeune médecin ne supportait pas la vue de ces roses. La carte qui les accompagnait, avec ces quelques mots « Je pense à toi. B. », il l'avait immédiatement brûlée dans le cendrier. Pourquoi Britte, entre toutes, ne lui fichait-elle pas la paix ? Elle était venue le voir à deux reprises, et à chaque fois il l'avait fait éconduire par la surveillante. Malheureusement, il n'avait pas pu faire de même avec le médecin-chef de la Clinique de l'aéroport ! La semaine précédente, la porte s'était ouverte à la volée pour livrer le passage à Fred Hansen.

En deux enjambées, celui-ci avait été auprès de lui.

— Dis donc, qu'est-ce que ça veut dire ? On me dit que tu n'es pas visible !

— C'est la vérité.

— C'est valable pour moi aussi ?

C'est valable pour tout le monde ! A la dernière seconde, il avait réussi le tour de force de ravaler sa repartie et de secouer négativement la tête.

Hansen avait tiré le tabouret et examiné sa jambe, ainsi que les radios que le professeur Wollgiebel avait laissées sur la table.

— Ils ont eu un sacré boulot ! avait-il commenté.

— Oui. Et je préfère te prévenir tout de suite, Fred : si tu me demandes ce que j'ai voulu me prouver à moi-même, je te fous dehors... Non, je suis même prêt à te donner la réponse. Je voulais montrer à ma BM jusqu'où elle pouvait monter sur route mouillée quand je suis bourré.

— Bravo ! C'est ce qu'on appelle une réponse forte !

— Prends-la comme tu veux.

Hansen avait eu un moment d'hésitation, puis il avait fini par allumer une cigarette et l'avait longuement dévisagé à travers les volutes de fumée, de son regard bleu et perçant. Mais il n'avait rien dit.

— Une chose encore, Fred. Pas la peine de me rappeler l'importance de mon rôle dans ta clinique...

— Ce n'est pas ma clinique.

— Ah bon ? C'est l'impression que tu donnes, pourtant.

— Tu ne te conduirais pas de la même façon si tu étais à ma place, tu le sais parfaitement.

Avant de laisser le temps à Gräfe de répliquer, Hansen avait posé sa main sur son bras :

— Merde, Rolf, qu'est-ce qui se passe ? Comment en sommes-nous arrivés là ? Nous étions bien plus que des copains ou des collègues, autrefois, nous étions des amis.

Gräfe avait fermé les yeux. Des amis ? Ce qu'il disait était vrai. Mais tout ça, c'était du passé. Maintenant, ils étaient à Francfort-sur-le-Main, Hanovre, c'était loin. Peut-être était-ce la faute de cette maudite ville, et non la faute de l'aéroport ? Peut-être était-ce effectivement la ville, le béton ? Ah oui alors, comme je la hais, cette mégalopole boursouflée, assoiffée de fric, arrogante, clinquante !

— J'arrête tout, Fred. Prépare-toi à cette idée. Il vaut mieux que tu commences tout de suite à me chercher un successeur. Je ne veux pas continuer.

— Pourquoi ?

— Nous étions amis, c'est toi-même qui l'as dit.

— Et maintenant je fais mon chef, c'est ça ?

— Non, c'est parce que tu es trop beau pour moi.

(Gräfe avait grimacé un sourire.) Je me trouve si moche à côté de toi !

— Arrête tes conneries ! Dis-moi la vérité.

— C'est peut-être à cause de cette ville, Fred, avait-il tenté d'expliquer, mais, en même temps qu'il avait formulé sa pensée, cette raison lui avait soudain semblé factice. Non, c'est le boulot. Je te l'ai déjà dit, il me bouffe. C'est trop frustrant. Je vais chercher autre chose. Ce que nous faisons, c'est de la folie. Les gens débarquent, on les soigne, on donne tout ce qu'on a en nous, et puis ils disparaissent, on ne les revoit plus. J'ai une conception différente de la médecine, c'est tout...

— Tu veux accompagner les malades jusqu'à leur guérison complète, c'est ça ?

Gräfe avait hoché la tête. Fred Hansen avait tapé dans le mille : ce travail à la chaîne, la perpétuelle rotation des visages, les mêmes gestes sans cesse renouvelés... Il voulait pouvoir s'asseoir sur le bord d'un lit et dire à un être humain, à un patient : « Voilà, nous avons réussi, vous êtes guéri. »

— Je crois bien que c'est ça, avait-il répondu. En tout cas, je vais chercher un boulot ailleurs.

Fred Hansen avait hoché la tête, comme si Gräfe avait exprimé la chose qu'il attendait.

— Dans le fond, je pense comme toi, Rolf, tu peux me croire.

— Dans ce cas, pourquoi continues-tu ?

Hansen s'était levé et l'avait regardé avec au fond des yeux une expression qu'il ne lui avait jamais vue, une sorte de mélancolie, de désarroi.

— Je le regretterais vivement, Rolf... Je n'ai pas besoin de te le dire. A l'époque, à Hanovre, quand nous avons bouclé nos bagages, ce n'était pas non plus ce que j'imaginais.

— C'est peut-être ma faute, tu sais, Fred. Je n'arrive pas à trouver ma place dans cette boutique. Ni dans cette ville... Parfois, j'ai l'impression qu'on me laisse tomber.

— Britte ?

— Oh, celle-là ! (Son exclamation était teintée de mépris.) Des Britte, on en trouve à la pelle.

— Peut-être, Rolf. (Fred Hansen avait haussé les épaules.) Mais maintenant, elle travaille comme une folle, on ne voit plus qu'elle à la clinique, elle accumule les heures supplémentaires. Et cette histoire qu'elle a eue... avec cet Australien...

— Tu es au courant de ça aussi ?

— On ne peut rien contre les bavardages. En tout cas, l'histoire est terminée.

— Et alors ? Qu'est-ce que ça peut me faire ?

Mais il n'avait pas dit la vérité. Cette nouvelle lui avait beaucoup occupé l'esprit. Et elle continuait à le travailler. Mais cela ne changerait rien. Pardonner, c'était un grand mot, et là n'était pas le cœur du problème. On peut pardonner, mais peut-on faire confiance ? Par ailleurs, avait-il le droit d'exiger la confiance ? Avait-il jamais pris Britte au sérieux ? Oui, il l'avait prise au sérieux, mais seulement quand il avait été trop tard, lorsque tout avait été terminé...

Ici, c'est le luxe, on trouve de tout : du caviar et des fringues, des montres et des bijoux. Tu vois ce collier, là, dans la vitrine ? Il te plaît ? Il n'y en a que pour 74 000 Deutsche Mark en émeraudes et en diamants. Continuons : des fleurs et des cigarettes, du tabac et des parfums. Regarde le design de ces couverts en argent, cette porcelaine : c'est tout nouveau, ce sont les dernières créations italiennes.

Qu'est-ce qui te ferait envie ? Tu veux aller en boîte ? Au cinéma porno ? Ou tout simplement aller manger ? Mais qu'est-ce que ça veut dire, « simplement » ? Tu veux manger chinois, français, italien ? Peut-être un bon couscous ?

L'aéroport est une ville dans la ville, doublée d'un supermarché du rêve ouvert vingt-quatre heures sur vingt-quatre. Tu as peut-être envie d'une jolie fille ? Il y en a là-bas, en face, au bar, cartes de crédit acceptées.

Ou d'une dernière nuit avec ta jeune épouse avant votre départ pour Copacabana ? Aucun problème : le Sheraton de l'aéroport tient sa *Honeymoon Suite* à votre disposition, pour la bagatelle de 1 800 Deutsche Mark.

Oui, ici, tout est possible. On peut tout acheter ! Les villes les plus exotiques, les plages les plus belles, les jungles les plus mystérieuses, il suffit de prendre son billet au comptoir. L'aéroport est un dieu tout-puissant auquel sont asservies cinquante mille personnes qui travaillent pour lui sans discontinuer. Reliant entre elles les différentes parties du monde, ce dieu sépare aussi les êtres de la réalité. Car son univers ne connaît ni le froid ni la chaleur, il y règne un éternel printemps.

C'est une ville utopique éclairée de néons, l'une de ces villes aux gigantesques constructions de verre et de béton que les architectes des années soixante rêvaient d'ériger sur la lune ou sous la mer. Les conditions climatiques y sont immuables, au même titre que les échantillons de l'espèce humaine. La pauvreté y côtoie l'étalage des richesses. Les uns sont en haut de l'échelle, les autres en bas, dans le désespoir, le désarroi, la solitude. Il y a les banquiers, mais aussi les voyous, les homos qui draguent, les clochards. Et il y a ceux qu'il faut avoir à l'œil.

Il était sept heures passées lorsque Friedhelm Brunner quitta les locaux de la police de l'aéroport, là où les écrans de contrôle renvoyaient les images provenant des caméras installées dans tous les recoins de l'immense complexe. Mais cette surveillance électronique était insuffisante, elle devait être complétée par une surveillance humaine.

Brunner fixa son radio-téléphone sous sa veste. Comme à l'accoutumée, il faisait ses rondes en costume civil. Il avait même renoncé à sa plaque d'identification. Cela facilitait sa tâche auprès des voyous, tout en présentant l'avantage de lui permettre de surveiller ses propres troupes du coin de l'œil. Car ses subalternes ne remarquaient pas immédiatement la présence du patron...

Il ne tarda pas à rencontrer son premier tandem : Walter Scheidt et Greif étaient en tournée d'inspection. C'était un assemblage inégal, car Greif était un berger allemand âgé de six ans, d'une intelligence remarquable, doté d'un pelage superbe et de deux yeux d'ambre magnifiques.

— C'est toi le meilleur !

Brunner flatta la large tête de Greif. C'était vraiment le meilleur. En effet, dressé pour la détection des explosifs, il reniflait la légère odeur de kérosène présente dans les charges de plastic jusque dans le moindre recoin, le moindre paquet, la moindre valise. Ses narines hypersensibles détectaient également la poudre noire, les détonateurs à acide ou les bâtons d'explosifs. De surcroît, parmi la vingtaine de chiens utilisés par les policiers, c'était lui qui possédait le meilleur caractère. C'était le plus gentil : Greif portait les journaux, aimait tout le monde, se laissait caresser par tous...

— Bien, bonne continuation à tous les deux ! leur lança Brunner.

Puis il emprunta l'escalier roulant. Il eut un mouvement de contrariété. Une fois de plus, des valises abandonnées traînaient devant le cinéma porno ! Ils le faisaient exprès ! Eh bien, tant pis pour leurs propriétaires, si c'était ce qu'ils cherchaient, ces valises ne traîneraient plus longtemps !

Les filles installées au comptoir du *Otto Lilienthal* détournèrent rapidement le regard en l'apercevant. Il les connaissait, elles le connaissaient... Plus loin, il remarqua quelques Indiens dont la mine ne lui disait rien qui vaille. Et là-bas, ce jeune nonchalamment appuyé sur la vitrine du marchand de journaux ? Laisse tomber, tu l'examineras d'un peu plus près tout à l'heure.

C'était le secteur de Brunner, et, en quelque sorte, son foyer. Il en connaissait chaque recoin, chaque cachette, les côtés agréables et les zones d'ombre, comme on connaît sa ville. Et, en effet, l'aéroport était une ville où l'on pouvait passer une vie entière... et la quitter à la fin dans les règles, dûment muni de l'extrême-onction. Car, pour l'administrer, on comptait deux ou trois prêtres. La seule chose qui manquait encore, c'était le cimetière.

Mais ils vont bien finir par en construire un, pensa Brunner, pour les habitués.

A propos d'habitués, il en avait repéré un, là-bas...

Brunner l'avait détecté du haut de l'escalator, alors

qu'il descendait au premier niveau, là où étaient installés les comptoirs des compagnies américaines.

L'homme portait une casquette bleue crasseuse d'où émergeait une couronne de cheveux jaunes parsemés de mèches blanches, qui pendaient sur une vieille veste de velours vert.

Il s'appelait Sievers. Brunner se dirigea vers lui d'un pas mesuré tout en pesant le pour et le contre : devait-il saisir le vieux à l'épaule pour lui faire peur ? Mais il finit par y renoncer.

— Alors, Capitaine ?

C'était sa casquette crasseuse qui lui valait le titre de « Capitaine », ou parfois de « Skipper ». L'homme sursauta, comme piqué par une tarentule. Il remit d'aplomb ses lunettes cerclées de fer et dévisagea Brunner de ses yeux liquides de vagabond. Au moins, enregistra Brunner, il s'est rasé. Mais ce visage osseux et cette peau fine trahissaient quelque maladie. « Cirrhose du foie », lui avait dévoilé un jour le Capitaine. Mais déjà ses yeux avaient recouvré leur vivacité. C'étaient des yeux qui ne renonçaient jamais.

— Buona sera, Comandante, répliqua Sievers.

C'était un vrai cas : il parlait cinq langues, avait vu le monde entier — car il avait été mécanicien dans la marine — et avait descendu la pente, comme on dit, après l'échec de son mariage.

Lui-même ne voyait pas les choses de la même façon : « Je me sens bien dans ma peau tant qu'elle tient encore » telle était sa devise.

Toutefois, pour le moment, son regard était un peu moins assuré.

— Tu veux me foutre dehors, Comandante ? Comme mardi dernier ? Mais tu sais ce qui m'est arrivé dans le RER ? J'ai été emmerdé par le contrôleur, il a fait un de ces raffuts !

— Arrête ton char, Skipper ! Au contraire, c'était tout bon pour toi, t'as pu retourner en cabane, t'as été logé gratis !

— On va plus en cabane pour un ticket, Comandante !

T'as un métro de retard ! Ça, c'était valable dans le bon vieux temps ! Mais maintenant...

Maintenant ? Telle était justement la question. Là était le problème. En règle générale, Sievers était ramassé deux ou trois fois par semaine à l'aéroport. A chaque fois, Brunner lui faisait la leçon. Mais c'était comme pour les souris, les grillons et les cafards que les régiments de femmes de ménage étaient impuissants à déloger, et qui se fixaient dans tous les interstices. On les foutait dehors, mais ils revenaient par la porte de derrière.

Impossible de se débarrasser des SDF, même s'ils faisaient un peu tache dans le décor et ternissaient la belle image que la direction de l'aéroport souhaitait donner de la « plaque tournante de l'Europe ».

— Ecoute, Comandante, reprit Sievers, sois humain, pour une fois. Aujourd'hui, c'est mon anniversaire.

— C'est ce que tu m'as déjà dit la dernière fois.

— D'accord, mais...

Sievers s'arrêta, à court d'inspiration. Brunner, c'était un mec correct, tout serait foutu s'il lui venait l'idée de lui faire ouvrir son sac ! Ce serait trop con ! Car il y trouverait d'abord une demi-miche de pain, ensuite sa bouteille de gnôle, et, tout en dessous, le petit sac en croco qu'il avait piqué...

Mon Dieu, pria Sievers, faites que ce flic se barre ! Faut dire que ce petit sac, c'est pas le franc succès : soixante-dix marks et six dollars, ça va pas chercher très loin ! Les riches Arabes ne sont plus ce qu'elles étaient ! Et quant à Brunner, c'est peut-être le seul avec qui on peut causer parmi tous ces flics qui vous font la vie dure, mais faut pas lui faire le coup du vol à l'arraché, là, y comprend plus la plaisanterie.

— Bon, Sievers, déclara le « seul mec avec qui on peut causer », tu sais quoi, je te fais une proposition : tu peux rester jusqu'à vingt heures, et après, tu t'évapores, on te voit plus ici.

— D'accord, ça marche, se hâta d'assurer Sievers. Promis !

Le policier eut un léger sourire, porta brièvement sa main à sa tempe et poursuivit son chemin.

Sievers le suivit des yeux. Un poids énorme lui tomba de la poitrine. Il avait eu du pot... Et maintenant, une bonne bière fraîche lui ferait le plus grand bien. Pas la peine d'aller au bar, ils risquent pas de te servir, mais de toutes façons c'est moins cher au supermarché. Et après, vite, à la station RER !

Au début, on sentait toujours un léger tremblement sous les pieds. Ce tremblement annonçait un bruit, un grondement sourd qui se rapprochait en provoquant un courant d'air froid qui venait de l'entrée du tunnel. Jusqu'au moment où, semblables à des yeux de prédateur, les phares du train surgissaient de l'ombre.

Karine avait observé tout cela une bonne dizaine de fois. Elle avait tout enregistré, immobile, sans bouger. Assise sur son banc, elle se cramponnait à son sac à bandoulière.

Un autre train arrivait. Cette fois-ci, c'était un rapide. Son museau était d'un orange cru semblable à l'orange des trains à grande vitesse. Et il n'y avait que peu de voitures. Elle aperçut des garçons en veste blanche et des verres posés sur des petites tables éclairées par de petites lampes à abat-jour. Une douzaine de personnes montèrent. Puis le train s'ébranla, gagna en vitesse et disparut. Dans le tunnel, c'était à nouveau le vide et le silence.

Elle absorba les images, comme on regarde un film à la télévision. Tout était irréel. Irréel et sans importance. A présent qu'elle avait pris sa décision, elle ressentait une curieuse absence de pesanteur. Non, elle ne prenait pas congé. Congé de quoi ? De toute cette merde ? De cette saloperie qu'on appelait la vie ?

Ce serait très simple. Très, très simple... Il suffisait de quelques pas. Et le courage n'était même pas indispensable. Elle pensa à son ancien camarade de collège, Matis Görris. Ils en avaient beaucoup parlé. D'ailleurs, tous ses copains de classe étaient tous d'avis que ce ne devait pas être trop difficile. Matis avait pris des somnifères. Mais son acte avait été ridicule, incompréhensible. Il n'avait eu aucune raison de le commettre. Un zéro en allemand, un devoir de physique raté et une engueulade avec son père parce qu'il avait pris la bagnole.

Mais pour elle, c'était différent. Et elle ne mourrait pas tranquillement dans son lit. Elle serait horrible à voir, il ne resterait d'elle que des morceaux de corps épars... Mais elle ne sentirait rien, rien du tout. Maintenant, elle le savait, elle avait bien observé les trains. Et elle n'avait pas peur, pas peur du tout. Maman serait la dernière à l'apprendre... Mais ce serait chez Vera et papa que la police se rendrait. Et papa prendrait sa Vera chérie dans ses bras pour la consoler. Ah, il en connaissait un rayon pour consoler Vera ! Mais toi, est-ce qu'il a déjà essayé de te consoler ?

A présent, il aurait une nouvelle raison de s'occuper de Vera.

Karine observa les gens qui rentraient chez eux par le RER. C'étaient tous des employés. Ou des touristes sans argent. Ils avaient tous l'air un peu miteux... Là-bas, un vieil homme à casquette de marin cassait la croûte, confortablement installé sur un banc. De temps à autre, il buvait un coup dc bibine.

Un SDF. Mais d'une certaine façon, pensa Karine, c'est le seul être humain parmi tous ces gens.

Elle ouvrit son sac. Il fallait qu'elle s'en débarrasse avant, il ne fallait pas qu'il soit déchiqueté par les roues. Elle avait écrit sa lettre d'adieu à Tommy là-haut, au bar, après sa crise.

— Si tu crois que tu vas gâcher nos vacances avec tes perpétuelles jérémiades à propos de ta belle-mère, tu te goures ! avait-il gueulé.

— Bon, ben t'as qu'à partir tout seul, avait-elle répondu.

Il s'était levé sans un mot et avait tourné les talons. Donc, Tommy était à mettre dans le même sac que tous les autres. Et c'était ça qui était le plus dur à avaler !

Elle déplia la feuille de papier. Elle comportait trois lignes. « C'est vous tous qui l'avez voulu ! J'ai bien réfléchi, j'ai décidé de vous débarrasser de moi. Karine. »

A côté, elle avait dessiné une pierre tombale surmontée d'une croix. Et une petite rose.

C'était tout. C'était suffisant.

Un nouveau train. Un train de banlieue. Le prochain arrivait dans dix minutes. Le prochain ? Le dernier...

Elle se leva. Elle fut impuissante à maîtriser les larmes qui coulaient toutes seules le long de ses joues. Qu'elles coulent ! Même si ces crétins la regardaient de travers.

Elle s'approcha du bord du quai et fut fière de constater la solidité de ses jambes. Ce ne sera pas dur, pensa-t-elle. Il faut que tu te rapproches un peu plus. Encore deux pas. Elle aurait bien aimé fumer une dernière cigarette, mais elle réprima son envie. Puis...

De nouveau, le tremblement sous ses pieds. De nouveau, le grondement qui se rapprochait en devenant de plus en plus fort. De nouveau, le courant d'air. Bientôt arriveront les lumières... Karine respira profondément, se baissa, sauta... Non, elle voulut sauter, mais un choc l'atteignit au côté, qui la fit vaciller. Elle ne comprit pas, cria. J'y vais maintenant, pensa-t-elle, maintenant ! !... Puis elle sentit qu'elle heurtait le sol, une douleur atroce lui traversa la tête. Tout s'obscurcit autour d'elle.

Benno Sievers étouffait. Vite, de l'air ! Il haletait. Les autres arrivaient sur lui en courant.

— Dites donc, qu'est-ce qui vous prend ? Vous êtes fou ? Quelle idée de renverser cette jeune fille ! Naturellement, suffit de vous regarder ! Un clochard ! Mais c'est pas vrai !

Sievers s'abstint de répondre. Il commença par s'asseoir sur le sol. C'était déjà pas mal. Puis il s'appuya sur une main.

— Faut prévenir les flics.

Ignorants, pensa Benno Sievers. Des ignorants, comme toujours ! Aveugles de bêtise.

— Elle voulait se tuer.

Il le dit plutôt pour lui-même. Il tourna son regard vers la jeune fille.

Jolie, avec ses cheveux noirs, et terriblement pâle. Jolie, avec des cheveux noirs, comme sa fille, autrefois.

Ses yeux étaient clos, mais elle respirait. Sous le train, là-bas, elle n'aurait plus respiré. Tout doucement, il caressa son épaule. Puis il leva la tête. Vit des visages figés. Mais aussi le visage d'une dame qui disait :

— J'ai tout vu. Cet homme lui a sauvé la vie. Elle a voulu se suicider, mais il s'est jeté devant elle et l'a repoussée sur le quai. C'est ce qui l'a fait tomber sur la tête.

Sievers hocha la tête.

— Qu'est-ce que vous attendez pour appeler un toubib ?

Que se passait-il là-bas ? L'un des hommes de Brunner parlait avec un jeune homme qui s'exprimait avec force gesticulations. Le policier pressa le pas.

— Qu'y a-t-il, Abner ?

— Ce monsieur, répondit Abner en rajustant son pistolet mitrailleur, ce monsieur cherche sa copine.

Ce monsieur ? Il était âgé de dix-huit ou dix-neuf ans tout au plus. Plutôt dix-huit. Petit duvet au menton, visage très tendu, yeux marron foncé, cheveux blonds.

— Ça fait une plombe que j'essaie de la retrouver, débita le jeune homme d'une traite, mais ici, c'est pas possible. Je vais finir par craquer ! J'ai couru dans tous les sens, j'ai demandé partout, je la retrouve pas. Notre avion part dans vingt minutes !

— Quel vol ?

— Ibiza.

— Et vous avez perdu la personne qui voyage avec vous ?

— Perdu ? Oui, si on veut. C'est moi qui ai le billet, ici.

Il tapota sur sa veste de cuir.

— Dans ce cas, allez au comptoir d'enregistrement, elle doit obligatoirement passer par là.

— Mais j'en viens, je n'arrête pas de faire l'aller et retour ! Ça fait trois fois qu'ils lancent un appel, mais ça sert à rien, pas de Karine !

Tout ceci paraissait curieux. Peut-être la petite (Brunner se dit qu'elle devait être jeune, à en juger l'âge de son copain), peut-être la petite avait-elle changé d'avis au dernier moment ?

— Comment s'appelle-t-elle ?

— Karine.

— Ça, je l'ai compris, sourit Brunner. Son nom de famille, bien sûr. Où habite-t-elle, quel âge a-t-elle ? Donnez-moi son signalement.

— Andersen, répondit le garçon. Karine Andersen. Elle habite à Stade, elle a dix-sept ans. Elle est un peu plus petite que moi, moi je fais un mètre quatre-vingts, alors disons un mètre soixante-quinze. Elle est brune, elle a les cheveux courts.

Brunner hocha la tête et s'éloigna un peu pour transmettre ces informations. Son annonce serait communiquée en urgence à la police de l'aéroport, au poste de police du secteur, à la police des frontières, ainsi qu'aux services sociaux et à la clinique.

Il coupa la communication et alla rejoindre le jeune homme :

— Elle est en bonne santé, votre Karine ?

— Comment ça, en bonne santé ?

— En bonne santé, ça veut dire en bonne santé. Vous n'avez pas idée de tout ce qui se passe ici, à l'aéroport. Nous avons énormément de gens à problèmes, les drogués, les déboussolés, les angoissés, les dépressifs.

— Les dépressifs ? répéta le jeune homme tout en se mordant la lèvre inférieure.

Mais Brunner n'eut pas le temps de creuser la question. On l'appelait sur son radio-téléphone. « Clinique de l'aéroport, lui annonça une voix brève. On vient d'amener une jeune fille qui correspond à votre signalement. Brune aux cheveux courts, un mètre soixante-quinze environ. Visiblement, c'est une tentative de suicide, en bas, à la gare du RER. »

— Et alors ? s'inquiéta Brunner en retenant son souffle.

— Rien. Quelqu'un l'a tirée en arrière, elle est tombée et elle souffre d'une commotion cérébrale.

Brunner laissa retomber le récepteur. Le jeune homme le dévisageait avec des yeux écarquillés.

— Venez, lui dit Brunner. Nous avons peut-être retrouvé votre Karine.

— Téhéran ? (Hansen poussa un profond soupir.) Qu'est-ce que tu fabriques à Téhéran ?

— C'est bien ce que je me demande moi aussi.

La voix d'Evi était claire comme du cristal, elle paraissait éloignée de cent mètres à peine. Une liaison par satellite, un miracle du progrès ! Mais c'était justement le progrès qui lui prenait sa femme, qui l'emmenait toujours plus loin !

— Il fait chaud ici, dit-elle, et c'est plein de poussière.

— Et les femmes ? Elles sont toutes voilées ?

— Oui, oui. Mais je n'en vois pas beaucoup, je ne sors pratiquement pas de l'hôtel.

Il tenta d'imaginer. Pour elle, c'était partout pareil, Téhéran ou Dallas, il n'y avait aucune différence : les mêmes chambres d'hôtel, les mêmes conversations. Elle s'en était plainte assez souvent. Un métier de rêve ? Tu parles !

— Tu me manques.

Ces paroles lui avaient échappé, malgré sa résolution de ne rien dire de tel au téléphone.

— Ne commence pas, je t'en prie...

— Mets un tchador, toi aussi, tu me le promets ? Comme ça, au moins, je serai débarrassé d'une obsession, celle de voir des mollahs tendre avidement la main vers toi à la moindre de tes apparitions.

Elle rit.

— Tu me suffis, tu es avide pour dix ! Je n'ai pas besoin de mollahs ! Ecoute, Fred, j'ai réfléchi, je vais voir avec le service planning. Je vais demander à être affectée aux moyens-courriers, pour pouvoir retourner à Francfort tous les deux ou trois jours. Je ne passerai à chaque fois qu'une nuit ou une journée à la maison, mais deux ou trois fois par semaine, en contrepartie. Je commence à saturer.

— Bon sang de bonsoir, s'exclama-t-il, pourquoi ne dis-tu pas la vérité ? Pourquoi ne me dis-tu pas avec simplicité que tu ne peux plus te passer de moi ? Tu ne peux pas savoir à quel point ça me plairait !

Elle eut un rire, son rire bref, léger, un peu rauque, qu'il aimait tant.

— Bien. Je n'y tiens plus, je ne supporte plus d'être séparée de vous, docteur !

— Vous êtes sur la voie de la guérison, madame.

Puis il eut une idée :

— Ton premier moyen-courrier, nous le ferons ensemble. Nous allons partir en Grèce. Je suis en train d'organiser mes vacances.

La porte s'ouvrit. Bärbel Rupert passa la tête, en ébullition, comme toujours :

— Docteur, la réception vous demande. C'est urgent.

Hansen lui fit un signe de tête :

— J'arrive tout de suite.

Puis il se tourna vers la fenêtre, comme s'il ne voulait plus rien voir de ce qui l'entourait.

— Saloperie de tôle ! Mais je les prendrai, mes vacances. Je te le jure !... Bon, il faut que j'y aille, petite. Tu restes à l'hôtel ? Je te rappelle, je te raconte tout. Et toi, tu me diras que tu as hâte de courir avec moi sur la plage, sur une plage grecque.

— Je peux te le dire dès maintenant, Fred : j'ai hâte de courir avec toi sur une plage grecque.

Il raccrocha. Quel bonheur d'entendre cette voix ! Que serais-tu si tu n'avais pas Evi ? Mais tout de même, Téhéran ! Quand tu recevras la note du téléphone, tu tomberas dans les pommes. Aimer une Evi Borges, il n'y a rien de plus simple. Mais qui va payer les coups de fil, nom d'une pipe ?

La patiente couchée sur le brancard était une jeune fille au visage pâle. Ses yeux étaient ouverts, ses pupilles, légèrement dilatées. Visiblement, elle était inconsciente ou en état de choc.

Britte Happel était en train de tourner sa tête sur le côté.

— Un traumatisme crânien, dit-elle. Elle a fait une chute.

— Oui, à la gare, compléta une voix. Au moment où le train est arrivé, elle a voulu se jeter en dessous. C'est comme ça que ça s'est passé !

Hansen se retourna. Un homme était assis contre le mur, c'était un drôle de personnage : faciès typique d'alcoolique, cheveux en bataille, veste effrangée, vieux sac de sport. Et une paire d'yeux bleus malins, luisants d'intelligence derrière des lunettes cerclées de fer.

— Vous étiez présent ?

— Exact. Permettez-moi de me présenter : je m'appelle Sievers.

— Restez assis, je vous en prie, monsieur Sievers. Alors ?

Hansen avait commencé à examiner la jeune fille. Son pouls était faible.

— Vous pouvez parler, allez-y.

Mais Sievers resta coi. La porte s'était ouverte, et dans l'encadrement de cette porte il vit apparaître, toujours aussi grand et imposant... Brunner, le flic.

— Toi ici, Skipper ? Mais qu'est-ce que tu fous encore là ?

— J'attends ma médaille. C'est moi le sauveteur.

— Quoi ?

Soudain, un jeune homme blond fit irruption dans la pièce. Bousculant Brunner sans ménagement, il s'écria d'une voix étouffée :

— Karine !

La moutarde monta au nez de Hansen. Se redressant de toute sa taille, il écarta les bras :

— Tout le monde dehors, si vous n'y voyez pas d'inconvénient. On n'est pas au cirque, ici. Je suis en plein travail. Je vous en prie, messieurs...

— Karine ? (Le visage du jeune garçon était livide. Ses yeux se remplirent de larmes.) Docteur, je suis...

— Pour l'instant, cela ne m'intéresse pas. Je vous en prie !

La porte se referma. Hansen put enfin se concentrer.

Une trace noire barrait le front de la patiente, mais ses

couleurs semblaient revenir. Et s'il ne se trompait pas — oui, ses paupières tremblaient.

— Vous m'entendez ?

Rien.

A la palpation, le diagnostic était sans équivoque. Il s'agissait bien d'une commotion cérébrale. Les radios diraient si le crâne était resté intact. Mais, malgré tout, même une contusion légère comme celle-ci pouvait amener des complications.

— Britte, le Dexamethason. Il faut éliminer les risques d'œdème du cerveau, tu comprends ?

Elle hocha la tête.

Hansen appréciait de plus en plus le travail de Britte. Elle travaillait en silence, avec une concentration extrême, acceptait tout, travaillait jusqu'à l'épuisement. Il lui témoignait sa reconnaissance en établissant avec elle une véritable collaboration.

— Bien, et maintenant, le marteau. Nous allons vérifier ses réflexes.

La patiente réagit distinctement, voire même assez vigoureusement. Tous ses réflexes étaient conservés. Il se demanda si son apparente atonie provenait d'une réelle perte de conscience. Peut-être était-elle d'origine psychosomatique ? Il y avait de fortes chances pour que la jeune fille se trouve en état de choc émotionnel.

Deux tentatives de suicide en un mois, et deux femmes, se dit-il. Mais cette fois-ci, la femme qu'il avait devant lui était encore presque une enfant. Il faut que le monde soit vraiment devenu fou pour que les enfants se jettent sous les trains.

Il se pencha sur elle en souriant :

— Karine ? Vous m'entendez ?

Il chercha sa main et la caressa du bout des doigts avec douceur, après tout, c'était une enfant...

— Karine... Tu es en sécurité ici, avec moi. Tout va bien. Ne t'inquiète pas.

Ses pupilles se tournèrent vers lui. Elle gémit faiblement, sa main droite bougea et alla se placer contre son estomac.

— Britte ! appela Hansen.

La patiente vomit dans le haricot. Hansen prit une feuille de cellulose et lui essuya la bouche avec précaution.

— Un verre d'eau, Britte ! Tu as soif, non ?

Un hochement de tête. C'était la première fois qu'elle réagissait. Donc, elle comprenait ses paroles.

— Tu as mal quelque part, Karine ? A la tête, n'est-ce pas ?

— Oui... Horriblement mal.

— Et tu as la tête qui tourne ?

— Oui.

— Ça va bientôt passer, tu vas voir.

Elle reposa sa tête et ferma les yeux. Des larmes jaillirent à travers ses longs cils et roulèrent sur ses joues pâles. Hansen chercha désespérément les mots qui pourraient lui apporter du réconfort. Mais que dire à une enfant dont il ignorait tout ?

— Karine ? (Il tenait sa petite main dans la sienne, il lui donna une légère pression.) Karine, tu as un ami, n'est-ce pas, c'est le jeune homme que j'ai vu tout à l'heure ?

Elle ne répondit pas, se contenta de remuer légèrement les lèvres.

— Je l'ai vu pleurer lui aussi, Karine.

Puis il posa la question que lui dictait son instinct :

— Tu as vécu un moment affreux en bas, à la station, n'est-ce pas ? Tu étais désespérée. Mais tu es sûrement contente d'être ici, maintenant ?

— La station, répéta-t-elle, et sa main se crispa. La station, oui.

— Le train ?

— Je ne sais pas... je ne sais vraiment pas.

Il s'y attendait. Ce n'était pas le choc psychologique qui l'amenait à refouler les événements, c'était une amnésie rétrograde. Sur la carte de sa mémoire, une tache blanche était apparue. Elle ne se souviendrait de rien. Jamais. Et dans son cas, c'était tant mieux.

— Karine, nous allons faire des radios. Et ensuite, tu dormiras, très longtemps. D'accord ?

Elle le regarda et la prière qu'il vit dans ses yeux lui fut presque insupportable.

— Ecoute-moi, commença-t-il, mais il fut interrompu par un brouhaha de voix. Au moment où il levait la tête, Wullemann entrait.

— Docteur, si vous avez fini... On a un type qui a fait un vol plané depuis la plate-forme, au centre de fret. Il a une fracture ouverte, je crois que c'est le tibia. Et il a un pet au niveau du crâne, il est dans le coltard.

— Amène-le au bloc.

Il se tourna vers le visage blanc de la jeune fille :

— Tu vois, Karine, il y a pire. Et lui, il n'y était vraiment pour rien.

« Jan Puschinsky, 32 ans », pouvait-on lire sur sa fiche. Un Polonais. Et il n'était pas beau à voir, Jan Puschinsky, non, ce n'était pas une mince affaire. Plus tard, ses collègues lui raconteraient ce qui lui était arrivé. Comment la palette s'était détachée pendant le chargement du conteneur en l'envoyant promener par-dessus le pont comme une vulgaire poupée de chiffon. Comment il était resté accroché aux barres, pour rebondir ensuite sur la balance, et ensuite sur le chariot élévateur à fourches. Plus tard ? S'il y avait un « plus tard » pour lui, s'il s'en sortait...

Pour le moment, il n'était plus qu'un corps inanimé défiguré par le sang et les blessures. Olaf Honolka était là, ainsi que Britte Happel et Tina, la « dame de fer », qui donnait ses instructions d'une voix brève et précise. Plus loin, l'anesthésiste et Fritz Wullemann. Ce cas de blessures multiples exigeait un déploiement de moyens.

Pendant qu'ils préparaient le patient, l'anesthésiste assurant sa respiration, Hansen réfléchit à la meilleure stratégie. Il avait devant lui un homme jeune, un Polonais, doué d'une constitution de taureau, à en juger d'après les infos transmises par les instruments.

Et pourtant, ce cas requérait la haute technologie, la cohorte de spécialistes d'un grand hôpital. Ce fait établi, il fallait assurer les premiers soins. Olaf Honolka était en train de stopper l'hémorragie des plaies ouvertes. La tuméfaction laissait présager une rupture de la rate, mais le traitement en incomberait aux spécialistes. Ensuite, sa jambe droite : elle présentait une fracture ouverte du tibia. Les éclats d'os jaillissaient de la blessure sanguinolente. Une fracture en spirale, analogue à celle de Rolf Gräfe. Rolf... Ses paroles lui revinrent en mémoire : « Ce que nous faisons, c'est de la folie. C'est trop frustrant... »

De la folie ? Peut-être, mais maintenant, j'aurais besoin de toi, mon vieux !

Et l'articulation de l'épaule était complètement foutue, la cavité articulaire aussi, avec un hématome en prime. Un gros vaisseau saignait encore.

— On va ouvrir. Il me faut le levier. Tina, le levier à pointe courte.

— Très bien.

— Olaf, tu t'occupes de réduire la fracture du tibia.

— OK.

Le travail commença. Ce fut une tâche ardue, éprouvante pour les nerfs. Une articulation de l'épaule détruite, des fractures du tibia, une fracture des côtes, auxquelles venaient s'ajouter une fracture de la mâchoire inférieure, des blessures de la cavité buccale...

L'hôpital de la Croix-Rouge se préparait déjà à prendre la relève. Quarante minutes plus tard, l'équipe de Hansen put lui annoncer que Jan Puschinsky était transportable et le placer dans l'ambulance qui l'amènerait jusqu'à une seconde table d'opération.

Hansen se lava les mains. Il était ivre de fatigue, alors qu'il n'était que quatre heures de l'après-midi, et que la ronde continuerait à tourner, impitoyablement. Pourvu qu'on ne lui amène pas un autre Polonais à réparer...

Il se frotta les tempes pour calmer la douleur lancinante et permanente qui s'y était nichée.

Evi attend mon appel à son hôtel ? Tant pis, il faut qu'elle continue à attendre... Il se leva, puis s'arrêta. A Hanovre, il avait coutume de faire un petit tour dans le jardin lorsqu'il était confronté à des situations de stress semblables à celle-ci. Le jardin y embaumait le lilas ; les pensées, les narcisses, les tulipes et les arbustes fleuris y étalaient leurs couleurs et rivalisaient de beauté. A leur vue, il sentait revenir sa sérénité perdue. Mais dans ce fichu aéroport, ce n'était pas le contact de la multitude des angoissés de toute sorte qui éliminerait sa tension.

Il reprit un comprimé. C'était le jour des comprimés anti-maux de tête.

Devant la salle d'attente, il aperçut un jeune homme blond, grand, mince, plutôt un adolescent, en fait... La mémoire lui revint. Ah oui, l'ami de Karine !

— Docteur, heureusement que vous êtes là. Il faut que je parle à Karine, absolument. Mais ils ne veulent pas me laisser entrer.

— Et ils ont raison.

— Oui, mais...

— Bien, suivez-moi dans mon bureau. Vous me raconterez ce qui se passe.

— Mais je...

— Rien du tout. Allez, suivez-moi !

Le jeune homme s'assit en face de lui, remonta ses genoux, planta ses doigts dans ses cuisses et fit craquer ses articulations. Son visage n'avait rien perdu de son anxiété. Deux yeux bleu-gris écarquillés fixaient sur Hansen un regard interrogateur. Il se jeta à l'eau :

— Vous comprenez, docteur, Vera, la belle-mère de Karine, ce n'est pas une mère ! Elle est beaucoup trop jeune, elle n'a que vingt-quatre ans, sept ans de plus qu'elle ! Et en plus, elle est jalouse comme une tigresse. La vraie mère de Karine, ça fait des années qu'elle s'est tirée en France avec un mec. Qu'est-ce que vous voulez qu'elle fasse, Karine ? Vous comprenez pourquoi elle a pété les plombs ?

Hansen réfléchit à sa réponse. Il se souvint qu'il avait souhaité avoir un enfant, autrefois, lorsqu'il était marié avec Ursula. Et qu'il avait repoussé cette idée, non seulement parce qu'il ne s'entendait que médiocrement avec sa femme, mais aussi parce qu'il ne voulait pas infliger à un enfant ce qu'il voyait autour de lui : des petits comblés de cadeaux mais manquant de l'essentiel, de la sécurité d'un foyer où l'on prenait le temps de se consacrer à eux. Car il y a la carrière, le patron, le boulot ! Non, les enfants ne trouvent pas leur place au sein de cette spirale infernale.

— C'est une histoire triste que tu me racontes là, dit-il en réprimant l'envie d'allumer une cigarette, une de plus. Et tu crois, pardon, vous croyez...

— Vous pouvez me tutoyer et m'appeler Thomas.

— Et tu crois qu'il n'y a aucun moyen de s'entendre avec cette Vera ? Aucune base sur laquelle bâtir une relation ?

Thomas secoua la tête.

— Et pourquoi non ? Le fait qu'elle soit si jeune peut être un avantage, tu ne crois pas ?

— C'est vrai, parfois ça marche. Mais elle, elle passe son temps à faire des scènes. Par exemple, quand Karine lui pique une bricole ou alors qu'elle lui répond sur un ton qui ne lui plaît pas. Karine, ça la rend dingue.

Hansen hocha la tête, compréhensif. Thomas poursuivit :

— C'est pour ça aussi que c'est la débandade à l'école. Elle ne pourra jamais avoir son bac, en tout cas, pas à Stade.

— Où veux-tu qu'elle le passe ?

Thomas haussa les épaules :

— Je ne sais pas, moi, dans un internat, peut-être. Mais ça, c'est trop cher pour son père.

Soudain, Hansen eut une inspiration : Bernhard Römer. Il était directeur d'une école qui conviendrait parfaitement à une fille comme Karine. Un établissement où les professeurs nouaient des liens véritables avec les élèves, qui n'étaient pas jugés sur leurs notes, mais éduqués suivant leur personnalité et leurs aptitudes.

— Dans ce cas, prononça-t-il lentement, je ne comprends pas comment son père a pu lui offrir un voyage à Ibiza ?

— Lui offrir ? Il ne lui a rien offert du tout ! C'est moi qui me suis débrouillé pour tout payer de ma poche ! Je voulais absolument qu'elle se change les idées, parce que je l'aime vraiment. Karine est une fille super. Elle est complètement déboussolée, d'accord, elle fait une vraie déprime, mais ça, c'est à cause de tout ce qu'elle lui fait voir, l'autre. C'est pas d'elle que ça vient. Et moi, con comme je suis, je n'ai pas pensé...

— A quoi ?

— Ben, je lui ai sorti une connerie, je lui ai dit que si elle nous gâchait nos vacances avec ses histoires, je la larguais.

— Ah bon, commenta Hansen en finissant tout de même par allumer une cigarette. Tu fumes ?

Thomas secoua la tête.

— Bon, et qu'est-ce que tu vas faire maintenant ? Tu vas partir tout seul ?

— Moi ? Quelle idée, docteur ! Jamais de la vie ! Je ne suis pas un salaud, je ne vais pas laisser tomber Karine comme ça !

— Bien, dans ce cas, j'ai peut-être une idée.

— C'est vrai ?

— Oui. Et je pense que c'est une bonne idée. Ecoute, j'ai un ami qui est directeur...

Hansen lui fournit quelques informations et griffonna son adresse sur une feuille de papier.

— Viens me voir ce soir chez moi, je te donnerai de plus amples détails. Et si tu ne trouves pas de chambre d'hôtel, tu peux dormir chez moi.

— J'ai une tante à Francfort, elle me recevra sans problème.

— Eh bien tant mieux.

Hansen le raccompagna et en le voyant s'éloigner, l'air sombre et la démarche mal assurée, il se dit : Un fils, un garçon comme Thomas — peut-être ne serait-ce pas une mauvaise idée...

Plus tard, alors qu'il se trouvait dans le couloir, une voix le héla.

— Docteur !

Il se retourna. Encore ce flic ! Comment s'appelait-il, déjà ? Ah oui, Brunner !

— Vous vous y mettez aussi ? soupira Hansen.

L'homme sourit.

— Je ne sais pas, docteur, mais j'ai l'impression que vous ne nous aimez pas beaucoup.

— Oh, c'est juste une impression ! répliqua Hansen en lui rendant son sourire.

— Eh bien, tant mieux ! Mais auriez-vous cinq minutes à m'accorder ?

— D'accord. Cinq minutes, pas plus ! Mais le mieux est d'aller dans mon bureau.

Il invita Brunner à s'asseoir. Puis il s'assit à son tour, croisa les jambes et aperçut une déformation sur le cuir de la veste du policier. Ah oui, il se promène avec un pétard ! C'est le métier...

— Donc, vous venez me voir pour le même motif qu'il y a trois semaines.

— Exact. On commence d'ailleurs à être rodés. C'est le deuxième cas de suicide en un mois, ça finit par devenir une routine.

— J'espère que nous en resterons là pour cette année. Les suicides ne sont pas ma tasse de thé. Et en ce qui concerne la routine, je vous ferai la même réponse que la dernière fois : je suis contre le transfert en établissement spécialisé. Particulièrement dans ce cas.

— Je voulais simplement en parler avec vous. (La voix de Brunner se voulait apaisante.) Cela fait partie de mes attributions !

— Visiblement, il entre dans les miennes de vous rappeler les termes de la loi, monsieur Brunner.

— Oh, oh ?

— Oui, oh, oh ! Suivant le législateur, il faut dans tous les cas essayer d'obtenir l'accord préalable du malade. Vous conviendrez avec moi que ce n'est pas possible pour le moment, l'état de la patiente ne le permettant pas. De plus, je ne suis pas sûr du tout que l'on puisse déclarer cette jeune fille « malade » pour la seule et unique raison qu'elle a voulu se jeter sous un train.

Pas facile, ce docteur, pensa Brunner.

— Bien... mais moi aussi, je peux vous opposer la loi : le transfert est autorisé lorsque des signes apparents permettent de conclure qu'une personne est dans un état mental anormal et qu'il s'ensuit une mise en danger de ladite personne. Ce cas est expressément reconnu dans le Land de Hesse, où nous nous trouvons, comme un cas autorisant le transfert.

— Ah, vous avez vraiment la manie des transferts ! Bien, admettons, nous sommes à égalité.

— Je suis tout à fait prêt à suivre votre argumentation si vous m'expliquez clairement ce qui se passe. Toutes mes informations, je les tiens de mon ami Skipper, SDF de son état.

— L'homme qui était à la réception ?

— Oui. L'homme qui a sauvé la jeune fille. Il a eu là une excellente idée, je n'ai rien à y redire. Mais maintenant, je vais avoir encore plus de mal à débarrasser l'aéroport de sa présence. Voyez-vous, il veut être décoré pour son geste. Ou, au minimum, il veut que je lui foute la paix. Voilà le genre de problèmes auxquels je suis confronté !

— Tant qu'ils se résument à cela ! ricana Hansen. D'ailleurs, ce type, votre Skipper, il m'a fait une excellente impression !

— Vous avez raison, c'est un excellent homme...

— Mais revenons à nos moutons !

Hansen lui fit son rapport et conclut :

— En ce qui concerne l'état mental anormal que nous avons évoqué tout à l'heure, vous avez oublié les conditions d'application du transfert, monsieur Brunner. Permettez-moi de vous les rappeler : le transfert d'un malade mental est autorisé si le danger ne peut pas être écarté d'une autre manière...

Les yeux de Brunner s'étaient rétrécis. La partie est serrée, se dit Hansen. Il ne va pas tarder à renvoyer la balle.

Il ne se trompait pas. La réponse fusa, cinglante :

— Dans tous les cas de figure, les règles concernant les cas d'urgence sont identiques : elles prévoient le transfert.

— Ah, monsieur Brunner ! (Hansen consulta sa montre.) Ne nous querellons pas. Soyez raisonnable, je vous ai tout raconté. Je suis sûr que vous êtes capable d'imaginer ce qui se passe dans la tête de cette jeune fille ? Oui, j'en suis sûr ! Pourquoi nous lancer des articles de loi à la figure ? Tenons-nous-en aux termes : « Si le danger ne peut être écarté d'une autre manière »...

Brunner s'était levé lui aussi.

— Et vous pouvez garantir que le danger sera écarté ?

— Oui, affirma Hansen. J'ai déjà ma petite conception de la chose. Et je l'appliquerai... Karine — c'est ainsi que s'appelle la petite — Karine a déjà vécu suffisamment de moments douloureux, inutile d'en rajouter d'autres, n'est-ce pas ? Je vais faire en sorte qu'elle soit admise dans un internat des environs de Francfort et qu'elle soit prise en mains par un de mes bons amis. Je m'en occupe aujourd'hui même. Vous pouvez me faire confiance, monsieur Brunner. Et maintenant, veuillez m'excuser...

Ils se serrèrent la main. Hansen garda l'énorme patte de Brunner dans sa main pendant quelques instants.

— Monsieur Brunner, comme je vous l'ai dit tout à l'heure, les impressions peuvent être trompeuses. Vous avez toute ma sympathie. Et soyez assuré qu'en cas de problème réel, même mineur, je ferai appel à vous.

— J'accepte votre proposition, sourit Brunner.

— Elle est honnête, monsieur Brunner...

— Pollack ! annonça Pollack, P, o, deux l, a, c, k.

Il se planta devant le comptoir de la compagnie aérienne.

Eh bien, que se passait-t-il ? Cette jeune fille en uniforme le regardait d'un air si bizarre — non, d'un air réellement désapprobateur. Qu'avait-elle donc ?

— Voilà les billets.

Paul Pollack posa vivement les billets sur le comptoir.

— Vous êtes en avance, monsieur Pollack.

— Comment ça, en avance ? (La moutarde commençait à lui monter au nez.) On n'est jamais trop en avance !

— Mais ce n'est pas le vol pour Djerba. C'est le vol d'Athènes.

— Quoi ? Ça fait des heures que je fais la queue, tout ça pour être éjecté ?

— Je ne vous éjecte pas. Je vous dis simplement que c'est le vol d'Athènes et non celui de Djerba.

Elle leva les yeux au ciel. Et tous ces cons qui ricanaient autour de lui ! Incroyable !

— Incroyable ! s'exclama Pollack.

— L'enregistrement pour Djerba commence dans une

heure et demie, lui indiqua la fille. Revenez à ce moment-là.

Revenez à ce moment-là... Pollack eut soudain très chaud, à la tête, aux oreilles, au cou... Pas étonnant qu'on manque d'air ici, avec une organisation pareille !

— Viens, Lise, prends les enfants. Et les bagages. Qu'est-ce que tu dis de ce bazar ?

Lise ne dit rien, naturellement. Elle ne disait jamais rien. D'ailleurs, à quoi bon ? C'était Paul qui organisait tout. Toute leur vie. A plus forte raison un voyage à l'étranger ! C'était la première fois qu'ils prenaient l'avion.

D'habitude, Paul était parfait à tout point de vue, mais là, il fallait reconnaître...

— Qu'est-ce qui se passe, Paul ?

— Rien.

Il respirait avec difficulté.

— Viens, il y a des sièges là-bas.

— Des sièges, tu parles ! Et où tu veux mettre les bagages ?

— A côté, répondit Lise.

Bon, pourquoi pas...

— Mais pose cette valise comme il faut, Bert ! hurla Paul à l'adresse de son fils âgé de dix ans. Comme je te l'ai dit, sinon, elle va tomber !

Il finit par s'asseoir sur un siège. Bien sûr, ce siège était confortable, mais il y avait un de ces trafics ici ! C'était pire qu'à la Fête de la Bière à Munich. Sauf qu'ici on ne se saoûlait pas la gueule. Il n'aurait plus manqué que ça !

— Papa, lui demanda timidement sa fille Greti, âgée de sept ans, j'ai très soif. Est-ce que je pourrais avoir un Coca ? Là-bas, au restaurant...

— Ce n'est pas un restaurant, Greti, c'est un bar. Et tu n'auras pas de Coca, au prix où ça coûte ici ! Il faut qu'on fasse attention à l'argent.

C'était là que le bât blessait : s'il ne respectait pas scrupuleusement son budget, ces vacances tourneraient à la catastrophe.

— Lise, tu as un mouchoir ?

— Voilà.

Paul Pollack épongea son front ruisselant de sueur. Il trouva qu'il transpirait même drôlement ! Sa chemise était déjà toute trempée, qu'est-ce que ce serait en Tunisie ? Dire qu'il allait voir les bougnoules chez eux, et en avion par-dessus le marché ! Jamais il ne lui serait venu à l'esprit d'aller chez des métèques, s'il n'avait pas été alléché par une offre si intéressante qu'il aurait été dommage de ne pas en profiter. Un hôtel de luxe avec piscine pour une bouchée de pain. Ils dépensaient presque autant en restant chez eux !

Paul Pollack ouvrit son bouton de chemise. Il renversa la tête, ferma les yeux : donc, en avion... chez les bougnoules... et il y a des palmiers... et des chameaux... Qu'est-ce qu'il en avait à foutre, des chameaux ? Pourvu qu'ils aient de la bière, et de la bonne !... Djerba, c'est une île ?... Donc, ça veut dire qu'il y a la mer partout... Et sans doute beaucoup de soleil ? Je ne supporte pas le...

Petit à petit, son esprit se brouilla. Un avion ?... Comment c'est, à l'intérieur ? On vous enferme dans une boîte de conserve et après on vous envoie en l'air. A plus de dix mille mètres, d'après ce qu'il avait lu, c'était presque sur la lune... Oh, ma poitrine ! Qu'est-ce qui se passe ? J'ai des picotements...

— Lise ? chuchota-t-il. Dis donc, tu veux vraiment partir ?

— Mais nous avons acheté les billets ! On a tout payé !

C'était cela, le problème : ils avaient tout payé... Et ils n'ont même pas de parachutes dans ces avions, si jamais il se passait quelque chose... Oui, il va se passer quelque chose. Paul Pollack eut subitement l'impression qu'une poigne de fer lui broyait la poitrine, inexorablement, impitoyablement, avec une force grandissante. Il voulut se lever pour se défendre de cette poigne, balbutia le nom de Lise et eut encore le temps de voir les enfants accourir avant qu'une effroyable douleur explose en lui et lui fasse perdre connaissance.

De minuscules rides se formèrent à la racine du joli petit nez de Lucrezia Bonelli, signe indubitable de contrariété.

Comment cette femme, comment ces enfants avaient-ils pu s'introduire jusqu'ici ?

— Termine toute seule, Agnès, je m'occupe de ces gens !

Lucrezia et Agnès étaient en train de soigner un vieux Sud-Américain à la peau parcheminée qui s'était blessé en se cognant la tête à l'intérieur d'un bus. Par reconnaissance, ou pour une autre raison connue de lui seul, il s'était mis en tête de les inviter toutes deux à son hôtel. Et non seulement à son hôtel, mais aussi dans son ranch en Argentine — en Amérique latine, cela s'appelait une hacienda, naturellement.

Lucrezia était enchantée de s'en débarrasser.

— Attendez ! Vous ne pouvez pas rester ici, dit-elle à la femme, tout en souriant aux enfants qui étaient vraiment mignons et ouvraient des yeux effarés sur le bandage taché de sang du vieux monsieur. Qu'est-ce que vous voulez ? Suivez-moi dans le couloir.

— Mon mari... chuchota la femme. (Elle était ronde avec des joues rebondies et arrivait de la campagne, à en juger par ses vêtements.) Mon mari est ici. Il est... Oui, c'est au moment où on voulait donner nos bagages. Il faut qu'on aille à Djerba. Notre avion s'en va dans une heure. Et maintenant, avec ce qui nous est tombé dessus... Il s'est tellement énervé, et...

— Donnez-moi son nom.

— Pollack.

Elle parlait si bas que Lucrezia dut lui demander de répéter.

— Un instant.

L'infirmière se rendit à l'accueil et en revint aussitôt.

— Oui, votre mari est ici.

— Mais qu'est-ce qu'il a ?

— Il a eu un infarctus, madame Pollack.

Lucrezia caressa les cheveux de la petite fille. Celle-ci la regarda, pâle et figée, et saisit subitement sa main.

— Viens, comment t'appelles-tu ?

— Greti.

— Viens, allons dans la salle d'attente. Je vais te donner des livres et des illustrés. D'accord ?

A présent, la femme tremblait. Elle était si pâle que Lucrezia se demanda s'il ne fallait pas la soigner à son tour. Mais elle se laissa docilement conduire dans la salle d'attente.

— Il va mourir, hein ? Mon père aussi est mort d'un infarctus. Oh mon Dieu... Pourquoi on a fait ça ? Il avait peur de l'avion. C'est sûrement à cause de ça. Il ne veut jamais le reconnaître, mais moi, je sens tout, je sens toujours tout. Et maintenant, il va mourir.

Lucrezia réagit avec fermeté :

— Arrêtez de répéter qu'il va mourir. Vous ne pouvez pas imaginer le nombre d'infarctus qu'on nous amène, il y en a plusieurs par semaine. Je suis sûre que c'était un infarctus très léger. On m'a dit qu'il pouvait déjà parler.

Non seulement Paul Pollack pouvait parler, mais il essayait de crier. Toutefois, il n'y parvenait pas encore. Dès qu'il tentait d'élever la voix, la douleur revenait. Et avec la douleur, cette satanée peur. Et le souffle lui manquait.

— Ça fait cinq fois que je vous le dis, haleta-t-il. Maintenant, vous allez faire ce que je vous dis. Allez chercher ma femme, tout de suite !

— Ecoutez, il faut vous reposer. Vous r-e-p-o-s-e-r- ! Et vous allez commencer par la boucler ! Il faut vous détendre. C'est la règle numéro un !

— J'en ai rien à faire de vos règles !

Fritz Wullemann eut un hochement de tête perplexe. Il connaissait bien ses clients. Il était habitué aux malades, aux souffrants, aux allumés de toute sorte et de toutes origines. Fidèle à sa devise : « Eh oui ! Faut de tout pour faire un monde ! », il était difficile à émouvoir. Mais ce type-là, ce Pollack ! On l'avait soigné, on lui avait placé une perfusion, on l'avait piqué de partout, mais les sédatifs étaient restés sans effet, visiblement. Le bonhomme continuait à s'énerver et à distribuer des ordres à la ronde.

— Maintenant vous allez dormir, mon vieux. Tout ça va s'arranger.

— Dormir ? s'insurgea Pollack. Vous en avez de bonnes. C'est ma femme que je veux !

— C'est pas la peine de faire votre testament, monsieur

Pollack. Vous êtes pas près de dicter vos dernières volontés... Vous avez juste fait un tout petit accident cardiaque. Je crois que tout à l'heure, vous vous êtes énervé, exactement comme maintenant. Seulement, tout à l'heure, vous n'aviez pas un chargement de nitroglycérine sur vous ! Vous voulez que ça revienne, c'est ça ?

— Mais vous le faites exprès ? Je veux... je ne veux pas faire mon testament... Je veux qu'elle parte à Djerba... Et l'avion part dans quarante minutes.

— Quoi ? Vous voulez qu'elle parte ? (Wullemann en eut le souffle coupé.) Vous voulez que votre femme et vos gosses s'en aillent alors que vous avez fait un infarctus ?

— Mon infarctus, je vais m'en remettre. Mais j'ai tout payé. Ça fait trois mille deux cents marks ! Moi, je ne peux pas y aller. Donc, les sept cents marks prévus pour moi sont déjà fichus en l'air, partis ! Foutus !

— Arrêtez de parler, mon vieux !

— Foutus ! haleta Paul Pollack en crispant ses mains sur sa poitrine. Alors, il vaut mieux... qu'ils en profitent, eux... Je ne vais pas faire cadeau de mon fric à un hôtelier bougnoule... je ne vais pas filer mon pognon à l'agence de voyages, cette bande de voleurs... Vous comprenez, maintenant ?... Alors, s'il vous plaît, allez dire à ma femme qu'elle parte... Faites-lui une bise de ma part et dites-lui bon voyage. Mais je veux qu'elle prenne un peu de bon temps, pour une fois.

Du bon temps ? Fritz Wullemann secoua la tête, mi-incrédule, mi-impressionné.

— Attends-moi, Agnès. Je reviens tout de suite, dit-il à l'infirmière qui était encore présente dans la pièce.

Fritz Wullemann revint effectivement quelques instants plus tard. Avec une légère hésitation, il s'approcha du lit d'où Paul Pollack le dévisageait d'un air interrogateur.

— Eh bien, elle m'a dit de vous dire qu'elle reste ici, et les enfants aussi. Elle a dit que quand on est une famille, on ne s'en va pas en laissant le papa tout seul. Vous êtes bien tombé, monsieur Pollack, elle est chouette, votre femme. Mais je peux vous dire une bonne chose : à vous voir, comme ça, je me dis que vous êtes pas un cadeau. Moi, je serais partie, à sa place. Et depuis longtemps...

Paul Pollack ne l'entendit pas. Son nez parut encore plus pointu, ses yeux encore plus enchâssés dans leurs orbites.

— Ça va ? Vous avez mal ?

Pollack hocha la tête. Puis il sourit :

— Vous avez raison, elle est chouette, ma femme. Et quand j'y pense, je suis vraiment un con.

— Pour une fois, vous avez trouvé le mot juste, déclara Wullemann d'un ton solennel.

Puis il ajouta :

— Mais il n'est jamais trop tard pour reconnaître ses fautes, c'est bien connu.

Evi Borges et Fred Hansen se prélassaient au soleil, sur le balcon. Evi sous le parasol, un livre à la main, Hansen souriant d'aise, détendu.

Ils venaient de prendre leur petit déjeuner. Et ce n'était pas un petit déjeuner quelconque qu'Evi leur avait préparé, c'était un vrai festin de roi. Il est vrai qu'elle s'y connaissait en petits déjeuners ! La vie en commun avec une hôtesse de l'air n'était pas toujours facile, mais elle avait ses bons côtés, ah ça oui !

Hansen risqua un regard vers le parasol. Elle était belle comme une déesse, dorée par un quelconque soleil exotique. Hansen examina avec mélancolie ses jambes à lui qui étaient blanches.

Les oiseaux pépiaient. Tout autour d'eux, c'était ce que l'on appelait le silence à Francfort-Niederrad : l'aéroport leur envoyait le sifflement des réacteurs et le vrombissement des avions au décollage, tandis que l'autoroute les faisait bénéficier du grondement de la circulation qui enflait ou décroissait suivant un rythme immuable, semblable à celui des vagues s'abattant sur la grève.

Corfou, rêva Hansen pour la vingt et unième fois. Ah, c'est vraiment emmerdant, je me demande pourquoi je n'arrive pas à trouver de remplaçant à Gräfe.

— On va partir ensemble à Corfou, s'entendit-il prononcer.

Bientôt, très bientôt. La boîte peut bien s'écrouler, je m'en fous. Et ensuite...

— Tu veux partir à Corfou ? soupira-t-elle.

— Comment ?

Elle se tourna vers lui et repoussa ses lunettes sur la pointe de son nez.

— Corfou... Corfou... si tu veux mon avis, je suis enchantée d'être à Niederrad. Je trouve qu'on est bien ici.

— Voilà une bien belle parole de la part d'une aussi grande voyageuse, déclara Hansen d'un ton pénétré. Où Evi Borges trouve-t-elle la merveille des merveilles, l'accomplissement de tous ses rêves, son conte de fées personnel ? Sur un misérable balcon, à Francfort. Chez moi.

— Non mais regardez-moi ce frimeur ! (Elle laissa tomber son livre et lui lança un regard sévère de ses yeux verts.) Espèce de fanfaron !

— Moi, un fanfaron ? Voilà une notion bien mal comprise. (Il pointa son orteil vers son pied.) Il y a fanfaron et fanfaron. Tu ne t'en es pas encore aperçue, avec toute ton expérience des hommes volants ? Non ? Alors écoute : il y a ceux qui fanfaronnent à juste titre, parce que leurs fanfaronnades resteront toujours en dessous de la vérité, et ceux dont les fanfaronnades n'auront jamais d'autre effet que celui de brasser l'air.

— Et toi, tu fais partie de la catégorie des premiers, des bons, autrement dit ?

— Et comment ! (Il se redressa.) Ne me branche pas sur ce sujet, j'aurais trop de choses à te raconter !

Il ne raconta rien du tout, car il venait de retrouver la mémoire. Nom d'une pipe, déjà onze heures et demie ! Sa visite à Römer, à l'école ! Il avait failli l'oublier. Il fut saisi d'une envie soudaine de quitter ce balcon et de partir à la campagne avec Evi.

— Vite ! Ferme ton livre !

— Qu'est-ce qui se passe encore ?

— On va à la campagne ! La forêt. Le sac à dos. La glace à la fraise.

— Je n'aime pas ça.

— Tu prendras une saucisse avec de la limonade, décida-t-il. L'important c'est que tu soulèves ton joli petit derrière et que tu te mettes quelque chose dessus.

— Mais pourquoi faire ?

Il la mit au courant en deux mots. Elle le regarda, compréhensive, mais secoua la tête d'un air désolé.

— J'aimerais bien, mais je ne peux pas. Il faut que tu y ailles tout seul.

— Pourquoi ?

— Stand by, répondit-elle. Toute la journée.

Il ne manquait plus que cela ! « Stand by », c'était l'une des tortures infligées aux hôtesses. Lorsque l'une d'elles était en stand by, cela signifiait qu'elle était priée de surveiller son téléphone pendant vingt-quatre heures d'affilée, jusqu'au moment où l'une des instances de l'Olympe Lufthansa jugeait opportun de l'incorporer dans un équipage où sa présence était requise pour une raison quelconque. En cas d'appel, elle disposait d'une heure pour se rendre à l'aéroport.

— Nom de Dieu, rouspéta Hansen, pas la peine d'être aussi jolie si je ne peux pas te montrer à mes copains ! Et ces vols à dix pour cent, ils ne me servent à rien, puisque je ne réussis jamais à partir !

— Mon pauvre Fred !

Elle se leva et ôta ses lunettes de soleil pour l'embrasser. Mais il n'était pas d'humeur câline.

— Je peux aussi me contenter de téléphoner à Römer ! Il m'a dit que l'affaire était réglée pour Karine. Il voulait simplement avoir une conversation avec moi, c'est tout !

— Vas-y, téléphone-lui !

Mais la sonnerie du téléphone lui coupa l'herbe sous le pied. Ils se redressèrent tous deux et se regardèrent.

— Pour toi...

— Ou pour toi ?...

C'était la Clinique de l'aéroport. Et au bout du fil, Lucrezia Bonelli en personne !

— Docteur, dit-elle d'une voix pointue, c'est très urgent.

— Qu'est-ce que c'est encore ? Qui me demande ?

— Pas moi, docteur. Je vous appelle de la part du docteur Honolka. Nous avons un cas d'ulcère perforé, l'hémorragie est très importante, et Olaf Honolka dit qu'il a peur de ne pas pouvoir s'en sortir et c'est pour cela que...

— OK, OK. (Hansen respira profondément.) Lucrezia, je suis désolé d'avoir été un peu brusque, mais tu sais ce que c'est, quand on a pris un jour de congé...

— Ça ne m'intéresse pas, répondit la voix à l'autre bout du fil.

Hansen raccrocha.

— Qui était-ce ? s'enquit Evi.

— Qui veux-tu que ce soit ? gémit Hansen en partant à la recherche de son pantalon.

Deux mains brunes recouvertes de petits poils sombres étaient posées sur sa poitrine nue. En apercevant leur reflet dans la glace, Eva Maria Kanitz eut un frisson. Et lorsque les doigts de l'homme se mirent à jouer avec la pointe de ses seins, elle frissonna de plus belle. Quel spectacle excitant ! Plus excitant encore que tout ce qui s'était déroulé pendant la nuit. Car ces mains et sa poitrine s'accordaient merveilleusement bien. Peut-être sa poitrine n'était-elle plus de première jeunesse, mais elle était parfaite. « Comme taillée dans la pierre », avait déclaré le chirurgien esthétique après l'intervention.

Oui : comme taillée dans la pierre. Et lui qui la caressait, qui jouait avec...

— Oh, mon Dieu, gémit-elle. Peter... je n'y tiens plus...

C'était vrai, la bouche pleine de désir qu'elle voyait dans le miroir, c'était sa bouche. Les yeux chavirés, c'étaient ses yeux. Et sur son épaule, c'était le visage de Peter ! Toute cette scène baignait dans la lumière rose choisie par les architectes d'intérieur de la chaîne Sheraton pour les salles de bains de leurs appartements, et cet éclairage ajoutait encore à l'érotisme du tableau.

— Enlève tes mains, s'il te plaît... Arrête de jouer comme ça, autrement...

— Autrement quoi ?

Il avait des dents éclatantes et des yeux noirs expressifs.

Et son regard était aussi célèbre que la fossette qui creusait son menton quand il souriait. Oui, il était célèbre et aimé par des millions de téléspectateurs.

Peut-être était-ce là la raison de l'intense excitation d'Eva Maria : des millions de femmes rêvaient d'être à sa place, rêvaient d'être caressées par Peter Straub.

— Ôte tes doigts de là, haleta-t-elle, sinon tu repasses à la casserole ! Tout de suite...

Les lèvres de l'homme se promenèrent dans son cou, mais ses yeux continuèrent à la regarder dans la glace.

— Viens, murmura-t-elle, viens, s'il te plaît... Une dernière fois.

Il lui sourit de ses dents blanches.

— Il faut être raisonnable, mon chou.

— Raisonnable ? Mais comment ? Et pourquoi donc ?

— Raisonnable, c'est raisonnable, il n'y a pas de « pourquoi » qui tienne, sourit-il.

Puis il la lâcha et recula de quelques pas.

— Dans deux heures, j'ai mon avion pour Salzbourg, poursuivit-il. C'est la vie !

Il se massa le visage devant le deuxième lavabo. D'abord les yeux, puis les tempes.

— Raisonnable, reprit-il, ça veut dire par exemple ne pas se laisser complètement vider par une femme avant une première.

Il s'aspergea le visage et s'ébroua. La serviette. Puis un nouveau massage. Puis une lotion after-shave.

Elle le regardait, muette et déçue.

— Allez, Eva Maria ! Rendre jaloux les dieux, quel cœur mortel...

— Epargne-moi tes citations classiques.

— C'est du Schiller.

— Pour moi ça ne veut rien dire.

Elle regarda son corps : ses longues jambes, ses orteils vernis, son slip brésilien. Elle qui avait tant espéré...

— Elle nous emmerde, cette première ! lança-t-elle avec amertume.

Il approuva :

— On peut dire que tu as raison.

Puis il la planta là sans autre forme de procès. Il ouvrit

l'armoire du dressing-room, en sortit son costume, hésita devant ses chemises — exactement comme Heinz quand il se préparait pour un conseil d'administration ou un voyage d'affaires important. Pendant ce temps, elle rongeait son frein, nue, et le regardait...

— Tu sais, Eva Maria, je crois qu'il vaut mieux que tu restes à l'hôtel.

— Je vais t'accompagner jusqu'à l'embarquement, tout de même !

— Non, écoute-moi ! Une femme comme toi... une... comment dit-on, déjà ? Une femme dans ta position ne devrait pas s'exposer à des risques inutiles. Je n'y peux rien, mais je suis connu comme le loup blanc. Et tu vas te retrouver dans les journaux à scandale avant même d'avoir pu piper mot.

— Heinz ne lit pas les journaux à scandale. Il lit les pages économiques et les cotations de la Bourse. C'est tout.

— C'est pour ça ? (Il rit et lui toucha le menton avec son index.) C'est pour ça, hein ? Trop de cotations boursières.

En cet instant, elle le détesta. Donc, Liz avait raison : « Tout ce qui brille n'est pas or, mon chou, avait-elle dit. Les acteurs et surtout les stars comme Peter Straub ne sont que des interprètes. Cela signifie qu'on attend d'eux plus qu'ils ne peuvent donner. »

D'ailleurs, Liz avait toujours raison. Il est vrai qu'elle était bien placée pour en juger, puisque les célébrités se pressaient dans son appartement de Düsseldorf. C'était elle, d'ailleurs, qui lui avait présenté Peter. « Une aventure tous les trois mois, avait-elle affirmé pour l'encourager, ça permet de garder confiance en soi et ça éloigne les rides ! » Exact ! Pourquoi s'en serait-t-elle privée, alors qu'elle savait très bien ce qu'il fabriquait, Heinz, quand il était en voyage d'affaires ?

— Bon, si tu tiens à te montrer, sourit Peter Straub tout en nouant sa cravate, c'est à tes risques et périls.

Ouf, ils s'en étaient sortis...

« Merci beaucoup, monsieur Straub ! » et « A votre service, monsieur Straub ! » et tous les regards curieux — ils n'eurent qu'à traverser la rue pour se retrouver dans le brouhaha et l'anonymat de l'aéroport.

Là aussi, les gens se retournèrent, s'arrêtèrent pour les suivre des yeux. Là aussi, on reconnut le bel homme bronzé au profil de Romain : « Regarde, est-ce que ce n'est pas Peter Straub ? Oui, oui, c'est lui ! » Mais bien vite, les préoccupations de chacun reprirent le dessus, et on pressa le pas ou on se replongea dans son magazine.

Eva Maria Kanitz et Peter Straub dépassèrent le point de rencontre. L'espace d'un douloureux instant, le cœur d'Eva Maria s'arrêta, puis se mit à cogner violemment dans sa poitrine refaite.

Là-bas, derrière le pilier, cet homme en costume noir à fines rayures... Ces larges épaules, cette tête ronde... n'était-ce pas Heinz ? !

— Qu'est-ce que tu as ? s'enquit Straub.

— Rien. Mais peut-être suis-je effectivement un peu trop tendue. J'en suis à voir des fantômes.

— Quels fantômes ?

— Oh, rien. Viens, allons plutôt prendre un café, nous avons encore quelques minutes devant nous...

— Bien sûr.

C'est sûrement une erreur, pensa Eva Maria. Heinz est à New York. Jeudi, il prendra le Concorde jusqu'à Paris, et de là, il continuera sur Düsseldorf par la Lufthansa. A Düsseldorf, j'irai l'attendre à l'aéroport. C'est comme ça que c'est prévu, c'est comme ça que ça se passera.

Il ne pouvait donc pas être à Francfort. Et encore moins quatre jours avant la date prévue pour son retour !

D'ailleurs, les hommes vêtus de costumes sombres à fines rayures se comptaient par centaines dans cet aéroport. Francfort, c'était la ville des banquiers, et Heinz ne ressemblait-il pas à un banquier ? Et n'était-il pas lui-même propriétaire d'une banque située elle ne savait où ?...

— Viens, mon chou, assieds-toi !

Straub lui avança sa chaise et la fit asseoir avec douceur.

— Alors, un café ?

Il fit signe au garçon. Elle secoua la tête.

— Une eau minérale ?

— Une eau minérale ? Certainement pas ! Puisque nous en sommes aux adieux, faisons-le avec panache. Garçon, du champagne !

Heinz Kanitz avait placé les boucles d'oreilles qu'il avait achetées pour Eva Maria dans sa valise.

Le propriétaire de la Kanitz SA-Equipements industriels organisait sa vie, professionnelle ou privée, en suivant strictement les règles qu'il avait établies. C'était indispensable, car, sinon, où irait-on ? Où trouverait-on le temps de tout concilier ?

Cette fois-ci, il en avait même gagné, du temps : ses discussions à New York avec la Chase Manhattan Bank s'étaient terminées sur un succès l'après-midi même de son arrivée. Le contrat avait été dûment signé et il avait rencontré les dirigeants de sa filiale dans la foulée.

Quant au reste... A New York, ses habitudes ne changeaient guère. Les rendez-vous d'affaires, la partie de golf avec son vieil ami Bobby Heller dans le New Jersey, et, à la fin, le cadeau pour Eva Maria — un bijou que Kanitz achetait toujours au même endroit, chez Liebstock, Park Avenue 22.

Il n'achetait jamais ni chez Tiffany, ni chez Van Cleef. Il voulait être conseillé personnellement, et personne ne s'y entendait mieux que le vieux Liebstock. Cette fois-ci, il s'était décidé pour une paire de boucles d'oreilles vraiment superbes, des émeraudes entourées de brillants... Et si elles n'avaient pas l'heur de plaire à Eva Maria, tant pis. Lui, en tout cas, il avait pris du bon temps. La petite rouquine que lui avait dépêchée Heller à l'hôtel avait été une affaire.

D'un pas décidé, Heinz Kanitz suivait le chauffeur que lui avait envoyé la Deutsche Bank : il ne lui restait plus qu'à rencontrer Wilms au sujet du projet Bilbao. Il aurait peut-être le temps d'attraper l'avion de seize heures quinze. Il arriverait à Düsseldorf à cinq heures et demie et avec un peu de chance, il pourrait être chez lui dès six heures.

C'est Eva Maria qui serait surprise !

Mais Heinz Kanitz s'arrêta net dans son élan, comme frappé par la foudre.

A moins de vingt mètres de lui, dans un café, il reconnut une veste de soie couleur bois de rose. Il vit un bras qui se levait, couleur bois de rose lui aussi. Et une main qui caressait le visage d'un homme...

Eva Maria... ? !

Oui, c'est elle ! Cette veste, nous l'avons achetée ensemble... Même en n'apercevant que l'arrière de sa tête, son cou fin et ses cheveux bruns relevés très haut — c'est elle ! Et elle flirte, que dis-je, elle tripote ce mec !

— Excusez-moi, monsieur. (Le chauffeur de la Deutsche Bank dévisagea Kanitz, surpris.) Quelque chose ne va pas ?

Quelque chose ne va pas, dit-il ? Oh oui, il y a quelque chose qui ne va pas : ma femme !

Aucun doute, c'était bien elle, il la voyait de profil à présent : Eva Maria en flagrant délit, et pour un flagrant délit, c'en est un ! Il faut voir comment elle reluque ce mec ! En public, au beau milieu de l'aéroport, sur cette immense scène où passent des dizaines de milliers de personnes : des banquiers, des journalistes, des cadres, des gens de ma profession à l'affût du moindre commérage, avides de scandale !

— Si vous voulez bien me suivre, monsieur...

— Un instant, un instant... Attendez-moi ici. J'ai une affaire à régler.

Heinz Kanitz fonça. Tout en marchant, il fit jouer ses épaules. Deux ans auparavant, il avait suivi un entraînement de boxe, tous les mardis matin, avant de se faire conduire au bureau. Il n'avait pas perdu son temps !

C'était du champagne qu'ils buvaient, ils trinquaient ! Et il la tient par la main ! Devant tout le monde. Le désigner à la risée publique, lui ? C'était une atteinte à sa réputation. S'ils voulaient le scandale, ils l'auraient ! Kanitz ralentit son allure. Plus que dix pas, plus que cinq... Il connaissait le visage de l'amant. Oui, c'était cette espèce de pitre boursouflé, ce bellâtre qui avait fait une lecture à la Kunsthalle de Düsseldorf. Un acteur, un professionnel, une pute !

Il surgit derrière la chaise d'Eva Maria si subitement que celle-ci fut incapable de la moindre réaction.

— Toi ? murmura-t-elle.

— Oui. Moi.

Le mec tenait toujours sa main. Ou plutôt, il la broyait. Et à présent, voilà qu'il se levait.

— Je m'appelle Straub. (Un sourire suffisant.) Et vous, qui êtes-vous ? Vous regardez toujours les gens de cette façon désagréable ?

— Je n'ai aucune raison de vous regarder autrement.

— Ah vraiment ? Essayez donc d'en trouver une.

Ce qui se passa ensuite n'avait pas été prémédité par Kanitz. Il en avait eu l'intention, bien sûr, mais jamais il n'avait imaginé avoir la tâche aussi facile, il n'avait pas pensé avoir affaire à un minable, à une loque pareille.

De tout son poids, Kanitz se lança en avant. Il atteignit parfaitement sa cible, le côté droit du menton... L'homme fut soulevé comme un fétu de paille, battit l'air de ses bras et alla s'affaler sur la table voisine. Grâce à Dieu, elle était libre.

Une femme hurla. Ce n'était pas Eva Maria.

— Arrêtez, ça suffit ! cria le garçon qui accourait en toute hâte.

Kanitz mit la main à sa poche et en sortit une carte de visite :

— Voici mes coordonnées. Adressez-vous à mon bureau pour la réparation des dégâts — au cas où il y aurait des dégâts.

Personne ne bougeait plus alentour, ni au bar, ni aux tables, ni dans le hall. La scène était quelque peu étrange, évoquant irrésistiblement un instantané représentant des gens figés sur place, avec la même expression au fond des yeux.

Puis le chauffeur de Wilms accourut vers Kanitz.

Quant à Eva Maria, elle ne bougea pas. Elle était pâle comme la mort. Mais cela ne présentait aucun intérêt.

Eva Maria n'existait plus. Simplement, elle ne le savait pas encore.

Kanitz se retourna et frotta ses jointures douloureuses.

— Est-ce que vous êtes marié ? s'enquit-il auprès du chauffeur.

— Comment ? bégaya ce dernier. Oui, monsieur... oui.

— Eh bien, moi, je l'ai été. Et à vous, je vous conseillerais... Mais laissons cela ! Conduisez-moi chez monsieur Wilms. Il n'a vraiment pas mérité que je le fasse attendre.

Peter Straub reprit conscience petit à petit. Ses yeux s'ouvrirent sur des pieds de table, puis sur des jambes masculines, des pantalons...

Encore tout engourdi, il tenta de rassembler ses idées. Que s'était-il passé ? Mais il n'y parvint pas. Une douleur atroce menaçait de lui déchirer la bouche. Et cette nausée, son estomac, son œsophage qui se soulevaient... Tout ce que ses nerfs en révolte réclamaient, c'était de l'air ! De l'air !

Il faut que je respire ! Au secours, j'étouffe !

Un voile noir s'abattit devant les yeux de Peter Straub.

Sa main se crispa, entraînant une nappe dans son geste. Dans un geste désespéré, il tenta de se relever, mais son corps était lourd comme du plomb, il était paralysé... Impossible de bouger... tout était noir ! Dans un dernier éclair de conscience, il vit un visage féminin penché sur lui. Il sentit une main qui lui mettait la tête en arrière ; une autre main qui lui ouvrait la bouche et écartait sa mâchoire.

A présent, il respirait. Oui !

L'oxygène afflua dans ses poumons comme un jet d'argent. Pendant quelques instants, il en fut enivré de bonheur. Mais bientôt la nausée revint, son estomac se révolta, se crispa.

Non, surtout pas ! Il tenta de réprimer son envie de vomir : Peter Straub, le grand Peter Straub... gisant dans la poussière, K.O... par terre, vomissant sur des pieds de table... Pourquoi, mais pourquoi ?

Dans un reste de conscience, il se vit, comme toujours,

observé par les autres, dévoré des yeux par des étrangers. Et la pièce était minable, la mise en scène, catastrophique... Rideau !

Mais il n'y avait pas de rideau.

Peter Straub ne trouva qu'une porte de sortie : il s'évanouit.

— Qu'est-ce que tu me racontes ? Il n'y a rien de sensationnel là-dedans ! protesta Britte Happel. J'étais tranquillement installée en train de boire mon milk-shake quand j'ai vu arriver une bonne femme hypersophistiquée avec un mec tout bouclé...

— Comment ça, un mec tout bouclé ? (Les yeux de Lucrezia Bonelli s'arrondirent de plus belle.) Mais, Britte, tu ne l'as pas reconnu ?

Elle regarda sa collègue comme on regarde une bête curieuse au zoo.

— Mais non ! Au début, je n'ai pas fait attention à eux. Moi, ce qui m'intéressait, c'était mon milk-shake ! Et après, quand j'ai vu ce qui se passait...

Fritz Wullemann vint les rejoindre à leur table, les bras chargés d'un plateau comprenant de la bière pour lui-même et pour Fred Wicke, le jeune médecin, ainsi que du café pour Lucrezia et Britte.

— Ton café, ma petite Britte. Aux frais de la maison. Ou plutôt, c'est un don de Wullemann. Pendant sa pause-café, une infirmière de l'aéroport sauve une star internationale ! C'est pas rien, ça ! J'espère qu'il t'a donné un autographe, au moins !

Britte secoua la tête.

— Moi j'en ai un !

D'un air de triomphe, Wullemann plongea la main dans la poche de sa blouse et en sortit une photo. Celle d'un visage radieux, et en dessous, en travers, une immense signature : PETER STRAUB.

— Qu'est-ce que t'en dis ? s'enquit-il avec fierté.

Britte n'en dit rien du tout. Elle se contenta d'ouvrir son sachet de sucre et d'en verser le contenu dans son café. Que lui importait ce Peter Straub ! Vraiment, toute cette agitation était ridicule.

— Il a dit qu'il voulait t'inviter à son spectacle. Il en peut plus de reconnaissance. Il arrêtait pas de te réclamer. Mais tu étais au bloc, non ?

Britte hocha la tête.

— C'est bien ce que je pensais. Demain, tu vas recevoir des billets pour Salzbourg. C'est là qu'il va. Il a eu tout juste le temps de débarbouiller sa précieuse petite gueule, je lui ai filé un peigne et il s'est barré en courant pour prendre son avion.

— Et la bonne femme qui était avec lui ? Allez, Britte, ne te fais pas prier, raconte-nous tout ! (Les yeux de Lucrezia Bonelli brillaient d'excitation.) Peter Straub ! Mon Dieu, quand je pense qu'il... enfin, je veux dire, si j'avais... Alors, qu'est-ce qu'elle a fait, sa dulcinée ?

— Elle est partie sans demander son reste.

Britte but une gorgée de café. Trop chaud. Elle reposa hâtivement sa tasse sur la soucoupe.

— En tout cas, son Straub a bel et bien failli y passer, compléta le jeune médecin, Fred Wicke. Il l'a échappé belle, tout ça à cause de ses fausses dents.

— Quoi ? Peter Straub a des fausses dents ?...

La bouche de Lucrezia se fit aussi ronde que ses yeux.

— Bien sûr. Ils se font presque tous refaire le râtelier, tu ne savais pas ? Tous les acteurs, même les jeunes ! Et c'est pas des dents tarif sécu...

— En haut, il a une prothèse complète, précisa le jeune Wicke, mais en bas, il a un bridge. Les incisives... Quand il a reçu son coup de poing — ça a dû être un sacré coup, entre parenthèses ! —, il s'est retrouvé avec le bridge coincé à l'entrée de l'œsophage. Et ce n'est pas tout, son dentier lui a bloqué la trachée et l'entrée du larynx. C'est là que... petit problème : notre grand homme n'arrivait plus à respirer ! Mais par bonheur son bon ange veillait, car, à quelques mètres de là, une bonne et belle infirmière envoyée tout exprès par ses soins — et poussée par ailleurs par sa gourmandise naturelle — n'écouta que son courage et s'élança au secours de la star en danger de mort. Son acte héroïque trouvera néanmoins sa récompense, et quelle récompense ! Désormais, notre infirmière bénéficiera de la faveur toute spéciale du chouchou de ces dames, car des places gratuites lui seront réservées dans tous les théâtres qui auront le privilège d'accueillir son talent inégalé. (Wicke avala une grande gorgée de bière.) Enfin, je l'espère !

Britte finit son café et se leva.

— Bien, je vous laisse, à tout à l'heure.

Ils la suivirent des yeux pendant qu'elle se dirigeait vers la porte.

— Mais qu'est-ce qu'elle a ? Qu'est-ce qu'elle a depuis quelque temps ?

— J'en sais foutre rien, grommela Fritz Wullemann. Mais c'est pas grave, je l'aime comme elle est.

— Eva Maria Kanitz à l'appareil. Je crois savoir que mon mari a rendez-vous avec M. Wilms. J'ai absolument besoin de joindre mon mari, pourriez-vous me dire s'il est déjà arrivé ?

Eva Maria Kanitz s'appuya contre la paroi métallique de la cabine téléphonique du restaurant et fit glisser le fil entre ses doigts. On va bien voir. Bien sûr, il va essayer de m'envoyer promener, mais ça ne le mènera pas très loin.

— Ah oui, madame Kanitz. (La voix maniérée et assurée qui lui répondit à l'autre bout du fil ne trahit pas la moindre surprise. La secrétaire de Wilms ? Elles étaient toutes pareilles !) Nous attendons votre époux d'un instant à l'autre, madame. M. Wilms l'a envoyé chercher à l'aéroport. Mais il n'est — un instant je vous prie. Je crois qu'il arrive.

Eh bien, tant mieux !

Un bruit de voix. Un rire, certainement le rire de Wilms saluant son visiteur. Et un « Pardon ? » La voix de basse de Heinz.

Elle vit très clairement la scène : son visage contrarié, sa bouche qui rétrécissait encore. J'ai de la chance de l'avoir attrapé au vol ! Il ne peut pas m'envoyer aux pelotes devant Wilms. Si la discussion avait déjà commencé, les choses auraient été différentes.

Il s'annonça :

— Kanitz.

— Ecoute, Heinz ! Ne commets pas l'erreur de raccrocher avant de m'avoir laissée parler.

— Comment ? Hum.

— Tu ne vas pas pouvoir me répondre maintenant, je veux dire, dans la situation présente.

— C'est le moins qu'on puisse dire.

— Bien. Je ne vais pas te rappeler avant longtemps. Alors écoute-moi, la prochaine fois, ce sera mon avocat qui te contactera. J'ai bien saisi ta position.

— Ah bon ? Oui.

— Premier point, mon cher : l'homme que tu as agressé à l'aéroport a été transporté à l'hôpital.

— C'est effectivement sa place.

— Ah oui ?

Mais à présent, elle n'était plus aussi sûre d'elle. Et pourtant, ce n'était pas le moment de flancher, elle devait garder les idées claires, l'instant était crucial. Elle observa trois enfants qui couraient devant la cabine. Mon Dieu, pensa-t-elle, pourquoi, pourquoi ? Que s'était-il donc passé ? Et Straub — quel con ! Un imbécile qui perdait ses dents à la première occasion. Qui eût cru qu'il avait des fausses dents ? Et moi qui... Allez, ressaisis-toi, nom d'une pipe !

— Heinz, reprit-elle, tu as de la chance de ne pas avoir été poursuivi et arrêté là, à ta Deutsche Bank !

— Quoi, moi ? !

— Oui, toi ! Ta victime a failli mourir étouffée. Il était déjà tout bleu, il n'a été sauvé qu'à la toute dernière minute. Tu te doutes bien qu'il va lui aussi porter plainte contre toi !

— Je l'attends en toute sérénité. Mais que veux-tu dire par : « lui aussi » ?

Il restait de marbre. Froid comme un glaçon. C'était un monstre !

— Nous en sommes arrivés au deuxième point, Heinz.

Je ne vais pas nier que j'ai eu une brève aventure tout à fait superficielle avec Peter Straub...

— Une parmi tant d'autres.

— N'exagérons rien. Tu ne pourras d'ailleurs rien prouver, mais alors, rien du tout... Mais en ce qui me concerne, mon cher Heinz, les choses ne se présentent pas tout à fait de la même façon : j'ai soigneusement noté toutes tes petites incartades, tes petites passades, je le fais depuis des années. Je ne parle pas des petites pisseuses qui te servent de secrétaires, ni des putes new-yorkaises, par exemple, que te procure aimablement ton grand ami Heller, bien qu'elles fassent partie de mon dossier. Non, je dispose d'une série d'éléments d'une tout autre pointure.

Elle entendait sa respiration, non, son souffle rauque. Ah, elle lui avait coupé le sifflet, cette fois-ci ! Le pire de tout, pour lui, était de se trouver sans défense dans ce bureau si convenable. Complètement désarmé. Il ne pouvait ni protester, ni parler — ni, surtout, brailler !

— Ah bon ? (Il parlait d'une voix hésitante.) Et puis-je savoir d'où tu tiens toutes ces — disons — connaissances ?

— Elles m'ont été transmises par des gens dont la spécialité est justement de rassembler toutes ces « connaissances », répondit-elle, mielleuse à souhait. C'est un peu cher, certes, mais, comme tu le vois, c'est un bon investissement, ne trouves-tu pas ? Mon avocat va bientôt te montrer ce fameux dossier. Il en a un fichier complet. Si la presse tombait dessus... je n'ose pas imaginer la curée !

Une pause, très longue.

— Peut-être vaudrait-il mieux que nous en discutions avant, finit-il par prononcer.

— Oh, il y aura des discussions ! répliqua-t-elle durement.

— Ensemble, Eva Maria. Entre nous.

Elle entendit un soupir. A moins qu'il ne cherchât son souffle, lui aussi ? Manquait-il d'oxygène, bleuissait-il, comme Peter ?

— Je veux dire... je crois... comment dire ? Il ne faut pas dra... dramatiser les choses.

Eva Maria savoura son triomphe. Un Kanitz qui se mettait à bégayer ! Du jamais vu au cours de ces seize années de vie commune.

— Donc, je propose que nous nous rencontrions aujourd'hui même, poursuivit-il avec difficulté.

— Où ?

— A la maison, ma chère. Où veux-tu que ce soit ? Nous ouvrirons une bonne bouteille. Tu connais ma devise : ne jamais précipiter les choses. A quoi bon ? En y réfléchissant, tout cela n'est qu'une bagatelle...

Karl Roser, le Vengeur, était en pleine action. Les principaux câbles d'alimentation de l'aéroport de Francfort étaient placés à l'intérieur des murs porteurs, dans un couloir protégé par une porte d'acier. Bien pensé ! Mais il existait certains endroits accessibles, là où se trouvaient les embranchements. Près du bureau Ibero, par exemple. Il s'en souvenait parfaitement, car il avait monté lui-même le coffret de commande et revissé les plaques de PVC. Et de l'autre côté, près de la United Airlines, se trouvait une unité centrale de distribution comprenant les raccordements des caméras de surveillance de la zone C.

Par où commencer ? Karl Roser avait pris sa décision depuis belle lurette : la coupure de l'alimentation électrique de la clinique faisait partie de la « phase numéro deux ». Il commencerait par frapper un grand coup en neutralisant les caméras.

Il posa sa caisse à outils sur la plate-forme de l'échelle, en sortit les clés requises et entreprit de desserrer les vis. Il était d'un calme olympien. Son cœur lui-même battait normalement. Dix minutes auparavant, lors de son arrivée à l'aéroport, il n'en allait pas de même. Il avait éprouvé le plus grand mal à contrôler ses mains. Mais à présent, il lui semblait avoir franchi une dernière et irrémédiable barrière. Il n'y avait plus de retour possible. Et c'était justement cette pensée qui lui avait rendu sa capacité de concentration et sa sérénité intérieure.

Comme toujours, il faisait ce qu'il avait à faire...

Il ôta la plaque à l'aide d'une pince et la déposa à côté

de lui. Ils étaient là, les premiers câbles, comme autant de nerfs. Leur vue lui procura un regain de détermination et d'énergie.

Il se retourna légèrement et aperçut un nombre incalculable de têtes... là-bas, au sein de la foule, il vit se détacher deux uniformes. C'étaient des uniformes de combat. Police des frontières. Ils avaient des pistolets mitrailleurs.

Ah, les choses se corsaient...

Karl Roser poursuivit son travail avec calme. Aucun risque, ils n'y verraient que du feu. Il n'était qu'un électricien vêtu de la combinaison fournie par la maison, comme tous les ouvriers employés par l'aéroport. Et sur sa poitrine se balançait sa carte professionnelle, joliment plastifiée. Sa falsification avait été relativement simple. Il avait suffi de changer une date. Mais il avait été plus délicat de fabriquer un faux contrat de travail temporaire. Karl Roser s'en était sorti en copiant le contrat qui avait valu à son fils son grave accident. Ah, il lui avait coûté bien de la peine, bien des coups de fil et bien des supplications — « Nous sommes d'anciens collègues, donnez au moins sa chance à mon gars ! » — ce contrat arraché au bureau de projets !

Les deux policiers s'approchèrent. Ils levèrent les yeux vers lui, penchant un peu la tête sur le côté. Manquait plus que ça ! Bon, on va bien voir.

— Vous pouvez nous montrer votre contrat, s'il vous plaît ? dit le plus grand des deux, un galonné. Vous savez ce que c'est !

Oh oui, il savait ce que c'était !

Il réussit à arborer un sourire naturel, mit la main à la poche de son pantalon et descendit quelques barreaux.

— Voilà...

Il sentit une humidité envahir la paume de ses mains.

Le galonné jeta un bref coup d'œil sur le papier.

— OK, c'est bon. Et cramponnez-vous, tâchez de ne pas tomber ! Mais peut-être que vous savez voler ?

L'autre rigola. Et ils se croyaient drôles, ces deux cons ! Ils ne vont pas être déçus quand ils verront à quoi ça peut servir, une échelle comme celle-là. Quand la prochaine patrouille passera, je ne serai plus là — en espérant que la police de l'aéroport ne vienne pas m'emmerder elle aussi ! Police de l'aéroport, police des frontières, police du secteur, douane — deux mille macaques armés assuraient leur précieuse sécurité. Il y avait même des chars. Et lui qui introduisait tranquillement son petit détonateur dans l'installation électrique de leurs caméras ! Sans même avoir à utiliser de charge de plastic !

Le plastic, il le réservait pour plus tard. Pour après, quand tout serait déclenché. Alors là, il y aurait du rififi !

Mais pour trois petits fils, un détonateur était amplement suffisant...

— Laissez-moi regarder ça.

Fred Hansen enfonça prudemment trois doigts dans la chair du grand bonhomme grisonnant qui était étendu sur la table.

— Ça fait mal ?

Friedhelm Brunner, le patron des services de police de l'aéroport, émit un grognement indistinct et ferma les yeux.

— Et si vous vous tournez un peu sur le côté, comme ça... Ici ? Ça fait mal ?

Brunner gémit faiblement.

— Bien, déclara Hansen, vous avez un joli petit hématome. Mais rien de très grave. Une côte contusionnée. Mais vous n'avez rien aux reins, la douleur irradierait vers l'arrière.

Brunner haussa les épaules.

— Asseyez-vous, je vais examiner votre dos.

Hansen poursuivit sa palpation et rencontra le regard de Lucrezia Bonelli. Il lui adressa un sourire. Lorsque Brunner était entré, c'était elle qui l'avait pris en charge, de telle sorte qu'ils travaillaient ensemble, bien obligés !

Lucrezia... « Luzi », pour Fritz Wullemann. Hansen se remémora l'époque où il trouvait son prénom ravissant et où il lui arrivait de se le répéter avec ferveur. Mais aujourd'hui, il convenait que Wullemann avait raison : Luzi, c'était un surnom qui lui allait bien. Luzi, toujours aimable et discrète, qui s'arrangeait pour ne pas prendre ses gardes en même temps que lui.

— Tout va bien ! (Hansen tapota tendrement le dos musclé et velu de Brunner.) Maintenant, montrez-moi votre doigt. Oh ! Il est très enflé ! Il faut l'immobiliser. Je n'ai pas l'impression qu'il y ait de fracture, mais une entorse comme celle-ci gêne l'irrigation des tissus, vous risquez des complications. Voulez-vous un arrêt de travail ?

— Vous en avez de bonnes, grommela Brunner. Et mon boulot, qui va le faire ?

— Ah, j'ai l'impression que nous sommes de la même espèce, tous les deux. Aussi stupides l'un que l'autre.

— C'est moi le plus stupide, à mon avis.

— Où avez-vous récolté tout ça ?

— Où ? (Le regard haineux que Brunner jeta en direction de la porte engloba l'aéroport tout entier.) Est-ce que vous aimez le football, docteur ?

Hansen secoua la tête.

— Moi, oui. Mais je vais essayer de perdre cette mauvaise habitude. Savez-vous ce que j'ai constaté aujourd'hui, une fois de plus ? Que l'humanité est constituée de trois groupes : il y a d'abord les vrais cons, ensuite ceux qui vous rendent cons et qui en profitent, et enfin il y a les pauvres cons qui nettoient la merde des autres.

— Bien dit, monsieur Brunner. (Hansen eut un large sourire.) Moi aussi, je passe mon temps à nettoyer. Mais laissons la philosophie... que s'est-il passé ?

— Le Bayern de Munich contre Francfort. Voilà ce qui s'est passé ! Un match amical. A-mi-cal ! Ils se sont castagnés dans le stade, mais ça ne leur a pas suffi. Il a fallu qu'ils viennent se défouler ici. Ils ont déboulé en force dans le hall, une véritable meute hurlante. Ils ont fait un raffut de tous les diables, ils se sont mis à balancer des canettes de bière et pour couronner le tout, ils ont attrapé une fille et lui ont arraché son corsage. C'était une hôtesse, une petite Thaïlandaise de la Thaï Airways... On a réussi à la délivrer. Les plus enragés sont en cabane. Mais ça n'a pas été tout seul ! (Il eut un sourire en coin.) Vous voyez bien !

— Oui, je vois bien. Je vous répète que je peux vous faire un arrêt de travail, monsieur Brunner. En toute bonne conscience.

Pour toute réponse, Brunner tendit la main vers sa veste. Au moment où il l'attrapait, son radio-téléphone se mit à grésiller sous sa chemise.

— Là, vous voyez ! (Il fit la grimace et prit l'appareil.) Oui. Où ça ? OK. Compris. J'arrive.

Il leva légèrement la main et eut un sourire contraint :

— Ciao, docteur, il faut... Et dehors, sur les pistes, en plus. Il fait un de ces temps, vous avez vu ?

— Moi ? Je n'ai pas le temps de regarder par la fenêtre !

— Bon, eh bien, continuez donc à nettoyer ! lança Brunner. Et merci beaucoup...

La porte se referma. Hansen se rappela trop tard qu'il avait quelque chose à voir avec Brunner. Mais qu'était-ce, déjà ? Ah oui, cette vilaine histoire de fers à béton, l'accident du hangar 5. Le jeune homme, la victime, était toujours dans un piteux état. Hansen avait déjà téléphoné trois fois. Mais il semblait remonter la pente... Restait la menace proférée par son père : « Je vais faire sauter toute la baraque. »

Bon, malgré le coup de poing au menton qu'il avait récolté, il n'allait pas prendre cette histoire au sérieux. Ce n'était pas la peine d'ennuyer Brunner avec ça. Il avait déjà suffisamment à faire.

Hansen se rendit tout de même à la fenêtre et constata qu'effectivement c'était la tempête. Les hommes qui travaillaient dehors étaient obligés de tenir leurs casquettes. Les jambes de leurs pantalons flottaient. Des nuages de poussière volaient sur le béton et faisaient tourbillonner des morceaux de papier.

L'ouragan venait du nord-est. Les météorologues de service observaient le déplacement de la dépression : des cercles quasi concentriques qui fondaient sur Francfort depuis la mer Baltique en passant par Berlin et Leipzig à une allure incroyable. Le service météo de Halle annonçait des vents de 120 à 130 kilomètres à l'heure, ce qui laissait prévoir des perturbations importantes.

La perturbation était annoncée pour seize heures, donc

juste au moment où le trafic aérien atteignait son maximum, celui où les contrôleurs du ciel avaient à assurer l'atterrissage ou le décollage de plusieurs douzaines d'appareils. La moitié d'entre eux étaient des longs-courriers, donc traditionnellement prioritaires.

Si l'ouragan ne diminuait pas en intensité et si les massifs montagneux comme le Harz, la forêt de Thuringe ou la Rhön ne le freinaient pas, des ennuis étaient à prévoir : détournements, retards, problèmes à l'atterrissage et au décollage. De quoi perturber le pouls de la monstrueuse organisation technologique de l'aéroport.

— Ça y est, ça commence ! déclara Brunner à ses hommes, Rabe et Scholz.

Le ciel avait revêtu une couleur gris sombre. D'énormes montagnes de nuages se formèrent au-dessus des lignes à haute tension et des bâtiments. Les couleurs gaies qui ornaient les empennages, l'argent éclatant des gros appareils, parurent soudain ternes et sales. Sur les terrasses, quelques silhouettes isolées couraient encore, pliées en deux, vers le havre sûr des bâtiments.

Des particules de poussière brûlantes comme des aiguilles vinrent piquer les joues de Brunner. Sans compter son doigt enflé qui battait douloureusement, les élancements dans sa cage thoracique...

Refouler des demandeurs d'asile ! Comme il haïssait ce genre de boulot ! Et ce temps de chien par-dessus le marché !

Des demandeurs d'asile ? Il en venait de tous les pays. Ils avaient des Indonésiens, des Libanais, des Palestiniens, des Sud-Américains, des Indiens, des Yougoslaves, des Tchèques, des Cubains. Et, depuis quelque temps, des Russes et des Ukrainiens.

Aujourd'hui, il s'agissait d'un « black », d'après ce qu'on lui avait annoncé. D'un Africain du Nigéria.

Comment s'y prendre avec un Nigérian récalcitrant ? se demanda Brunner tout en pataugeant dans les flaques d'eau, avec la pluie qui ruisselait dans son cou.

— C'est là-bas, porte B-42, lui cria l'un des patrouilleurs. Sous la zone de transit, près des bus de transfert.

Ce n'était plus de la pluie, c'était de la grêle ! Un Nigérian sous la grêle... Ils étaient des milliers de pauvres diables à être réexpédiés comme des paquets-poste vers leur pays de misère. Car le paradis du lard et du Deutsche Mark n'en voulait pas.

Mais en même temps, il nous en restera un de moins sur les bras, se dit le policier.

De quelque côté qu'on prît la chose, c'était un sale boulot. Ah, les superchefs, les bureaucrates détenteurs du Pouvoir, du Tampon, qu'ils viennent donc se frotter à la réalité, juste comme ça, pour voir ! Qu'ils viennent donc fourrer les expulsés dans les avions à notre place ! C'est pas eux qui se mouillent le cul !

— Plus sur la droite ! Vers le bus de transfert !

Rabe hurlait pour se faire entendre, mais sa voix parvenait tout juste à dominer le vacarme de la tempête. Scholz, le deuxième homme de patrouille, courut devant et disparut dans la pluie.

— Le Nigérian a arraché son pistolet au policier ? cria Brunner, hors d'haleine. Comment a-t-il pu y arriver ?

— Aucune idée, chef ! C'est sûrement pas une lumière, notre cher collègue !

— Bon, on va voir. De toute façon, ce ne sont pas nos oignons, nous, on est de la surveillance de l'aéroport. Qu'est-ce que ça veut dire, des renforts ? Pourquoi ont-ils besoin de nous ?

— J'en sais rien, chef ! hurla Rabe. Ça va toujours ?

— Faut bien !

Un immense éclair zébra le ciel. Manquait plus que le tonnerre. Un bruit assourdissant, immédiatement suivi d'une nouvelle trombe d'eau. Et une sacrée trombe d'eau !

C'était une pluie comme celle qu'il réclamait aux dieux en dansant la danse de l'antilope avec ses frères, là-bas, à Zaranda, jusqu'à ce que le ciel entende leur prière et leur envoie ses nuages...

Caché dans le plus petit recoin du camion, Namdi écoutait le bruit de la grêle qui s'abattait sur la bâche. Il s'était assis sur une caisse. D'après l'inscription, il s'agissait d'une caisse à outils. Quel genre d'outils ? Mais cela n'avait pas d'importance. Rien n'avait d'importance, en dehors de l'objet qu'il tenait dans sa main, un pistolet ! Un 9 mm automatique, un douze coups.

Namdi s'y connaissait. Il avait été appelé sous les drapeaux avant que les bons pères l'envoient à l'école d'ingénieurs à Kano. Mais il en avait été renvoyé bien vite, car il appartenait à l'ethnie des Ibos. L'école aussi, il avait dû la quitter avant l'examen final. C'est alors qu'avait commencé sa grande cavale. Dans le port de Lagos, il avait embarqué comme passager clandestin. Suivirent d'autres ports, les gendarmes, la prison parfois. Puis l'Espagne, où il vendit des bijoux sur les marchés. Et la fuite, à nouveau, car la police était à ses trousses. La France, la Suisse. Enfin l'Allemagne, l'Eldorado, une forteresse pour Namdi pendant deux belles années de tranquillité. Il avait rencontré Anna. Elle l'avait recueilli, elle l'avait aimé, ils avaient été heureux.

Jusqu'au jour où elle lui annonça : « Ils ont refusé ta demande, définitivement. Ils vont venir te chercher, Namdi. Je ne peux rien faire. »

Cela s'était passé la semaine précédente, dans leur petit appartement de Mannheim. Il ne l'avait pas crue, il ne pouvait pas y croire.

Mais ils étaient bel et bien venus. Et l'avion de Lagos l'attendait sur la piste. Il l'attendait encore. Tous les autres étaient montés, et les policiers étaient là...

Peu lui importait, ils pouvaient bien le tuer ! Mû par cette pensée, il avait sauté sur le policier, lui avait arraché le pistolet des mains et s'était enfui sous la pluie battante, sous l'œil médusé des fonctionnaires présents.

Il prit le pistolet, le fit tourner dans sa main et regarda le méchant trou noir percé dans le métal. Non, ce n'est pas à toi de le faire, c'est aux autres ! Tu n'auras pas mal. Mourir, c'est une chose si ordinaire ! C'est peut-être ton tour. Mais c'est à eux de te tuer.

Namdi s'appuya contre la paroi et ferma les yeux, guetta les bruits. Ils le cherchaient. Si seulement Anna était avec lui... Mais elle n'avait pas eu le temps. D'ailleurs, à quoi bon ? Il n'allait pas lui demander de regarder en spectatrice la façon dont on l'embarquait dans l'avion comme du bétail qu'on mène à l'abattoir ? Elle aurait pleuré. Ou alors, elle aurait insulté les hommes en uniforme comme sa mère à lui lorsqu'ils étaient venus chercher son père. C'est ce qu'elle aurait fait, sûrement. Et elle aurait été embarquée elle aussi dans une voiture de police... Anna ! Oh, mon Anna chérie...

Il sentit revenir le tremblement, un tremblement qui venait du plus profond de son être, qui prenait possession de son corps, de ses mains, grimpait le long de son dos jusqu'à la mâchoire. Nambi serra les dents. Tout, mais pas ça !

Ses mains, ces mains hésitantes et tremblantes, tâtèrent sa chemise. Trempée. Il frissonna. Son portefeuille ? Il l'avait. Il l'ouvrit, mais il faisait beaucoup trop sombre pour distinguer le visage d'Anna sur la photo. C'était une belle photo, prise par un photographe alors qu'ils visitaient le château de Heidelberg. Et Anna avait un si beau sourire.

S'il pouvait voir ce sourire, il y puiserait un peu de force. Couvrant le bruit de la pluie, il entendit le chant aigu d'un moteur à réaction, bientôt suivi d'un deuxième, puis d'un troisième, d'un quatrième...

Peut-être était-ce l'avion de Lagos ? Ils n'allaient pas attendre un Namdi Sokoto ! Les appareils allemands partaient à l'heure, comme les trains allemands. Peut-être...

Namdi sursauta. Quelqu'un était près du camion où il se trouvait. Oui, il le sentait. Des voix, à présent, et des pas.

Namdi Sokoto se redressa et se raidit. D'un coup de baguette magique, son tremblement et sa peur s'étaient évanouis. Oui, il était tout à fait calme, maintenant.

Allez, venez, pensa-t-il, venez. Il leva son pistolet.

Ils vinrent.

Quelqu'un retira la bâche. Un jeune visage mouillé à l'expression pétrifiée apparut dans son champ de vision.

Le visage disparut, mais bientôt la lumière crue d'un projecteur vint l'aveugler, si douloureusement qu'il ferma les paupières.

— Sortez de là ! (Ce n'était pas une voix jeune, c'était

plutôt celle d'un homme d'âge mûr qui savait parfaitement ce qu'il disait.) Vous comprenez l'allemand, monsieur Sokoto ?

La main de Namdi, celle qui tenait le pistolet, eut un brusque mouvement. Mais le canon resta pointé dans la même direction.

— Oui, répondit-il. Un peu. Assez.

— Très bien, dit la voix. Enfin, non, ce n'est pas bien. Ce qui se passe en ce moment ne me plaît pas plus qu'à vous, monsieur Sokoto, je vous assure ! Mais ni vous ni moi n'y pouvons rien. Soyez donc raisonnable, s'il vous plaît.

Namdi sentit la colère monter en lui. Ah, ils s'y connaissaient en belles paroles. Ils avaient la bouche pleine de beaux mensonges pour cacher à tout le monde qu'ils étaient des bêtes féroces.

— Alors ? dit la voix.

La lumière qui transperçait ses paupières, entourant ses yeux d'un nuage rouge, faiblit. Namdi leva les yeux. Il aperçut un homme grisonnant, large d'épaules, qui appuyait ses deux bras sur le plateau, sans arme. En tout cas, il ne tenait pas son arme à la main, il n'avait que sa lampe dont il dirigea le rayon vers le centre du camion.

— Alors ?

— Alors quoi ?

— Faut-il vous le dire ? Voyez-vous, monsieur Sokoto, cet objet que vous tenez, ce canon, il ne vous appartient pas. Vous l'avez pris à l'un de mes collègues. Je vous demande donc d'avoir l'amabilité de le poser exactement à l'endroit que je suis en train d'éclairer. Vous pouvez aussi le lancer. Je vous en prie.

Namdi ne bougea pas. Il tenta de respirer calmement, de rassembler ses idées.

— Et vous ? demanda-t-il. Vous pas peur ?

— Ah, monsieur Sokoto, vous voulez vraiment que je vous réponde ? Vous voulez que je vous dise que j'ai aussi peur que vous ? Mais vous voyez... j'ai peur pour vous aussi. Car vous êtes entouré d'hommes armés de pistolets mitrailleurs. Et si l'un de nous commet la moindre erreur, ils tireront. Ils vous transformeront en passoire.

Namdi Sokoto hocha la tête comme s'il avait reçu la réponse qu'il attendait.

— Alors, eux tirer, dit-il.

— Non, il ne faut pas qu'ils tirent. Cela dépend de vous.

— Eux, des lâches. Des lâches et des menteurs... Vous... essayé, monsieur. Merci... Merci beaucoup.

Tout se passa très vite. Trop vite pour permettre à Brunner de réagir. Namdi Sokoto écarta les jambes, leva le genou gauche, appuya le canon de son arme contre sa cuisse, ferma les yeux et appuya sur la détente.

La violence du tir l'arracha de sa caisse. Le pistolet atterrit sur le plancher et glissa vers Brunner. Namdi Sokoto, en revanche, gisait sur le sol et gémissait en entourant sa cuisse de ses mains, tandis que la flaque de sang éclairée par la lampe ne cessait de s'agrandir.

— Bordel de merde ! jura Brunner en sautant dans le camion.

— Beau cadeau, monsieur Sokoto ! Vous souffrez beaucoup ?

Quelle question idiote ! pensa-t-il au même moment.

Se retournant, il hurla :

— Une bande ! Est-ce que quelqu'un a de quoi faire un bandage compressif ?

La perfusion coula à la minute même où le jeune médecin Fred Wicke était arrivé à la porte B-42.

Et il était grand temps : le malheureux avait perdu des litres de sang.

Le docteur Hansen enleva les compresses que Wicke avait posées. Beau travail ! Le Nigérian avait posé son pistolet directement sur la chair. Toute la région était réduite en bouillie.

— Blessure par balle à l'intérieur de la cuisse, à environ dix centimètres au-dessus du genou, dit-il comme s'il dictait un procès-verbal. Canal transversal. Sortie du projectile — oui, ici. C'est pas si terrible que ça, finalement !

Hansen avait vu des blessures par balle bien plus terribles, grosses comme le poing, d'horribles cratères.

Comme chez ce policier abattu par les gangsters de Hanovre.

C'était un pistolet de service, un 9 mm, comme le lui avait indiqué Brunner. Un coup tiré par une telle balle développe une énorme énergie cynétique. On va voir à la radio si l'os a été touché...

— Donne-moi la sonde, Britte. Merci. Et la pince.

Il entreprit son exploration et sentit la légère contraction réflexe des muscles du blessé lorsqu'il introduisit la pince dans l'ouverture de la plaie. Il y avait vu quelque chose de clair. Un os ? Un éclat, peut-être...

Il se redressa et examina le long corps étendu sur la table d'opération. En dépit du masque, il pouvait voir que la commissure de ses lèvres était légèrement relevée du côté droit, conférant au visage de l'Africain une expression de légère ironie. C'était un visage magnifiquement ciselé. Hansen avait été immédiatement impressionné par ce long visage racé, d'une sérénité de marbre, alors que cet homme ressentait non seulement l'angoisse de l'animal traqué, mais encore une terrible douleur.

Il effleura ses côtes :

— M'entendez-vous ?

— Il ne peut pas, répondit le docteur Maier-Blobel, l'anesthésiste. Je lui ai donné ce qu'il faut.

— Très bien, Berta. Que dit sa tension ?

— Presque normale.

— Je crois que nous devrions la réduire un peu. Je pense que la fémorale a été atteinte. Je vais la fermer. Ensuite, il faudra le transférer à l'hôpital. Les radios ont été faites ?

— Oui.

A l'aide du scalpel que lui tendit Britte, Hansen découpa les tissus brûlés par la déflagration et creusa jusqu'au vaisseau atteint par la balle. Il saignait toujours.

— La pince Overhold.

Il sourit à Britte qui, déjà, lui tendait l'instrument. Parfaite, cette petite. Très compétente. Mais, malgré tout, quelque chose n'allait pas. Il fallait qu'il ait un entretien avec elle...

Il saisit deux ou trois vaisseaux à leur base et les ligatura avec des fils de catgut. Plus vite ! Cet homme avait besoin d'une chirurgie. Enfin, voilà la fémorale.

— La pince Pott. Merci.

— Catgut. Aiguille. Nous allons faire une suture continue.

Quoi encore ? Le temps pressait. Une diathermie ? Non, c'était plus simple et plus rapide avec les clips.

— Les clips ! dit-il en fermant encore deux petits vaisseaux susceptibles de saigner. Bon, allez ouste, dehors ! Ne perdons pas de temps, on va passer le relais à mes distingués confrères de l'hôpital. Je pense qu'ils hériteront d'un patient assez bien préparé...

Il se redressa et regarda Wullemann qui venait d'entrer au bloc.

— Emmène-le, Fritz !

Hansen était assis à son bureau. Devant lui, une photo.

Il la leva et l'examina : c'était la photo d'une femme jeune, trente-cinq ans environ. Elle portait un large bandeau bleu qui emprisonnait une lourde chevelure brune bouclée. Elle souriait en regardant l'objectif bien en face.

Par-dessus son épaule, un deuxième visage sombre, presque noir, fixait lui aussi l'objectif. C'était le visage qu'il connaissait, celui de l'homme qui venait de sortir du bloc. A l'arrière-plan, les contours du château de Heidelberg.

Hansen revit la scène qui s'était déroulée peu de temps auparavant, les taches grises sur les joues de Sokoto, le regard suppliant du Nigérian, ses paroles : « Docteur, dans ma chemise... une photo. S'il vous plaît ! Vous la prendre... Numéro de téléphone dessus. Anna Schmidt. Mannheim. Appelez, s'il vous plaît. »

Hansen l'avait promis.

Il retourna la photo. Effectivement, au dos de la photo, une inscription en lettres majuscules : ANNA SCHMIDT, MANNHEIM-KAEFERTAL. Suivaient la rue et le numéro.

Il composa le numéro de téléphone. Il laissa sonner un long moment. Puis, à l'instant où il s'apprêtait à raccrocher, une voix timide se manifesta, la voix d'une petite fille.

— Oui... Qui est là ?

— Oh ! Un ami de Namdi Sokoto.

— Namdi ?... de Namdi ?

— Oui. Et toi, comment t'appelles-tu ?

— Bärbel.

— Ecoute-moi, Bärbel. Est-ce que maman est là ? Est-ce que je peux lui parler ?

Il entendit des sons étouffés, des voix éloignées, puis « maman » s'annonça :

— Schmidt.

— Madame Schmidt, c'est la Clinique de l'aéroport, le docteur Hansen.

Une profonde inspiration, puis une voix oppressée prononça :

— Oui ?

— Madame Schmidt, il est arrivé quelque chose à M. Sokoto.

— Oui ? !

— Monsieur Sokoto... a été blessé par balle. Il s'est tiré un coup de revolver. Je suis le médecin qui l'a soigné. Il m'a demandé de vous appeler et de vous en informer.

Un long silence. Finalement, elle prononça :

— Et l'avion ?

— Comment ?

— Ce foutu avion ? ! (Elle criait presque.) Il ne l'a pas pris ?

— Mais comment l'aurait-il pris ? Je suis en train de vous expliquer...

— Donc, il est toujours ici ?

— Bien sûr. Il est à l'hôpital de la Croix-Rouge. Je peux vous donner l'adresse...

— Ce n'est pas la peine. Je n'en veux pas. Ecoutez-moi : vous allez l'appeler, vous allez lui dire... Dites-lui... dites-lui que je ne peux plus... Et dites-lui aussi que je ne veux plus. Sinon, il ne comprendra pas... D'ailleurs, il ne comprend rien, absolument rien...

— Mais madame Schmidt, vous pouvez au moins...

— Non, je ne peux rien du tout, je ne ferai rien du

tout... Vous ne me comprenez pas non plus. Personne ne comprend ce que ça signifie, toutes ces chicanes, tous ces emmerdements. C'est un gentil garçon, c'est vrai, mais je n'en peux plus ! Je n'ai pas d'argent, j'ai deux enfants. Je ne peux pas continuer à le traîner lui aussi. Mais qu'est-ce que vous vous imaginez ? ! Qu'est-ce que vous voulez que je fasse de plus ?

Une série de sanglots désespérés, puis ce fut terminé. Elle avait raccroché.

Hansen prit une cigarette. Maintenant, ce geste était devenu plus simple pour lui. Il lui suffisait de soulever le couvercle de la petite boîte de bois posée sur son bureau. La petite boîte était magnifiquement ciselée. On y voyait danser des silhouettes de femmes vêtues de larges voiles. On y voyait également des fleurs de lotus et des palmiers, et même des éléphants. C'était Evi qui la lui avait rapportée d'un voyage en Inde.

C'est un gentil garçon, mais je n'en peux plus...

Comment pouvait-on réagir aussi égoïstement ? Pourquoi cette femme n'essayait-elle pas de faire ne serait-ce qu'un geste ? Non, il ne fallait pas la juger. Elle aussi, elle avait une histoire, et il ne la connaissait pas. Le mieux était d'oublier tout cela. D'être raisonnable, pour une fois, de ne penser qu'aux tâches qui l'attendaient. Ou alors, à des choses agréables. Car il y avait même des choses agréables qui l'attendaient...

Ce foutu avion, il ne l'a pas pris ?

Hansen se leva et écrasa la cigarette qu'il venait d'allumer dans le cendrier. Lui qui avait pensé acheter des roses ! Et une boîte de caviar ! Même si c'était horriblement cher et si Evi ne courait pas après parce qu'elle en servait sans arrêt aux première classe. Lui, il aimait ça. C'était une bonne raison.

L'atterrissage de son avion était prévu pour dix-huit heures. Vol LH-449, en provenance de Houston.

Je ne peux pas continuer à le traîner lui aussi...

C'était à Evi qu'il devait penser. Un peu de concentration ! Ah oui, il y avait un problème ? Il s'en souvenait maintenant, une permutation au sein de l'équipage. Donc elle n'arriverait peut-être pas avec le 449, mais avec le vol

437 du jour suivant. « Mais, Fred, pour le savoir, c'est hyperfacile ! » Il lui suffisait d'appeler un numéro qu'elle lui avait laissé.

Où avait-il fourré ce satané bout de papier ?

Hansen ouvrit le tiroir d'un geste brusque et se mit à farfouiller à l'intérieur. Des notes en pagaille. Un paquet de rasoirs en plastique. Qu'est-ce qu'ils foutent là ? Ah, voilà le numéro, griffonné au dos d'une carte de visite...

Qu'est-ce que vous vous imaginez ? qu'est-ce que vous voulez que je fasse de plus ? Elle avait carrément hurlé dans l'appareil. Rien, madame Schmidt. Mais peut-être y avait-il quelqu'un qui espérait.

Hansen composa le numéro de la Lufthansa.

— ... Oui, Evi Borges arrivera demain par le vol LH-434. Heure d'arrivée...

— Je sais, dit Hansen. Dix-heures quarante-cinq.

Et il raccrocha. Il avait mal au dos.

Il n'avait pas envie de bouger. Affalé dans son fauteuil, il entreprit d'examiner ses ongles de chirurgien coupés ras et entourés d'une peau rosée, légèrement boursouflée par tous les lavages aux solutions antiseptiques. Puis il se décida à se lever, sortit de son bureau et tomba nez à nez avec un homme de haute taille affecté d'une légère claudication.

— Ne me dites pas qu'il ne manquait plus que moi ! rigola Brunner.

— Si, répliqua Hansen avec amertume. Je le dis. Il ne manquait plus que vous !

— Je m'y attendais.

Hansen l'introduisit dans son bureau et lui indiqua un siège.

— Asseyez-vous, je vous en prie, mais moi, je reste debout. Je sais ce que vous allez me dire : « Nous devons arrêter cet Africain, ce Namdi Sokoto. » C'est bien cela ? Mais pas ici, monsieur Brunner. Je l'ai déjà fait transférer. Allez le voir à l'hôpital de la Croix-Rouge, si vous ne pouvez pas faire autrement.

— Ah, docteur... (Brunner ferma les yeux.) Vous savez, ce pauvre homme me fait pitié tout autant qu'à vous.

Hansen décida finalement de s'asseoir.

— Je viens d'avoir son amie au bout du fil. C'est une femme du nom d'Anna Schmidt. C'est elle. (Il fit passer la photo à Brunner.) Regardez-la. Elle a commencé par m'engueuler. Et vous savez pourquoi ? Parce que l'avion ne l'a pas réexpédié à Lagos.

— Ben... C'est comme ça, docteur !

— Quoi, qu'est-ce qui est comme ça ? Nous, nous sommes comme ça, oui. Je vais vous dire, nous autres médecins, nous avons une devise, que nous nous répétons sans cesse pour éviter de commettre de grosses erreurs : on ne peut pas endurer toutes les souffrances, mourir avec chaque mort. C'est très juste. On pourrait ajouter aussi : on ne peut pas partager tous les destins. D'accord. Mais il faut tout de même conserver un peu de son pouvoir de compassion, vous ne croyez pas ?

Brunner ne dit rien. Ses yeux, qui fixaient ceux du docteur, étaient gris, eux aussi, comme ses cheveux. Hansen le nota pour la première fois.

— Il faudrait essayer, en tout cas, monsieur Brunner. C'est mon avis. Si nous essayions de temps en temps, nous n'en serions pas là, dans ce pays.

Brunner garda le silence. Hansen alluma une cigarette en pestant contre sa faiblesse.

— Pourriez-vous m'en donnez une ? le pria Brunner. Au fait, je suis venu vous voir pour autre chose. J'aimerais bien que vous m'immobilisiez mon doigt. Il me fait un mal de chien.

— Bien, faites voir...

Tu as de beaux yeux... Comment ça s'appelle, ce bleu ? Bleu pervenche ? Lequel je vais prendre d'abord ? L'œil gauche ou l'œil droit ? Tu vas perdre une de tes pervenches, mais ce sera rien du tout, juste une petite piqûre.

Elle se redressa en sursaut. La voix était encore là, la voix du monstre, celle de l'homme de main de la Mafia, Radonic. Parfois, elle l'entendait chuchoter à son oreille, pendant ses gardes à la clinique. Pour mieux revenir la nuit, dans ses rêves. Une voix basse, sourde, menaçante.

Le soir où l'orage s'était abattu sur la ville, Britte Happel avait baissé les stores de ses fenêtres et avalé des comprimés pour pouvoir s'endormir. C'était sa première journée de congé après une semaine de service de nuit. Mais ces sacrées pilules ne lui faisaient aucun effet. Elle en prenait de plus en plus souvent, à des doses de plus en plus importantes. Et pendant la journée, il lui fallait toute la force de sa volonté pour tenir. Pourtant, il arrivait que ses mains tremblent pendant son travail. Hansen l'avait peut-être remarqué, mais pas les autres. D'ailleurs, les autres ne disaient jamais rien.

Britte s'assit, enjamba le bord de son lit et appuya ses poings contre ses tempes douloureuses.

« Juste une piqûre ! » avait dit ce salaud.

Elle avait l'impression d'avoir reçu des douzaines, des centaines de piqûres.

Elle se leva avec peine et se rendit en titubant à la fenêtre, releva le store : il pleuvait. Moins fort, mais c'était toujours le même gris humide, un gris à vous fiche le cafard. Les voitures avaient allumé leurs phares. Britte regarda sa montre : sept heures.

Elle avait soif. Elle se rendit à la cuisine. Dans le corridor, elle passa devant la glace et se regarda : était-ce vraiment elle ? Des yeux gonflés, des cheveux sans vie qui pendaient par mèches, une bouche molle.

Elle sortit la bouteille du réfrigérateur et but avidement. Sur le carrelage, à côté du frigo, elle vit traîner des bouteilles. Des bouteilles de vin vides. C'était toujours pareil : dès qu'elle était de garde de nuit, Elli faisait la fiesta dans leur appartement commun. Et Ewald, cet « énergumène absolument unique en son genre », y passait toutes les nuits avec elle, car, bien sûr, ils étaient trop à l'étroit dans sa chambre sous les toits, sans compter qu'il n'avait même pas de chaîne hi-fi !... Ewald commençait invariablement par Tchaikowski et terminait par de la soul. Britte avait eu l'occasion d'apprécier. Elle n'avait pas fermé l'œil de toute la nuit.

Ses mains tremblaient de nouveau. Non, elle ne prendrait pas de pilule. L'eau minérale lui faisait du bien. Qu'il aille au diable, cet Ewald ! Qu'il emmène Elli ! Pareil pour Rolf Gräfe. Quant à Hubert Lawinsky... Comment avait dit Radonic ? « Même s'il s'imagine être à l'abri en faisant le beau dans les avions, nous, on le ratera pas ! Personne ne nous échappe. » Le diable avait déjà attrapé Hubert.

Oui, qu'ils aillent tous au diable, tous les hommes.

On sonna. Qui pouvait-ce bien être ? A cette heure-ci, c'était certainement Elli. Sans doute avait-elle oublié sa clé.

Vêtue uniquement d'un slip et d'un tee-shirt, elle se dirigea vers la porte. Obéissant à une impulsion, elle regarda dans l'œilleton. Elle aperçut un trench-coat noirci de pluie et un bout de visage masculin. Et cette bouche... C'était... ce ne pouvait pas être ?...

Elle se précipita dans la salle de bains où elle passa en hâte son peignoir. Hansen ? Mais que lui voulait-il ? Si c'est lui et s'il me voit dans cet état...

Elle alla ouvrir. C'était vraiment Hansen. Ses cheveux trempés de pluie étaient plaqués tout autour de sa tête. Il souriait, d'un sourire mi-figue, mi-raisin.

— C'est vous, docteur !

— Oui. En personne. Ça t'épate, hein ?

Britte serra étroitement la ceinture de son peignoir autour de sa taille.

— Je... je viens de me lever... J'avais besoin de dormir un peu. Vous savez ce que c'est quand on est de repos. Et avec cet orage épouvantable...

— Ça oui, c'est un orage épouvantable. Il dure depuis ce matin.

Hansen jeta un coup d'œil par-dessus son épaule.

— C'est mignon ici. Le papier est chouette.

Elle hocha la tête.

— Je peux entrer ?

Elle recula de deux pas hésitants.

— Je suis un peu... eh bien, j'ai l'esprit un peu embrumé. Et je ressemble à un épouvantail.

— Toi ? Impossible.

Hansen avança et alla passer la tête dans le séjour, puis dans la cuisine, se retourna et arbora soudain un visage grave et confus. Le visage de quelqu'un qui vient de comprendre qu'il commet un manquement aux bonnes manières.

— Je te dérange ?

— Mais pas du tout !

— Bon, laissons tomber les fioritures. Bien sûr que je te dérange, tu peux me fiche à la porte si tu veux. Tu sais, je voulais tout simplement m'occuper un peu de toi. Je pensais que c'était une bonne idée.

Incapable de parler, elle se contenta de le regarder. Une fois de plus, elle sentit des larmes lui monter aux yeux, ces satanées larmes qui menaçaient de s'échapper.

— Moi aussi je suis de congé. Evi est restée bloquée à Houston. Alors je me suis dit : qu'est-ce que tu vas faire tout seul chez toi ? Pourquoi ne vas-tu pas dîner à Sachsenhausen ? C'est vrai, c'est là qu'habite Britte, Schongauerstrasse. Alors pourquoi ne pas monter lui demander si elle ne veut pas t'accompagner chez ton Grec préféré, il est juste à côté de chez elle !

Aucune réponse.

— Alors, qu'est-ce que tu en dis ?

Il la tutoyait allégrement, alors qu'il ne s'autorisait jamais cette familiarité hors du cadre du travail. Pourquoi, dans ce cas, le faire maintenant ? Ce n'était certainement pas une marque de condescendance, ce n'était pas son genre.

Les larmes jaillirent de ses yeux. Impossible de lutter contre.

Elle s'appuya contre le mur et dit :

— Je suis hystérique, docteur, je le sais.

— On n'agit jamais sans raison, Britte. Cela n'a rien à voir avec de l'hystérie.

— Oui... J'ai l'air d'une hystérique, mais c'est tout simplement parce que je vois qu'il existe encore une personne qui s'inquiète pour moi.

— Mais ma grande...

— Et cette personne, c'est vous.

— Ne sois pas injuste, Britte. Je ne suis pas le seul. Fritz Wullemann, lui aussi, m'a dit qu'il s'inquiétait pour toi. Et si tu n'as rien contre...

Maintenant, elle sanglotait, pressant ses mains contre ses yeux, comme pour repousser tout ce qui la tourmentait.

— Britte, dit-il avec douceur, je descends au restaurant *Athènes*. Je t'attends. Ils ont un résiné super. Et des feuilletés au fromage blanc. Et un truc qu'on enveloppe dans une feuille de vigne. Je t'attends là-bas. Pendant ce temps, toi, tu vas laver tes cheveux et te pomponner un peu. Fais donc ta tresse, j'aime bien cette coiffure, elle te va très bien. Dès que tu seras prête, tu viendras me rejoindre. D'accord ?

Elle hocha la tête.

— C'est absolument incroyable ! Il t'a menacée avec des ciseaux... de te crever les yeux ?...

Britte hocha la tête. Pourtant, maintenant qu'elle lisait

l'incrédulité dans les yeux de Hansen, toute cette histoire lui parut irréelle. Radonic, Hubert Lawinsky... c'étaient des personnages de films d'horreur, ce n'étaient pas des êtres de chair et de sang.

— Un sadique, gronda Hansen.

— Je ne sais pas exactement, docteur.

— Non ? Mais il a...

— Peut-être n'était-ce qu'une mise en scène, c'est ce que je me dis parfois. Car pour lui tout cela n'était qu'une sorte de routine.

— Bon sang...

— Une routine qui fait partie de son boulot, voilà ce que je veux dire. Lawinsky a piqué onze mille dollars à la Mafia américaine, donc il cherchait à lui mettre la main dessus. Comme je ne lui ai rien dit, il a employé les grands moyens pour me faire craquer. C'était un professionnel, un mafioso ou quelque chose de ce genre, bien qu'il ne corresponde pas du tout à l'image que je me fais de ce genre de personnage. Lui, il ressemblait plutôt à un professeur de musique baignant dans sa graisse. Mais il savait ce qu'il faisait, il le savait très bien. En partant, il m'a même donné de bons conseils, il m'a recommandé de ne plus voir Lawinsky, parce qu'ils lui feraient la peau. Et c'est ce qu'ils ont fait...

— Comment le sais-tu ?

— J'ai rencontré l'un de ses collègues qui est également chef de cabine à la Quantas. C'est lui qui me l'a appris. Avec des gants, en prenant des tas de précautions pour me l'annoncer avec le plus de ménagements possibles. Mais j'ai su ce qui s'était passé dès qu'il a ouvert la bouche.

— Et que s'est-il passé ?

— Ses parents ont une maison de campagne aux environs de Brisbane. Il m'en parlait souvent. Il a pris un congé et il a commis l'erreur d'aller dans cette maison.

— Ils l'ont liquidé ?

Britte secoua la tête. C'était la première fois qu'elle abordait ce sujet avec quelqu'un. Elle constata avec soulagement qu'elle ne ressentait aucune difficulté pour le faire. Elle avait l'impression de raconter un article lu dans le journal.

— Un accident, monsieur Hansen. Il a loupé un virage et il est tombé dans un ravin. La voiture a explosé. Hubert Lawinsky est mort sur le coup. Mais pour moi, ce n'est pas un accident.

Hansen ne répondit rien. Ils avaient dîné, avaient bu leur résiné et en étaient maintenant au Metaxas. Il sentit la chaleur de l'alcool se répandre dans son corps. Des rires, de la musique grecque... Ils se trouvaient au sein d'un joyeux vacarme, le restaurant était plein à craquer. Sur les tables, les bougies se consumaient lentement. Tout le monde semblait gai et heureux de vivre. Eux deux, pourtant, Britte et lui, étaient seuls sur une île. Bon Dieu, elle en avait bavé !

Il lui saisit le poignet et le garda quelques instants.

— Mais pourquoi n'en as-tu pas parlé ?

— A qui ?

— A Rolf, par exemple.

Un garçon s'approcha de leur table :

— Puis-je vous apporter une autre bouteille de résiné ?

Britte secoua la tête.

— Mais moi je reprendrais bien un Metaxas, déclara Hansen, en ajoutant à l'adresse de Britte : Je suis venu en taxi, alors... Donc, dis-moi, pourquoi pas à Rolf ?

— Pourquoi pas à Rolf, pourquoi pas à Rolf ! répéta-t-elle avec impatience. Rolf a refusé de me parler ! Il a même refusé de me voir. Vous voulez que je me précipite à l'Hôpital universitaire en lui hurlant tout ça dans un porte-voix ?

L'index de Hansen écrasa une croûte de pain. Le garçon apporta son Metaxas.

— Notre ami le docteur Rolf Gräfe est un idiot, proclama-t-il. Ou plutôt, ce qui est pire, une sacrée tête de cochon. Il se boucle à double tour dans son entêtement, blesse ses amis, en souffre et s'enferme de plus belle. Voilà Rolf.

— C'est un solitaire, l'excusa-t-elle. Et il n'arrive pas à s'habituer à cette ville. Il la hait. Tout comme moi...

— C'est vrai ? (Hansen plissa le front.) Avez-vous déjà

envisagé de retourner chez vous. A Freudenstadt, n'est-ce pas ?

— C'est cela, oui, à Freudenstadt.

Elle éluda la question qu'elle lisait dans ses yeux. Depuis le début, il la tutoyait, et maintenant qu'il abordait un problème pratique, il lui disait vous. A la clinique, c'était l'inverse : d'abord il vous vouvoyait du haut de sa superbe de chef, et ensuite il faisait copain-copain au bloc opératoire.

— Etes-vous déjà allé à Freudenstadt ? s'enquit-elle.

— Oui, une fois. J'ai juste traversé la ville.

— Vous devriez essayer d'arriver par le train. On traverse la Forêt-Noire et en arrivant, on surplombe une cuvette, on voit la ville nichée tout en bas, c'est mignon comme tout. Des églises, des monastères, des maisons à colombages. (Une ombre passa devant ses yeux, comme si elle feuilletait en esprit un livre refermé depuis bien longtemps afin d'y retrouver un beau passage.) C'est si mignon, en fait, qu'on étouffe. Les montagnes de la Forêt-Noire qui font cercle autour d'elle sont trop hautes. Et moi... (Elle hésita.) En réalité, j'ai toujours voulu aller à Tübingen. Tübingen, c'était mon rêve. Pas Francfort.

— Vous vouliez faire des études ?

— Oui. Mais je n'avais pas ce qu'il fallait. J'avais le bac, oui, mais mes parents n'avaient pas l'argent nécessaire. Nous sommes quatre frères et sœurs. J'étais destinée à devenir fonctionnaire derrière un quelconque guichet. Alors j'ai préféré aller à Francfort... On ne peut pas dire que c'était une bonne idée. Qu'est-ce que je fiche ici ? (Sa voix se fit vacillante, comme au début.) Qu'est-ce que je veux, d'ailleurs ? Je ne suis bonne à rien !

Pour la seconde fois, il saisit son poignet.

— Britte, ne répétez jamais cela ! Et si vous essayiez de revoir la question ? De Tübingen, de vos études ?

Elle voulut retirer sa main, mais il la retint prisonnière.

— Quel âge avez-vous ?

— Vingt-quatre ans.

— Alors !

— Laissez tomber, docteur, à quoi ça rime ? Vous ne pensez pas ce que vous dites. Vous voulez simplement me calmer. Une sorte de thérapie. D'ailleurs, j'en ai besoin. Au fond, cela fait longtemps que j'aurais dû aller voir un psychiatre.

— Maintenant, ça suffit, Britte ! Vous allez m'écouter sérieusement. Nous sommes tous plus ou moins soumis à des crises périodiques. Y compris à la fameuse crise du sens de la vie... Non, laissez-moi terminer, nom de Dieu ! Je vous ai observée. Je vous observe depuis des semaines. Et je connais parfaitement vos capacités. Elles sont excellentes. Et je ne veux même pas évoquer votre engagement personnel. Vous êtes tout simplement douée, et vous pourriez être encore meilleure si vous laissiez tomber vos saloperies de médicaments.

— Vous l'avez remarqué, ça aussi ?

— Bien sûr, que je l'ai remarqué ! C'est l'une des raisons qui m'ont poussé à vouloir vous parler. Je ne suis pas aveugle, Britte. Mais là n'est pas le sujet. Le sujet, c'est votre avenir... Tenez bon, Britte. Ce n'est pas une parole en l'air. Si vous vous accrochez encore pendant un moment, je vous promets de faire tout mon possible pour que vous puissiez entrer à l'université.

— Vous... vous parlez sérieusement ?

— Evidemment. Je crois que vous me connaissez assez bien maintenant pour en être persuadée. Relevez la tête, nom d'une pipe ! Elle est trop jolie pour être cachée ! Vous n'avez aucune raison de la baisser.

— Augmente un peu le contraste sur l'écran, Walter ! Oui, ça va, c'est mieux comme ça. Tu vois là-bas, près de Condor... le type en blouson, celui qui a un chapeau blanc, c'est lui.

Lübbe, le chef d'équipe, saisit son micro sans quitter des yeux les images que lui envoyaient les caméras de surveillance du central de sécurité. Cette fois-ci, il tenait le bon bout. Ça marcherait, il en était sûr.

— Delta un. Tu m'entends ?

— Delta quatre. Oui.

— Dis donc, tu es bien au point quatorze ?

— C'est ça.

— Bien, mets-toi sur le côté près des tableaux d'affichage, tu as les deux comptoirs d'information Lufthansa et le comptoir Condor juste en face de toi.

— Oui.

— Tu vois le Rital en chapeau blanc, là-bas ? Il porte une espèce de K-Way blanc et un jean. A peu près quarante berges. Enfin, à vue d'œil, comme ça, autant que je puisse en juger d'ici ! Il est peut-être un peu plus jeune.

— OK, je le vois. J'attaque ?

— Non. Seulement en cas de nécessité. Attends les gens du KK 26. Ils sont déjà en route, tu ne devrais pas tarder à les voir rappliquer. Mais approche-toi de lui, assez près. On va l'attraper en dernier. Ses deux acolytes sont en train de préparer un nouveau coup, et si nous intervenons maintenant, ça va tout faire foirer. Et cette fois-ci, il faut que ça marche, tu entends ? Terminé.

— Terminé.

Lübbe soupira. C'était la quatrième, non, la cinquième fois aujourd'hui. Qu'est-ce qui se passait, cet été ? La fauche, cela faisait des années qu'elle était en augmentation. Mais maintenant, ils avaient affaire à des nuées entières de voleurs qui s'abattaient sur l'aéroport comme des vols de sauterelles, non, comme des invasions de fourmis. Ils débarquaient de tous les azimuts, attirés par les feux du Deutsche Mark, par l'opulence supposée des Allemands. Depuis quelque temps, des Russes en pagaille, des Turcs, des Grecs, et même des Bulgares, sans compter les pros, les permanents, à savoir les Andalous et les Italiens. Bon, les deux types en question semblaient appartenir à cette dernière catégorie. Mais ils ne vont plus faire de vieux os ici, se jura Lübbe, déterminé. Il balaya du regard les rangées d'écrans pour s'arrêter sur l'un d'eux... C'était là ! Zone 12, c'était là qu'ils étaient. Non, qu'ils n'étaient plus !

— Les deux Italiens ne sont plus à l'écran ?

— Non, mais Losek et Hans Herbst sont prêts à les alpaguer. Ils ont une vieille dame dans le collimateur.

— Bon, ben alors, bonne chance. Et...

La fin de sa phrase resta bloquée au fond de la gorge de Lübbe. Ecarquillant des yeux incrédules, il fixa les écrans de contrôle bouche bée, égaré. La totalité des écrans, un bloc entier, toute la zone C, ne formait plus qu'une neige hideuse et tremblotante !

— Mais qu'est-ce que c'est que ça, bon Dieu de bon Dieu !

— Une panne ! hurla Walter.

— Comment ça, une panne ?

— Une panne de courant.

Lübbe poussa une nouvelle bordée de jurons. L'éclairage fonctionnait, pourtant ! Et d'ailleurs, l'aéroport disposait de son propre réseau en cas de panne d'alimentation extérieure. Et si une panne intervenait malgré tout, les centres vitaux disposaient d'un réseau de secours. Le central de surveillance en faisait partie. Tout avait été prévu.

— Ce n'est pas possible, murmura Lübbe. C'est tout simplement impossible. Et juste au bon moment, par-dessus le marché, juste au moment où on leur mettait la main dessus !

D'un geste furieux, il raccrocha son micro. Se retournant, il vit Brunner faire irruption dans la pièce. Un Friedhelm Brunner à l'expression complètement médusée.

— Alors, patron, on peut rentrer chez nous, hein ?

— C'est sûrement une ligne électrique qui déconne...

— Mais elles sont contrôlées régulièrement !

— Ça ne fait rien, dit Brunner.

— Dans ce cas-là, il ne s'agit pas d'une seule ligne, il s'agit de toute une tripotée de lignes.

Il avait raison. Les réparateurs découvrirent le pot aux roses une demi-heure plus tard, derrière une paroi située à proximité du bureau d'Ibero. En enlevant la porte d'une armoire de commande, ils y découvrirent des traces de combustion et à l'intérieur, des câbles calcinés en partie déchiquetés.

— Qu'est-ce que c'est que ça ?

Le chef d'atelier secoua la tête avec perplexité.

— Un court-circuit, sans doute.

— Un court-circuit dans l'alimentation d'une caméra ?

Les connaissances des deux hommes dans le domaine électronique étaient plutôt restreintes. Et ni l'un, ni l'autre n'avaient remarqué la présence du petit tube de métal calciné provenant du détonateur. Lorsqu'ils avaient ouvert la porte, ce petit tube avait glissé pour aller se nicher entre le mur et le revêtement.

Ils reprirent leur travail sans s'embarrasser de plus de questions. Moins d'une demi-heure plus tard, la panne était réparée et les images habituelles vinrent réjouir la vue des agents de la sécurité qui guettaient leurs écrans.

— Qu'est-ce que je disais ! C'était bien une panne !

Trois heures plus tard, Friedhelm Brunner se remémora ce soupir de soulagement. Une secrétaire de direction vint lui remettre une enveloppe. « A la Direction de l'Aéroport de Francfort », pouvait-on y lire en caractères imprimés sur ordinateur. « Urgent ».

Brunner parcourut la note interne qui y était agrafée. L'enveloppe avait déjà été ouverte. Il en sortit une feuille de papier pliée en quatre, revêtue des mêmes caractères.

MESSIEURS,

CE QUI S'EST PASSE AUJOURD'HUI POUR VOS CAMERAS DE SURVEILLANCE N'EST QU'UN PETIT ROUND D'ESSAI. VOUS N'IGNOREZ PAS QU'IL EXISTE SUR LE SITE DE L'AEROPORT DES CIBLES BIEN PLUS INTERESSANTES QUE VOS PETITS POSTES DE TELE.

JE NE VAIS PAS TARDER A ME MANIFESTER A NOUVEAU. VOUS AVEZ EU D'ORES ET DEJA UN PETIT APERCU DE TOUT CE QUI PEUT SE PASSER A L'AEROPORT DE FRANCFORT. UN CONSEIL : N'OUBLIEZ PAS CETTE DATE DU 18 JUIN.

Ygrec

L'entretien avec le rédacteur en chef eut lieu après la conférence de rédaction du matin. Rüdiger venait de lancer sa bombe devant toute la rédaction : c'était un reçu. Une diapositive projetée en gros plan sur l'écran installé au fond de la salle, représentant un document établi par les services financiers de la SUBA.

Un reçu établi pour un montant de 84 000 Deutsche Mark, c'est-à-dire près de cent sacs ! Et visée par la signature du bénéficiaire, claire et nette, comme brodée au point de croix : *Martin Reinbacher, Secrétaire d'Etat.*

Haupt lui-même, le chef des services politiques, n'en revenait pas :

— Comment avez-vous obtenu ça ?

— Chut, secret professionnel, monsieur Haupt, avait rétorqué Rüdiger. Mais avec ça, nous tenons Reinbacher. Il ne pourra pas s'échapper.

Rüdiger loucha vers le bout de la table, pour guetter la réaction de Hensche, le rédacteur en chef. Celui-ci, fidèle à ses habitudes, jouait les grands manitous en suçotant sa pipe.

— Naturellement, Reinbacher dira qu'il a remis ces quatre-vingt quatre mille marks au parti, poursuivit Rüdiger. Mais il ne s'en tirera pas à si bon compte. Ils ne le couvriront pas... Et moi, je dispose de documents irréfutables prouvant que tout le matériel affecté à la construction de la piscine et du sauna de la villa de monsieur le Secrétaire d'Etat provient de la SUBA. Non seulement nous possédons les adresses marquées sur les palettes, mais Margot Hoffmann a fait toute une série de photos.

— Ce sont ces photos que vous voulez fournir ? Comment comptez-vous procéder ? s'enquit Haupt.

— Nous verrons cela plus tard, répondit Hensche, dans mon bureau. Rüdiger Göttner et moi-même. Vous avez assez à faire, monsieur Haupt.

Telles avaient été les seules paroles prononcées par le rédacteur en chef pendant toute la conférence.

A présent qu'ils se trouvaient en tête-à-tête dans son bureau, il ne se montrait guère plus loquace. Il se contenta de répéter sa question :

— Eh bien, Rüdiger, comment voyez-vous le déroulement de cette affaire ?

Des nuages de fumée. Paff-paff-paff...

Rüdiger Göttner s'avança sur le bord de son fauteuil. Gardons la tête froide et les idées claires, se dit-il. Le moment est crucial. L'attaque directe, c'est notre seule chance.

Déjà, il voyait les manchettes devant lui :

UN SECRETAIRE D'ETAT IMPLIQUE DANS UNE AFFAIRE DE CORRUPTION. *Par Rüdiger Göttner.*

En première page, parfaitement. Sa chance résidait dans l'attaque !

— L'attaque, dit-il. Pas d'interview préliminaire, monsieur Hensche. Aucune rencontre privée. Il faut attaquer avant les autres. Sur la place publique, en quelque sorte. Sur l'agora.

— Sur l'agora ? (Hensche sourit, amusé.) Voilà que vous affichez votre culture classique, maintenant ? N'en faites-vous pas un peu trop ?

— Peut-être devrais-je vous donner quelques informations complémentaires sur ma modeste personne, monsieur Hensche... Mais pas aujourd'hui. Les faits sont les suivants : Martin Reinbacher part demain pour Rome, où il participera aux négociations sur les questions agricoles. Il passera une journée à Francfort et en profitera pour accorder une conférence de presse qui aura lieu dans le salon d'honneur de l'aéroport. Cette conférence débutera à seize heures.

— Et c'est là que vous voulez...

— Ce que je veux, c'est la chose suivante : premièrement, lancer une bombe. Deuxièmement, documenter les réactions recueillies à l'annonce de cette nouvelle. Et le mieux est toujours de le faire devant un public important.

— Par documenter, vous entendez photographier ?

— Exactement.

— Et les photos seront prises par Hoffmann, votre amie ?

— Peut-être Margot Hoffmann est-elle mon amie, monsieur Hensche, mais elle n'en est pas moins la photographe la plus rapide de toute l'équipe.

Hensche ne s'était pas départi de son sourire.

— Comment allez-vous vous y prendre pour lancer votre bombe ?

— J'ai le reçu en ma possession. Et quelques petites lettres assez intéressantes. Margot m'a agrandi le tout en format 18×36, les caractères sont tellement grands que même un aveugle réussirait à les lire. Je peux les faire passer, je peux les lui mettre sous le nez.

— Vous le pouvez peut-être, mais vous ne le ferez pas,

Rüdiger. Savez-vous pourquoi ? Parce que ça, c'est du sensationnalisme. Du cirque. Pas du journalisme.

Rüdiger Göttner se mordilla la lèvre inférieure. Merde ! Il s'était passé et repassé la scène, ou plutôt l'effet de scène, des douzaines de fois. Mais à présent, le doute l'assaillait. En réalité, le patron avait raison.

— Je vais trouver autre chose, monsieur Hensche.

— C'est déjà mieux. Trouvez autre chose.

— Je pourrais peut-être commencer par quelques questions...

Le rédacteur en chef se recula dans son fauteuil et arbora son fameux sourire :

— Ecoutez-moi, Rüdiger. Je ne suis pas maître du jeu, j'ai un éditeur au-dessus de ma tête. Vous connaissez cette phrase, vous savez donc ce qu'elle signifie. Si vous voulez jouer le jeu avec vos propres cartes, je n'y vois pas d'inconvénient. Mais si vous vous trompez de cartes, c'est vous qui écoperez, pas moi.

— J'en suis bien conscient.

— Bien. Donc, je ne veux rien savoir. Comme cela, vous ne serez pas tenté de vous référer à moi. C'est toujours clair ?

— Oui.

Rüdiger Göttner s'efforça de sourire. En général, il y arrivait vite et bien. Cette fois-ci, toutefois, il n'y parvint qu'avec difficulté.

Ils avaient encore du temps devant eux, suffisamment de temps.

Au moment où la vieille BMW rouge toute cabossée de Rüdiger s'engagea dans l'entrée de l'aéroport, un petit crachin se remit à tomber. Il n'avait plus cessé de pleuvoir depuis le fameux orage. La pluie tombait, puis s'arrêtait, puis reprenait. Le monde ressemblait à ce qu'il était réellement, somme toute : crasseux, sale, gris.

— Mais où vas-tu ? s'enquit Margot, la reporter photographe. L'entrée du parking est de l'autre côté.

— Minute, tu vas voir.

D'un geste sûr, il engagea la voiture dans l'entrée d'un

garage. C'était l'entrée des garages du personnel de l'aéroport.

— Ça t'épate, hein ?

Margot hocha la tête.

— Tu vas te faire jeter.

— C'est ce que tu crois ! J'ai la place de Herbert. Je réponds tout de suite à ta question, ça t'évitera de la poser : Herbert est ingénieur à l'aéroport, et c'est aussi mon beau-frère. Il déteste sa voiture pour la bonne raison qu'il est écolo. Il l'a amenée à réparer, ça fait déjà trois mois qu'elle est chez le garagiste, c'est un tas de rouille innommable. Pendant ce temps, il circule à vélo, il est content. Je profite donc de sa place de parking, et je suis content aussi. Pigé ?

Elle hocha la tête derechef. Elle s'en fichait éperdument, habituée comme elle l'était aux tours de passe-passe de Rüdiger Göttner. La seule chose qui l'intriguait, c'était de savoir comment il s'y prendrait pour ressortir.

— Alors, s'enquit-elle, quel est le programme ?

Il gara la voiture, attrapa son magnétophone, lui tendit ses appareils et attendit patiemment qu'elle les passe autour de son cou. Puis il ferma les serrures.

— Il n'y a pas de programme, mon chou. Nous allons laisser les choses venir à nous. Tu me connais, je suis le champion de l'improvisation. On va faire comme d'habitude : quand tu me verras toucher mon nez, tu appuieras sur le bouton.

— OK.

Elle lui emboîta le pas vers la sortie. Depuis ce parking, on atteignait aisément le point de rencontre, le cœur de la foule grouillante.

— Où se trouve ce salon d'honneur ?

— Tu ne le connais pas ?

Elle secoua la tête.

— Allez viens, suis-moi !

Il lui fit signe, d'un geste nonchalant de la main. De l'autre, il releva une mèche de cheveux blonds rebelles qui avait tendance à se gonfler sur le sommet de son crâne comme la crête d'un coq. Dans ces moments-là, il lui plaisait vraiment. On pouvait dire ce qu'on voulait de

Rüdiger Göttner, il était excellent en représentation. Et c'est ce qui rendait la vie avec lui si intéressante.

Il la précédait toujours, penché en avant, d'un long pas assuré, les mains dans les poches, les épaules courbées vers l'avant, comme pour partir à l'assaut d'un obstacle. Comme s'il fendait le vent.

Margot courait derrière en se cramponnant à ses appareils.

— Hé ho ! Rüdiger ! haleta-t-elle.

Ils se trouvaient dans la zone des départs, porte A, vols intérieurs. A-2, lut Margot. Puis, effectivement, en lettres tracées dans une belle écriture distinguée : SALON D'HONNEUR.

— Tu as ta carte de presse ?

Effectivement, ils en avaient besoin. Deux hommes de la police des frontières étaient postés à l'entrée. Ils étaient flanqués d'un troisième cerbère qui, lui, ne portait pas d'uniforme, mais avait empaqueté son corps envahi de graisse dans un complet gris foncé à fines rayures. Un bureaucrate, membre de l'entourage du ministre. C'est qu'ils n'avaient pas l'air de plaisanter !

Rüdiger Göttner sortit sa carte de presse de sa poche de poitrine. Cool, mon gars — c'était l'une de ses devises. Et pourtant, il sentit une chaleur l'envahir sous l'effet de la nervosité et de l'excitation.

Enfin ! se dit-il...

Cela faisait trois mois que Rüdiger Göttner suivait l'affaire. A Bonn, et à Pforzheim, où se trouvait le siège de la SUBA. Il avait flirté avec les secrétaires, graissé la patte à des vigiles, délié la langue à certains avocats et à certains chauffeurs de camion. Tout ceci à la seule fin de prouver que les contrats passés pour la construction de la nouvelle autoroute de Magdebourg n'avaient pas été très réguliers. Et que le secrétaire d'Etat Martin Reinbacher profitait de petites compensations généreusement octroyées par les heureux bénéficiaires des commandes.

Enfin, ça y était ! Maintenant, se dit-il, je sais ce que ressentent les policiers à la fin de la traque lorsqu'ils ôtent le cran de sûreté de leur arme, parce que le signal de l'assaut a été donné.

— Allez, viens ! enjoignit-il à Margot tout en montrant sa carte de presse.

Il s'apprêta à passer entre les deux gardes de la police des frontières lorsqu'il fut arrêté dans son élan.

— Un instant, s'il vous plaît !

L'un des gardes s'empara de sa carte et la tendit à l'homme en complet gris.

Qu'est-ce que c'était que cette comédie ? Rüdiger jeta un coup d'œil à l'intérieur du salon. Il n'y avait pas foule. Peut-être une demi-douzaine de confrères. Et il le vit, lui : Reinbacher était plus grand et plus jeune qu'il ne paraissait sur les photos.

— Je regrette, monsieur Göttner.

Le type en complet lui rendit sa carte de presse. Du bout des doigts et en levant les sourcils avec arrogance.

— Qu'est-ce que vous regrettez ?

— Vous avez très bien compris.

— Vous voulez... Vous voulez empêcher la presse d'exercer...

— Pas la presse, monsieur Göttner, vous ! Vous personnellement. C'est même à cause de vous que je suis ici, en train de contrôler les gens. Et en ce qui concerne l'exercice de votre profession, nous connaissons parfaitement vos méthodes. Monsieur le secrétaire d'Etat fait surveiller vos... vos agissements depuis un certain temps. Vous avez fait pression de manière intolérable sur certaines secrétaires et vous vous êtes procuré certains courriers... Mais laissons cela. Notre avocat vous expliquera tout ceci en détail. Mais ici, je vous précise que nous jouissons du droit de choisir ceux que nous laissons entrer. Ce qui signifie...

— Ça signifie quoi ?

Rüdiger Göttner effleura son nez de son index droit — un signe destiné à la photographe — tout en fixant l'autre de ses yeux luisants de colère.

Margot réagit au quart de tour, comme d'habitude. Le premier flash s'alluma.

— Votre nom ! J'exige votre nom.

Un nouveau flash.

— Aha ! Vous ne voulez pas me le donner ! Bien, je

demanderai à M. Reinbacher. Et je peux vous garantir dès maintenant que cette histoire n'ira pas seulement devant le conseil de la presse, mais aussi devant le gouvernement fédéral. Je ferai le nécessaire !

Rüdiger Göttner leva le coude pour tenter de séparer les deux policiers qui lui barraient le passage.

— Laissez-moi passer !

Il s'arc-bouta, rassembla toutes ses forces tout en priant le Ciel pour que Margot prenne des photos... Oui, elle en prenait ! Bien, très bien.

— Laissez tomber, dit l'un des gardes. (Il était blond et très jeune. Il portait une minuscule moustache au-dessus de la lèvre supérieure.) Je vous avertis !

— Et puis quoi encore, haleta Göttner tout en avançant son pied droit pour prendre encore plus d'élan.

Il n'allait pas se laisser remettre en place par un sale petit con de flic !

Soudain, on repoussa violemment son pied et il tomba à terre, sentit un choc et une douleur fulgurante traverser son bras et remonter jusqu'au cœur. Son coude... Oh, merde, toujours le même coude ! Le même qu'au ski... Oh mon Dieu, merde, que ça fait mal...

Il poussa un hurlement. Puis il se mit à gémir...

— Mon bras... Vous êtes fou ?! Oh, mon bras...

— C'est vous qui l'avez cherché, répliqua le flic.

Le coude, le radius. Les radios prises par le jeune médecin faisaient apparaître une double fracture. Les deux os de l'avant-bras avaient été atteints.

Rüdiger Göttner se sentait abattu et vidé. Ce n'était pas tant la douleur ou les analgésiques qu'on lui avait administrés, c'était la colère.

MAIS SI VOUS VOUS TROMPEZ DE CARTE, C'EST VOUS QUI ECOPEREZ, PAS MOI.

Peut-être s'était-il trompé de carte en effet, mais il n'y avait pas lieu d'écoper. Non, ce n'était pas une défaite, loin de là. Il ensevelirait ces salauds sous les accusations. Il écrirait un article, ou plutôt non, il le dicterait, bien obligé ! En tout cas, ce serait un article pas piqué des vers.

Il avait déjà dépêché Margot à la rédaction pour chauffer le rédac-chef. Et quand il en aurait fini à la clinique, un bras cassé, finalement, ça ne faisait pas trop mauvais effet dans une rédaction. A tout le moins, c'était une preuve de combativité ! Donc, quand tout ce cirque serait terminé, il...

La porte s'ouvrit. Une infirmière entra, munie d'une attelle.

— Mademoiselle, un instant s'il vous plaît !

Il se tut. Mais il la connaissait, cette fille, cette brune à l'opulente chevelure de jais ! Un sacré canon. Des yeux noirs d'Italienne, et une bouche !... Il avait flashé sur elle, méchamment, mais où et quand ? Ah, ça y est, j'y suis, au bal de la presse, il y a deux ans ! Aujourd'hui, elle est empesée dans ses vêtements blancs, mais ce soir-là, c'était quelque chose ! Décolleté, bas résille !... Nom d'un chien ! Et pas farouche, en plus, elle s'est laissée emballer sans se faire trop prier, mais quand je lui ai proposé de baiser dans la bagnole elle m'a ri au nez !

— Quoi, dans votre voiture ? Sûrement pas ! Moi, ce qu'il me faut, c'est un bon lit bien large.

Il n'avait pas pu l'emmener chez lui, parce que son lit bien large était déjà occupé par Margot qui l'attendait.

Et voilà que la belle lui souriait avec simplicité :

— Toujours aussi vif, n'est-ce pas ? Et physiquement, tu n'as pas changé non plus ! Enfin, parfois, on tombe sur un os ! Allez, donne !

— Mon soleil, répondit Göttner, quand tu veux ! Hier, aujourd'hui, demain !

— Tiens-toi tranquille !

Sa main devint froide, des milliers de petites fourmis parcoururent son bras pour lui infliger la torture. Il sentit la sueur perler à son front. Cela faisait un mal de chien, mais il se raccrocha désespérément à la vision de ses longs cils noirs et du duvet sombre qui recouvrait sa lèvre supérieure. Elle est super, se dit-il, qu'est-ce qu'elle est belle ! Ce duvet tendre et presque invisible, elle en avait sûrement dans le cou et sur la ligne formée par sa colonne vertébrale... L'autre fois, elle lui avait dévoilé de magnifiques cuisses blanches comme du lait...

— Aïe !

— Oui, aïe ! Ça y est, c'est fini, Rüdiger ! C'est bien cela, Rüdiger ?

Il hocha la tête.

— Et toi ?

— Lucrezia. C'est bizarre, je m'imagine toujours que c'est un nom qu'on n'oublie pas !

— Le nom, peut-être qu'on l'oublie, mais pas la fille ! Pas une fille comme toi !

Et effectivement, ça fonctionnait. Lorsque la douleur menaçait de prendre le dessus, il lui suffisait de plonger dans ses yeux et de la draguer effrontément.

— Qu'est-ce qui t'est arrivé ? Tu es tombé ?

— J'ai été tombé ! Ils m'ont tout simplement balancé un croche-pied. Alors, tu prends un café avec moi, tout à l'heure ? Je te raconterai tout. Mais si tu as un sujet plus intéressant, je préférerais.

Elle plissa un peu le nez, hésitante.

— Bon, d'accord, mais pas de café. Je suis assez nerveuse comme cela. Et ici, on ne peut pas se permettre d'être nerveuse.

— Tu n'as pas l'air très enthousiaste ?

Elle se contenta de le regarder sans répondre.

Rüdiger Göttner se leva en la voyant entrer. Déjà, son bras recommençait à lui faire mal. Il l'avait passé dans une écharpe grise, affreuse. Il lui fallait se procurer un truc un peu plus chic. Il lui fit signe de sa main valide. Lucrezia avait lâché ses beaux cheveux noirs, ils retombaient en souples boucles brillantes sur ses épaules. Et telle qu'elle était, en jean et en chemisier bleu acier, il la trouva bien plus excitante que dans sa tenue sexy du bal.

Il lui en fit part et récolta pour toute réponse un « Ah bon, tu trouves ? » distrait.

Le garçon arriva. « Un Martini, dit-elle. Sans glace, s'il vous plaît, avec beaucoup d'eau. » Elle prit place et désigna son bras. « Alors, qu'est-ce qui t'est arrivé ? »

Il lui fit le récit de son altercation avec les sbires du secrétaire d'Etat Reinbacher et sentit revenir sa colère à chacune de ses paroles ; et avec la colère, les petites fourmis remontèrent à l'assaut de sa chair.

— Je te le raconte sans état d'âme, ça sortira demain de toute façon, conclut-il. Et alors, c'en sera fini de notre honorable secrétaire d'Etat. Il est déjà mort, simplement, il ne le sait pas encore.

— Ah bon ? se contenta-t-elle de dire en sirotant son Martini.

Son manque d'intérêt le contraria.

— Tu ne t'intéresses pas beaucoup à la politique, n'est-ce pas ?

— Si c'est de la politique que de se mettre quatre-vingt mille marks dans la poche, il s'en passe de bien pires ici...

— Ici ? Comment ça ? A l'aéroport ?

Elle reprit son verre. Maintenant, il savait ce qui rendait son visage si excitant : c'était la forme de ses yeux et de sa bouche. En amande. Les yeux, deux amandes sombres, et la bouche, une grosse amande humide, brillante et rouge. Il intercepta son regard scrutateur. Elle voulait se rendre intéressante. Eh bien, tant mieux !

— Allez, ne me mets pas sur les charbons ardents, Lucrezia. Raconte-moi tout.

Lucrezia laissa le goût doux-amer du Martini fondre sur sa langue. Elle réfléchit. Mais pas très longtemps. Ces types-là, elle les connaissait. Des Rüdiger, il y en avait des centaines. Ils étaient tous après elle. Mais tout de même, il était reporter, et cela voulait dire qu'il connaissait un tas de gens. Non, il n'était pas inintéressant, pas du tout... Et on ne pouvait pas dire non plus qu'il était laid, loin de là.

— L'événement se situe ici, chez nous. Je n'ai même pas à sortir. Depuis deux heures, la police est chez nous, à la clinique.

— Ah oui ?

Elle ne prêta pas attention à l'ironie contenue dans sa voix.

— Tu te souviens de la bombe qui a explosé juste là, de l'autre côté, en 1985 ?

— Le 19 juin 1985, précisa-t-il. Aérogare B. Effectivement, je m'en souviens, et comment !

— Eh bien, il s'agit d'une autre affaire du même genre. J'ai entendu tout à l'heure une conversation entre Brunner, un responsable de la police, et le docteur Hansen. Ils partaient d'une lettre de menace. Il y a déjà eu un petit attentat. Je n'ai pas tout compris, mais la grosse bombe ne devrait pas tarder à exploser.

Göttner sursauta. Dans son geste, il cogna son bras douloureux, mais il n'en eut cure.

— Qu'est-ce que tu dis ? Tu parles sérieusement ?

Elle était là, juchée tranquillement sur son tabouret de bar, à siroter un Martini, à sourire de ses yeux en amande et elle lui parlait de bombes ? De bombes et d'attentats, rien de moins !... Il n'avait pas oublié Hensche ni Margot, et encore moins Reinbacher, ce porc corrompu, ni les deux flics, ni ce gras du bide en complet gris. « Monsieur le Secrétaire d'Etat fait surveiller vos agissements depuis quelque temps. »

Mais une bombe, pour couronner le tout ! Quand Hensche l'apprendra ! Si tout cela est vrai... ça va faire sensation !

Quelle journée, bordel !

— Quelle bombe ? (Il avait du mal à parler, soudain.) Et la lettre de menace, qui l'a envoyée ? L'expéditeur l'a signée ? Il y a un nom ?

— Bon, les choses se présentent comme ça, ou plutôt, elles paraissent se présenter comme ça... Tu as du feu ?

Elle tenait une cigarette. Il se pencha pour lui donner du feu.

— Oui ? la pressa-t-il. Allez, vas-y.

— Il y a quatre ou cinq semaines, nous avons eu un cas assez pénible.

Pourquoi diable prenait-elle un malin plaisir à faire traîner les choses en longueur ?

— A l'époque, il y a eu un accident dans le hangar 5. Un jeune électricien était en train de monter quelque chose quand il a été harponné par un chariot élévateur, et il a eu la poitrine transpercée par un chargement de fers à béton.

— C'était grave ?

— Plutôt, oui. Il a été littéralement embroché.

— Oh, putain !

— Ce n'était pas beau à voir. Mais il s'en est sorti. Il a été transporté à l'hôpital de la Croix-Rouge. Mais il y a eu des complications, il s'est chopé une infection carabinée, ses reins se sont bloqués, maintenant, il est en dialyse, etc. Son père a fait un scandale, ce qui est compréhensible, entre nous. Mais l'ennui, c'est que c'est nous qu'il rend responsables de l'état de son fils, c'est-à-dire le docteur Hansen et tous ceux qui l'ont opéré.

— Et que s'est-il déjà passé ? Qu'est-ce qui a déjà explosé, ici ?

Le journaliste tenta de se faire une idée claire de la chronologie des événements relatés par Lucrezia.

— Je ne sais pas. Je n'ai entendu qu'une partie de leur conversation.

— Comment s'appelle le jeune homme qui a été accidenté ?

— Roser. Werner Roser.

— Tu sais où il est hospitalisé ?

— Oui, à la Croix-Rouge. Il y en a deux à Francfort, c'est celui de la Königswarter Strasse.

— Merci beaucoup !

Friedhelm Brunner fit un signe de tête au policier qui lui avait apporté le dossier sorti des archives du personnel. Il datait de l'époque du chantier de la construction de l'aéroport et était classé parmi les dossiers des sous-traitants.

— Je vous en prie.

L'homme sortit, laissant Brunner en tête-à-tête avec le docteur Hansen.

— Roser, Karl, lut Brunner, né le... un instant... neuf août quarante-deux. A été formé dans l'armée de l'air, 4e escadre de chasse. En tant que technicien système. Il a obtenu le grade d'adjudant. S'il est né en quarante-deux, il a plus de cinquante ans aujourd'hui. Donc c'est un vétéran, un vieux de la vieille. Extrêmement apprécié dans son travail. Bonnes capacités d'assimilation. Elément ponctuel et sérieux. Très bonnes performances.

Quoi d'autre ? Un peu introverti. Fin des prestations et fin du contrat en 1972, lors de l'achèvement de l'aéroport. Donc, fin de son travail au sein de l'aéroport. C'est-à-dire... Attendez... La société Systèmes Electriques a encore obtenu quelques commandes, une en 76, une autre en 79 et une autre en 83. Et là, nous avons encore la société Karl Roser. Armoires de commande pour le hangar 5.

— C'est à la suite de cela que son fils a été accidenté, compléta Hansen, tout en se levant.

Il ne tenait plus en place. Il avait tout annulé pour cet entretien, vu son importance. Mais l'idée qu'un fou se promenait en liberté après avoir mis hors service les caméras de surveillance à l'aide d'un détonateur découvert entre-temps, que ce même homme menaçait de déposer une bombe en se réclamant de l'horrible attentat palestinien qui avait eu lieu sept ans auparavant, et tout ceci après que tout avait été fait à la clinique pour sauver son fils, c'en était trop !

Brunner fit glisser son gros index sur le dossier :

— Introverti ? Ça veut bien dire qu'il éprouve des difficultés à communiquer ? Donc, il était déjà comme ça il y a vingt ans. Et ça ne s'est pas arrangé au fil des années. Je connais ce genre de mecs. Ils ne parlent plus à personne, ils ne se parlent plus qu'à eux-mêmes. Tout rentre à l'intérieur, jusqu'au jour où ça fait « Bang ! ». La fameuse implosion. Et c'est là qu'ils pètent les plombs. (Penchant la tête sur le côté :) Excusez-moi, docteur, mais vous auriez dû me le signaler dès le départ.

— Oh, vous savez, les profils de personnalité ! Et d'abord, qu'est-ce que ça veut dire « troubles de la communication ? » Moi, il m'a foutu un coup de poing, autrement dit, il a trouvé le moyen de communiquer !

Brunner referma son dossier et haussa les épaules.

— Ecoutez, Brunner, poursuivit Hansen qui s'échauffait de plus en plus, tout ce que nous faisons en ce moment, ce sont des suppositions. Si je n'avais pas entendu parler par hasard de la panne des caméras de surveillance, nous n'aurions jamais eu l'idée de penser à

Roser. Qui nous dit que c'est lui, le fameux Ygrec qui a signé la lettre de menace ?

— Personne, docteur. (Brunner se dirigea vers la porte, mais se retourna une dernière fois avant d'en franchir le seuil.) Savez-vous comment nous faisons de la prévention, nous autres criminalistes ? En appliquant la méthode de l'exagération. De l'hystérie ou de la paranoïa. Appelez ça comme vous voudrez. En tout cas, dans moins d'une heure, je serai en mesure de vous dire si M. Ygrec et M. Karl Roser ne sont qu'une seule et même personne, et s'il s'agit effectivement de son fils Werner Roser. Ciao !

Là-haut, sur l'étagère, les chemises. Proprement pliées, telles que mon père les a déposées. Je prends la bleue, le reste, je le mets dans la valise.

Werner Roser ôta sa veste de pyjama et sentit le contact frais du coton de la chemise sur sa peau. Comme c'était bon ! Il attrapa ses chemises, son linge et ses chaussettes et les rangea soigneusement dans sa valise. Le pyjama, maintenant. Les journaux, je les laisse, les oranges et les médicaments aussi, je les laisse en souvenir à mon successeur dans ce lit de douleur.

Nom de Dieu, à cinq heures, je serai sorti ! Les vingt marks qui sont sur la table de nuit suffiront pour prendre un taxi. Et pas question de rentrer à la maison, je fonce direct au *Tivoli* voir Rosi. Elle en fera une bobine, en me voyant refait à neuf !

Il entreprit de fermer les boutons de sa chemise, non sans caresser ses cicatrices auparavant, ainsi qu'il en avait pris l'habitude, comme pour s'assurer de sa propre existence. Puis il s'assit sur le bord du lit, repoussa sa valise sur le côté, leva les jambes et s'étira. En face de lui, le balcon. Il était en chambre particulière, en première catégorie. Depuis le début, ils le traitaient comme un patient de luxe, et, à leurs yeux, il en était un, en effet. Il représentait un cas intéressant pour les médecins, car quand il était tombé entre leurs mains, il était sur le départ. Et ce « départ », les médecins voulaient et devaient l'éviter, bien qu'il n'eût aucune chance. Il gisait dans son lit comme un vieux chiffon jeté là, sans savoir où il se trouvait, ni à qui appartenait ce lit. Et par la porte ouverte du balcon, il entendait les cloches égrener les heures. Mais les cloches ne sonnaient pas comme celles qu'il entendait de chez lui. Les sons semblaient nager jusqu'à lui, étirés et déformés. Assourdis. Et lorsqu'il entendait des voix, les voix des gens qui entouraient son lit, elles étaient indistinctes, elles aussi. Tout semblait délavé, y compris les contours des objets. Sur le mur blanc, il voyait couler une eau verdâtre, et les images et les paroles pieuses du calendrier ne formaient qu'une tache noire indéfinissable.

Mais aujourd'hui, ils l'avaient gavé de potage et de viande. Et le tout était salé ! Il avait délicieusement mangé. Oubliés, les tuyaux de la dialyse qu'on lui infligeait tout en bas, à la cave !

« Bonne chance, lui avait dit l'interne en lui serrant la main. Reviens me voir de temps en temps, quand tu t'ennuieras ! »

Elle était gentille, Rosemarie. Et pas mal du tout. Mais revenir la voir ? Jamais !

Werner Roser sourit. Puis il se leva et sortit sur le balcon pour fumer sa dernière cigarette à l'hôpital de la Croix-Rouge.

Lorsqu'il rentra, il trouva le médecin du service dans sa chambre. Le docteur Brügge était maigre, ses cheveux étaient blond pâle et il portait des lunettes. Les infirmières l'appelaient l'« éléphant volant » parce qu'il était doté d'oreilles monumentales. En tout cas, c'était un mec bien.

— Je viens de parler au médecin-chef, Werner. Tout est OK. Vous pouvez rentrer.

L'« éléphant volant » avisa sa valise et s'étonna :

— Vous avez déjà fait vos paquets ? Vous êtes pressé de partir, n'est-ce pas ?

— Ah ça oui !

— Je vous comprends. Ça a été dur. Pour nous aussi, d'ailleurs.

Werner Roser hocha la tête. Il réfléchit un instant, mais finalement, c'était la moindre des choses :

— Merci, docteur, dit-il. Merci pour tout.

Le médecin sourit. Puis il reprit son sérieux.

— J'ai encore des choses à vous dire, monsieur Roser. Vous aurez encore à subir quelques examens de contrôle. Pour le reste... eh bien... vous pouvez très bien être soigné chez vous. Il serait bon que je voie l'un de vos parents à ce sujet. Votre régime, la quantité de liquide, les médicaments... Dans votre situation, il vous faudrait quelqu'un chez vous pour vérifier que vous êtes bien sage et que vous suivez les recommandations que nous vous avons faites. Comment se fait-il que votre père ne soit pas avec vous ? Il passait son temps ici, avant !

— Avant, oui.

Le docteur Brügge leva des sourcils interrogateurs, mais Werner Roser ne dit rien qui pût éclairer sa lanterne. Dans la période qui avait suivi l'accident, son père n'avait pas quitté l'hôpital. Werner ne l'avait pas réellement vu, mais il avait senti son regard. Car il ne le quittait pas des yeux, son vieux. Souvent, il parlait tout seul, à voix basse. Il ne s'adressait pas à lui, mais lorsqu'il pensait son fils endormi, il se mettait à débiter un flot de paroles ininterrompu, des paroles de vengeance, des paroles de fou. « Je vais les tuer... disait-il, je vais tous les tuer. » Werner faisait semblant de dormir, puis il ouvrait brusquement les yeux et s'inquiétait : « Qui, papa ? Qui vas-tu tuer ? » Mais il n'obtenait pas de réponse.

Peut-être devrait-il mettre le médecin au courant ? Mais qu'est-ce que ça changerait, finalement ? D'autant plus qu'il n'avait eu aucune nouvelle de son vieux depuis plus d'une semaine, depuis mardi de la semaine dernière, exactement.

— Si je ne peux plus voir votre père, peut-être pourrais-je parler à votre mère ? proposa le médecin.

Werner secoua la tête :

— Elle est malade, elle aussi.

Le docteur Brügge soupira.

— Pourtant, il faudrait que je voie quelqu'un, le médecin-chef y tient. Car il faut bien reconnaître que nous en avons fait suffisamment pour vous, vous ne trouvez pas ?

— Oh oui, oui...

Il s'interrompit, car la porte s'était ouverte pour livrer le passage à un grand type blond au sourire légèrement faux qui les salua avec familiarité d'un « bonjour ! » tonitruant.

Le docteur Brügge se leva. Peut-être avait-il autre chose à faire, peut-être trouvait-il la conversation fastidieuse, ou tout simplement ne voulait-il pas être importun. Toujours est-il qu'il sortit de la pièce en souriant :

— Nous en reparlerons plus tard.

Peut-être aussi avait-il pris l'homme pour un compagnon d'hôpital de Werner, à cause de son bras en écharpe. Pourtant, le jeune homme ne le connaissait pas. Il dévisagea l'intrus en silence.

— Vous êtes bien Werner Roser, n'est-ce pas ?

Werner hocha la tête.

— Et moi qui pensais que vous étiez gravement malade ! Alors que vous êtes en train de préparer vos valises !

— J'ai été gravement malade, effectivement.

— Toutes mes félicitations, alors !

— Qu'est-ce que vous voulez ?

— Je m'appelle Rüdiger Göttner. Vous fumez, monsieur Roser ?

— Je viens de fumer une cigarette. Vous arrivez trop tard.

— Vous permettez ?

De sa main valide, l'homme farfouilla à l'intérieur de son blouson de cuir, un blouson qui devait coûter la peau des fesses. Pareil pour la chemise en soie qu'il portait. Et son jean, il ne l'avait pas acheté dans un supermarché.

— Rüdiger Göttner ?

Ce nom ne disait rien à Werner.

— Je suis envoyé par *L'Express*.

Ah, c'était un journaliste ! Ils s'intéressaient à du menu fretin comme lui, première nouvelle !

— Oui, et alors ?

Göttner fit une grimace, il semblait souffrir.

— Je suis tombé, je me suis cassé le bras. Je n'arrive pas à attraper mon briquet, vous en avez un, peut-être ?

Werner lui donna obligeamment du feu.

— Merci. (Le journaliste inspira une profonde bouffée, souffla la fumée par le nez tout en dévisageant Werner à travers le voile ténu qui les séparait.) Il s'agit d'une affaire sérieuse. Extrêmement sérieuse, j'exagère rarement. Et il faut que vous me veniez en aide. Et pas seulement à moi, mais à vous, et à tout un tas de gens qui risquent de débouler en masse ici, à l'hôpital, si on ne les emmène pas directement au cimetière.

— Qu'est-ce que vous racontez ? Je ne comprends rien à ce que vous dites.

Werner s'assit sur son lit, perplexe et inquiet. Qu'est-ce que ça veut dire ? Il est complètement fou !

— Il s'agit de votre père, monsieur Roser. Il est recherché par la police.

— Mais c'est impossible ! Et pourquoi venez-vous...

— Ecoutez-moi, s'il vous plaît. Je vous répète que c'est extrêmement important. Si nous agissons ensemble, nous pouvons sauver des vies, vous et moi. Comme je vous l'ai dit, la police est déjà sur les traces de votre père. Il a commis un petit attentat à l'explosif à l'aéroport en envoyant parallèlement une lettre de menace où il annonçait qu'il s'apprêtait à faire les choses en grand. Vous avez une idée de ce qui risque de se passer ? Non, vous êtes encore trop jeune, vous n'avez pas connu l'attentat à la bombe de 1985. Mais moi, j'y étais, et je peux vous dire que ce n'était pas beau à voir, il y avait des morceaux de chair partout.

Werner avala sa salive. Pendant une seconde, il avait encore espéré que tout ceci n'était qu'une plaisanterie de mauvais goût. Mais maintenant, il le sentait : cet oiseau de malheur disait la vérité.

— Oui, mais... pourquoi ? balbutia-t-il. Qu'est-ce qui...

— Moi aussi, je me suis posé la question. Je ne peux que faire des suppositions, monsieur Roser. C'est sur le site de l'aéroport que vous avez eu votre accident, et c'est à la Clinique de l'aéroport... on m'a dit que c'est là que vous avez reçu les premiers soins, et que par la suite votre état s'est détérioré...

— Détérioré ? J'ai failli crever, oui !

— Justement ! Donc, c'est l'aéroport et la clinique que votre père rend responsables de votre état.

Werner sentit le sang lui monter à la tête, puis affluer

dans ses jambes. Ses cicatrices devinrent douloureuses. Que disait cet homme ? C'était de la folie ! Son vieux... ?

Puis il se souvint de ses marmonnements, des menaces proférées à voix basse au pied de son lit, de sa voix monocorde qui ne cessait de répéter : *ILS VONT TROUVER A QUI PARLER. JE VAIS LES TUER. OUI, ILS VONT VOIR CE QU'ILS VONT VOIR...*

— Alors, monsieur Roser ? Pensez-vous votre père capable de ce genre d'action ?

Werner voulut avaler sa salive, mais sa bouche était sèche. Il leva la tête et prononça péniblement :

— Qu'est-ce que vous voulez que je vous réponde ? Je ne peux rien vous dire ! C'est complètement fou ! Un attentat ! Une bombe !

— Donc, vous ne l'en croyez pas capable ?

— Bien sûr que non !

— Autre chose : aurait-il les possibilités techniques de faire ce genre de choses ? Pour commettre un attentat, il faut être en possession d'explosifs, d'un détonateur, d'un déclencheur qui pourrait fonctionner à distance. Est-ce qu'il pourrait se les procurer et les faire marcher ?

— Qu'est-ce que j'en sais, moi ? Il pourrait, il pourrait... Oui, il pourrait ! Il a été dans l'armée pendant douze ans ! C'est là qu'on apprend à fabriquer ce genre de trucs, non ? Et ensuite, il a travaillé à l'aéroport. Et pour se procurer le matériel... il a encore des copains partout.

Göttner hocha la tête. C'était la réponse qu'il attendait.

— Mais il ne ferait jamais une chose pareille, ajouta Werner.

— Ah bon, vous croyez ? (Les yeux du journaliste, des yeux gris-vert, captèrent ceux de Werner, les retinrent prisonniers.) Où se trouve votre père actuellement ?

— J'en sais rien, moi !

— Ce n'est pas une réponse, Werner ! Je vous appelle Werner, maintenant. Ou plutôt, je t'appelle Werner. Tu ne peux pas t'en sortir comme ça. Je te l'ai dit tout à l'heure, nous sommes liés, toi et moi : il s'agit de sauver des vies ! Et avant tout, celle de ton père ! Pense que tu pourrais être impliqué dans toute cette merde, ce ne serait pas très réjouissant pour toi, tu es d'accord ?

— Vraiment, je ne sais pas. Croyez-moi ! Pendant toute la période où j'ai été entre la vie et la mort, il a passé ses journées ici, dans ma chambre, assis à la place où vous êtes. Il n'arrivait plus à quitter la clinique, il partait pour revenir tout de suite après.

— Et maintenant ?

— Justement, maintenant, je ne le vois plus. Silence radio depuis six jours. Je ne le vois plus, il ne téléphone pas. Ma mère m'a téléphoné une seule fois, je n'ai pas demandé de ses nouvelles.

Göttner jeta sa cigarette dans le cendrier sans prendre la peine de l'éteindre, lança un coup d'œil par la fenêtre puis revint au jeune homme :

— Werner, l'adresse !

— L'adresse de la maison ? La mienne ?

— Bien sûr !

Il l'inscrivit sur une feuille de papier. Bon, maintenant, qu'il foute le camp ! Un attentat ! Le vieux !

— Oui, quoi encore ?

— Je reprends contact bientôt, Werner. Et si vraiment ça saute, on parlera de mes droits à l'exclusivité. Je veux parler de l'article que je vais écrire. Mais tout ça, c'est pour plus tard... Je reviendrai plus tard, pour l'instant, je suis pressé, tu comprends ?

Werner ne comprenait rien du tout.

Mais Göttner avait déjà disparu.

Moins d'une minute plus tard, trente secondes tout au plus, le temps qu'il lui fallut pour poser la valise sur le lit et ouvrir le couvercle, le téléphone sonna.

L'administration, peut-être ?

Werner décrocha.

Il entendit un léger son métallique. Puis, très clairement :

— Werner ?

Incapable de prononcer le moindre mot, respirant avec difficulté, il sentit son cœur cogner violemment dans sa poitrine.

— Werner, mon garçon, comment tu vas ?

— Papa ?

— Je sais, tu te demandais où j'étais passé... Je... Je n'ai pas pu venir, j'avais quelque chose à régler. Crois-moi, c'était important. Mais je n'ai pas arrêté de penser à toi... Werner, dis-moi, comment ça va aujourd'hui ? Tu as mal ?

— Comment ça va ? Ça va très bien !

— C'est vrai ? Sérieusement ?

— Bien sûr, sérieusement ! Je suis en train de préparer ma valise pour rentrer ! Maman ne te l'a pas dit ? Elle m'a appelé avant-hier !

Un silence. Une longue, interminable pause, comme si la communication avait été coupée. Mais Werner entendait la respiration de son père, très distinctement. Il n'avait pas raccroché, non.

— Papa ? Qu'est-ce qui se passe ?

Toujours cette respiration.

Enfin :

— Est-ce que j'ai bien compris ? Tu es en train de préparer ta valise ?

— Oui ! Ils m'ont permis de rentrer. Je suis guéri. Je vais très bien. Tu te rends compte, ils ont mis du sel dans mon repas. Et je peux pisser ! Je pisse comme un chef ! Mes reins fonctionnent, tout est OK. Faut dire que ça a duré assez longtemps comme ça, tu n'es pas d'accord ?

— Comment ? D'accord pour quoi ? Qu'est-ce que tu as dit ?

Que se passait-il ? Avait-il bu ? Non, ce n'était pas son genre. Est-ce que le journaliste lui avait dit la vérité ?... Bon, il fallait le reconnaître, il n'était plus vraiment lui-même depuis un certain temps, depuis les derniers mois, en fait. Il avait tout simplement décroché, il sillonnait le parc Grünebourg en marchant comme un automate, des heures durant. Quant à leur adresser la parole, à la maison... Il préférait s'enfermer dans son atelier...

Mais c'était compréhensible, après tout. Comment supporter les éternelles récriminations et les bavardages sans intérêt qui lui étaient infligés dès qu'il franchissait le seuil ? Mais il n'y avait pas que cela, non, sa mère n'était pas seule responsable. On ne lui passait plus de commandes, voilà la vraie raison. La vraie raison, c'était qu'à l'aéroport, non seulement on l'avait foutu dehors, mais en plus on l'avait laissé tomber. Il n'avait jamais pu l'avaler.

A cela est venu s'ajouter mon accident. D'accord, mais de là à poser des bombes ! Le vieux n'était pas un fabricant de bombes ! Les bombes, ça pète, c'est de la merde ! Ça fait éclater les gens en morceaux, ça fait couler le sang, on le voit bien à la télé !

Le vieux a beau être un peu fêlé, mais c'est mon père, ce n'est pas un assassin ! Il n'y a que les cons de la bande à Baader pour faire ce genre de saloperies, pas mon père !

— Tu es toujours là, papa ? Qu'est-ce que tu as, dis ? Il faut que je te dise quelque chose : il y a un type qui sort d'ici, il est venu pour toi. Ecoute bien, c'est un journaliste. Il m'a raconté des conneries pas possibles.

— Werner, mon petit... Werner...

Qu'est-ce que c'est que cette voix ? C'est vrai qu'il n'a pas l'air de tourner rond. Sa voix s'est complètement transformée, il n'a pas l'air bien... Ce « Werner, mon petit... » Comme s'il me parlait du fond de sa tombe. J'ai l'impression d'être dans un film d'horreur, avec une porte qui grince pendant qu'une voix caverneuse m'apostrophe : *Werner, mon petit...*

— Guéri ? Tu m'as dit que tu étais guéri, assez guéri pour qu'ils te laissent sortir ?

— Je serai à la maison dans une heure. Ou un peu plus tard, je passe voir Rosi avant.

Cette fois-ci, Karl Roser ne dit rien. Il se contenta de respirer, mais sa respiration devint de plus en plus forte, jusqu'à se transformer en une sorte de gémissement. Un gémissement effrayant, semblable à un sanglot... Mais qu'est-ce qui le prenait ? Il n'allait tout de même pas chialer au téléphone ! Pourquoi, parce qu'il s'en était tiré ?

— Tout est OK maintenant, dit-il pour tenter de le consoler.

Mais ce n'était pas du tout ce qu'il croyait.

— Ecoute-moi, Werner !

Ah, son père avait retrouvé l'usage de la parole ! Son débit bref et haché. Sa détestable voix de commandement. Sa voix d'adjudant. Et son ton était le même que celui qu'il utilisait pour terroriser les jeunes recrues autrefois, et, plus tard, son fils pendant son apprentissage :

— Tu vas écouter chacune de mes paroles, c'est clair ? Et tu vas les retenir !

— Qu'est-ce qui se passe encore ?

Mais il le savait. La panique monta en lui, et la vérité, l'effroyable vérité se fit jour, inexorablement : ce Göttner avait raison, tout ce qu'il avait dit était vrai... Oh, merde, mon père l'a vraiment fait !

— Werner ! Tu vas immédiatement appeler l'aéroport. Il y a un numéro spécial pour la police. Cherche-le, et appelle-la tout de suite. Compris ?

Il l'a vraiment fait ! C'est complètement fou... Ce n'est pas possible !

— Bon, deuxièmement, tu leur dis que tu les appelles pour les prévenir qu'un attentat... non, qu'une détonation va avoir lieu. Tu dis qu'il y a un détonateur à retardement et un pain de cinq cents grammes d'explosifs du type ZD-4 de fabrication Pionier. Compris ?

— Oui, oui. Dis-moi, tu es devenu fou ?

— Le problème n'est pas là, Werner. Ferme-la et fais ce que je te dis. Bon, je continue. Dis-leur que le détonateur est facile à déconnecter. Il leur suffira de débrancher le fil du pôle négatif. Maintenant, le plus important. Tu as un crayon ?

— Je n'en ai pas besoin !

— Si, tu en as besoin ! Prends un crayon.

Il en avait un sur sa table de nuit. Il l'attrapa et déchira la première page du policier que lui avait apporté Rosi.

— Tu y es ?

— Oui.

— Ecoute bien : le chargement se trouve entre C-64 et C-65.

— Qu'est-ce que c'est que ça ?

— Des portes d'embarquement, bien sûr. Ce n'est pas difficile à trouver. Il y a un panneau de publicité pour Steigenberger. Tu entends, Steigenberger ! Tu notes ?

— Oui.

— Et là, à environ 10 ou 15 mètres en direction de

C-65, ils trouveront le chargement. Derrière le revêtement. Tu as noté ?

— Derrière le revêtement. Oui...

— Répète.

— Tu m'emmerdes ! J'ai tout noté ! Et maintenant, c'est à toi de m'écouter ! Est-ce que...

Son père n'écouta pas. Il poursuivit :

— Dis-leur que c'est programmé pour dix-sept heures. A compter de maintenant, il leur reste encore quarante minutes. C'est suffisant...

Il raccrocha.

Werner Roser fixa le combiné qu'il tenait à la main, puis le laissa tomber brutalement comme s'il lui avait brûlé les doigts.

Puis il se leva d'un bond et se précipita dans le couloir, où il tomba sur le gros homme atteint d'un cancer du larynx, qui ouvrit des yeux grands comme des soucoupes mais ne put protester, n'ayant plus de voix. Il poursuivit sa course sans même remarquer qu'il était pieds nus, et lorsqu'il le remarqua, il s'en moqua.

Le numéro de la police de l'aéroport...

Il avisa une jeune infirmière qui se tenait dans l'encadrement d'une porte.

— Vite, il me faut un annuaire. Vous en avez un ?

— Je n'en sais rien, ils l'enferment en général. Et Telma n'est pas là pour l'instant.

Telma, la surveillante.

— Quelle conne, cette Telma !

— Dis donc, tu n'es pas bien ?

Mais il était déjà loin. Encore deux emmerdeurs en peignoir. Il les poussa purement et simplement sur le côté.

— Hé dis donc !

Il atteignit les ascenseurs. Occupés. Bon, les escaliers. En bas, à l'accueil, il trouverait sûrement ce qu'il cherchait. Werner glissa, sentit soudain des coups de couteau dans sa poitrine, mais il se rattrapa.

— Et pieds nus, en plus ! cria quelqu'un derrière lui.

Oui, espèce de con ! Pieds nus. Et si tu savais pourquoi, tu courrais cul nu !

Il arriva dans le hall. Il était presque vide. Mais le blouson en cuir, là-bas, je le connais ! Et ces cheveux bouclés ! C'était Göttner qui engueulait la réceptionniste :

— Et mon taxi, c'est pour aujourd'hui ou pour demain ?

Il tombait à pic !

— Monsieur Göttner !

Il respirait avec peine, la poitrine labourée de coups de poignard.

— Werner ! Qu'est-ce qui s'est passé ?

— Vous étiez à peine sorti qu'il m'a appelé ! Il est fou ! Complètement !

— Qu'est-ce que tu veux dire ?

— C'est exactement ce que vous m'avez dit. La bombe va exploser dans trente ou quarante minutes. Il veut que nous avertissions la police de l'aéroport. Ils n'ont pas d'annuaire là-haut, c'est pour ça que je suis descendu.

— Eh ben ça alors !

Göttner plongea la main dans sa poche de poitrine, en sortit un agenda sans cesser de le fixer avec des yeux agrandis.

— C'est... c'est absolument incroyable. Comme je l'ai... Attends... Voilà, voilà le numéro, c'est le 69014.

Göttner ne prit pas la peine de se rendre dans la cabine. Déjà, il ouvrait la porte de la cage de verre de la réceptionniste. Il lui cria quelque chose et celle-ci poussa le téléphone vers lui. Il composa le numéro.

— Viens, Werner ! Dis-leur tout ce qu'il t'a raconté au téléphone. N'oublie rien. Tu entends ?

— J'ai tout noté.

— Bon, tant mieux. Allez, vas-y.

Il tendit le combiné à Werner.

— Police de l'aéroport, répondit une voix masculine.

L'alerte de Werner Roser était arrivée à seize heures vingt-quatre et avait été aussitôt transmise au service central. Trois minutes plus tard, Wolters, l'agent de service, transmettait l'alerte 1.

Dix minutes s'étaient écoulées lorsque Brunner, la poitrine déchirée par un bon point de côté et le cœur battant à tout rompre, escalada les marches du bus qui l'amènerait jusqu'à la porte C-65, où devaient atterrir Hallbach et Ott, les deux artificiers dépêchés par la brigade criminelle.

Toute la zone C avait été bouclée. Les haut-parleurs résonnaient toujours au-dessus de sa tête : « A la suite d'une défaillance technique, nous sommes contraints... » Afin d'éviter d'effrayer le personnel et le public, il avait été décidé de répondre aux questions éventuelles en évoquant un « incident technique sans gravité ».

Il était primordial d'éloigner les gens de la zone C rapidement, mais dans le calme. Le personnel navigant et le personnel d'entretien avaient été mis au courant, et il fallait noter qu'il régnait sur les aires de stationnement un calme étonnant. Chacun veillait à exécuter les instructions vite et bien, sous l'œil vigilant des agents de la police des frontières.

Les véhicules d'approvisionnement s'éloignèrent. Deux tracteurs remorquèrent un Boeing de la Swiss Air et un DC-10 de la Kuwait Airlines pour les éloigner du périmètre sensible.

Au loin, dans la zone B-42, Brunner aperçut un Tupolev russe de la compagnie hongroise Malev, dont les réacteurs crachaient de la fumée. Immédiatement après, ses réacteurs commencèrent à chanter. L'Airbus de la Lufthansa qui, quelques instants plus tôt, subissait encore un contrôle technique en B-43 avait déjà pris le large. Heureusement, les postes de la zone C n'étaient pas occupés à cette heure de la journée.

Mais que faisait ce satané hélicoptère ? Ah, voilà, il arrivait !

Le gros insecte se posa sur le sol maculé de flaques d'huile à moins de vingt mètres de Brunner.

Les portes s'ouvrirent. Deux hommes sautèrent à bas de l'appareil et vinrent le rejoindre en courant, pliés en deux. C'étaient les artificiers. Ils portaient déjà leurs tenues de travail, de longues vestes capitonnées censées protéger leurs corps en cas d'explosion. Brunner se fit la réflexion que depuis toujours, ce sont les vœux pieux qui maintiennent les hommes debout aux pires heures de folie.

Le plus jeune des deux artificiers, qui devait être Ott, portait une sacoche à outils. L'autre, un grand maigre, était certainement Hallbach, une figure légendaire de la lutte antiterroriste.

Le pilote de l'hélicoptère vint déposer une seconde caisse, puis le moteur se remit à vrombir et déjà l'appareil s'élevait dans le ciel gris, dans un grand bruit de rotors.

Le plus petit des deux artificiers était un jeune homme blond aux cheveux clairsemés, dont le visage rond et honnête de paysan éveillait la confiance.

— Ott, dit-il pour se présenter.

— Venez, monsieur Ott. Monsieur Hallbach, je suppose ?

— Oui. Avez-vous déjà pu localiser l'engin ?

Brunner secoua la tête :

— Nous sommes en train de nous en occuper.

Greif, le chien de berger, réagissait toujours de la même façon. Lorsqu'il entendait son maître Walter Scheidt prononcer les mots : « Greif ! Cherche, cherche ! », un tremblement parcourait son échine noire et luisante, ses oreilles se relevaient, et sa longue queue se mettait à fouetter l'air. L'animal se trouvait dès lors en état d'attente et de concentration. Sa noble tête se redressait, se tournait vers la droite, vers la gauche, son long museau inspirait l'air et prenait le vent.

Cependant, même pour un animal d'élite comme Greif, la tâche était complexe.

Car il était entraîné en premier chef pour la découverte des explosifs cachés dans les bagages, les conteneurs de chargement et les avions. Alors qu'en l'occurrence, il avait à exercer ses talents dans une immense bâtisse semblable à un couloir. Au centre, le tapis roulant destiné au transport des passagers était arrêté. Les murs n'étaient que des parois lisses de béton, de verre et de plastique. Le sol recouvert d'une matière synthétique noire dégageait une odeur plate composée des effluves dégagés par des milliers de semelles de chaussures. Et comment ce chien pourrait-il découvrir une charge explosive perchée à deux ou, plutôt, trois mètres au-dessus de sa tête ?

Brunner observa le travail du chien tout en maudissant intérieurement ce salopard de Roser qui avait obtenu l'autorisation d'accéder à toutes les installations de l'aéroport. Il était en possession de ses laissez-passer d'autrefois ainsi que des copies de celles de son fils. Si les contrôles avaient été effectués plus sérieusement, on n'aurait pas manqué de remarquer les anomalies...

La bouche de Hallbach, l'artificier, était encadrée de part et d'autre de profonds sillons. La peau de ses pommettes était tendue. Cependant, il paraissait extrêmement maître de lui et ne consultait que rarement sa montre, un grand chronomètre de précision. Il en a sacrément besoin, pensa Brunner, avec un boulot pareil !

— Plus que vingt-deux minutes.

Brunner hocha la tête

— Ou peut-être bien quinze, ajouta Hallbach.

— Pourquoi quinze ?

— Parce qu'on ne sait jamais vraiment. Parce que les fous sont fous. Et je sais ce que je dis !

Il le croyait sur parole. Mais Greif, que faisait donc Greif ? *A dix ou quinze mètres environ de la publicité Steigenberger en direction de C-65.* C'était là l'indication qu'on leur avait donnée.

Ils arrivaient en vue de la publicité Steigenberger. Elle était toujours allumée, elle brillait de toutes ses couleurs. Du rouge pour les fauteuils et la livrée des portiers d'un hall d'hôtel, du blanc pour les murs, de l'or pour les lustres, les lampes et les décorations des colonnes. Au-dessus, une inscription :

STEIGENBERGER — POUR VOUS DETENDRE DANS UNE ATMOSPHERE DE LUXE ET DE RAFFINEMENT.

Brunner avança à grands pas. Le chien s'était mis à gémir. Il s'assit sur son arrière-train, ses yeux d'ambre levés, les oreilles couchées vers l'avant, puis, brusquement, il bondit. Jamais Brunner n'eût imaginé qu'un chien pût sauter ainsi. Il s'élança contre le revêtement, se redressa de toute sa longueur contre le mur, atteignant ainsi la taille de Scheidt, son maître, qui leva une main pour arrêter le policier : il fallait éviter de détourner l'attention de l'animal.

Brunner se figea sur place.

Toutes les têtes s'étaient retournées. Sur tous les visages, on pouvait lire la même expression d'attente anxieuse.

Greif se mit à aboyer, tout en continuant à gratter. Puis il s'assit, poussant d'insupportables gémissements plaintifs, avant de se jeter de plus belle contre le mur.

— Bien, Greif, tu es un bon chien... Tu es le meilleur !

Scheidt raccourcit la laisse et ramena le chien.

— C'est là-haut ! dit-il en levant le bras.

— Bon, ben, on va aller voir ! annonça Hallbach en hochant la tête.

Il ne leur fallut pas plus de cinq minutes pour dévisser le premier panneau de revêtement. Il mesurait cinquante et un centimètres par un mètre et était vissé sur une charpente en métal léger qui supportait également le cadre de la vitrine du panneau publicitaire.

— Il n'y a rien !

— Si, il y a quelque chose ! affirma le maître-chien. Regardez bien, à droite ou à gauche. Ou alors, cherchez plus haut !

Hallbach passa la tête dans l'ouverture et fouilla l'intérieur de la construction à l'aide d'une puissante lampe-torche.

— Rien, persista-t-il. En tout cas, je ne vois rien. On va enlever le panneau suivant. Celui du dessus.

On fit rouler l'échelle et on l'assura.

Brunner regarda sa montre. Furtivement, afin de ne pas provoquer de nervosité. Plus que vingt et une minutes. Bon Dieu, quel suspense ! Mais vingt et une minutes devraient suffire.

Il jeta un regard par la fenêtre. A présent, la porte d'embarquement B, avec ses extrémités en étoile, était complètement désertée, à l'exception du Tupolev de la compagnie hongroise qui n'avait pas encore quitté l'aire de stationnement devant la zone B-42. Au cas où ça péterait réellement, la déflagration ne pourrait pas l'atteindre. La distance était trop importante.

Derrière le barrage, il aperçut un grand type blond en blouson de cuir couleur caramel qui parlementait avec ses gars. Il lui sembla reconnaître ce visage et cette coiffure bizarre en crête de coq. Un journaliste, se dit-il. Ah oui, il y était. *L'Express*. Comment s'appelait-il, déjà ? Götter ou quelque chose comme ça. Il vit un agent de la police des frontières se diriger vers lui en courant.

— Monsieur Brunner, il y a...

— Oui, je sais. Götter de *L'Express*.

— Il s'appelle Göttner. Il dit que c'est grâce à lui que l'alerte a pu être donnée.

— Grâce à lui ?

— Oui. Et il veut passer. On peut le laisser passer ?

— Vous êtes fou ? Jamais de la vie !

Une nouvelle fois, Brunner loucha vers sa montre. Seize heures quarante-quatre. C'est comme dans les compétitions sportives. D'abord, le temps paraît s'étirer interminablement, puis il se précipite brusquement.

— Il dit qu'il a quelque chose d'urgent à vous communiquer.

— Bon, j'y vais.

Brunner soupira.

Le chien de berger recommença à hurler à la mort. Les deux artificiers, perchés sur leur échelle, s'employaient à dévisser un nouveau panneau.

Le policier se demanda ce qu'ils pouvaient bien ressentir en ce moment.

Naturellement, cette enflure de journaliste n'avait rien à lui « communiquer ». Tout ce qu'il lui apprit fut qu'il avait donné au fils de Roser le numéro de la police de l'aéroport. Ils s'y entendent pour vous rouler dans la farine, ces gens-là. Et que je te fasse l'important, et que je t'agite mon appareil photo sous le nez !

— Je l'ai acheté dans un kiosque spécialement pour ça. Le temps que ma photographe arrive... Vous savez ce que c'est !

— Faites donc des autoportraits, comme ça, vous ne serez pas venu pour rien. On ne vous laissera pas passer. Pas de photos. Vous n'êtes pas au spectacle.

— Dites, Brunner ! C'est à moi que vous devez...

Le policier secoua la tête. Pour ce genre de mecs, la vie était une kermesse permanente. Rien ne les arrêtait ! Il courut rejoindre son poste et constata que l'avion hongrois avait fini par quitter sa place et qu'il avançait lentement entre les portes B et C en direction des pistes.

En fait, il ressemble à un 727, pensa Brunner. En un peu plus petit...

Puis il s'arrêta net. Car Greif et Scheidt venaient à sa rencontre. Scheidt flattait le cou musclé de l'animal qui cheminait à côté de son maître, la tête et la queue fièrement redressées.

— On a trouvé l'engin, déclara Scheidt, en ajoutant avec un signe de tête en direction de son chien : C'est lui qui l'a trouvé.

— C'est vrai ?

Brunner regarda les deux artificiers encore juchés sur leur échelle.

— Comment a-t-il fait ? s'enquit-il tout en caressant la tête de Greif.

— Pour ça, il suffit de quelques molécules de parfum. Quand elles puent le kérosène, il les capte toujours. Mais maintenant, allons nous couvrir. L'artificier a dit qu'ils commençaient à désamorcer.

Le couloir, ou plutôt, la porte comme ils l'appelaient, était loin de l'endroit où ils se trouvaient. Ainsi éloigné, vide, il paraissait deux fois plus long qu'avant. Là-bas, derrière le barrage, seules quelques formes isolées s'agitaient encore.

Horst Ott, le plus jeune des deux artificiers, tourna la tête vers l'échelle et contempla les talons de son collègue en pensant : « Je n'aime pas les objets volants, que ce soient les mouches ou les avions... Je ne suis pas à l'aise en avion, j'aime mille fois mieux partir en voiture plutôt que me coltiner mes bagages et m'enfermer dans une boîte de conserve... Moi, les Baléares ou l'Amérique, ça ne me dit rien du tout, je préfère l'Eifel, ou alors, la Forêt-Noire. Finalement, oui, la Forêt-Noire, c'est encore plus beau... »

— Passe-moi la pince universelle, Ott ! (La voix de son collègue le tira de ses pensées.) La numéro trois.

— Voilà. Comment ça se présente, monsieur Hallbach ?

— Bien ! C'est un travail de débutant. Pas très évolué... Mais l'horloge s'est coincée, je n'arrive pas à l'attraper.

— Et la charge ?

— Même pas cinq cents grammes. On y arrivera sans problème.

Sans problème ? Quel pourrait être le problème ? Ah, on peut dire qu'il a les nerfs solides, le Hallbach ! Froid comme un glaçon. La dernière fois, quand il y a eu cette voiture piégée par la Mafia, il n'a fait ni une ni deux, il a pris la soudeuse et il a coupé à trois centimètres du détonateur... Moi, pendant ce temps, j'avais une de ces pétoches ! Mais j'étais coincé, je n'allais pas foutre le camp !... J'en tremble encore !... J'en ai presque fait dans mon froc ! « On s'y fait, avec le temps ! » : ça, c'est ce qu'il dit, Hallbach ! En attendant, avec le temps, il est toujours là ! Qu'est-cc qu'il a dit, le prêtre, au baptême de Benno ? « Il faut prier, monsieur Ott. Ça vous aidera. Priez : Seigneur, je remets ma vie entre vos mains, car je sais qu'elle ne pourra pas trouver de meilleure protection... Mais il ne faut pas vous contenter de prier, il faut y croire, de toutes vos forces ! » Tu parles, que je vais prier ! Quand ça pète, il n'y a plus de Seigneur qui tienne. Je me demande ce qui m'a pris de faire ce boulot. A chaque fois c'est pareil, j'ai plus un poil de sec, je sens la sueur qui dégouline dans mon dos.

— J'y arrive pas, dit une voix venue d'en haut. Comme ça, peut-être. Non, ça marche pas non plus.

Comment ça, Hallbach, tu n'y arrives pas ? Ça urge ! Il ne reste plus que onze minutes avant le départ du courrier. Et si jamais le renseignement était mauvais ? Non, il est bon, Hallbach a l'horloge devant lui, il l'aurait vu depuis longtemps. Ou alors, il serait parti se mettre à l'abri !

— Ott ?

— Oui, monsieur Hallbach ?

— Monte de l'autre côté. Non, attends, apporte-moi le machin.

Le « machin ». Son « machin », c'était une pince coupante, une fabrication spéciale, construite d'après les indications de Hallbach, avec deux lames de plastique dures comme de l'acier et soumises à la même pression, quel que soit le point. La mécanique avait été pensée dans ce sens. Le « machin » était capable de couper avec autant de précision qu'une lame de rasoir et d'isoler en même temps. Mais s'il en avait besoin, cela voulait-il dire qu'il n'avait pas réussi à déconnecter les contacts ? Ça se corsait... Bon. Le « machin » avait toujours bien fonctionné jusque-là. Mais Hallbach en personne fermait les yeux chaque fois qu'il l'utilisait.

Ott sentit un picotement dans sa nuque. Puis il sentit une chaleur à l'intérieur de ses mains. Une chaleur humide.

Il grimpa l'échelle :

— Tenez !

Hallbach hocha la tête. A présent, Ott pouvait voir les supports. Et l'horloge : un réveil bon marché. Cette ordure de poseur de bombe l'avait fixé avec un papier collant isolant vert. Voilà les fils qui conduisaient à la charge : un rectangle marron, guère plus grand que sa main.

— C'est de l'ammonal ?

Hallbach secoua la tête :

— Non, c'est du Pionier. Monte encore une ou deux marches, tu vas tourner l'horloge légèrement sur la gauche. Tu y arriveras, j'ai essayé.

Le cœur d'Ott s'était calmé, il battait à un rythme étonnamment lent. Il ne transpirait plus. Il observa ses mains : elles ne tremblaient pas. Il fit ce que Hallbach lui avait demandé et sentit le contact du boîtier du réveil dans sa main. Le bout de ses doigts fut parcouru de picotements.

Hallbach mit le « machin » en route, tourna la vis de réglage, referma un peu, tourna encore...

Dans les films d'action où l'on voit les héros désamorcer une grosse bombe atomique rutilante, les artificiers sont au nombre de quatre, en général. Chacun d'eux tient un câble dans sa main. Un cinquième compte : « Trois, deux, un. » Puis : « Zéro ! »

Hallbach ne ferma pas les yeux.

Il coupa.

Il coupa en regardant bien ce qu'il faisait.

Le silence. Rien. Rien qu'une sensation de vide dans l'estomac et un millier de souris dans les intestins. Puis un sourire :

— Eh bien, monsieur Hallbach. Finalement, ce n'était pas si terrible que ça !

Hallbach posa le « machin » sur un barreau de l'échelle et le regarda, songeur.

— Un drôle de coco, ce poseur de bombe !

Horst Ott essaya de maîtriser sa voix, afin de la faire paraître aussi détachée et calme que celle de son chef.

— Pourquoi ?

— Réfléchis un peu, Ott ! Aucun avion n'était annoncé avant dix-sept heures. Bon, je ne dis pas que si un membre du personnel de service ou un pékin quelconque s'était trouvé à ce moment sur le tapis roulant, il n'aurait pas été touché. Mais avec la petite charge qu'il a mise, si ça se trouve, le mec s'en serait sorti.

Et nous ? pensa Ott. Nous, on y serait passés dans tous les cas...

Ce fut sa dernière pensée.

Il n'entendit pas la détonation. Il n'eut que le temps de distinguer une sorte de brouillard couleur argent et des nuages constitués de milliers de fragments de verre. Puis il se sentit soulevé et projeté dans les airs.

Hors Ott ne sentit pas non plus le choc. Il mourut sur le coup. Deux de ses vertèbres cervicales s'étaient brisées...

L'onde de choc de l'explosion fit tournoyer l'échelle comme un fétu de paille et l'envoya contre le mur opposé, par-dessus le tapis roulant. A trois mètres de là, Hallbach, qui gisait sur le sol, tenta de se redresser, secouant sa tête ensanglantée. De la barrière qui interdisait l'accès à la porte s'élevèrent des cris d'horreur, des hurlements et des gémissements. Au bruit de la détonation, la plupart des hommes, sentant venir l'onde de choc, s'étaient jetés à terre. Seuls Brunner et Göttner, qui s'étaient baissés instinctivement derrière un pan de mur, comprirent ce qui s'était produit.

L'explosion n'avait pas eu lieu dans le bâtiment mais dehors, sur l'aire de stationnement, entre la porte B et la porte C. Brunner avait eu le temps de le voir avant d'être aveuglé par l'éclair : c'était le Tupolev hongrois qui avait sauté.

Le Tupolev 124-A avait décollé trente-deux heures plus tôt de Budapest en direction de Hambourg afin de prendre en charge une importante livraison de médicaments et d'appareils médicaux collectés par des organisations religieuses du nord de l'Allemagne. Ces produits étaient destinés à la population bosniaque touchée par la guerre civile.

Il s'agissait d'un vol charter. Aucun avion n'étant disponible ni à Zagreb, ni à Ljubljana, le responsable croate chargé du déroulement des opérations, Jan Maric, s'était adressé à la compagnie Hungarian Airlines Malev et avait obtenu l'autorisation nécessaire, à un tarif préférentiel.

Avant le départ de l'appareil, le mardi suivant, à l'aube, la plus grande partie des sièges avait été démontée afin de laisser la place au chargement.

L'après-midi du même jour, quelques membres de l'une des organisations religieuses, un groupe de jeunes gens pleins d'enthousiasme, chargèrent le matériel à bord, tandis que Jan Maric et l'équipage hongrois étaient pris en charge par la communauté protestante de Hambourg et conviés à une visite de la ville.

Vers vingt et une heures, un camion apporta un nouveau chargement de caisses. Certaines portaient la marque de la Croix-Rouge allemande, d'autres étaient marquées au nom d'une importante entreprise pharmaceutique. Le camion appartenait à une société de transports internationaux de Hambourg. La douane effectua un contrôle en procédant à l'ouverture de certaines caisses : il s'agissait bien de médicaments.

Un tel déploiement d'enthousiasme et de bonne volonté avait de quoi impressionner, aussi les douaniers ne se montrèrent-ils pas trop regardants. Mais les conséquences de leur négligence furent catastrophiques. Car le manque de conscience professionnelle des douaniers les empêcha de mettre la main sur du matériel de nature entièrement différente, caché sous une couche de produits pharmaceutiques : des mines antichars. Des douzaines de mines antichars provenant des stocks de l'armée populaire de la défunte RDA.

Chacun de ces explosifs qui se présentaient sous la forme de disques d'acier de haute valeur était capable de détruire un Abraham ou un Tigre et de le mettre hors de combat. L'enquête qui eut lieu ultérieurement démontra que l'avion avait pris à son bord une bonne centaine de ces engins diaboliques.

L'appareil décolla à quatorze heures quarante à destination de Zagreb. Toutefois, une escale était prévue à Francfort-sur-le-Main, afin de permettre à une délégation du gouvernement croate qui participait à une réunion d'experts en République fédérale de monter à son bord, ainsi qu'à deux médecins de l'organisation Médecins sans frontières.

L'énorme appareil ne quitta l'aire de stationnement B-42 qu'après y avoir été invité à quatre reprises par la tour de contrôle.

Des témoins relatèrent plus tard que deux hommes, des Croates, à en croire leur passeport, mais n'appartenant pas à la délégation officielle, seraient montés à bord pendant le chargement.

Quoi qu'il en soit, le Tupolev s'était déplacé entre les deux aires sans être tracté et avait atteint l'extrémité en étoile de la porte B peu avant dix-sept heures.

Tous les postes avaient été évacués.

L'organisateur de cet enfer, quel qu'il soit, avait tout prévu, à la minute près.

Car au même instant, un grand bus articulé de la Société de l'Aéroport de Francfort, bourré à craquer, portant la mention « Transport spécial », se rapprochait de l'étoile. Y avaient pris place quarante-deux jeunes garçons et six filles fréquentant une école professionnelle de

Hameln, en Basse-Saxe. Ils étaient accompagnés de trois professeurs et d'un guide.

Les jeunes gens étaient quelque peu fatigués, certes, mais d'excellente humeur. Ils avaient passé deux bonnes heures sur l'immense terrain de l'aéroport, buvant force Coca et dégustant d'impressionnantes quantités de petites saucisses. Ils avaient pu monter dans des appareils de différents types, s'étaient ébahis des dimensions des hangars de la Lufthansa, et avaient eu droit à des exposés détaillés sur les systèmes de navigation, de contrôle, de balisage des pistes. On leur avait également permis d'observer les écrans radars et les opérations qui se déroulaient sur les chemins de roulement, les pistes d'envol et d'atterrissage. Pour finir, ils avaient visité la base des pompiers, le centre de fret et le bâtiment de la poste.

L'heure du départ avait sonné. L'heure du rendez-vous fatal entre l'avion et le bus...

Par la suite, le déroulement des événements fut reconstitué comme une mosaïque faite de milliers de témoignages contradictoires. Car chacun des témoins vécut le drame différemment.

La description la plus exacte, néanmoins, fut fournie par Sven Bergström, un jeune Suédois exerçant le métier de transitaire, qui, à l'heure fatidique, se trouvait dans le bureau d'un agent de fret situé en face de l'étoile. Malgré le jour déclinant, Bergström portait des lunettes teintées, ce qui lui permit de garder les yeux ouverts sans être aveuglé par l'explosion. D'autre part, protégé par une porte, il n'eut pas le réflexe de se baisser comme la plupart des personnes présentes.

« J'ai pu observer très exactement que l'appareil se préparait à s'engager dans un chemin de roulement alors qu'au même moment arrivait un grand bus articulé. Cela m'a paru bizarre. Le conducteur du bus s'est arrêté pour laisser passer l'avion. Et c'est à ce moment qu'a eu lieu l'explosion. Une immense flamme a jailli, j'ai cru que cette flamme ne s'éteindrait jamais. Tout autour, j'ai vu une boule de feu, et autour de la boule de feu, des nuages noirs, c'était le kérosène. Les nuages étaient gigantesques, gras, en forme de champignon. Pendant un instant, j'ai cru devenir fou, j'ai pensé : c'est la guerre, c'est une bombe atomique qui a explosé, on va tous sauter. Mais ce n'était pas une bombe atomique, c'était du feu. Et ce feu faisait un bruit d'enfer, autant de bruit que dix réacteurs de Boeing lancés en pleine puissance. Mais le pire, c'étaient ces nuages énormes. Et les gens qui mouraient. Et cette épouvantable grêle de décombres qui retombaient... »

Le monstrueux champignon de fumée, de feu et de chaleur montait de plus en plus haut, transportant avec lui des milliers de débris qui semblaient danser un gigantesque ballet propre à glacer le sang : fragments d'aluminium et de métaux, fauteuils arrachés, morceaux de tissu, restes humains.

Mais tout en bas, à la lisière du champignon, à l'endroit où il touchait le sol, où seuls restaient visibles le côté gauche et le nez de l'appareil, on voyait des silhouettes franchir le rideau de fumée noire : celles de jeunes gens qui couraient en écartant les bras, torches vivantes, avec leurs vêtements en feu.

Friedhelm Brunner, lui aussi, avait vu se produire la catastrophe. A l'endroit où il avait vu rouler le Tupolev quelques instants auparavant, il n'aperçut plus qu'une lueur blanche et crue. Le bus, il ne l'avait même pas vu arriver.

Rüdiger Göttner, quant à lui, n'entendit qu'un épouvantable vacarme qui menaça de lui détruire le tympan. Il se jeta sur le sol. La violente douleur qui lui traversa le bras lui arracha un hurlement :

— Mon bras ! Nom de Dieu de nom de Dieu, mon bras !

Brunner se contenta de le regarder : débrouille-toi tout seul, mon gars... Il ne le dit pas à voix haute, il le garda pour lui. Il pensa au travail qui attendait le docteur Hansen à la clinique.

La clinique était en état d'alerte.

Après avoir eu communication de l'alerte à la bombe, Fred Hansen avait mis en œuvre le plan d'intervention prévu en cas de catastrophe. Son équipe était parée. Les appareils supplémentaires, y compris les vêtements ignifugés et les masques anti-fumée, avaient été transportés dans les véhicules d'urgence. Deux énormes monstres de technologie pouvant accueillir jusqu'à cent trente blessés pour les premiers soins, étaient prêts, eux aussi. Une liaison permanente avec les pompiers avait été établie. Tout avait bien fonctionné. Il n'y avait rien d'étonnant à cela, car des exercices d'alerte avaient lieu tous les ans. Chaque geste, chaque action était coordonné suivant les instructions données par les organismes officiels.

Ce ne serait qu'un exercice de routine de plus, effectué simplement dans des conditions un peu plus concrètes, Fred Hansen en était bien persuadé.

La brève concertation qu'il avait eue avec le commandant des pompiers, le commissaire Riedl et le chef de la police de l'aéroport, son ami Brunner, l'avait conforté dans son optimisme. Ils étaient tombés d'accord sur deux points : le poseur de bombe avait choisi la zone C pour commettre son attentat afin d'inclure la clinique dans sa « punition ». En effet, l'établissement ne se trouvait qu'à cent cinquante mètres des portes C-64 et C-65. Deuxièmement, compte tenu du type de construction et de la distance, la clinique ne subirait pas les conséquences du choc si le désamorçage de la bombe échouait. La clinique continuerait, devait continuer à fonctionner.

Donc, Hansen avait donné à ses troupes la consigne de continuer, de faire leur travail comme d'habitude...

On avait pourtant fermé les portes, et le numéro d'urgence 690-3000 avait été débranché. D'ailleurs, compte tenu du barrage placé devant la zone C, personne ne pouvait s'approcher de la clinique. Cependant, quelques patients se trouvaient encore à l'intérieur. Tel ce vieux monsieur atteint d'une crise aiguë de colique hépatique vraisemblablement due à l'obstruction des canaux biliaires. En réalité, son état nécessitait une hospitalisation immédiate, mais il était impossible de le transporter avant la levée de l'alerte. Aussi calma-t-on ses douleurs et l'installa-t-on dans une chambre.

Ils avaient aussi gardé une femme qui souffrait de troubles psychotiques provoqués par une crise d'hystérie ou une maladie du système nerveux. On l'avait trouvée dans les toilettes, dans un état d'excitation avancé. Elle avait mordu une femme policier qui tentait de la calmer. Personne ne réussit à comprendre le sens des paroles accompagnées d'un flot de larmes qu'elle déversa sur l'équipe soignante. Elle ne semblait souffrir d'aucune affection du cerveau, aussi le docteur Hansen n'eut-il d'autre choix, compte tenu de la situation tendue qui régnait, que de lui administrer de puissants neuroleptiques afin de la calmer.

Fritz Wullemann, qu'il avait appelé à la rescousse, car sa seule présence avait en général un effet calmant sur les personnes en détresse, la fit sortir de la salle de soins.

Hansen prit son téléphone.

— Bien. Qu'y a-t-il d'autre ?

— Il reste ce jeune garçon qui fait une crise d'asthme. Et une piqûre de guêpe... La patiente est allergique. C'est assez moche à voir.

Il consulta sa montre. Seize heures cinquante.

— Je dois rester disponible pour le moment. Demandez au docteur Honolka de bien vouloir s'en occuper.

La porte s'ouvrit pour livrer le passage à Fritz Wullemann qui revenait.

— Alors ?

— Très bien ! La piqûre a commencé à agir à peine arrivés dans le couloir. Je l'ai littéralement traînée au lit, j'ai pas eu à lui chanter une berceuse. Elle a fait dodo tout de suite. Bon, docteur, quoi d'autre ?

Hansen n'entendit pas les derniers mots. Un bruit infernal, insupportable pour les tympans, résonna dans son crâne, un horrible craquement se fit entendre dans la pièce, le sol se mit à trembler, les murs bougèrent.

Il sauta en l'air, comme catapulté par une force monstrueuse. Au bout d'une seconde de paralysie totale, des cris et des appels leur parvinrent du dehors. Fritz Wullemann le dévisagea et exprima ce qu'il pensait lui-même.

— Ça vient pas du bâtiment. Ça vient des pistes. Et c'était pas une petite bombinette.

Hansen se précipita à la fenêtre. La clinique étant protégée par sa cour intérieure, les vitres étaient intactes, mais le battant était coincé.

Il l'ouvrit en forçant.

De la fumée. Un gigantesque nuage de fumée noire. Et partout, sur les terrasses, les toits, les plaques de ciment... des bruits étranges d'objets qui s'abattaient. Là-bas, à moins de dix mètres du capot du véhicule d'urgence numéro un, un gros morceau de tôle argentée et brillante tremblait sur le sol maculé d'huile. De l'aluminium. Les bords de la tôle étaient noircis et tordus.

— Oh mon Dieu ! gémit Wullemann.

— Vite, allons-y, Fritz !

Ils se précipitèrent dehors. Dans la cour, l'air vibrait sous l'effet du grondement de tonnerre de l'incendie, accompagné du hurlement des sirènes de police et des alarmes d'incendie. Hansen et Wullemann coururent au véhicule numéro un pour prendre leur poste d'intervention. La cour n'était plus qu'un champ de décombres. Les trois autres médecins, Walter Hechter, le jeune Fred Wicke et Olaf Honolka étaient déjà installés dans le véhicule numéro deux. Chacun d'eux connaissait sa place, au même titre que les vingt infirmiers et ambulanciers. Il n'y avait rien à redire. La première ambulance les dépassa en trombe. Les conducteurs des deux énormes unités de soins mobiles faisaient déjà chauffer les moteurs.

— Allez, fonce, Reisser ! s'impatienta Hansen. Accélère, bon sang !

La voiture sortit de la cour en trombe. C'était là-bas que ça brûlait, près de l'étoile, sans doute. Les chemins de roulement, les aires de stationnement, les véhicules, les containers... le moindre espace était jonché de débris de toute sorte. Certains d'entre eux, minuscules, gros comme des éclats de verre.

— Merde ! Fais gaffe, bon Dieu ! hurla Wullemann.

Le chauffeur prit le virage à angle droit. Les pneus crissèrent.

Hansen l'aperçut à son tour. Sur les plaques de ciment maculées, il vit le tronc d'un homme. Il lui manquait la tête. Les bras et les jambes étaient arrachés. Le sang coulait à flots par le bas du corps déchiqueté...

« Le mieux est de passer à dix-sept heures », avait dit le professeur Wollgiebel au téléphone...

Le fait que Rolf Gräfe eût dix minutes d'avance ne sembla pas affecter outre mesure la star de la chirurgie orthopédique de l'Hôpital universitaire. Gräfe fut immédiatement introduit dans son cabinet de consultation. C'est tout simplement qu'il culpabilise, se dit Rolf Gräfe. Je ne vois pas d'autre explication. Au début du traitement, tout semblait se dérouler à merveille, puis les complications avaient surgi. Les vis se desserraient pour la seconde fois, le cartilage tardait à se former, cette satanée jambe recommençait à le faire souffrir. Et lui, il se retrouvait une fois de plus en face du chef de service. Il se demanda s'il valait mieux accorder son attention aux photos dédicacées de célébrités accrochées au mur ou à la dernière découverte que le professeur l'invitait à suivre sur les radios qu'il était en train de lui exposer.

Gräfe observa le dos du professeur et son crâne fin et racé couvert de cheveux blancs.

Il est trop vieux, finalement, c'est ça. J'aurais dû y penser, j'aurais dû insister pour être opéré par un chirurgien plus jeune, mais je n'en ai pas eu l'occasion.

Le professeur Wollgiebel se retourna.

— Allez, approchez !

Gräfe claudiqua jusqu'à la table d'exposition.

— Vous voyez, ça, là, on arrivera à vous en débarrasser. Dans trois semaines, un mois tout au plus. Je vous le garantis.

— Trois semaines, un mois ? Pour moi, c'est une perspective assez désagréable.

— Pas seulement pour vous, mon cher confrère, pas seulement pour vous.

Wollgiebel lui décocha un regard mi-chagriné, mi-désapprobateur par-dessus ses lunettes en demi-lune.

— Est-ce que c'est si difficile à supporter, monsieur Gräfe ?

— Ce n'est pas cela. Il s'agit de mon nouveau poste. On m'a proposé de prendre la direction d'un service de chirurgie à Goppingen. Je serai entièrement autonome, ce qui rend ce poste particulièrement attrayant. Je voulais m'y rendre lundi prochain pour une visite de présentation. On m'attend là-bas.

— Bien, compte tenu des circonstances, je suppose qu'on comprendra la situation. Vous pouvez certainement reporter votre visite ?

— On peut toujours tout reporter, mais...

Il ne put achever sa phrase. Le petit interphone posé sur le bureau du professeur grésilla et on entendit la voix de sa secrétaire :

— Professeur Wollgiebel ! C'est très urgent ! Puis-je vous déranger un instant ?

Wollgiebel appuya sur le bouton de l'interphone :

— Qu'est-ce qui se passe ?

— Il y a eu un terrible accident à l'aéroport. Une catastrophe majeure, à ce qu'il semble. Un avion aurait explosé au beau milieu des pistes. Une bombe. On nous demande de nous tenir prêts, tous les hôpitaux ont été alertés. La nouvelle est en train de passer à la radio.

Les deux médecins se regardèrent. Wollgiebel se dirigea vers la porte sans commentaire. Gräfe clopina tant bien que mal derrière lui et serra les dents pour réprimer la douleur.

Une catastrophe majeure ? Qu'est-ce que ça pouvait bien être ? La secrétaire lui avança un siège. Il ne s'assit pas. La tête penchée en avant et les yeux écarquillés d'horreur incrédule, il écouta la voix qui sortait de la radio :

« ... Il s'agit d'un appareil de la compagnie hongroise Malev affrété par le gouvernement croate pour transporter du matériel d'urgence à destination de la Bosnie et du Monténégro. A en juger par l'importance et la violence de l'explosion, outre les médicaments, l'avion transportait également des armes et en particulier des explosifs.

Les quatre membres d'équipage et les passagers, parmi lesquels se trouvaient des Croates et deux médecins de l'organisation Médecins sans frontières, ont été tués sur le coup. L'explosion a également détruit un bus appartenant à la société de l'aéroport de Francfort transportant à son bord quarante-neuf élèves de l'école professionnelle de Hameln, ainsi que trois professeurs de cette même école. Le nombre exact de victimes et de blessés parmi les élèves et les professeurs qui... »

— Mon Dieu, chuchota Wollgiebel, des enfants !

« ... N'est pas encore connu. Tous les hôpitaux et cliniques de la région sont en état d'alerte. Les pompiers ont réussi à circonscrire l'incendie. Les forces d'intervention de la Croix-Rouge et des organisations médicales... »

Le speaker de la radio poursuivit la lecture de son communiqué. Ses paroles étaient insupportables.

— Un taxi ! hurla Rolf Gräfe.

La femme assise derrière son bureau le regarda sans comprendre.

— Un taxi, nom de Dieu ! Vous n'avez pas entendu ? Appelez-moi un taxi, tout de suite.

— Vous ne pouvez pas, dans cet état...

— Bien sûr que si, je peux ! Allez, dépêchez-vous !

« Quand tu te retrouves au milieu de dizaines de blessés graves et qu'on continue à t'en apporter par paquets, tu n'as plus qu'une envie, c'est de prendre tes jambes à ton cou et de foutre le camp. Et comme tu ne peux pas faire une chose pareille, tu as l'impression de couler à pic. Mais ça passe dès qu'on t'allonge ton premier blessé sur la table... »

Telle avait été la description de Jacob Hansen, médecin-chef d'un hôpital de campagne sur le front de Stalingrad.

Le père de Fred Hansen n'avait jamais beaucoup parlé de la guerre. Il est vrai qu'il était mort peu après sa période de captivité en Russie. Fred l'écoutait poliment en essayant de comprendre le sens de ses paroles, sans y parvenir. Mais aujourd'hui, oh oui ! Il comprenait ce que son père avait voulu dire. Il se remémorait ses paroles, mot pour mot :

« *C'est dans ces moments-là que sonne l'heure de vérité. Car c'est l'instant où on se révèle. C'est là qu'on apprend à se connaître, mon garçon... Le plus important, c'est de conserver son calme. D'analyser la situation en gardant la tête froide, en répartissant les cas suivant leurs chances de survie et en s'y tenant. On ne peut pas sauver tout le monde. Et le temps consacré à ceux qui sont destinés à mourir est du temps pris à ceux qui auraient peut-être pu survivre. Il faut agir et penser comme une machine. C'est d'ailleurs ce qu'on est, une machine et rien d'autre...* »

Une machine et rien d'autre ?

Que voulait-il dire par là ?

Refouler le sentiment d'horreur qui vous saisit à la vue des corps déchiquetés, des membres découpés en morceaux, des jeunes visages détruits, noircis, boursouflés qui vous adressent des regards suppliants.

S'en tenir dur comme fer aux règles qu'il avait contribué à établir pour la clinique de l'Aéroport.

Dans le cas présent, qui concernait en majorité des victimes atteintes de brûlures graves, l'unité de soins prévue était le véhicule Alpha.

Cependant, les victimes de l'explosion ne présentaient pas seulement d'épouvantables brûlures, mais également d'autres blessures. Walter Hechter, qui avait déjà suivi quelques cours spécialisés pour les soins aux grands brûlés prit la responsabilité de l'unité Alpha. Firent partie de son équipe Dorothée Öhlers, la nouvelle anesthésiste, ainsi que la meilleure infirmière du bloc opératoire, Tina, la « dame de fer ».

Olaf Honolka et le jeune Fred Wicke, quant à eux, furent assignés avec les autres membres de l'équipe à Beta, la deuxième unité de soins mobile, pour y soigner les non-brûlés.

Fred Hansen et Fritz Wullemann prirent en charge les cas les plus graves dans les deux voitures, ce système présentant également l'avantage de permettre à Hansen de superviser le tout.

Mais la première tâche des deux hommes fut de fendre les nuages de fumée âcre et brûlante pour se précipiter au secours des victimes et les rassembler.

— Vous savez où on est, docteur ? toussa Wullemann. On est chez Dante, en enfer !

Il disait vrai.

Les yeux de Hansen pleuraient. Il leva son radiotéléphone :

— Préparez les masques à oxygène. Tous. Il nous faut de l'oxygène en grande quantité. Les gens sont intoxiqués par la fumée, nous n'avons pas le temps de les évacuer jusqu'aux voitures.

Il poursuivit sa course. Ses poumons brûlaient. Les gémissements des blessés et des mourants trouaient le voile noir et mouvant qui le séparait d'eux. Pas de cris, non, les voix étaient faibles, et pourtant, c'était un véritable chœur de suppliciés.

Puis, d'un seul coup, l'horizon s'éclaircit autour d'eux. L'horrible grondement des flammes s'était atténué. Les canons à mousse des pompiers commençaient à en venir à bout.

Mais à présent, ils voyaient ce qui les entourait, et leur cœur s'arrêta.

— Oh mon Dieu, gémit Wullemann. Ce sont des enfants. Ce ne sont que des enfants...

A gauche, à moins de cinq mètres, la première victime.

— Non, docteur... Oh mon Dieu, mon Dieu...

Le bon Dieu ne leur vint pas en aide. D'ailleurs, le fait-il jamais, en des moments pareils ?... Mais la vue du corps mutilé et brûlé gisant sur le béton maculé de sang leur fut presque insupportable. Les jambes de l'adolescente étaient réduites à l'état de moignons. Elles avaient été arrachées à la hauteur du genou. Les os sortaient de la chair à vif. Des lambeaux de veste en jean entouraient son torse. Son visage était noir comme du charbon — et ses yeux ! L'adolescente vivait encore. Elle regarda Hansen pendant qu'il s'agenouillait et fit même une tentative pour lever sa tête aux cheveux entièrement calcinés.

— Le tensiomètre, Fritz. (Il le dit d'une manière presque automatique.) Ensuite, le plasma.

Le plus important : analyser la situation en gardant la tête froide...

Prudemment, il repoussa les lambeaux de jean du bout des doigts. La jeune fille respirait avec difficulté. En état de choc, elle ne souffrait pas. A cela s'ajoutait probablement une intoxication à la fumée.

Fritz Wullemann avait déjà ligaturé en toute hâte et libéré une veine de la cuisse pour l'injection de plasma.

— Il faut l'intuber, Fritz. De l'oxygène... Si possible ici même, si ça va.

— Brancardiers ! Vite, ici, un masque à oxygène ! hurla Wullemann.

Les brancardiers se précipitèrent. Un tubage endotrachéal semblait difficile. Impossible de passer par le nez, il était tuméfié. Mais la bouche et le palais semblaient endommagés eux aussi.

Hansen soupira. Le premier cas, la première décision. Ici, elle était facile à prendre. Le visage et les bras présentaient des brûlures graves du deuxième et du troisième degré, sans compter le traumatisme. Mais elle avait des chances de survivre. Cela valait le coup de se battre pour elle.

Il ajouta un tonique cardiaque dans la perfusion.

— Amenez-la tout de suite sur la table d'opération d'Alpha, dit Hansen aux brancardiers. Et dites au docteur Hechter de pratiquer une trachéotomie. On ne peut pas l'intuber autrement. C'est la seule façon de la sauver. Vous avez compris ?

— Bien sûr, docteur !

Les brancardiers s'éloignèrent au pas de course.

Le suivant. Mort. Un garçon... Son torse, ses bras, son visage étaient brûlés. Seuls ses cheveux aux reflets blonds étaient intacts. Son crâne était défoncé.

Encore une victime à dix mètres de là. Hansen s'accroupit sur le béton. Autour de lui, les appels des brancardiers. Il vit que des policiers participaient eux aussi au sauvetage. L'homme qui gisait là... Impossible de déterminer son âge. Mais il n'était pas jeune. Sa peau noire et brûlée était difficilement différenciable de ses vêtements calcinés.

Hansen chercha sa carotide. Il était encore vivant... Encore !...

Mais son derme avait été entièrement brûlé. Le feu avait mangé toutes les couches épithéliales. Plus d'irrigation sanguine, les vaisseaux étaient bouchés, thrombosés... Il pensa à la règle qu'on leur avait inculquée : il faut prendre le pourcentage de la surface brûlée et ajouter les années de vie. Si le total atteint un chiffre supérieur à cent, le cas est désespéré.

Il l'était.

— Amenez-le à l'unité de soins pour les brûlés, dit-il aux deux policiers qui l'avaient rejoint avec un brancard. Et donnez ce chiffre au médecin : quatre. Compris ?

— Quatre, compris.

Dans ce genre de catastrophes, il existait un classement en quatre catégories. La première concernait les cas qui pouvaient être traités sur place. Puis les cas qui exigeaient une hospitalisation après les premiers soins. Puis les cas intransportables qui nécessitaient un traitement intensif sur place. Puis la quatrième catégorie : les cas désespérés... Le seul traitement qui pouvait être appliqué était le traitement de la douleur.

Catégorie quatre. Un arrêt de mort ? Non, il ne pouvait plus être sauvé.

Telle fut sa réflexion en suivant des yeux le brancard. Il s'étira, son dos était douloureux. Les sauveteurs couraient de tous côtés, et il était temps pour lui de rejoindre son poste dans les unités de soins mobiles.

Il se remit à courir, puis ralentit le pas. *Conserver son calme...* A quoi te servirait de te retrouver devant la table d'opération avec un pouls à cent quarante ?

Tout en marchant, il observa les ruines qui l'entouraient et les décombres de l'avion, dont l'arrière avait été entièrement soufflé, puis celles du bus qui avait été renversé... On pouvait reconstituer approximativement le déroulement des événements. La détonation avait projeté le bus sur le côté et l'avait renversé. Toutefois, l'incendie n'avait pas été provoqué par le kérosène de l'avion, mais par l'essence contenue dans le réservoir du bus. Et il n'avait pas dû se produire immédiatement, car les portes étaient ouvertes et un grand nombre de passagers avait pu s'enfuir avant le déclenchement de l'enfer.

— Bon Dieu, haleta Fritz Wullemann à côté de lui, qu'est-ce qu'ils foutent, les autres ?

Oui, qu'est-ce qu'ils foutaient ? Les renforts tardaient à

arriver, et eux, ils n'étaient qu'une poignée d'êtres perdus au milieu d'un univers de mort et de douleur...

Le temps ne comptait plus. Les secondes s'étiraient à l'infini. Les minutes paraissaient des heures. Dans le véhicule Alpha où l'on soignait les brûlés, on avait retiré les parois latérales et on avait installé un auvent de toile. L'espace ainsi gagné permettait d'entreposer les brancards. La plupart des blessés étaient enveloppés dans des feuilles métallisées. Les sauveteurs parcouraient les rangs, rafraîchissaient les zones de peau brûlée avec de l'eau stérile, des poches de glace, des compresses glacées et combattaient les intoxications à la fumée dont souffraient un grand nombre d'adolescents avec des masques à oxygène. Ils posaient des sondes urinaires et des sondes gastriques, administraient de puissants analgésiques afin de prévenir l'apparition de la douleur et tentaient d'éviter le choc consécutif au traumatisme avec des perfusions de plasma et des solutions de Ringer-Lactate.

Le silence régnait. Mais peut-être ce silence n'existait-il que dans l'imagination de Hansen. Ce n'étaient que voix étouffées, râles, paupières closes, visages brûlés.

Dans l'une des cellules, Walter Hechter s'occupait d'une fracture ouverte des côtes, car, avant de s'occuper des brûlures, il fallait assurer les premiers soins les plus urgents. Il travaillait en silence, avec adresse et acharnement. Lucrezia et Tina Zander l'assistaient. Le visage de Lucrezia était mouillé de larmes.

Mais bon Dieu de bon Dieu, qu'est-ce qu'ils foutent ? Qu'est-ce qu'ils attendent ?

Hansen courut vers l'unité Beta. Le tableau était identique : des brancardiers penchés au-dessus des blessés et tenant des flacons de plasma. Des pansements trempés de sang. Des bouches grandes ouvertes cherchant leur souffle et des visages muets, pâles et infiniment jeunes...

Ses deux jeunes assistants opéraient sans relâche. Fred Wicke, finissant de recoudre à points rapides et sûrs une énorme blessure dans le dos d'un patient, tamponna la plaie.

Bärbel Rupert lui tendit un drain.

Mais pour Olaf Honolka, Hansen arrivait au bon moment.

— Venez voir ça, monsieur Hansen ! Venez voir ce ventre !

Le jeune médecin leva vers lui un regard désespéré. Britte Happel, qui l'assistait, avait la même expression au fond des yeux. Des yeux de pervenche... se dit Hansen. Curieux comme réflexion en un moment pareil...

Une situation d'extrême urgence, sans doute aucun. Le ventre de ce pauvre garçon était énorme. A l'auscultation, Hansen entendit distinctement les bruits de son intestin. Un épanchement de sang, très certainement, peut-être dû à la rupture d'une veine-porte.

Britte Happel apporta le matériel de lavage sans y avoir été invitée. Il apprécia vivement sa compétence. En effet, la première chose à faire était d'aspirer le liquide afin de pouvoir affiner le diagnostic. Mais pour les autres investigations, le temps manquait.

Une seconde main vint se poser à côté de la sienne et entreprit de palper la peau tendue et moite du jeune garçon.

Fred Hansen leva la tête. Il aperçut deux yeux sombres à l'expression concentrée.

— C'est toi ?

— Oui, c'est moi ! (Gräfe se permit un léger sourire.) Ça t'étonne ?

Hansen se contenta de secouer la tête. Jamais encore la vue d'un ami ne lui avait procuré un tel sentiment de chaleur et de reconnaissance.

— Fred, c'est peut-être une veine-porte. Mais pour moi, c'est plutôt une rupture du foie. C'est sûr. Nous devrions l'ouvrir. L'aspiration n'est qu'une perte de temps.

— Nous ?

— Moi, répondit Rolf Gräfe.

— Tu veux opérer avec ça ?

Hansen désigna sa jambe plâtrée.

— Oui, avec ça. Wullemann, peux-tu transporter le patient dans la cellule stérile ? Et toi, Britte... oh, Britte !

Veux-tu bien m'assister ? Je veux dire, au cas où tu m'accepterais encore en tant que médecin ?

Britte hocha la tête, s'apprêta à dire quelque chose, eut un instant d'hésitation, puis finit par le dire sans s'occuper de la présence des autres :

— Pas seulement en tant que médecin...

— Bon, alors tout est pour le mieux.

Fred Hansen partageait cet avis. Au moins en cet unique instant, pendant cette longue seconde de bonheur.

Ils poussèrent le jeune patient jusqu'à la cellule stérile. Déjà, on préparait la table d'auscultation pour le blessé suivant.

Puis une voix annonça soudain :

— Ça y est, ils arrivent ! Enfin, ils arrivent...

Fred Hansen l'entendit lui aussi. C'était un concert dissonant et lointain, le mugissement des sirènes d'un interminable cortège d'ambulances qui se rapprochait.

— Allez, dit-il, au suivant...

Les barques de pêche étaient d'un blanc éclatant et, pour la plupart, leurs coques étaient peintes en vert jusqu'à la ligne de flottaison. Devant, dessinés sur les proues, s'ouvraient des yeux noirs de jais. Peut-être étaient-ils destinés à chasser les mauvais esprits.

Les sommets arrondis des montagnes grises et rouges étaient surmontés de monastères et de chapelles. Les pins parasols et les oliviers qui s'accrochaient aux endroits les plus inattendus jetaient leur ombre sur le sol. La ligne d'écume du ressac bruissait, rose et blanche. Et la mer, bien sûr, une mer d'un bleu profond, infini, éternel. Là-bas, à l'endroit où les vagues allaient se briser sur les rochers, elle miroitait comme une émeraude.

C'était le paysage paradisiaque vanté par le poster de la publicité ! Le doute n'était pas permis, c'était cette affiche qu'il avait devant lui. Mais le vent qui caressait la peau, le silence et la chanson du ressac étaient réels.

Hansen restait couché des heures entières sur sa serviette, ses sandales posées sous sa tête. Il avait fait le vide. Il laissait à la brise le soin de sécher sa peau mouillée.

Comme tout paradis, celui-ci comportait quelques petits défauts. A l'extrémité de la baie, on voyait s'élever un pavé blanc : c'était un hôtel dans lequel, en plus de la mer, on vous servait la piscine. Depuis le hall, on pouvait suivre la visite du chancelier Kohl chez Mitterrand, ou le dernier match de la Bundesliga. Car sur le toit, n'est-ce pas, on avait installé des antennes satellites qui captaient ce que l'on nommait l'« actualité ».

Mais la baie était grande et le *Troja Palace Hotel* était loin.

Parfois, le regard d'Evi changeait. Alors, ils se levaient, marchaient sur le sable ou pataugeaient dans l'écume, achetaient des journaux allemands à la réception du *Troja*, prenaient un verre puis retrouvaient la vieille maison de pêcheurs, l'embarcadère et les quatre poules qui picoraient allégrement entre le puits et la haie de lauriers-roses.

Parfois, il arrivait qu'Evi se rende sans lui au *Troja*. Ce n'était pas l'envie de voir un hall d'hôtel qui la poussait à s'éloigner de lui, mais elle savait que Hansen éprouvait le besoin de se retrouver seul de temps à autre et elle le comprenait sans qu'il eût à l'exprimer.

Cet après-midi-là, lorsqu'elle revint de l'hôtel, elle ne trouva que sa serviette, tache rouge et abandonnée sur le sable blanc. Elle réfléchit, dubitative. Où pouvait-il bien être ? Finalement, elle le découvrit assis sur un rocher, à l'endroit où venaient mourir les vagues. A côté de lui, l'ombre violette de la montagne grimpait à l'assaut du ciel. Il paraissait perdu et si seul que son cœur se serra. Comme au début de leur voyage...

Il avait insisté pour partir en voiture.

« Comprends-moi, Evi, je ne supporte plus la vue d'un avion. Ils avaient roulé trois jours durant, traversant la moitié de l'Europe. En dehors de quelques rares tentatives de sociabilité, il avait à peine ouvert la bouche. Et il s'était bien gardé d'évoquer les récents événements.

Durant toute la première semaine, son attitude n'avait guère varié.

« Peut-être ne suis-je pas le compagnon de vacances idéal, Evi. Mais tu vas voir, ça va s'arranger. »

Pendant la troisième nuit, avant le départ du ferry pour Corfou, ils s'étaient aimés. Et les choses s'étaient arrangées.

En le voyant ainsi perdu au milieu des rochers, elle fut tentée de jeter le journal qu'elle avait acheté au kiosque du *Troja*. Mais elle n'en fit rien.

Elle enleva sa chemise et courut vers la mer pour se jeter dans les vagues. La fraîcheur l'enveloppa dans une intime étreinte. Elle traversa le silence transparent de l'eau, plongea sous la surface, remplit d'air ses poumons et agita le bras vers lui.

Il répondit à son geste.

Ah, tout de même !

Elle se retourna sur le dos et se laissa porter. Puis elle prit une décision. D'un geste déterminé, elle ouvrit la petite chaîne qu'elle portait à son cou, la porta à sa bouche, l'embrassa et lâcha la chaîne et l'amulette de Chris. La chaîne brilla une dernière fois puis sombra...

Lorsqu'elle atteignit la rive, elle chercha Hansen des yeux. Oui, il était bien là ! Il semblait très pressé. A grandes enjambées, il dévala les rochers, traversa la plage et courut vers elle, glissa et tomba dans l'eau, les bras écartés.

— Oh !

Elle rit en le regardant.

Les yeux de Fred exprimaient une véritable admiration :

— Je me demande comment j'ai fait pour plaire à une femme comme toi ! Quand je t'ai vue, tu m'as rappelé *La Naissance de Vénus*... C'est beau de voir Evi Borges sortir de la mer Egée...

— Arrête de dire des bêtises.

— Non, je suis sérieux ! Dommage que je n'aie pas pu prendre de photo ! Elle aurait pu faire la une de *Vogue* !

Il rit. Tel qu'il était, bronzé, avec ses dents blanches et ses cheveux décolorés par le soleil, elle le retrouvait, son bon vieux Fred !

Il la prit par la taille et ils coururent le long de la grève. Tout en courant, il piquait de petits baisers son cou et ses cheveux. Du four à pain, elle vit sortir un petit fil de fumée qui s'évacuait dans le ciel. C'était presque trop de bonheur.

— Sais-tu ce que je viens de comprendre, Fred ? Arrête de me tripoter comme ça.

— Je m'en fiche, ça m'est égal qu'ils regardent. Je touche ce qui me plaît, et c'est toi qui me plais. Qu'est-ce que tu as compris ?

— Que j'en ai assez. Que j'ai envie de décrocher.

— C'est vrai ?

— Quand j'ai vu tous ces gens allongés dans leurs chaises longues, là-bas, à l'hôtel, je me suis dis que j'en avais assez des hôtels, ou alors, uniquement pour acheter les journaux. Que j'en avais assez de servir des cafés dans un Boeing à des inconnus. Que je voulais me baigner, faire griller du poisson, boire du vin. Comme hier...

— Tu as raison !

Il la regarda, au comble de la félicité :

— Plus jamais d'hôtel. Plus d'avions. Plus de clinique.

Ils étaient arrivés à la hauteur du panier d'Evi. Son regard tomba sur le journal.

— Tu veux vraiment lire ? C'est le *Frankfurter Allgemeine* d'hier.

— Non, je n'ai absolument pas envie de le lire... Mais je devrais... Ils disent quelque chose ?

Elle hocha la tête.

— Quoi ?

— Je ne l'ai pas lu. Je n'ai lu que le sommaire en première page.

Il s'assit près de son panier. Elle s'accroupit à côté de lui tout en faisant couler le sable entre ses doigts.

Le vent s'engouffrait dans le journal.

Il eut du mal à tourner les pages. Puis il trouva l'article. C'était en page 6, dans la partie des informations locales. Deux semaines à peine s'étaient écoulées depuis la catastrophe de l'aéroport, mais l'intérêt du public déclinait déjà. Les informations étaient passées de la première page aux pages intérieures.

« LE POSEUR DE BOMBE DE L'AÉROPORT S'EST SUICIDÉ », pouvait-on lire en manchette.

Roser ? Le pauvre type... Hansen tenta de matérialiser

le visage de Roser, ses traits figés par la haine. Il n'y parvint pas. Il se souvint de sa bouche seulement. Une de ses commissures tressautait, et des bulles de salive s'y étaient formées.

> L'électromécanicien Karl Roser, âgé de 49 ans, qui s'était livré spontanément à la police à la suite d'une tentative d'attentat à la bombe évitée à la dernière minute, s'est pendu dans la cellule de la prison où il était incarcéré en détention préventive.
> Les gardiens ont découvert le corps de Karl Roser au cours de leur ronde du matin. Il faut noter que, par une étrange coïncidence, deux artificiers de la police criminelle étaient occupés à désamorcer la bombe posée par Roser au moment où s'est produite la catastrophe de l'aéroport de Francfort, causée par l'explosion d'un appareil hongrois à la hauteur des portes B et C. L'un des deux artificiers a trouvé la mort dans cette explosion.
> La police exclut tout lien entre ces deux affaires. En ce qui concerne le déclenchement de l'explosion du Tupolev, citons les propos du responsable de la commission d'enquête, le directeur de la police criminelle, Alfred Meisel : « *La véritable origine de l'accident qui a coûté la vie à 24 jeunes gens ne sera probablement jamais connue. Les techniques d'investigation ne permettront jamais de déterminer s'il s'agit d'une négligence — car une mine non assurée peut fort bien s'être trouvée parmi les explosifs provenant de l'ex-RDA —, d'une mauvaise manipulation lors du chargement ou d'un sabotage. Mais sans risque de nous tromper, nous pouvons mettre en cause la guerre et la haine qui continuent de semer la folie dans les têtes et ce, au cœur même de notre continent, l'Europe.* » Il est établi que Roser n'avait rien à voir dans cette affaire. D'après ses proches, il était dans un état dépressif qui pouvait le conduire à commettre des actes incontrôlés.

Roser ? Non, je ne veux plus y penser. Mais il reste un chiffre : Vingt-quatre.

Non, Hansen ne pouvait oublier ce chiffre. Ni les images qu'il évoquait pour lui, les gémissements, les chuchotements, les yeux qui le suppliaient du fond des visages calcinés, le cliquetis des instruments, le bruit du respirateur...

Vingt-quatre !

Toutes ces jeunes vies fauchées.

« Il aurait pu en mourir beaucoup plus, Fred, lui avait dit Rolf Gräfe, avant son départ pour Corfou. Que veux-tu de plus ? Nous avons fait du bon boulot. C'est pour cela que je continue et que je reste avec vous. »

Hansen regarda les traînées d'écume sur le sable.

Les vagues venaient se déposer puis repartaient, dans un mouvement éternel.

Evi ne disait rien.

Il posa la main sur la sienne. C'était bon de la sentir.

Puis son regard tomba sur son cou mince et bronzé.

— Il te manque quelque chose, Evi. Ta chaîne ?

— Non, il ne me manque rien...

Elle se tourna vers lui, sourit. Et le vent rabattit ses cheveux sur son visage.

— Je n'en ai plus besoin.

— Mais moi, j'ai besoin de toi, dit-il en posant son bras autour de ses épaules.

Achevé d'imprimer en juin 1999
sur presse Cameron
par **Bussière Camedan Imprimeries**
à Saint-Amand-Montrond (Cher)
pour le compte de France Loisirs
123, boulevard de Grenelle, Paris

Dépôt légal : juillet 1999.
N° d'édition : 27760. N° d'impression : 992735/1.

Imprimé en France